胡丹 著

大明王朝家裡事儿

北大史学博士揭秘明宫秘事

陕西新华出版传媒集团　太白文艺出版社

图书在版编目（CIP）数据

大明王朝家里事：北大史学博士揭秘明宫秘事 / 胡丹著. — 西安：太白文艺出版社，2014.10
ISBN 978-7-5513-0723-9

Ⅰ.①大… Ⅱ. ①胡… Ⅲ. ①长篇历史小说—中国—当代 Ⅳ. ①I247.5

中国版本图书馆CIP数据核字（2014）第217063号

大明王朝家里事：北大史学博士揭秘明宫秘事

作　　者　胡　丹
责任编辑　马凤霞　王婧殊
封面设计　可　峰
版式设计　高　薇
出版发行　陕西新华出版传媒集团
　　　　　太白文艺出版社
　　　　　（西安北大街147号 710003）
　　　　　太白文艺出版社发行：029-87277748
　　　　　tbwytougao@163.com
经　　销　新华书店
印　　刷　陕西金德佳印务有限公司
开　　本　880mm×1230mm　1/32
字　　数　300千字
印　　张　10.875
版　　次　2014年10月第1版 第1次印刷
书　　号　ISBN 978-7-5513-0723-9
定　　价　29.80元

借诗点评明朝十六帝

宣宗宣德帝朱瞻基——告诉我，用你银铃的歌声告诉我
你是不是预言中的年青的神？
（何其芳《预言》）

诗解：他本是一个纨绔的『皇二代』、游戏天子，名声却异常的好，白白挣来一个『盛世』

仁宗洪熙帝朱高炽——我曾梦摘星辰，醒来一颗颗从我
指间坠落；觉悟后的虚空呵，叫
我如何不惆怅？
（冰心《我曾》）

诗解：诗解：外表浪仁厚，生活浪艰辛，结局令人大跌眼镜

成祖永乐帝朱棣——卑鄙是卑鄙者的通行证
（北岛《回答》）

诗解：他的名字是弑君者，关于他的『伟大』，不过是一篇墓志的谀辞

建文帝朱允炆——有的人活着，他已经死了；有的
人死了，他还活着
（臧克家《有的人》）

诗解：他丢了江山，也丢给后人一个津津乐道的话题，他在口碑中实现了永生

太祖洪武帝朱元璋——有的人，他活着别人就不能活
（臧克家《有的人》）

诗解：他是历史上最为多面的一个皇帝，他到底是猛虎，还是狐狸？

世宗嘉靖帝朱厚熜——完整等于缺陷，饱和等于空虚，最大等于最小，零等于无限

（陈敬容《逻辑病者的春天》）

诗解： 他一生炼丹修仙，只落得一个坏脾气；但他二十多年不上朝，却乾纲独断，权柄紧握

正德帝朱厚照——从明天起，做一个幸福的人

（海子《面朝大海 春暖花开》）

诗解： 他是一个特立独行之人，戏剧小说就喜欢这样人，所以经常在戏里做主角

孝宗弘治帝朱祐樘——一道小河，平平荡荡地流将下去

（冰心《春水》）

诗解： 诗解：他对妻子的爱，渐渐成为传奇；他本是一个平庸的人，竟也幸运地进入最著名帝王的行列

宪宗成化帝朱见深——看这满园的欲望多么美丽

（穆旦《春》）

诗解： 一个一团和气、至情、多才多艺而生育力旺盛的人

景泰帝朱祁钰——如残叶溅血在我们脚上，生命便是死神唇边的笑

（李金发《有感》）

诗解： 一个最幸运的人，一个很不幸的人，两种命运，集合在他身上

英宗正统（天顺）帝朱祁镇——它似乎即将倾跌进深谷里，却又像是要展翅飞翔

（曾卓《悬崖边的树》）

诗解： 皇帝干了两任，前半截糊涂，后半截精明；他的命运证明了：上帝对所有人都公正，我们只需要等待

崇祯帝朱由检——一切死亡都有冗长的回声
（北岛《一切》）

诗解：危墙之下，十七年的苦撑，最后只换得煤山顶上的一根槐枝

熹宗天启帝朱由校——多么快，人生已到严酷的冬天
（穆旦《冬》）

诗解：童年懵懂，游戏无知，终成妇寺的玩物

光宗泰昌帝朱常洛——生命脱蒂于苦痛，苦痛任死寂煎烘
（袁可嘉《沉钟》）

诗解：诗解：二十年的痛苦等待，太长；一个月的天子，太短

神宗万历帝朱翊钧——这汗津津的一身疲惫，冷冷地包裹着我苍凉的心
（苗晓《乌骓别霸王》）

诗解：众人皆知他的懒惰而不知他的痛苦；无论是生前还是身后，他没有得到任何的同情

穆宗隆庆帝朱载垕——在摆着无数方向的原野上这时候，他一身担当过的事情碾过他，却只碾出了一条细线
（穆旦《线上》）

诗解：性格平庸、声名不显的皇帝，人们记不得，他在位的六年，是大明王朝最后的余晖

前言

这部书2013年7月首发于“天涯论坛”的“煮酒论史”版块，帖名曰“明宫闹鬼”，它是目前图书市场上第一部全面揭秘明代宫廷秘事的著作。

这是我第一次在网络上发表作品。这部书虽说是每日更新，但并非现写现发。我直到现在仍然认为，历史写作是需要沉淀的，不管是通俗作品，还是学术论著。过去说“搞历史”是坐冷板凳，正为此意。一部好的历史作品不是连夜赶工能够赶写出来的。这部书首发时，全书已经完稿，为此费去了我几乎一年的业余时间。然而网络发表就像卖切糕，巨型磨盘那样大一块糕，却须一点点切了去卖。如此拿过初稿，改一点儿发一点儿，每天两三千字，这种写作和“发表”的体验，对我来说，是全新的。

网络发表作品，作者与读者直接“面对面”，24小时无障碍，这使得作者可以随时吸收读者意见，在与粉丝互动的同时，对全文的内容、章节及文风等做出各种必要的调整。在这个过程中，我对该书的框架及发展脉络有了更为清晰的思路：我决定对内容进行扩展，写成一个宫廷系列，定名为“明宫揭秘”系列。

网络文章是没有字数限制的，不仅没有限制，有时候还多多益善。这部书写下来，全文长达50万字，这对于一部实体书来说，就嫌太长了。故在编辑的建议下，将该书做成三部曲，将已写成的折成两部，分别出版，同时进行第三部的写作。且因“鬼”这家伙颇犯时忌，无法做正式的书名，不得不重新拟名。

看官朋友，您手中拿的这本小书，是“明宫揭秘”系列的第一部，《大明王朝家里事儿》是它的大号，保留了“明宫闹鬼”作为它的小名——虽然有人说它不祥，可作品是作者的心肝宝贝，是精思细磨的结晶，谁轻易舍得？

“明宫揭秘”三部曲，在内容上是如此安排的：

第一部以大明王朝男性成员为中心，主要写明朝皇帝父子、兄弟之间的纠葛与斗争，讲述的是朱氏王朝的私密血腥家史。

第二部将视角放在朱家的女性成员上，讲述帝后的恩爱情仇，揭秘后宫嫔妃以及她们的“外家”皇亲国戚们或喜或悲、大起大落的波折命运，其中牵出好几个大案，都是没人写过的，尤请注意。

第三部继前两部讲明宫的主人之余，这一部专讲那些在后宫“用事”，并且权倾朝野的阉奴们。（该书尚未杀青，目前正在天涯“煮酒论史”连载。）

这三部作品，独立成书，又相互衔接，共同编织成一部完整的明代宫廷秘史。

所谓“秘史”，绝非炫奇以招揽生意，“绝密”二字，也非故作神秘，故弄玄虚。看官，包治百病的小广告贴得满街巷都是，可有谁把它当皇榜揭？绝密也好，秘史也好，意在表明，我将通过大量内幕材料的发掘，带领朋友们，一起深入大明王朝的后宫秘境，做一次有趣的、增益见闻的探秘之旅。

天子的后宫，红墙如林，重门深锁，对外人充满诱惑，但到底难以一窥究竟。占据了北京内城中心相当面积的紫禁城（今故宫），是整个王朝最为神秘、也最令人神往好奇的所在。中国人最喜欢“围观”，可恨的是，我们的目光无法像雷达波一样，穿透层叠的宫墙，直击皇帝和他三千佳丽的日常起居，就是爬到北京前门城楼上去也不行！但宫墙只能阻挡人的视线，却无法阻止人们的耳朵去听、嘴巴去传、想象力去神驰，无法阻挡“市井小民”以他们的方式去穿越。自古以来，不断流传着关于内廷的种种传说，有些前代故事还被编入戏曲，广为传唱。但总的来说，宫廷史材料，尤其是信史，非常匮乏。

清初开明史馆，毛奇龄奉命参与《后妃传》的撰写，他马上遇到这个问题。他说自己"历探中秘，以为必有异闻畸事，可补疏略"，可谓信心满满。然而细查"正史"（包括实录、起居注及其他官方档案），才发现，书中所记只是些"册封年时及后妃崩死丧葬诸礼节，而他无所有"。这可怎么办？毛先生只好到"外史"（即野史）中去扒拉材料。亏他家藏一本《宫闱记闻》，乃以此为纲，再补充一些材料，得以完差。毛奇龄通过抓阄，得到天顺、成化、弘治至正德这一段的编写任务，待公事毕了，材料还有剩余，他也没浪费，编成《胜朝彤史拾遗记》一书。

令毛老先生头疼的，正是纂修宫廷史必然迎头碰上的问题：史料不足。如其所言，官修正史中的材料多是些册封、丧葬礼仪，殊乏鲜活的事例，日常起居之态更是乌有；较为丰富多样的材料来自野史，然民间记事，很难溯源，真伪难辨。

我的办法是，材料不足的问题，还得靠努力获取更为全面的材料来解决，尤其是那些相互抵牾、矛盾的材料，通过细致地分析，使之参互，以确认哪一种记载更为可信。

这样做有两个好处：第一，许多看起来疑似难解之谜，由于相关材料的拼接，其原委、关联、线索就如芙蓉出水一般清晰呈现出来，砉然而解。比如仁宗朱高炽为何失爱于其父？过去多说他因肥而遭厌，恐非的论。本书从靖难之役到永乐年间纷繁复杂的政争关系中，做细密的梳理，提出新论：仁宗失去他父亲的爱与信任，是因为他在参与是否起兵"靖难"的决策时，发表了错误意见，一时言语唐突，他为此付出了二十余年的沉重代价。诸如此类的新观点、新见解，在本书累累而发，层出不穷，请看官鉴之。

第二个好处，使我们在观察、认识一些历史人物或事件时，升至应有的高度，而不会陷入琐碎的材料，泥于陈说，无所发明。

这方面最典型者，莫如我综合各说，对建文帝生死之谜做出的判断。本书第一次揭示明成祖朱棣以及仁、宣三代服食丹药的真相，进而讨论明代宫廷“吸毒”的家史，指出明宫中频繁出现的“闹鬼”现象，既是残酷的宫闱生活的表现，也与帝王们沉溺于道教修合烧炼之术密切相关。本书所展现的众多史事，不少都是第一次集中论述（如成祖三子争嗣、宫廷闹鬼与剿鬼等），其观点与结论多属独见，您在本书中绝不会看到任何的重复袭说，或言不及义的胡扯。

可以说，我通过大量材料的细密分析，找寻到一道深入历史现场的“后门”。而这个后门，不是随便哪个历史写手都能随意开启的。因为作者必须掌握丰富的史料，对相关问题素有研究，拥有强大的研究背景——而我作为一个历史研究者的优势，于此得到淋漓尽致地彰显。在写作过程中，我用一个词形容自己的感受：痛快！新材料、新见解，层层叠叠、源源不断，占据了本书的主要篇幅。

我是一名学术研究者，虽然在这之前，为《紫禁城》《看历史》等多家大型文史类期刊供稿，撰写一些几千字的短文，几年下来，箧内也积了十余篇。但如前所言，以连载的方式和以那样长一个篇幅完成一部通俗历史作品，却是第一次。当我尝试着跨界，利用自己的专业知识，在网上发表一部有关明代宫廷史的通俗读物时，发觉自己首先必须走好平衡木。

我所受的专业训练是学术的。而学术论文的写作，唯求其创新与规范，包括行文风格、注释、文献引用等，而不存在读者看不看得懂或取悦读者的问题。而当我写这样一部通俗作品时，我不得不在文风上、在表达上，做出必要的调整，以方便读者流畅地阅读。霍金在写作《时间简史》时说过，一本通俗读物中每多出现一个公式，都将会使销量减少一半，即便那公式出自爱因斯坦之手。对于这部书来说，“公式”就是文言文。为此，我尽量把所引用的古文融入论述中，或者做现代语的翻译，这既是为了降低阅读门槛，也是为了保障全书文风的一致性。我时刻提醒自己，可不要把一个有趣的“后宫”主题，写成一块令人难啃的压缩面包。

有意思的东西,必须用有趣的方式表达出来,我希望每一个词都浸注更多的深意,冒出趣味的泡泡。但是否达标,还请看官鉴定,希望朋友们把您的观感告诉我。您会在下面发现我的微博、微信号,我在网络的那一头恭候您!

我写这部“明宫揭秘”系列,获得了许多编辑及学界朋友的鼓励和支持。一些出版社编辑在与我分别交流时,竟然表达了一个共识:如今在网络上发表的通俗史文,多乏深度,文笔也雷同,这类作品在经历了它的狂飙突起之后,实际上已然退潮。他们认为,学者放下身段来为大众写作,才是大势所趋。我新近结识的一个朋友,做了一个很通俗的比喻:“通俗史文这个领域,有产阶级不去占领,无产阶级就去占领了。”他说的“有产阶级”,指的就是那些对历史真正有研究、有自己的观点、掌握大量材料的学者。人们读史,最终是想获得知识与启示,但其前提是,他们手捧的读物,必须是真正有价值的。

本书在“天涯论坛”首发后,得到了许多读者朋友的热捧,并在当年“天涯论坛”十大作品的网络票选中进入前十。我特借此地对朋友们的厚爱表示感谢,希望得到你们的继续支持,我将在史海奋臂鼓浪,为读者朋友们奉献出更多、更好的作品。

胡 丹

新浪微博:皇帝不称朕
微信号:wohudan

目录

第一卷
起点为零

第一章　头无片瓦，脚无尺土

明代江南四大才子之一的祝枝山，性格狂放不羁，他手生六指，偏好记奇闻异事。在他的笔记《前闻记》里记了这样一件事，国初时，太祖朱元璋在南京建了一座历代帝王庙，庙成后临祭，先和每位前辈帝王碰了一杯，然后折回汉高祖刘邦的神位前，笑着说："刘君，今庙中各位，当日得天下，无不有所凭借。唯有你我二人，不阶尺土一民，只凭手中三尺长剑，挣来这份大家业。来，你我多饮两杯！"

朱皇帝向刘皇帝致以特别的敬意，从此形成定例：南京历代帝王庙每年一次的大祀，什么三皇五帝、鸟生鱼汤，酒都只准吃一爵，唯独刘邦稍能尽兴，可饮美酒三大觥。

老朱如此厚此薄彼，岂非故意制造矛盾，让老刘在帝王庙有混不下去的节奏？

这故事当然不可信，但它写朱、刘两位农家皇帝，惺惺相惜，以"劝君更尽一杯酒"的生动形式，指出这样一个事实：大明之太祖与大汉之高祖，都是以板寸头（平民）的身份跃过龙门、化鲤为龙的。

这样的话头，其实对明朝人来说，并不新鲜。

明中期人郎瑛在《七修类稿》里有一段颂辞，道是："自古帝王之兴，要么位高，要么势重，其事业之成就，无不拥有奇资重本；便是那汉高祖刘邦，虽然出身低微，到底也做过一任泗上亭长，哪及得上我朝太祖，头无片瓦，脚无寸土，干出那样一番大业？"

拜托，郎老先生！您就差揭朱皇帝托过钵、行过乞的老底儿啦！

依他的口气，"我朝太祖"不把刘邦比下去，不足以证明他曾经混得有多惨。好像刘邦做过小小的亭长，就有所援引凭借了，而本朝太祖，秃瓢一个，光棍一条，匹夫一介，才是真正的"不阶尺土者"。

郎瑛本为夸耀之词，不想吹牛过了头，变成"流氓无产阶级万岁"了。

其实前代"不阶尺土"而成就大业的皇帝尽有，譬如蜀主刘备，虽被人恭称一声皇叔，发达之前不还在街上编草鞋卖？——每天被城管欺负，有木有？

可为何明代人只管抬爱刘邦，而罔顾其他好汉叫屈呢？只因前世帝王中，唯有刘邦的成功最具跨时代的伟大意义。

汉代以前，每一个国家，无论其大小，都有久远的谱系可以追溯。

夏代的情形，无文献可征，说不清楚。以殷商为例，在开国之君汤以前，可考的世系即有十三代，一直可上推到帮助大禹治水的契。到汤灭夏时，国势强盛已久，商朝不是突然暴发致富的。

周朝也一样，始祖后稷以下，可考者有十余世，在武王克商前，有公亶父、公刘、太王、王季等，都是名人，然后才是文王。到文王之子武王伐纣时，老姬家在关中"周原"之上经营已数百年。

秦朝，从秦仲立国，中经文、穆、献、孝等公，稍稍蚕食六国，到始皇帝乃成帝业，也有六百多年的历史。

当代史学大师顾颉刚先生说，汉以前的朝代，都是由小国变大国，由大国而为共主，这是普遍的规律，从未有平民做天子的。然而平民做天子的传说，在战国时期却很流行，比如舜，最初只是一个鳏夫，后来登上帝位，他就是孟子所说的"匹夫而有天下者"。

有这样一种思潮做背景，汉室之兴可谓顺天应命，刘邦前所未有的以平头百姓的身份登天子之位，遂与尧、舜、禹、汤等圣王的兴起一样，成为可夸的盛事。司马迁忍不住连呼“大圣”，说高祖刘邦“王迹之兴，起于闾巷”，他正是传说中那位将从小巷胡同里走出来的大圣人。

所以在《史记·高祖本纪》里，司马迁不惮如此介绍本朝高祖和他的令尊与令堂：

“高祖，沛（县）丰邑中阳里人，姓刘氏，字季。父曰太公，母曰刘媪。”

太公是老年男子的尊称，刘太公就是刘老先生。媪指上了年纪的妇人，刘邦的妈妈被称为刘老太太，连娘家姓氏都没留下。

刘邦字季，他有两个哥哥，一个叫刘伯，一个叫刘仲，伯仲叔季，都不是正名儿，等于喊刘家老大、老二和老三，差不多就是个无名氏。

恰好朱家兄弟也是这样，挨着个儿排，分别叫重四、重六、重七，朱元璋在族兄弟中行第为八，故名朱重八，等于就叫朱老八。

贫贱之家，不是固当如此吗？

前后一千五百年，汉、明二朝的开国之君，都创造了屌丝逆袭成功的典范。

刘邦白手起家，挣来偌大一份家业，已足以向老太公和世人炫耀。汉朝的皇帝都可以唱：“爸爸刘老三是我的神话。”汉代的宗庙歌曲，如《郊祀》《房中》等，宣扬汉德，夸辞甚多，但始终没有提及高祖的先人。

直到汉末，才有书生破天荒地喊出：“汉家，尧后，有传国之运。”至此刘家才有了一位非常荣耀的祖先——“五帝”之一的尧。

刘家的世系也渐渐补齐，到东汉班固作《汉书·高帝纪赞》时，从刘邦往上，已“考”出极为远长的源流和世系——这便如同补锅，补上去的，定是从别处剪来的碎铁，并非是它原有的。刘家的真老祖，谁晓得在哪条街卖过炊饼呢！

朱元璋自述家世，原也本本分分，不请名人来造势。元末至正二十三

年(1363年),他事业有成,想起追阐祖德,便写了一篇《朱氏世德碑》,自我介绍道:

"我的先父娶了先母,大哥重四公生于盱眙,二哥重六公、三哥重七公,皆生于五河。我是老幺,是全家搬到钟离(即凤阳)后所生。"

碑文老实,并未讳言老朱家"名不见经传",说明朱元璋尚存质朴,没有兴趣编造神话故事和不寻常的来历去唬人,这与他动辄说"朕本江淮布衣""朕本农夫"是一致的。

朱元璋不是没动过追捧一位名人做祖先的念头,想来想去,姓朱的里面还是数南宋大儒朱熹名气大,便打算在修玉牒(皇室的家谱)时,挖个坑,把朱老夫子埋进去。

一日,朱元璋在上朝时,和一名外地来京的小吏谈话,听说他姓朱,立刻来了兴致,亲切地追问这位"家门儿":

"你是哪里人?"

"小臣是徽州人。"小吏答道。

"徽州出人才,朱夫子就是你们徽州人。"朱元璋笑道,"莫非你是朱子之后?"

"小臣不是朱子的后人。"小吏老实答道。

说者无意,听者有心,小吏一番话竟然拨动了皇上的心弦,书中接下来写道:"帝心顿悟。"

原来朱元璋联想到自己想冒认朱熹为祖的事,突然醒悟了:"人家一个小吏都不随便冒人之后,我堂堂享国之人,又岂可妄认祖宗?"因发一叹,从此便把那荒唐念头打消了。

此事不知真假,但朱元璋在位时所刻"朱氏世德碑"和"皇陵碑"里,确实没有朱文公的大名。

第二章　朱重八的“大风歌”

《朱氏世德碑》是老朱家的第一篇家谱。在朱元璋动笔写它的前七年，即元顺帝至正十七年(1357 年)六月，朱元璋作为占据今安徽和州的地方武装“郭家军”的一名成员，随军渡过长江，占领太平、句容等地，并于第二年攻克元朝江南重镇集庆路，将其改名为应天府，也就是后来大明王朝的帝都南京。

这是朱元璋“龙飞”的关键时期，过去寄人篱下的他，自渡江后开始独立发展，不仅拥有了自己的基本班底与部众，还在江东占据了一块稳固而富庶的根据地，不再是“流寇”了。

发达了的朱元璋，比以往任何时候都需要宗族的支持。他记得父亲说过，老朱家的本宗出自句容(今江苏属县)，地名朱巷，此地就在南京城外不过四十里，他立即派人去寻访。

其实朱家的世次，顶多能推到五世祖“仲八公”。仲八公生三男，老三“百六公”是朱元璋高祖。百六公生二男，老二“四九公”是朱的曾祖。四九公生四男，长子“初一公”是其祖父。初一公生二男，老二朱世珍便是朱元璋的“先考”了。

朱元璋的伯父朱五一有四个儿子，叫重一、重二、重三、重五；朱父娶了泗州人陈氏，也生了四个儿子，依着从兄弟的行第，分别叫重四、重六、重七和重八。老幺重八便是朱元璋，他是父亲在年近五旬时所生，算是老来得子。

看官看呵，朱家祖先的名字，从仲八公一路下来，初一十五，像是过节。元代的小民百姓，取名多是如此。唯独到了朱父，遽然来一个“世珍”，便雅得有些怪异。其实这并非他的本名，他的名字毫不出奇，原叫朱五四。朱元璋当大官后，觉得用重八这个牛倌之名发号施令太显寒碜，他的对头张九四，都改叫张士诚了，于是改名为元璋，字国瑞，顺带手替他已经过世的父亲也改了名；他的哥哥重四、重六、重七也都重新整编，分别叫作兴隆、兴盛和兴祖。

据《朱氏世德碑》讲，朱家在元朝是淘金户。

元代实行严密的户籍制度，把百姓强制编入“诸色户计”，如儒户、军户、乐户等等，一旦入籍，子孙不能改业，世代对官府承担义务，实际上就是官府的奴隶。而元代的定籍非常随意，好比朱家世居句容，金不是当地的土产，叫那些金户哪里淘金去！只好自家买金充贡。长此以往，无以为继。朱家为重役所困，无计得脱，久之家计消乏，只有逃亡一条路。

朱元璋的祖父初一公，就是实在缴不上赋税了，才逃到泗州盱眙县。祖父死后，两个儿子不善经营，又逢上战乱，家道更加衰落，不得已只好迁到濠州钟离县（今安徽凤阳）的乡下居住。

朱家迁离盱眙时，朱父才八岁，到朱元璋派人来访亲时，已过去了七八十年，这还搁哪儿去找亲戚？不过不要紧，俗话说“富在深山有远亲”，朱家世代务农，忽然间出了个大官儿，还是统领本贯乡土的大帅，谁不乐得来攀亲，好求个荫护？这一寻访不打紧，同族父老昆弟竟来了四十多人。

朱元璋大喜，与他们“叙长幼之礼，行亲睦之道”，仿佛当年刘邦衣锦还乡，击筑而唱《大风歌》的情景再现。

当年刘邦被父老们簇拥着，人人嘴上涂蜜，话儿可心暖人，把刘老三吹得晕晕乎乎，一曲才罢，就下令永远免除“龙兴之地”丰、沛二县的赋税。朱元璋当皇帝后，也下旨免除了最早几块地盘的赋税——他坦承，这一手是学汉高祖的。

朱元璋在元至正二十三年（1363 年）撰写《朱氏世德碑》，不是无缘无故的。这一年的三月，身为韩宋“龙凤”政权江南行省右丞相、吴国公的他，获得一项重要荣誉：他的考妣三代，即父母、祖父母和曾祖父母，都被追封为吴国公和吴国公夫人。

龙凤政权的小皇帝叫韩林儿，他的父亲韩山童是白莲教徒、元末红巾军的领袖，因为他自称宋徽宗的子孙，口号是“反元复宋”，所以后来即以宋为国号。韩山童被元军捕杀后，韩林儿在刘福通等人的扶持下建国登位，年号龙凤,先后定都于亳州(今安徽境内)和汴梁(今河南开封)。

朱元璋与韩宋政权并无渊源,他本人也不是白莲教或“明教”徒,但他在江南占据一块地盘后,采取韬光养晦的策略,接受了当时在中原、淮上一带实力雄厚的龙凤政权的封爵和名义上的领导。当时的文书,都是先书“皇帝(韩林儿)圣旨”,再书“吴王(朱元璋)令旨”,纪年也采用龙凤年号。元朝的至正二十三年,也就是韩宋的龙凤九年。

此时的朱元璋,哪想到会有一步登天做皇上的一天?他的敌人多着呢!陈友谅(汉)、张士诚(吴)、明玉珍(夏),还有其他一些小诸侯,割据一方,实力都与他相若。正统的元朝,仍然占领着中原及北方的广大地区。就是在他头上,还顶着一个韩姓的小朝廷。这个朝廷一度非常强大,曾发兵三路北伐,一直打到元朝的上都(今内蒙古锡林郭勒盟境内)和辽东(今东北辽河以东),差一点把元帝国的宝座给掀翻了。可惜功亏一篑,龙凤政权在北伐失败后迅速衰落,为了笼络依附于它的地方实力派,特赐给朱元璋祖上三代恩典。

朱元璋闻命,欣然接受,甚至还有点大喜过望,亲自来到先人的坟前,焚黄告祭,把令人扬眉吐气的喜讯传送给地下的枯骨。

这个时候的朱元璋,还把别人赐的一顶小帽儿当个宝。后来做了皇帝,昔日的主子在官方词汇里已变成“红妖”和盗贼,他开始回避曾经臣服于龙凤政权这段历史,三代追封吴国公的事更不必提起,《朱氏世德碑》也遭毁弃——朱氏煌煌之德,才转了个眼,竟成了讳史——这不是闹眼子嘛!

第三章　阴间阳间都称王

从祖父辈开始,朱家人就过着居无定所的生活,在乱世中辗转求生。洪武元年(1368 年)正月乙亥日,朱氏家族迎来了史上最为红火旺盛的一天:老朱家最有出息的孩子重八公子在南京登基坐殿了!同日,一大批因流离贫病而亡的朱家子孙在阴间称了王。朱元璋将他已死的伯父、亲兄、堂哥及侄子们，一概追封为郡王（明代郡王两个字，如南昌王；亲王一个字，如燕王）。

给死人加官晋爵，属于冥封，又称为“赠”。你想啊，阴间阳世，阎罗王与皇帝各管一界，大明皇帝传令阎罗殿，加封生死簿上已经勾了名儿的人，岂非越界，干预地下之政？阎王听不听，我表示怀疑。

这些封王的“皇族”，说白了就是老朱家的男丁，除了大哥的儿子朱文正，全都死在朱元璋起兵之前，没命看到朱家富贵昌盛的这一天。朱文正也没看到，他在朱元璋渡江之前就投奔了叔叔，巴心巴肺、热火朝天地帮叔叔做事业，结果朱家豪宅将成，他本人却被狠心的叔叔处死了。此话后文再表。

朱氏四代世系表（括号内为追封之爵与号）

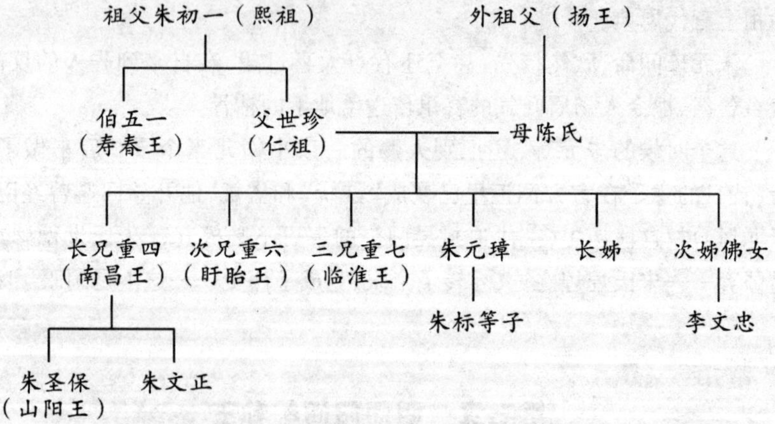

朱家男性成员封了王，女性该封公主。

朱元璋有两个姐姐，大姐死得早，洪武三年（1370 年）追册为太原长公主，①

①明代制度，皇帝之姑封大长公主，姐妹封长公主，女封公主。

大姐夫王七一赠驸马都尉。

二姐朱佛女，比四弟重八年长十三岁，在朱元璋到濠州（今安徽凤阳）参军的前一年去世。她与丈夫李贞育有一子，小名保儿。朱佛女死后，李贞带着孩子潦倒于乱兵之中，"濒死者数矣"，听说内弟领兵驻守滁阳（今安徽滁州），就带着儿子来投。

朱元璋此时刚刚攒了些势力，"思亲询旧，终日慷慨"，对手足之亲的到来异常之喜——"驸马（李贞）引儿来我栖，外甥见舅如见娘"，这是朱元璋的原话。他把十六岁的保儿收为养子，命他随己姓，取名朱文忠（即李文忠，在明朝建国前后复姓）。

朱元璋对二姐有着较深的感情。朱佛女出嫁后，对娘家人常有周济，朱元璋还记得："昔居里闬之时，（二姐）曾有周旋之益。"洪武元年（1368年）二月，朱佛女被追册为孝亲公主。"孝亲"二字，在朱元璋眼里，是二姐品德的最好评语。

乱世里，孝亲最难。虽然李家的日子过得也紧巴，但李贞对媳妇贴补娘家的行为，还是表示了理解。对此朱元璋铭感在心，久而弥深。李贞死后追封为陇西王，皇帝姐夫封王的，这还是首例。

朱元璋亲自撰写祭文，特地提到往事，说："过去生活异常艰辛，爸爸妈妈都非常忧戚，只有我二姐能够行孝，而姐夫你亦能同之，时常有所资助，这才歉而不荒，勉强度日。"

朱佛女受封时还未下葬，朱元璋把她葬入李氏先茔，所有祠堂碑亭之制，"悉视功臣之赠爵为王者"；洪武三年改册为陇西长公主，后来因为李文忠被封为曹国公，又改称曹国长公主。

朱元璋除一侄（朱文正）、一甥（李文忠），还有两个侄女，即堂兄蒙城王之女与大哥南昌王之女。洪武元年，两位皇侄女分别册封为庆阳公主与福成公主，夫为驸马都尉。

按定制，只有皇女才能封公主。王女封公主，明显超越等级了。对此朱元璋解释说，是"草创之时，未暇考究"。礼部引唐、宋旧制力争，要求将皇侄女降封为郡主。① 但朱元璋坚持原封,说:"我兄长死得早,只有这两个侄女,岂忍遽加降夺。"保留了她们公主的位号,只是一年禄米只给五百石,比正牌儿公主少了三分之二。

蒙城王之女庆阳公主,一直活到永乐初年,在靖难之役时还出来办了一回"外交",可观下文。

朱元璋称帝后,把自家近亲,不管活的死的(绝大多数是死的),逐一加封,安顿妥帖,然后写了一篇皇陵碑文,宣告大礼已成,可以告慰先人了。他兴致很高,亲自运笔,拟出底稿,令儒臣润色。

替皇上家写墓文,这是莫大的荣耀,可儒臣接过底稿来一看,登时傻了眼:碑文里写的尽是皇上过去如何流寓四方讨生活,朝夕彷徨,艰难谋生。他的兄长们——这几位可都阴封为王了!——为了生存,不得不改姓出赘,做了卑贱的赘婿。可还是顶不住天灾加之、疾疫加之,父母兄弟相继而亡,死后连块葬地都没有,要靠好心的善人施舍……活脱脱一幅皇家惨运图!

虽然这是皇帝"手录大概",臣下亦岂敢不用曲笔,否则怎么叫"润色"呢?

结果把话说软和了,皇上不满意了。他说:"儒臣粉饰之文,不足以为后世子孙之戒。"朱元璋心知臣下不敢写实,遂自己包办,把一把把辛酸泪都记在账本里,好让后人知晓,今天的幸福生活是怎么来的,不可忘本。

这篇皇陵碑文,因为是朱家子孙忆苦思甜的教材,所以写得极真,毫无矫饰。然而其中的内容,却如自曝家丑,说什么"上世以来,服勤农业",又说"因兵南北,生计忙忙",令大明的天潢贵胄难以为情,龙子龙孙羞于捧读,便开始动手动脚,做起小动作来。

永乐时,花了很大的精力来重述太祖皇帝的发迹往事,其中用了很大的篇幅来讲"圣瑞",吹出一团"王气",把一个肉体凡胎的朱重八包装成天

---

①明代皇室女性成员的封号等级是:公主(帝女)、郡主(亲王女)、县主(郡王女)、郡君、县君、乡君。除了公主之夫称驸马,其余的统称仪宾。

降的大圣人。

历史记事有这样一种规律：但凡伟大的帝王圣哲，多不是他们的亲生之父射出的精华——所谓“生身之父”，好像只是个马甲，掩盖着神播野种的真相。

在南京明孝陵，立着一块巨大的、刻于永乐十一年（1413年）的《大明孝陵神功圣德碑》，在碑文中，明成祖朱棣以“孝子”的口吻，大讲朱家“龙种”来历之不凡，说：

一日朱母陈氏睡得正酣，忽梦到神灵送她一丸药，烨烨发光，当即吞下，一觉醒来，顿觉异香袭体，“遂娠皇考”，怀上了太祖皇帝朱元璋。这小子降诞之夕，有光烛天，甚是奇异。

果然朱大妈怀上朱元璋，没他爹朱世珍什么事！

那么是谁，在朱大妈的梦里窃了她的芳心，夺了她的贞洁？虽是神灵，做下这等迷奸民女之事，就可免罪乎？而那“野种”，反可以夸耀于世吗？

在孝陵碑文里，那颗神圣的种子是打“盗梦空间”来的，而在另一本据说是才子解缙编纂的《天潢玉牒》里，说法愈转神奇。说朱大妈有天在麦场打麦，见一道士，长髯簪冠，红服象简，在场中闲坐，用简在手中拨玩一粒白丸。朱大妈好奇，问：“此何物？”道人答：“大丹也。你若要，与你一丸。”陈氏接过来吞下，再看道士，一瞬间已不见了——随后，一个小男孩呱呱坠地，此子初诞之时，一道白气自东南贯室，异香经宿不散。

大约这一情节中有个野道士，容易令“思想复杂”的人怀疑朱母偷情。于是在《明太祖实录》里，故事的场景，由朱家麦场转移到朱家老母的梦里——做个春梦，总比和道士在光天化日之下野合好吧！

实录首先说，朱母做异梦时，已然有孕在身，这等于还了朱父世珍一个清白，否则老爷子阴间称了帝，也不会瞑目的。

孕妇多梦，遂梦见一个黄冠道士从西北而至，来到朱家老宅南侧的麦场，取出白药一丸，置于朱母掌中。此丸放光，渐渐变大，十分神奇。道士说：“此美物，可食。”朱母就把它吞了，醒来口中还有余香。

不知道朱大妈吞食的是啥催化剂，第二天，朱元璋就出生了，生时红光满室，像是烧了一盆大火。

类似的故事听多了，发现圣人们的妈妈嘴都挺欠的，喜欢乱吃东西，一吃肚子就大，一生就生一位了不起的大人物。这些“历史故事”显然不能作为青春期读本，教给孩子们，否则孩子该怪了：在外面乱吃东西，到底是好事，还是坏事？

这些附会神异的故事，今人当然不信了，古人信不信？可能是半信不信。尤其是盛产名妓的明代，青楼文化发达，又出了西门庆、潘金莲等许多奸夫淫妇，对于男女私情及生育那些事，应该全无神秘感了。你要拿《明太祖实录》里这件事讲给西门大官人听，试猜他将如何喷笑？

我想，写国史的，也不尽是冬烘秀才，他一定要这么写，大概这类缥缈文字已成为一种特定的笔法，好比描画伟大人物，必要勾几笔红光、祥云和喜鹊做衬托。但这样瞎编的坏处，却是剥夺了圣人亲爹的专有之权，倒好像“龙种”都是什么妖道或野物乱施下的。

朱元璋出身诡异，朱家的来头也不得了，从穷门下户变成了名族之后。永乐时重修《明太祖实录》细数朱氏的源泉，已上推到黄帝之孙、“五帝”之一的颛顼，道是周武王封颛顼之后于邾，春秋时改姓朱，世居沛国相县，其后一部分族人迁到句容，便是朱元璋所出的那一支。就这样，“不阶尺土一民”的刘邦和朱元璋，到底还是不争气，原来他们也是有“凭借”的！

朱元璋的家世，以他在世时说的最近情理，也最真实。他说过一句真心话：“吾昔微时，自谓终身田野一农民耳。”若非生在那个魔王混世的时代，哪容这样一位英雄的崛起？然而后代越编越邪，离开了谱，调儿就乱了，再加上许多无聊文人帮忙捧臭脚，胡涂乱抹，朱元璋被他们改得越来越不像个人了。

不管怎样，当朱元璋在皇帝宝座一屁股坐下时，定然喟叹良多，朱氏家族那么多人口，有命看到他今日冠冕堂皇的，不过六人而已（姐夫李贞、大嫂王氏、二嫂唐氏、外甥李文忠和两个侄女）。瞧这人世，何等险恶！这对他的心态，应该产生了重大影响。

第四章　我只想活下来

朱元璋的早年生涯，与一个地方豪强至为相关。此人姓郭名子兴，是淮西定远人，当元末天下大乱时，他尽散家财，广纳壮士，于元至正十二年（1352年）春天，“集少年数千人，袭据濠州”。濠州即凤阳，朱的家乡，朱元璋的机会来也！

但当时的朱重八还看不到这是他人生的重大机遇。

这会儿他可能都不叫朱重八。早些年，因为家里穷，养不活他，把他送到庙里做了一名小沙弥，他应该还有一个法号。自江淮乱起，僧多粥少，庙里也养不活恁多白吃的和尚，师傅便打发徒弟们出外游方乞食，也算是灾年逃荒的法儿。朱重八在外晃荡了三年，一无所成，而各地乱得愈来愈厉害，没得法，只好回到庙里。

可他就像扫帚星归巢，灾祸随之而至。他回来没多久，濠州就乱起来，一趟乱兵一过，把庙给烧了。朱重八随着僧众，一哄而散。可逃至原野，举目四望，前路茫茫，不知何处是容身之处。他信步走去，竟又回到梁倒柱歪、只剩残垣断壁的庙里。

这个年轻和尚盘坐在一身烟熏火燎的佛像前，为自己卜了一卦。

他向神灵请教的问题很简单，一首当代的歌曲也唱过：

“我是不是该安静地走开，还是该勇敢留下来？”（原文：“出与处，孰吉。”）

他为自己设想的路有两条：出亡，或留下继续为僧。

他将珓①往地上一扔，连抛三次，均是不吉。

出与处都不好，那怎么办？朱元璋摸着头，疑惑不解，忽然灵光一闪：“莫非去投军，才是昌运吗？”

---

①珓，又作杯珓，是一种占卜小工具，多用蚌壳或像蚌壳的竹木片做成，掷于地，观其俯仰，以测吉凶，其实跟扔硬币差不多。

他试着按此念头一卜,果然大吉。

“从军不是一件容易的事啊,”朱元璋犹豫不决,“况且今日豪杰纷纷,兵匪不分,哪一家才是戡乱的真主,我可不知道呀,岂可随便乱投。”

于是他复默祷道:“兵为凶事,从军非我意,请神灵许我出逃避兵。”庙里是再待不下去了,他希望能找到一个逃命的地方。然而祷毕再投,只见珓具跃然立起,分明在说:不许!不许!

神明够义气了,一再给他指明方向,可朱元璋不知好歹,依然赖在庙里不动,直到有故交从军中以书来招,他还是不为所动,偷偷将来信焚弃。

这段故事载在《明太祖实录》里,我怀疑出自后人的编造。为何呢?只因那位神灵太婆妈,而这个元璋太矫情。

既然朱元璋通过占卜向神灵求告,神灵给出明确的答复,他为甚一再推诿不行,像只恋巢的小鸟,此为大丈夫所为乎?他既不信神,却为何向神祷告不休?而此秃顽劣,不听话,神灵该请他吃爆栗,猛敲他光头,促其警醒才是,为何竟容他在庙里又多赖了近一个月?

而这段时间,树欲静而风不止。

在接到招他入伙的来信后没多久,有人告诉朱元璋:“信的事被人知道了,要向官府举报你,这可如何是好!”朱元璋不惧,慨然太息道:“我听天由命罢了!”似乎他不走的意志转为坚强了。

我就奇怪了,他的本意不是出逃嘛,此时不逃,更待何时!怎么还待上瘾了?

过了三天,那个据说要告发他的人果然来了。朱元璋与之交谈,察其辞色并无相害之意,于是说些好话,将其忽悠走了,自己接茬儿在庙里窝着。

这样过了十天,又有人来打小报告,说:“那家伙不是不告发你,他只是不愿自己做恶人,如今他请人告发你了!你宜审祸福,速决去就!”

这时,朱元璋才有些怕了。神灵提示了他三次,好心人警告了他三次,他终于考虑要走了。于是,朱元璋在“不获已”的情况下,决定到濠州去投军。

他投的可不是大元的官军，而是处处揭竿而起的民兵，今天我们习惯称之为“农民起义军”，而从当时官府的角度，则是乱贼、匪伙。

看官，你现在明白《明太祖实录》为何要编造以上可笑的情节了吧？原来费许多笔墨，不过要为投入匪军的太祖皇帝正名，表明他的选择，实在是无可奈何之举。他本想做元朝的安分百姓，可神灵不许，险恶的环境也不同意，他是“不获已”才为之的！——正所谓本不愿与贼为伍，而为贼逼上梁山。

至正十二年（1352年）闰三月初一日，百无聊赖的朱元璋来到濠州城下。

仅仅在一个多月前，郭子兴与孙德崖等人共同在此举事，占领了这座城池。而元将彻里不花随即率兵来攻，企图规复该城，虽限于兵力有限，不能进取，但濠城内外的形势仍然非常紧张。

当未来的大明天子昂首挺胸、傲然阔步，走进城来时，守门士兵却狗眼不识金镶玉，竟把这位伟大人物当间谍抓起来，还要杀他的头。

有人见势不妙，赶紧奔告郭子兴。子兴派人来解救，一面之下，因见朱元璋“状貌奇伟异常人”，便把他留在左右，做了随身亲兵。

这是《明太祖实录》的记载，与朱元璋本人的自述有异。

郭子兴是朱元璋的恩主兼岳丈，若非郭子兴的知遇与提拔，绝无后来的大明江山。所以在他死后，朱元璋始终对他怀有一份追念，洪武中，封之为滁阳王，在滁州为其建庙，并亲自为庙碑拟出底稿。

在《滁阳王庙碑》文中，朱元璋回忆了那件往事，说：当初我挺身入濠，为门者所执，将欲加害。有人急告郭王爷，王乃亲自骑马（“亲驰”）来救，将我抚之于麾下。

实录说“遣人追至”，碑文则称“亲驰活之”，到底孰是孰非呢？

遣人与亲驰，显然是不同的。明末清初学者钱谦益说：“其缓急则有间矣。”

这种现场感很强的事件，当然应以当事人的回忆为准。可《明太祖实录》为何不从朱元璋的自述呢？对此钱谦益虽然有疑，却未能给出解释。

我怀疑可能是永乐初年重修的《明太祖实录》，为了拉开太祖与“红军帅”郭子兴的距离，苦心孤诣地做了文字改动。

“红军”二字，在明朝建国后，已为盗贼的代名词。虽然朱元璋并不否认在红军里混过几年，但他对红巾军的立场，已转变为当政者对叛逆者的严责姿态。不过出于对郭子兴的个人感情，他对昔日恩主的阴魂，仍是奖慰有加，又是追封，又是建庙，有时忆起往事，还忍不住落几滴眼泪。他行事的矛盾，令后世修史者颇感为难。

朱元璋在《滁阳王庙碑》里说了一些令后人不快的话，如“非王（郭子兴），无以开万世之业”，如“追思更生之恩，实帝业所始”，如“今大统既定，四海一家，推本寻源，实由于王”。这本是朱元璋对旧主的感念之词，实录在引用时一概给兑了水，加以稀释，如碑文称郭子兴为“再生父母”，实录辄易为“郭公于我恩厚”，就连郭子兴“亲驰活之”，也要改为“遣人追至”。

其实，不管是亲驰，还是遣人，这段记载都有未解的疑问：朱元璋就是濠州钟离乡人，是本地的土著，并无外乡口音，门军因何疑他是谍者，竟要杀他？乱世的一个穷小子，要杀辄杀，是谁跑去向郭子兴求救？郭子兴又为何肯耐烦下顾，亲自来救一个敌探嫌犯的小命？

前文说朱元璋在庙里时，有“故人自乱雄中以书来招”，我怀疑这位“乱雄”便是郭子兴，也就是说，朱元璋在郭部有好朋友，他是应这位朋友之召去濠州的。而与他一同来的，应当还有一些伙伴，大家约好了，一齐来投郭元帅。

当时元军仍威胁着濠州，局势紧张，朱元璋一伙人进城时，可能因为兴奋，口没遮拦，胡乱打听，结果被误作敌人的密探。幸有伙伴逃得快，找到郭子兴，讲明缘由。当时小小的濠城之内，挤着郭子兴、孙德崖及俞某、鲁某、潘某等五支人马，各称元帅，互不相下。而郭子兴性格孤僻清高，与其他四帅不和，受到他们的倾轧，被夺了事权，在家闲坐。逮捕朱元璋的，应该不是郭部人马，他们本不待见郭子兴，一听朱元璋急切中搬出郭元帅的名头，反而欲速其死，要拿他祭刀，杀鸡给猴看了。

失意中的郭子兴，一听来投自己的人被抓，他是个火暴脾气，当即挟着盛怒，亲自骑马去救。由于这几个青年是好友介绍来的，郭子兴对他们格外关照，尤其是朱元璋，还是他亲手救下，从此便把他留在身边。

其实二十四岁之前朱元璋的故事很简单，他生于贫贱之家，窘困于少年，潦倒于青年，游方、做和尚、从军，凡事不利，在那个乱世，处处危机四伏，随时有丢掉性命的危险。而他的出身没有任何奇异，他的身边也没有任何神灵的护佑，他的奋斗既不是为了救民于水火，也不是为了打天下做皇上，他的全部目标，不过是为了生存，他如雷的呼声只是六个字：

我只想活下来！

第五章　亲兵成了恩主的养婿

朱元璋颇受郭子兴重视，不久被提拔为“九夫之长”。九在中国语言里常作虚数，“九夫长”应该不是官职，大约就是郭子兴卫队小队长之类的职务吧。朱元璋贴身护卫元帅，有了近水楼台的便利，“久之，甚见亲爱”，元帅还经常召他商议一些密事。

郭子兴赏识朱元璋，见他二十五岁了，还是孑然一身，经与夫人商量，决定把养女马氏嫁给他——这便是著名的马皇后，她是朱元璋第一个女人，也是他终身唯一的正妻，死后谥作“慈孝高皇后”，亦省称为“高后”。

马皇后生于元文宗至顺壬申年，即公元1332年，与朱元璋结婚时，已经二十出头了，按照那个时代女子出嫁的年龄标准，已经达到剩女之中“斗战剩佛”的级别。

官史吹嘘，马氏是北宋太保马默之后，居于宿州闵子乡新丰里，“世豪里中”，家道到马皇后之父马公这一辈才中落。清人毛奇龄《胜朝彤史拾遗记》的解释是“（马公）善施而贫”，可我不大信，做好事能把祖产败光？这位“慈善家”做得有点过火！我怀疑马家压根儿就没“以赀豪里中”过，顶多趁几个余钱，却因马公好交朋友，吃吃喝喝，来来往往，不多的家产很快从指缝溜走了。

马氏生母姓郑，在生马氏时难产死了，马公杀了人，逃到定远避仇。他与郭子兴是刎颈之交，大概带个女孩亡命天涯比较麻烦，便将马氏托付给老友，自己孤身潜去，从此再无音信。马氏便由郭子兴夫妇收养。

马公怎么死的，史书并无交代，也未知其葬身于哪条沟洫之中。朱元璋曾派人多方寻找，皆无下落，只好给老丈人建了个衣冠冢，并追封其为徐王。

其实乱世之中，人如浮萍，马公的遭遇并不奇怪，而作为开国皇后之父，只存徐王的空封，连大名都没留下，这说明马公在托孤时，马氏的年纪非常小，否则不应记不得父亲的名字。

有一种说法称，马公在郭子兴占据濠州后，计划回宿州起兵响应，从此下落不明，应非事实。

元末天下大乱，沟沟坎坎，旮旮旯旯，到处都是自立的武装，不管是反元的，还是支持元廷的，都以主帅为中心，以其亲族为核心，搭起权力的架构。郭子兴有两个夫人，生有三个儿子和若干女儿，长子郭大舍死于起兵之初，次子郭天叙、三子郭天爵，还有郭子兴的内弟张天祐，是郭氏集团的核心人物。朱元璋自娶了郭子兴的养女，就由亲兵部曲，变身为元帅赘婿，从此进入郭氏的核心权力圈。

且说郭子兴与濠州城内其他几位元帅，议事每多不合，他性子直亢，常常一言不合，即甩手而去，自个儿关在府里生闷气，不再出去。次数多了，孙德崖等人就凡事专决，不再来找他商议了。

“主公还是应多出去管事。”朱元璋经常劝他。

边缘化的处境也让郭子兴觉得不安，只好老起脸，悻悻地到帅府理事。可没几天，又吵一架，仍是不欢而散，郭子兴赌气，又窝起不出了。

濠州五帅之间，互相猜防，矛盾很深，力量又弱，哪是一个出真龙的所在？

这年九月，元兵收复中原重地徐州，该地红军首领彭早住、赵均用丢了地盘，率溃众奔入濠州。这二人本是穷蹙来投，结果反客为主，压在孙、郭等人之上。

这下好了，小小的濠州城里，拥挤着那么多支杂牌队伍，不乱能行吗？

外来的两个"和尚"中，彭早住颇有智术，赵均用为人粗疏无主见，凡事唯诺。郭子兴自以为与彭早住志气相投，便只对他客气，而轻视赵均用，引起后者的不满。孙德崖早想除掉郭子兴了，遂趁机与赵均用联手，趁郭子兴外出时，突然发难，一鼓将其擒获，戴上枷锁，禁在家里，准备杀掉他。

此时朱元璋人在淮北，听说濠州发生内乱，急忙赶回来。他来到郭府，见府中早乱成一锅粥，却只见女眷，男人们都不知跑哪儿去了。朱元璋知道郭氏兄弟躲起来了，问他们的去处，可没人肯告诉他。

"我难道是外人吗？如何这般防我！"朱元璋大为不快，解释道，"我回来是脱主公之难的！"

朱元璋可能没把自己当外人，可郭家人真没把他这位养婿当作可以倚信的亲人。然而抵御家难本是男人的事，可男人们躲起来了，女人们也没法，只好以实相告。

朱元璋找到天叙和天爵兄弟，对他们说："主公向来厚待彭元帅，而薄于赵元帅。此事一定由赵元帅所发，此难非彭元帅不可解。"

这就是英雄眼光独特之处，别人看不明白，他一下就找到了症结所在。

三人遂同郭子兴的次夫人张氏一起，去找彭元帅哭诉。

彭早住果然不知，大怒道："有我在此，谁敢害郭公！"立刻发兵包围了孙家。朱元璋披甲持刀，与众兵一起攻入，将郭子兴从地牢里解救出来。

如果没有朱元璋，郭子兴差点被害，朱元璋在危机时刻，表现出的忠诚与机智，巩固了主公对他的信任。

但此事也使一种尴尬的情势凸显出来：郭氏子弟皆是庸碌之辈，不堪重寄，而才干最为卓越的，却是养女之婿。莫说这女婿只是"挂个号儿"的，他就是娶的郭子兴的亲生之女，也不应危及天叙、天爵兄弟的权利。

平庸之辈往往有着强烈的妒忌心理，郭氏兄弟的本事一下被朱元璋比没了，不由得羞怒交加，他们又没能力牢笼、驾驭朱元璋，只好靠加倍的忌恨来巩固自信。

郭子兴的心态则要复杂得多，他希望自己创下的这份家业由儿子们继承,义婿朱元璋能成为他们的好帮手,他绝不愿意看到朱元璋凌驾于其子之上。他一方面要维护朱元璋这个难得的将才,尽量安抚他,使之为己效力,将来为其子所用;另一方面,他又不可避免地倾向、纵容儿子,打击、压制朱元璋。这就使救主有功的朱元璋,因为功高震主,反而处于危险的境地。

在这样的危局中,方显出马氏为朱氏之良配的价值。

马氏"聪明出人意表",她利用郭家养女的身份,努力调剂夫君与郭家父子兄弟的关系,多次使朱元璋化险为夷。一个有名的故事讲,朱元璋一次遭郭氏囚禁,断绝饮食,几乎饿毙。幸亏马皇后怀揣热饼,偷偷给他送去,才使他免于死亡,马皇后却被热饼烫伤了胸口。

然而这个故事,对不起,我同样深表怀疑:为什么马皇后一定要把那么烫的饼子揣在怀里?古人的衣衫并不薄,何以一定要贴身藏饼,以致把胸乳都烫伤了?郭氏既然要置朱元璋于死地,定当严密防护,岂容他妻子送饼?如果一张饼就能救命,那么朱元璋被关押的时间定不会长;如果长期关押(饿死人,至少也要十天吧),马皇后岂可一次又一次地怀饼以进?

最可疑之处还是,如此隐秘之事,如何被史家探知,又说"怀以进,肉为焦",又说"其后肉有腐痕",就像写鉴证实录。可你咋知道的咧?须知,给马皇后验伤,是她老公的专利,你修史人难道撩人家内衣看过?——有时候,"修史人"故意编造情节,真是"羞死人"也!

我因此怀疑,马皇后"窃炊饼",只是一个夫妻共患难的恩爱故事,情节有夸大的成分。但它不是完全空穴来风,《明太祖实录》在追述马皇后的种种美德时,有这样一个记载:

"值岁大歉,(马)后从上(朱元璋)在军,尝自忍饥,怀糗饵脯脩供上。"

说因为军中乏食,马皇后自己舍不得吃,把好吃的藏在怀中,偷偷送给老公吃。她大概利用郭家干女儿的身份,从物资保障较好的郭府偷拿的吧。脯脩是干肉,糗饵指米麦做成的食物,可以包括蒸饼,而一般泛指干粮。

朱元璋入军的第二年,濠州即遭元军重兵围困,元兵主帅是元廷重臣中书省左丞贾鲁和大将月哥察儿。这次围城时间非常长，直到次年贾鲁在军病死，元军才解围而去。后来朱元璋镇守和州，元军复举大兵十万来攻，困城三月，饷道俱绝，城中饮食皆尽。戎马倥偬中，像这样艰于食的情形经常发生。朱元璋后来回忆说：他与马氏起于布衣，同甘共苦，当年在军缺少饮食，马皇后宁可自忍饥饿，也要"怀糗饵食朕"。

他特地提到一个典故：东汉光武帝刘秀微时，冯异曾送他豆粥麦饭吃，刘秀即位后，念念不忘，对冯异表示，一饭之恩，君臣当始终保全。朱元璋说自己所经历的，比冯异供光武帝粥饭时的情景，"其困尤甚"。他与马皇后的夫妻之情，也该"始终保全"。所以马皇后在洪武十五年(1382 年)去世后，他没有再续弦。

当荒歉之年，马皇后养于主帅之家，比当兵的吃得要好，她自己省下些心疼老公，本属人之常情，然而实录连用两个"怀"字，不想引发联想，后世文人竟衍出一个烫乳的情节，就未免联想过甚，几近难堪了。

第六章　叨坐末座的上将

在明朝官史的刻画里，太祖皇帝寄寓郭氏篱下的这几年，表现出卓越的才干，立下汗马功劳，但始终摆脱不了遭人猜忌、排挤、打压，甚至是毒害的境遇。然而这位英雄能屈能伸，屡屡得到神灵启示和贵人相助，每到险处，自化为夷，终于踏出一片广阔的天地。

是谁在加害太祖？实录没有明言，后来就坐实在郭氏两位公子身上。嘉靖年间郑晓著的《吾学编》，就记了一件没有得逞的谋杀事件。

说天叙与天爵兄弟，"忌上(朱元璋)英武得众心，兵势日盛"，妒心难耐，遂备下药酒，计划毒毙之，好绝后患。可不知怎地，被家人泄了密。朱元璋已经得到线报，果然郭家兄弟邀他赴宴来了。朱元璋做出高兴无备的样子，与二郭并马而去。

走到半路，他突然做出一个诡异的动作：从鞍上急跃起，跪在马上(这是一个高难度动作，难道老朱学过杂耍?)，头仰朝天，好像在听什么人说话。

郭氏兄弟不解，面面相觑，再看他时，已伏在马上，顿首连连，然后旋过马头，冲二郭痛骂道："竖奴！乃欲毒我耶?"二郭慌忙道："哪有?"欲待辩解，朱元璋道："适才空中有神人对我说，你二人欲以毒酒害我。"

可叹郭子兴的两个笨儿子，真以为天神泄其密谋，"骇汗洽背，下马伏地"，口里只管说："安敢有是！安敢有是！"朱元璋回马便走，从此再不上郭府，而他与郭氏之间，嫌隙是越来越深了。

这个故事被收入《明史纪事本末》，置于郭军攻克滁州之后，俨然为信史。

看官，您若问：写书的，你怎么看？我只能说：我不知您信不信，反正我不信。朱元璋的这点猴把戏竟把郭氏哥俩儿吓出一身臭汗，下马叩头，"自此不敢萌害意"(《明史纪事本末》语)。我不敢说朱元璋手段有多高明，只能说，郭氏两兄弟若是如此，真比猪还笨，比驴还蠢。当然啦，天叙、天爵兄弟被明朝的官史刻画为一对嫉贤妒能的饭桶，朱元璋却是灵异附体，毒也毒不死，饿也饿不毙，还经常和神灵打电话。

郭氏兄弟这两位朱元璋的大舅子，他们在历史上的境遇，很像唐初的李建成、李元吉兄弟，被人说成整天不干正事，也干不了正事，唯以恶心加害一贯英明伟大正确的真命天子。手法也差不多，李世民不是差一点被他亲兄弟置酒毒死吗?

总之，经过胜利者动手动脚，历史材料大量消失，真相隐秘难知。今人读史，唯应记住一点：所谓"正史"多是胜利者的功劳簿，切不可轻信它。

明朝开国史中关于太祖受屈挨憋的种种记载，表明了朱元璋借人家屋檐立足的真实处境。朱元璋一直没有自己的部众，他开始拥有自家的班底，是从占领滁州开始的。

濠州经元军长期围困后，兵力损失较大，元兵撤退后，朱元璋回乡募兵，一下子得兵七百。郭子兴很高兴，就任命他为镇抚，统领这七百名子弟兵。但朱元璋为了避嫌，把人马交了出来，只留下徐达、吴良、费聚等二十四人。这些人后来皆从朱元璋南略定远、滁州，成为他最早的嫡系班底，建国后多封公侯，有的还与朱元璋结成亲家。

闲话休叙，且说濠州的形势日见艰难，若继续顿在此地，不被人吞掉，也始终为人掣肘，朱元璋向郭子兴建议，向外发展，另寻生存空间。恰好郭子兴家乡定远县张家堡有一支民兵，号称驴牌寨，军孤粮少，想找一个靠山。朱元璋便主动请缨，去收编了这支武装，得壮兵三千，其详情颇为波折惊险，因与本书无关，恕不细表。

朱元璋即率此兵东进，在横涧山夜袭另一支依附元朝的民军，降其男妇七万人，得精壮之兵两万。随又挟此实力，南掠滁阳。这就像滚雪球，越滚越大。

朱元璋顺利拿下滁阳。这块新根据地来得非常及时，因为在这当口，朱元璋预料的大乱果然发生了。彭早住、赵均用二人称王后，矛盾重重，终至决裂，在濠州城里火并起来。彭早住被害，从此赵均用专兵，郭子兴益发孤立，已无法立足，遂率所部万余人来到滁州。

郭子兴入城后，检阅滁州之兵，见朱元璋数月间连捷，拥兵达三万余人，真是且喜且忧。他开始设法削弱朱元璋的军权，将他身边任事的将兵官逐一调开，分置各营，甚至连刚刚来投，在军中“掌书记”（管理军中文书）的一介文吏李善长，也要拨到自己麾下。这大违李善长本意，拖着不肯去，郭子兴不便强迫，只好作罢。其实郭子兴看重的是兵权，对李善长这样的帷幄经画之才，并不真的看重，这便是郭子兴不如朱元璋之处，所以郭子兴起兵数年，始终郁郁人下，为人所制，名号不显，终身亦不过一元帅。

朱元璋攻城略地，立下大功，却并未获得重赏，只得到一个“总管”的虚衔，且郭氏父子对他猜嫌愈深——“自是四方征讨总兵之权，皆不得与”。《明太祖实录》写道：“上（朱元璋）虽见疏远而事（郭）子兴愈恭，未尝有怨言。”恐怕不是没有怨言，而是有怨而不敢言。

在郭部占据滁州后一年的时间里，因为张士诚在高邮建立“大周”国，当了出头的椽子，成为元朝的重点打击对象。元朝以丞相脱脱为主帅，率领大军，号称百万，围剿张士诚，一时淮之左右皆震。本来郭子兴也打算在滁州扯旗称王，朱元璋力陈其利害，说称王等于头上涂蜜，徒然引蜂来蜇，滁州是一座山城，舟楫不通，商贾不集，又无形胜可据，若元军来攻，是很难坚守的。郭子兴只好放弃了称王的念头，后来当元军来攻时，主动与元军讲和。由于元军的主攻方向是高邮的张士诚，滁州得以苟完。

元军进攻高邮，几乎毕中原之力，但主帅脱脱受了谗言，被元顺帝就军中夺职，大军一夜崩溃，江北的形势从此陷入糜烂。江淮诸侯，纷纷趁机发展，郭子兴占领了长江北岸的和州，获得第二块地盘。

率军攻略和州的，本是张天祐、赵继祖、耿再成、汤和等人。可兵派出去不久，消息传来，说攻城失败，郭子兴忙命朱元璋率镇抚徐达、参谋李善长等驰援。朱元璋到了和州，才知道前信不确，和州城已经攻下了。

郭子兴得到战报，大为高兴，就命朱元璋"总守"和州。

夺取和州，朱元璋寸功未立，却捡了个大便宜，身任总兵，位诸将之上。然而朱元璋深知，诸将多是郭子兴的旧部曲，要么资历与己比肩，要么年纪比他长，一旦遽居众人之上，恐众心不悦。他要是倚郭子兴的将令，在厅上高坐，发号施令，而被诸将当场驳了面子，那就太难看了！

怎么办呢？朱元璋想来想去，灵机一动，心生一计，他让人悄悄地把帅府大厅上的公座都撤了，改在厅的正中设一木榻，"俟天明聚会时以观众情"。

五鼓时，诸将皆入，朱元璋故意后至，他进来一瞧，诸将悉已就座，只把"左末一席"留给他。那时坐席尚右(即以右为上，尊者坐于右)，看来，诸将并没把他"总和阳兵"的任命当回事，竟然把最末一个席位留给总兵大人。

朱元璋一看"众情如此"，悻然不乐，也毫无办法，只好忝居末座。官史写他"即就坐，不为异"——要我说，他是故作镇定。

幸亏朱元璋早有准备，大家如此坐成一团，显不出尊卑次第，避免了一场纷争。就这样，朱元璋开始办公理事了。

实录常说，朱元璋一人如何功高，而总是遭到郭氏父子及其同袍的猜忌排挤。上面这段记载本意在张大朱元璋的谋略，却不小心透露了一个事实：朱某人固然才干出众，但郭军数年血战，绝非他一人之功。诸将公会，他故意晚至，诸将各自择座而坐，只留一个末席给他，这应当是朱元璋在当时郭军中的真实地位，诸将或矜战伐之功，或擅资格之老，并不把郭元帅的赘婿瞧在眼中。许多人还因为他倚仗干老丈人的扶持捞到不少便宜，非常鄙视他呢！

历史是胜利者书写的，此时在和州城厅事上高坐快谈的郭部旧将们，将来或在与元军的奋战中战殁，或被朱元璋人身消灭，尽化作了泥与土，只有那个手握郭子兴的任命书，却不敢上座的小子，才是最后的胜利者，于是他将别人的战功一概抹除，一切功勋，尽归于己。

和州诸将中，并非所有将领都不服朱元璋，至少汤和就对他表示了恭顺。明初大儒方孝孺在汤和殁后，为他撰写神道碑，提及和州之事，说太祖自取和州，诸将多是郭子兴的“贵部曲，……顾望未尽效臣礼”，对太祖无礼，唯汤和“听命甚谨，帝心嘉焉”。

方孝孺此文笔法是过去文人行笔的通病，朱元璋守和州时，不过一将，资望尚不及郭子兴旧部，大家不服气他，如何就是不“效臣礼”呢？

汤和比朱元璋年长两岁，他在郭子兴起兵之初即率众来归，累升管军总管，资格比朱元璋老，而官位与之等。汤和此人长于韬晦，深于城府，他眼见朱元璋力量不断增强，而军中矛盾日益加剧，开始刻意敷衍与诸派的关系，并不像那些粗豪的将领，公然对朱元璋表示不敬。当郭子兴死后，形势大变，他立即坚定地站到朱元璋一边，由郭子兴旧部转变为朱元璋的主要追随者。

第七章　郭大帅岂是江东周郎

朱元璋由郭子兴的亲兵九夫长，再升镇抚，升总管，三两年间，已擢至“总守”一城（郭部仅有两城），其地位迁进之速，令人炫目。

朱元璋的成功并非仅靠神佑（在实录里，史官塞进了许多神灵指引、相助和庇佑的故事）和他个人的才干，而与他和郭子兴的翁婿关系无关。

朱元璋自与马氏结婚，居于郭元帅“甥馆”，便是今天所谓的“官二代”,再也不是托钵行乞的小行僧了。马氏又善逢迎,把郭氏夫妇熨帖得舒舒服服,这对朱元璋军中地位的快速上升,发挥了至关重要的作用。在一支主要依靠亲族血缘维系的私人武装里,没有这层关系,要想获得实权,几乎是不可能的。实录反复叨叨他们的太祖皇帝遭人“羡慕嫉妒恨”,实际上是在掩盖这一层裙带关系,以证明朱元璋的发达,完全出乎天命和他个人的“神武明圣之资”,等于在说:能力之外的资本都等于零。

到至正十五年(1355年)春天“总守”和州时,朱元璋已成为郭部最为重要的将领之一,控制了郭部一半以上的实力。但从和州诸将不服其管束来看,朱元璋在军中的地位仍不稳固。郭子兴才是郭家军的真正主宰,朱元璋的地位完全要靠这位主公兼丈人来维系。

朱元璋在和州屁股还没坐热乎,一个意想不到的客人来了,此人正是濠州旧帅孙德崖。

孙部因为乏粮,到和州一带来就食,他向朱元璋提出,入城借住数月。朱元璋应知,若放孙军进城,昔日濠州二王、五帅共居一城的覆车之鉴又将重演,搞不好孙德崖再来个鸠占鹊巢,和州也将不保。他本该严拒才是,不料他却答应了!

朱元璋有什么理由同意其主公的宿敌入城?可千万不要说,这是农民领袖发扬大无私的革命精神!实录对此的解释是:“(朱元璋)欲不许,彼重我寡,力不能拒”,是“不得已许之”的。

这个理由似难成立。要说孙部兵力强盛,朱元璋担心无力抗拒,可就在不久前,元朝集兵十万来攻,朱元璋以万人拒守,三月间连出奇兵,数败元军,迫使其在夏天解围而去。和州城不摧于十万元军,又何惧于一游寇孙德崖?况且孙部缺吃少穿,到处乞食,能有什么战斗力!

况且孙德崖与主公有不共戴天之仇,朱元璋难道满不在乎?竟然不经郭子兴允许,就让孙部进了城。

在正史实录里,郭子兴被描写成一个眼光狭窄,记仇,行事急躁,不顾大局的人。他好容易才摆脱了濠州城搁浅沼泽的困局,占了两块独立的地盘,事业大有起色,我之禁脔,岂容仇敌染指?

朱元璋此举为何，郭子兴一定很想知道答案。

果然，郭子兴怒气冲冲来了！

官史说，朱元璋独领一城，嫉他的人简直要疯了，不停地进谗，郭子兴不由得听信了，盛怒之下，亲自来和州问罪。我却认为，郭子兴从滁州急急赶来，绝不会是因为普通的谗言，恐怕是朱元璋收纳孙部的行为，令他心生疑惧，担心朱元璋欲拿和州城为礼，改换门庭，投靠孙德崖。

朱元璋获悉主公要来“督过”的消息，忙吩咐部下，主公日间不来，晚间必到，主公来后，当急速来报，我好亲自出迎。

实录在此不惜笔墨，记录了一个太祖再遭人陷害的细节：郭子兴夜间驰抵和州，恰好守门将领与朱元璋有隙，故意先将郭子兴迎入，在馆舍安置好，才去告诉朱元璋——他大约要借朱元璋的怠慢，激郭元帅之怒吧。

朱元璋听说元帅已经进城，忙到馆舍来见。但郭子兴怒目视之而不言，久之，方冷冷地问：“汝为谁？”

岳丈岂会不认得女婿，郭子兴这么问，是让他扪心自省：你如何才有今日的？休要忘了姓甚名谁、天高地厚！

朱元璋忙“称名以对”，大概是答“小婿重八”吧。

“汝罪何逃！”郭子兴责问道。

“诚有罪，”朱元璋先告了罪，然后道，“家事缓急皆可理，外事当速谋。”

“何谓外事？”郭子兴含怒道。

以上对话引自实录，它显示出，朱元璋是一位语言大师兼执业水平的心理学家。郭子兴怒冲冲来问罪，他并不自辩，先告罪讨饶，以消减元帅的火气；郭子兴问“你是哪个”，他装傻充愣，老实回答：“俺小朱啊！”整个一个装萌。郭子兴本怪他专恣，不料一脚踢在棉花包上，冲击力先折了一半。

朱元璋故意不请教“岳丈因何而来”，而是径直道：“岳父大人所责小婿的，不过是家事，自家之事，缓点急点，都不打紧，慢慢再议不迟。”他明知郭子兴此来，必为收容孙德崖之事，光套翁婿的近乎，是无法脱罪自明的。于是先发制人，试图让郭子兴顺着他设定的路子来思考，所以故作紧张地抛出一件“外事”，果然成功地转移了郭子兴的注意力。

“孙德崖在此。”朱元璋道，眼睛瞪大，闪着暧昧的光。“过去主公为孙某所困，是小婿破其家将主公救出，今日主公与之相见，他难道会忘了旧仇？这真令人担忧啊！”

听他的话，倒好似孙、郭二人之来，皆出他意料之外，而他马上想起旧事，立刻为主公的安危担心起来。他不忘借机表白一下，当年郭为孙所困时，是他卖力搭救，一则令主公念旧日之恩，一则暗示，他与孙德崖有隙，是不可能站在他那一边的。

瞧，简单的几句话，信息量非常丰富，话该怎么递，何处塞包袱，哪里埋地雷，他巧妙地驾驭着——谁敢说老朱心思不巧？他还善于打游击，故意拿郭、孙二人的“宿憾”说事，是以进为退、避实就虚、先入为主之计，以此先慑住郭子兴，好模糊掉他此行问罪的焦点。

这一手果然奏效，实录载：“郭子兴惊，遂默然无语。”

孙德崖当晚也得到郭子兴进城的消息，次日五鼓时分，他派人来对朱元璋说：“令岳既然来了，我只好告辞。”

朱元璋“大惊，疑必有变”，一面急报郭子兴备之，一面去见孙德崖，故意问：“您为何这么快就走？”

“你老丈人难以相处，所以要走。”孙德崖道。

朱元璋察其辞色无异，就说：“今两军共处城中，若一军突然开拔，怕下人无知，闹出事来。不如请贵部大队先行，孙公留后，也好有个弹压。”

孙德崖答应了，孙部即起营，一拨一拨地往城外开。却不想在此时，出了大岔子。

《明太祖实录》在讲此事时说，孙部开拔后，有为孙军将领饯行者，邀朱元璋一起去，于是朱元璋裹在孙军里，出城二十里。此应为曲笔，并不可信。朱元璋此时异常担心郭、孙二部火并，岂肯亲身犯险，去吃什么饯行酒？我怀疑是朱元璋与孙德崖谈妥条件，朱入孙军为质，孙才答应留后弹压。不然，孙德崖对郭子兴固然蓄有宿憾，他何尝不惧郭子兴对他存有更深的仇怨？若非郭子兴的令婿向他做了人身安全的保证，并亲入孙军做人质，他绝不会答应留在城里。

然而，孙军前部刚开出城，城里郭、孙两军就干上了，可能是郭子兴趁孙军主力出城之机，突然对孙德崖下手。

这几乎要了朱元璋的命。朱元璋倒灵光，他一听城里打起来，策马就逃，企图脱离孙军。可马儿还未奋蹄，马上的主儿早已被一把扯下马来，像粽子一样捆起。只因孙德崖还在城中，生死不明，孙部也不敢加害。孙德崖的弟弟命人用铁链将朱元璋锁颈，派人到城中打探，知道孙德崖已被郭子兴活捉。

过去郭子兴在孙府为囚徒时，披上大枷，关在地牢，吃了不少苦头，如今郭子兴加倍还他，炼了一根更粗的大铁链，将他牢牢锁起。前仇马上要报，郭子兴大为高兴，在处死“孙朋友”前，请他喝绝命酒，并亲自作陪。

亏得郭子兴学猫，在咬死老鼠前先耍它一把，没有立即杀掉孙德崖，否则朱元璋项上人头也将不保。

这样，两军各有一名重要人质，可以谈判了。

如果郭子兴真如朱家的御用史官所写的那样记仇、心胸狭窄，对朱某人充满猜忌，那么朱元璋就太幸运了，因为郭子兴没有借这个机会，将宿敌孙德崖与尾大不掉的养婿一并除掉——他只消杀掉孙德崖，朱元璋马上人头落地，一箭双雕，干净利索。

而事实是，当郭子兴听说朱元璋被抓后，非常着急，立刻派徐达去孙军谈判，要求交换人质。孙军将朱元璋释放，而留徐达等为质，郭子兴随即开释孙德崖，孙德崖回去后，将徐达放归。

这一次是朱元璋一生遇到的最大风险，他被孙军拘留了三天，几乎有性命之虞。郭子兴好容易才抓住死敌孙德崖，却为了救女婿一命，被迫将嘴里的骨头吐出来。然而，朱家人一点都不领情，《明太祖实录》竟然这么写：郭子兴因不能杀死孙德崖，“心常怏怏，忧闷致疾，久不起，遂卒”，说郭大帅是生闷气，活活把自己气死的——简直是江东周郎第二！

唉！“正史”如此诬人，亦枉称为“正”！

第八章　悖恩的保护人

朱元璋是郭子兴之死的最大受益者。

郭子兴在时，其武装是郭家军，朱元璋为郭家之部将。作为在元末驰骋一时的豪杰，郭子兴绝不会像明代官史所描绘的那样，是一个庸懦之辈。郭子兴活着时，是郭氏集团唯一的核心，牢牢地控制着这支武装。可惜天不假年，才五十出头，便驾鹤西去了（他正当壮年，可能是突发重病死的）。如果他再多活一些年头，历史肯定会改写，至少将来新的王朝，不大可能姓朱了。

郭子兴在乙未年（1355 年）三月突然病故，失去了头领的郭家军顿时分崩离析。虽然郭子兴有两个儿子继承父业，另外郭夫人的弟弟张天祐，也参握兵权，但他们缺乏威望，难以控制军中宿将，拥有较多兵力的朱元璋，第一个就不会听命于这两位素不相合的大舅子。

在内部分裂之势已形成的同时，郭部还面临来自外部的威胁。孙德崖听说郭子兴去世，马上派人来下书，摆出老前辈的身份，晓以利害，令郭部“听候约束”，他其实是打算借机吞并这支队伍。郭天叙接书后，非常忧虑，如果不答应，说不定孙德崖会来硬的，对郭部实施武装缴械。

就在这时，北方局势突然发生重大变故，最早在河南汝、颍一带起兵反元的红军旧部，在沉寂数年之后，实力重新壮大，杜遵道、刘福通等人从砀山夹河迎来已故首领韩山童之子韩林儿，在亳州称帝，号小明王，建号为宋，改元龙凤。他们派人来和州联络，也希望收编郭子兴这支队伍。

在这个群雄混战、崇尚丛林法则的乱世，一个仅仅保有两城（滁州、和州），兵力不过数万，又刚刚失去主帅的地方武装，就是案板上的鱼肉，人人觊觎，万难自存。

经反复权衡，郭氏认为，如果他们是一块肉，一定要掉进某个强者的嘴里，那也绝不会是死敌孙德崖；而依附于兵锋正锐的龙凤政权，对于他们在夹缝中生存，倒是一个不错的选择。于是张天祐亲往亳州，接受招抚。很快，他带回“朝廷”的委任状，命郭天叙为都元帅，为全军主帅，张天祐右副元帅,朱元璋左副元帅。元制,右比左贵,故右帅地位要高于左帅。朱元璋任左副元帅,在军中是第三把手,地位仅次于郭天叙和张天祐。

对于这样的人事安排,《明太祖实录》的记载异常矫情,称朱元璋闻命后,说了句大话:“大丈夫宁能受制于人吗?”决定不接受任命。

这纯属一派谎言。

朱元璋一直到至正二十六年(1366 年)冬溺死韩林儿前,始终接受龙凤政权的官爵,并以龙凤纪年,只是后来做了皇帝,以红巾军为“红妖”,才不肯承认这段“受制于人”的历史。

虽然朱元璋并不甘心居于郭、张之下,但迫于时势,一时也无可奈何,只好接受三帅“共府置事”的局面。然而,这样的“军事民主机制”,正是郭氏余众致命的弱点。在群雄逐鹿、互相攻伐的乱世,一支缺乏军事强人统领的队伍,未来是不容乐观的。

这年五月间,和州等地遭遇严重的粮荒。江淮一带,经过多年的兵燹,已是赤野千里、饿殍满路,这支小队伍无处筹粮,难以继续在江北生存,遂决计渡江,向相对安定的江南发展。

可巧在此时,巢湖水寨因为被元军和周边民寨所蹙,混不下去了,派俞通海来和州乞兵。这真是天赐良机,朱元璋与徐达等亲信商议后,亲自到巢湖与其首领李普胜等会面,招降了这支水军。六月初,全军顺利渡江,一举攻占江南牛渚、采石等矶,随即乘胜攻破太平路 。①

占领太平路后,郭部进行了政权建设:改太平路为太平府,以李习知府事;置太平兴国翼元帅府,朱元璋兼任大元帅,其亲信李善长任帅府都事,潘庭坚为帅府教授,汪广洋为帅府令史,以太平府耆儒陶安参幕府事。

我们不知道都元帅郭天叙和“第一副元帅”张天祐在新政权建设中发挥了什么样的作用,但从朱元璋兼领新设的翼元帅府及其相关人事安排来看,这次改制是在朱元璋的主导下进行的。

---

①路是元代行省下的一级政区,明代废路设府。太平路的治所在今安徽当涂。

渡江后,郭部构成已相当复杂,除了郭氏兄弟统领的郭子兴嫡系与朱元璋所部,还包括在渡江前后收编降附的巢湖水师及民兵元帅陈埜先部万余人。这样一支临时拼凑在一起,各怀心思的队伍,已不能再称“郭家军”了。太平府城内,还不知如何闹哄呢!

郭天叙失去了号令全军的力量,感觉难以与朱元璋共事,遂分兵转战江南,占领溧阳、句容等地。然而九月间,郭天叙与张天祐在进攻元集庆路(即南京)的战役中,不幸双双战死。

二位元帅之死,主要是因为民兵元帅陈埜先暗中通元,临阵叛变所致。

郭、张之死,虽由陈埜先之变直接造成,但间接上很可能死于朱元璋的阴谋。种种迹象表明,朱元璋早在七月第一次进攻集庆路时,已察知陈埜先怀有逆心。陈埜先是协同元军进攻太平,失败被擒,被迫降顺的。他与朱元璋歃血为盟,表示追随,从而重新握兵,参加了郭部对集庆路的进攻。但他很快恢复了与元军的联络,设下圈套,诱朱军来攻。

但朱元璋并不信任陈埜先,他接到陈埜先促他进兵的来信后,故意迟缓不前,却让毫不知情的郭、张二人继续进攻集庆,结果跳进陷阱里。九月,元帅郭天叙、张天祐,总管赵继祖率军从东南方向进攻集庆路东门,陈埜先部从其驻地板桥进攻南门,从寅时(凌晨三点到五点间)直战至午时,交战正酣时,陈埜先邀郭天叙过营饮酒,出其不意,将其杀死,又擒获张天祐,献给元军。陈埜先随即会同元兵,内外夹攻,郭军大溃。

朱元璋借刀杀人之计成功,郭、张二帅尽殁,尤其是除掉了名分在其上的大舅子郭天叙,使他在郭部中的地位爬到了顶点。

值得一提的是,陈埜先在追击郭氏溃军时,过于奋勇,被乱军“溷杀”。说句公道话,从元朝的立场来看,陈埜先是文天祥似的忠臣烈士,朱元璋才是乱臣贼子。陈埜先死后,余部三万余人在次年三月朱元璋规取集庆时,全部被其招降。

陈埜先临阵倒戈后,巢湖水师也不稳了,其领袖李普胜、赵普胜借口庆贺渡江之捷,摆下鸿门宴,企图杀死朱元璋,将朱部吞掉。幸运的是——对于乱世豪雄,运气太重要了!朱元璋成功的关键,在于他的大多数对手和竞争者，都不如他幸运——朱元璋得到密告，并未赴宴。他却佯作不知，将计就计，数日后设宴回请，反而就席中拿下李普胜，将其处死。赵普胜知事情败露，投奔长江上游的徐寿辉去了。巢湖水军其他将领，如廖永忠、俞通海等人，都一心归顺了朱元璋。

此时的朱元璋，很有点见神杀神，见鬼杀鬼的阵势了。

至正十八年(1358年)七月，郭子兴仅存的幼子，时任江南行省右丞的郭天爵，被朱元璋以谋叛的罪名在建康(南京)诛杀。

此事官史无载，见于当时以"骑士"身份从军的俞本所著《纪事录》(又名《明兴野记》)。

《滁阳王庙碑》也提到此事，称"(天爵)与群小阴谋伏罪"。"阴谋"，就是郭天爵被诛的罪名。

右丞之职是天爵之兄天叙战死后，由韩林儿任命的，朱元璋同时被任命为平章政事。元制，平章从一品，右丞正二品，龙凤政权的任命，确认了他二人是以建康为根据地的那支武装的头领。这块地盘在名义上是龙凤政权的"江南行省"("江南等处行中书省"的简称)。

其实在占领建康后，朱元璋已并郭氏之众而有之，成为郭氏集团事实上的首领。郭天爵不过寄一空名而已。龙凤政权的任命，实际上是对郭氏旧主在名分上的一种照顾。

现在的郭氏集团，其部众包括三类：一是以徐达、常遇春等同乡亲信为核心的朱氏嫡系，一是郭氏余众，一是巢湖水军。郭氏余部又分两种情况，一是以汤和、邓愈、郭兴(他的妹妹嫁给了朱元璋，即后来的郭宁妃)等人为代表，原为郭子兴部将，后来见机转舵，投顺了朱元璋；一是以邵荣、赵继祖等人为代表，他们地位较高，资格亦老，并掌握一定的兵权。

残存的郭氏旧部，对于朱元璋来说，仍是一股异己的力量，他们不仅未与朱元璋重新调整关系，还对这位昔日同僚强化权力、排斥异己的做法颇有怨言，成为大权独握的朱元璋必欲除之而后快的对象。

朱元璋首先除掉了拥有旧主之子名分的郭天爵，等于去除了郭氏余众重新聚合在一起反抗自己的一个条件。《明史·郭子兴传》说:“天爵失职怨望,久之,谋不利于太祖,诛死。”郁郁居于建康的郭天爵,未必有能力“谋不利”于朱,而以心怀不满(“怨望”)加罪于人,差不多等于诛心之法了。朱元璋不放过他,正所谓斩草除根,勿使滋蔓。

在残酷的战争岁月里,郭部许多将领先后战死,幸存者如邵荣、赵继祖等人也在至正二十二年(1362 年)被朱元璋以谋反的罪名处死,其姓名功绩与其遗骨一起,湮没于历史的荒野之中。

郭天爵一死,郭子兴便绝了后(又传郭子兴还有一位侧室李夫人,生第四子郭老舍,洪武初回定远老家务农,其子孙在乡被称为“郭皇亲”),郭氏集团亦告覆灭。朱元璋则以郭子兴的亲信、部将和爱婿的身份,成为郭氏眷属的保护人。

其实早在郭氏兄弟败亡前,朱元璋与这哥俩已成为真郎舅。

原来郭子兴有两位张姓夫人,其侧室小张夫人,育有一女,是郭子兴最小的女儿。当初郭子兴与妻子商议,要为朱元璋择配,是小张夫人说:“方今天下大乱,正当收揽豪杰,一起成就功业。我观此人举止异常,我不收之,一旦为他人所亲,谁与我共成事业?”提醒了郭子兴,才决定将好友马公之女许给朱元璋,使之成为自己的养婿,有了这样一层关系,朱元璋自然不会跳槽了。而反过来,朱元璋也由此成为主公之婿,上升之阶亦顺畅了。

钱谦益在《太祖实录辨证》中指出,“滁阳王(郭子兴)夫人生三子,皆与高帝不协,而次夫人独能知高帝”。小张夫人智识过人,当郭子兴在濠州被孙德崖逮捕,性命危急时,是她率郭氏兄弟从朱元璋奔告彭早住,使其夫得救,当朱元璋为谗言所攻时,亦是她一力周旋。郭子兴死后,小张夫人知道自己母女的地位已无保障,默察形势,深知唯有荫蔽于今非昔比的赘婿,方为上策,于是决定把亲生女儿郭氏嫁给朱元璋,即便为妾也在所不惜。

郭氏(即后来的郭惠妃)在这样的环境下下嫁朱元璋,与马氏姐妹共事一夫。朱元璋由昔日的亲兵家人,一跃而为故主遗属的保护人。

故主的两个女儿都下嫁了朱元璋,养女马氏在明朝建国后,被册封为皇后,郭氏封为惠妃。郭子兴是朱元璋一生中最大的贵人,是朱元璋发迹的提携者，虽然两人之间有不少猜忌和摩擦，但郭对朱恩德如山，至少两次救过他的命（朱元璋初入濠州时与和州之变时）。朱元璋对没有威胁的死人总还是大方的，在洪武三年，追封郭子兴为滁阳王，妻张氏（是其正妻，非小张夫人）为滁阳王夫人，在滁州立庙致祭，并绘其三子图像以从祀。在亲自撰写的祭文里，他不无感怀地说道：

“朕方从军，几为他人所害。惟王能活我，致有今日。尽平天下，家国已成，再生之恩，终世难忘。”

然而，此言若出肺腑，他何不为主公留下一缕血脉？何必将郭氏杀得干干净净！总之是说得到，做不到。

我们无法探知这位新郎官入洞房时的心态如何，但可确知的是，朱元璋这只乱世之凤，是在郭氏一族的焚火中涅槃重生的。

第二卷
皇子与储位

第九章　虎毒不食子，还溺子

俗话说，虎不食子。朱元璋杀过侄子，杀过女婿，吓死过外甥，可就是没有杀子的劣迹，他对孩子们护爱有加，最重骨肉之情，他建立的明朝，是典型的家天下。

有人要问了：老朱是家天下，难道老李、老刘们搞的就不是家天下？诚然，历朝历代，无不是家天下，猪也好，牛也好，都是一家一姓的王朝。只是老朱的心胸看起来比以往任何开国之君都更狭隘，他不止要让朱家人世代坐天下，还不许旁人从他家碗里多舀一匙羹。

朱元璋的"历史贡献"，最为后人所推许的，是其开国定制，全面规划、奠定了大明王朝政治体制的基础。

开口闭口都是"太祖之制"的明代人自不必说，清人对朱元璋也是佩服得不行。《明史纪事本末》有一章专讲太祖的"开国规模"。在顺治皇帝眼里，朱元璋简直是天下第一明君，"历代贤君"如汉高、光武、唐宗、宋祖，都不如他。顺治帝自然不是追星族中的"朱粉"——"爱没有理由"，他推崇朱元璋，主要佩服他是一代王朝优良制度的擘画大师。他说："古代贤君做事,有好的,也有不好的,不是三七开,就是四六开。唯有明太祖所定条理章程,规划最为周详,历代之君都比不上他!”康熙皇帝下江南时,专程到孝陵叩拜,写下四字评语:治隆唐宋。清代以来,有一句话:“清承明制”,叫得非常响,清朝的制度好,饮水思源,自然朱元璋开辟之功,不可抹杀。

清人对朱元璋的评价是否恰如其分?我觉得有些过了。其实朱元璋手创的好些制度,在他身故之后,要么废弃不用,要么被偷梁换柱,变成演出道具(最典型者,莫如早朝制度);而一些基本制度,盘根错节,难以移易,造成深远的负面影响,给明王朝背上了沉重的历史包袱。比如“宦官”这块胎记,就是从洪武朝的肚子里生出来的;再有一个,便是那极为不合理的宗藩制度。

明代宗藩制的形成,决策缺乏科学性,在朱元璋身后不久即造成颠覆皇朝的大动乱(靖难之役)。该制度的内在矛盾和不合理性,随着时间的延续,其不可持续性暴露无遗,成为制约明代社会经济发展的主要障碍。

这糟糕体制的核心,便是蓬勃难遏的私心,这里没有公义,也没有理智。

朱元璋对孩子们很公平,一视同仁,不仅保证他们有饭吃,还要管饱。他的儿子,统统封王,王的儿子也都为王。明代宗室的分封制度是这样的:

皇子皆封亲王,亲王嫡长子继承王位,余子皆封郡王。郡王嫡长子继承王位,余子封镇国将军,以下辅国、奉国将军和镇国、辅国、奉国中尉,以此类推。

女性成员也一样,从公主、郡主、县主到郡君、县君、乡君,也是人人有封,个个都得禄米吃。如果容我发一句奇论,我要说:朱元璋是中国最早的女权主义者,因为他坚定地与“嫁出的女儿泼出去的水”这类不平等陋习做斗争。他家的姑娘,即便嫁出去了,生养死葬,一概要管。女婿们也都有官儿做:除了公主之夫称驸马,余者称仪宾,各有品级!

总之,凡是打“猪(朱)窝”里爬出的子孙,不分男女,也不管他血缘的亲疏,生来皆赐封爵,各按等级吃一份铁秆庄稼,凡婚丧嫁娶、盖屋建房,政府还有专项的财政补贴。

偏偏朱家人的生育能力从其属相(猪),都很能生,山西晋王府有一位郡王爷,豁剌剌连生一百个儿子!没说的,除了长子封王,其他九十九位兄弟全部封将军。这样鸡生蛋,蛋生鸡,明朝的亲王数经常性地保持在五六十位之间,郡王更达数百人——王爷这玩意儿,就像滥印的钞票,大大贬值了。郡王以下的将军、中尉,更是千百成群,不计其数。

到明代中期,朱氏宗族人口已相当庞大,每过若干年还要翻一番。这些人被称为“天潢贵胄”,朝廷不准他们从事任何生产活动,也不许参加科举考试,出仕做官(直到天启年间,实在撑不下去了,才稍稍放松),吃喝拉撒,全靠朝廷养活,吃完就睡,别无正事,成为一个特殊的寄生阶层。

朱元璋这么做,不仅因为舐犊情深,事实上,他在布一盘棋,企图依靠这种荒唐的分封制度,去控制全国的军事和经济大权,使天下亿兆之民都来奉他朱姓一家。朱元璋待儿子们稍稍长成(一般都在十六七岁),立马把他们派到各要地为王,从而建立起朱家的权力据点,共同“藩屏王室”,维护朱氏的家传宝位。

朱元璋的做法,充分暴露了他私欲膨胀之下的颟顸,可称前无古人后无来者。就说那“承明制”的清朝吧,爱新觉罗氏也有自己的宗室,若依明代的制度,康熙帝二十多个儿子,就要封二十多位亲王,然后在某省择一善地,让他们“之国”(又名“就藩”),安营扎寨,繁衍生息,世代安享尊荣富贵。然而清朝的皇子不一定能封王,封亲、郡王的只是少数几位,其他人多只封贝勒、贝子等,这就有个降杀,而不是大搞平均主义、无差别对待。

元璋兄,你何不想想,您子孙昌盛,诞下无数龙子龙孙,白吃白喝,白拿白用,长此以往,国家财政怎吃得消?

果不其然,才到宪宗、孝宗时期,宗禄问题已开始困扰朝廷及地方政府。到了末年,政府实在管不了了,放任大量没名字、无封号、没禄米的“穷宗”①,在社会上游荡闹事;朝廷却枯守祖制,不许他们自由谋生,许多人竟

①朱明宗室的封号与名字都要上请,由礼部拟议赐给,但因天下宗人太多,请封需要一定的成本,朝廷又怠政,官府又推脱,使许多宗室一生都无法获得赐名,也得不到封爵,只是空寄“天潢”之虚名。而没有封号,等于国家不承认他宗室的身份,自然也领不到禄米。

活活饿死。

本来是龙，却成了虫！

朱元璋对天下人如狼似虎，对自家孩儿，也是似虎如狼。不过这是有区别的，对“别家儿”他狠着咧，连皮带肉，生吞活剥，是吃骨头不带吐渣儿的鬣狗、豺狼和秃鹫，但对亲生的孩儿，他立威，却绝不食。

在他花了二十多年时间反复修改而成的祖训①里，明确规定：亲王有过失，其情重者，遣皇亲或太监宣之上京；假如宣他三次不至，再遣流官（流官是相对于世官而言的，即文武官员）同太监去召——多么客气呀！再盛情的主人也不会这样请客，何况对方还是一位“犯罪嫌疑人”。

祖训里就是这么写的，其实文中还有深意，好比皇帝派皇亲和太监，连请三次，犯罪的亲王都不肯来，凭什么再遣流官，他一定会来呢？其未言之义是：事不过三，三次请你不来，你莫怪朝廷不客气，发兵来请了！

朱元璋本意当如此，只是他忌讳把话挑明，有害于“亲亲之义”，所以写得这么曲里拐弯，生怕委屈了他的儿孙们。

朱元璋要求未来的嗣皇帝对宗室至亲做到心平气和，极尽宽仁，亲王犯了重罪，皇帝请他来喝咖啡，请三次，他不来，第四次终于动天兵押来了，却不许皇帝龙颜大怒。

祖训的规定是：如果亲王胡作非为，确有铁证，不是被人诬陷的，皇帝应亲自下谕，将他所犯之罪明白告诉他，然后令在京皇亲及太监陪留他十日。在这十天内，亲王必须见皇上五次，坦承自己的过失，写出深刻检查。

皇帝见他认罪态度良好，到第十天就可以正式给予处分了。对此，祖训强调：虽有大罪，亦不加刑，重则降为庶人。

朱元璋惯常使用的刑罚，什么挑骨、剥皮、碎砍、凌迟、断足，还有割鼻、挖眼、抽筋，一样也不许用在自己人身上，就是常用来打书生屁股的“廷

---

①明代“祖训”有两种，一名《皇明祖训录》，初修于洪武六年，今见本为洪武十四年修订本；一名《皇明祖训》，重修于洪武二十六年，此为定本。

杖”，也是断不许用！

亲王就是犯了谋反等十恶不赦的大罪，最重的惩罚，也不过降为庶人——按现在的说法，就是“双开”，开除公职（亲王之爵）、开除宗籍（贬为庶民）。明代被降为庶人的王爷不少，如燕王朱棣有一段时间被削夺为庶人，称为“燕庶人”。他把建文帝拱倒了，建文帝的后代，就成了“建庶人”。还有齐庶人、谷庶人、宁庶人等等。

以上说的是亲王犯重罪的情况，如果亲王所犯之罪较轻，不必召他上京，只是记住他的过失，等亲王来朝时，顺带着“面谕其非”，当面批评他一下，或者派官员到他府中，“谕以祸福”，使之自新就好了。

我觉得古人行事比今人要坦诚，他们教人从善的道理，核心就是“祸福”二字：做好事就是积福，做坏事就是招祸，因果循环，报应不爽！“三言二拍”里许多故事，都在重复这些道理，从来不搞什么“感召”，更不用“煽情”那一套，赚人鼻涕眼泪。

“善有善报，恶有恶报，祸福自召”，这是朱元璋“育子经”的主旨。他对犯了错的孩子，实现民主原则，绝不打骂，只是偶然吓唬他一下，然后再和他慢慢讲道理。

可亲王在他的封国里，天高皇帝远，有了过失，朝廷怎么知道呢？这就要靠“耳目”了。朱元璋要求御史、科道等“风宪”官员，必须及时奏报亲王之过。但他的心理与普通家长一样，开家长会时，饱含深情地对老师说：“这孩子太皮，您多管教，他不听话，您只管揍他！”老师以为家长是以全副肺腑相托了。结果才数落了孩子一次不是，家长肚皮里便鼓起碗大一个包，不免背后骂两句：“做老师的，也太苛刻！”人情就是这样，朱元璋也不例外，他虽然谆谆嘱咐风宪官、地方守臣及王府内外官员好生辅导亲王，有过直谏，并及时向朝廷汇报。但他本心是愿意多听亲王善行美德的，很不喜欢外人说他孩子的不是。祖训就规定了附加条款：

——风宪官如果以亲王小过奏闻的，就是“离间亲亲”，斩！

——如果风闻亲王有“大故”（如谋逆），官员未掌握确凿证据，就轻率上闻的，同样犯了离间之罪，斩！

明代监察权很盛，所谓“宪臣”，相当于今天的纪检监察部门，但其职权要大得多。“风宪官”除了在京的都察院与科道官（六科给事中和十三道监察御史，通称台谏，或言路、言官），还包括各省按察司以及后来增设的巡抚都御史。为了保证监督的有效性及威慑力，朝廷特许风宪官“风闻言事”。风是采风之意，也就是听到什么消息，不管是空穴来风，还是捕风捉影，都可以奏闻，而不必拿到真赃实据。今天一些民主国家，豁免议员的言责，也是此意。这是居“言路”的特权。然而在监督亲王这一块，朱元璋却附加了苛刻的前提条件。

譬如“小过”，何者为小，何者为大？谋反当然够得上“大”啦，可还得捉奸拿双、捉贼拿赃，有那么容易吗？若小事不报，一旦朱元璋认为是大事，或者谋反还未拿到赃、双，未敢上奏，而谋反者已谋成而反了，怎么办？左右是官员掉脑袋。对儿子们，朱元璋始终是羽翼之、偏袒之的。

在各自的封国内，朱元璋授予儿子们极大的政治、军事和经济权利。洪武十四年《皇明祖训录》规定：凡王国境内市井乡村军民人等，敢有侮慢王者，王即拿赴来京，审问明白，然后治罪。

一般官民人等，谁敢故意“侮慢”王爷？无非是王爷瞧谁不顺眼，就说他侮慢，抓起来治他的罪。

朱元璋的儿子们，都在十来岁上各奔封国，作威作福去了。朱元璋将他们视作自己“帝国”统治的基石，赋予他们很大的权利，也寄予了极大的期待，时时惦挂着他们，处处为他们着想，达到令常人想象不到的地步。他表示怜爱、愤怒的方式，也令人诧异惊奇。

第十章　太祖皇帝的家书

朱元璋为孩儿们操心，主要是因为这些龙子龙孙行事多有过失，令他失望之余，复担心他们保不住富贵，乃至丢了性命。在这方面，他这位父亲是以己心来替孩子们忧惧的。可笑朱元璋做着皇帝，却从未尊享高枕无忧之乐，他曾自述其心态说：“朕自即位以来……夜卧不能安席，披衣而起，或仰观天象，见一星失次即为忧惕。”

看官！您大半夜睡不着觉，起个夜，大概就是上趟厕所，或去厨房喝口水吧？可朱元璋夜不安席，他披衣起床，却是直奔阳台，仰观天象——但愿他没有拿着一只望远镜，否则人家还当他偷窥呢！

朱元璋难道夜来无梦，溜达出来看流星？非也。跟所有古人一样，朱元璋很迷信星象学，相信天上某颗星的运行轨迹发生变化（称“星变”，或“星失次”），都预示着地球将发生可怕的灾难。他时时担心将有不利于他的事件发生，所以跑出来接收一下来自外太空的警报。

有这样一种人，深度缺乏自信，黄粱饭在锅里煮着，脆皮鸭也烤熟了，正是香气四溢时，他却无端地怀疑有人试图摇醒他，令他所拥有的全化作南柯一梦，到嘴的鸭子要飞去，所以始终处于一种半睡半醒的状态，情不自禁的自虐。

朱元璋就患上了这样的偏执型精神障碍，总以为身边人要害他，黑手无处不在，令他防不胜防，搞得他整日胆战心惊，忧惕不宁，难以享受人主无忧之乐。

我们看朱元璋自己怎么说。他在祖训里写道：他坐在宫里，“日夜警备，常如对阵”，那紧张状态，就跟打仗一样。白天时，仔细观察身边人，观其言语动作有何异样；夜晚则严密巡察，毫不放松，使“奸人”不得而入。即便是亲信如骨肉、朝夕相见之人，犹然警备于心，这是因为人心隔肚皮，“宁有备而无用，而不可无备”。

要像朱老爹一样，每日瞪一对大眼睛，四下扫描搜索，我看，任谁都会像奸人的！

他身边总是围着一大队保镖，就是与“亲信人”密谋国事，他也要求常随太监以及带刀侍卫，只可回避十丈地，不许太远。这是以防“亲信人”突然发难，刺杀他，假若侍卫离得太远，救驾就不及了。

他这个经验教训，不是从荆轲刺秦王那里吸取的，而是从遇刺身亡的元英宗那里取的经。他说“元朝英宗，遇夜被害，只为左右内使回避太远，后妃亦不在寝处，故有此祸”。

故此他作息自律很严，规定“早起睡迟，酒要少饮，饭要依时进，午后不许太饱”，只是在外行路时，可以掌握一点灵活度。

夜里他经常睡不好，时常惊醒，醒来辄侧耳倾听“城中动静”“市声何如”，或者走出殿庭，仰观风云星象变化，默察有无臣下篡逆谋乱的迹象。写到这里，我想，假如朱元璋向哪位御医抱怨睡眠不好，御医给他开一剂安眠之药，结果朱元璋睡踏实了，一晚未起，第二天你猜怎样？是重赏御医，还是立刻推出斩首？请回答！

无论朱元璋到哪里，“警备常用器械、衣甲，不离左右”。元璋兄这方面的性格，倒与我有几分相似，我也喜欢做最坏的打算。为此，我不得不努力工作，以免下岗，而朱元璋则随时为政权坍台，做好了“跑路”的准备：他下令从众多御厩良马中，调教出“能行速走”的快马数匹，常于宫门及京城四门喂养；又命凡是皇帝所在，近侍太监都要随时备下鞍辔齐全的马匹——自然，朱元璋没说逃跑，他说的是“一体上古帝王、诸侯防御也”。可若是防御，该多备滚木礌石才是，您却备下千里良驹，这算是哪门子的防御？

了解了朱元璋的惶恐心理有多深，下面再讲他如何给儿子们发警报，就知道其言之不虚，全是根据他自己的生存之道总结出来的了。

朱元璋在祖训中介绍：“朕以乾清宫为后寝，后妃宫院，各有其所，每夕进御有序。”说他夜里只在乾清宫就寝，妃嫔各有居所，排好队次，轮流侍寝，从不发生争抢——妃子们情绪都很稳定。

在孩子们来朝时，朱元璋亲自领他们参观自己的寝宫。只见龙床周匝，尽是宫人铺睡处（大约是打地铺吧，这与后来乾清宫二十七张床的布局明显不同），他得意地说：“此所以关防有势！”真龙搁中间睡，勇敢的宫女们围绕在四周，形成一个宫女敢死队环卫圣驾的形势，大约她们还有口号：“谁要犯驾，请先从我们的尸体上跨过去。”

“关防有势”的话，记在朱元璋给第三子晋王朱棡的“记事”里。

记事是朱元璋手书并封缄的私信，由太监或皇亲领于御前，直接交到收信人手里。像这样的记事，晋府收到百余件（有专门谕晋王的，也有传谕诸王而另给晋王一份副本的），由王府长史司编辑出来，流传后世，就成为宝贵的史料了，称之为《明太祖皇帝钦录》。

钦录在明代属于保密档案，没有传世。直到民国十四年（1925 年）接收清宫财产，才由俞平伯先生发现于景阳宫御书房。俞先生认为："这不是正式的官文书，乃是明宫的密件。"这个判断是正确的，正因为不是公开刊刻的文书，且内容皆为朱元璋亲笔，未经润色和篡改，所以其真实性及史料价值非常之高。

下面讲朱元璋训子，便主要依据这份难得的材料。

我们刚引述的那件记事，是由内使虎儿于洪武二十八年（1395 年）四月初五日送到山西太原晋王府的。同日，周王府差千户周彬也赍到记事一件。大概朱元璋只写了一份，令各府互相传看，故由周王差人送到。同一天收到两份记事，足见在京的老父时刻不忘在国的儿子们。

事情的起因是皇第二子秦王朱樉突然薨逝。

秦王去世，让白发人再一次送了黑发人，朱元璋的悲恻之情溢于言表。他立刻条件反射地指出，秦王一定是遭人谋害！他愤愤地说："秦王不听我言，与小人独处，杀身之祸，是其自招！"

对秦王的死，他是又怜又恨，但马上想到得尽快提醒其他儿子，于是挑亮灯花，给儿子们写信。他自己形容其态说：

"为父的老眼昏花，但为你们着想，不得不揩拭模糊的老眼，亲行净稿，把秦王的事情告诉你们。"

信的末尾注着日期："洪武二十八年三月二十七日记事。"这一年，朱元璋已经六十八岁了，老眼已经生翳，仍坚持亲自动笔，给远方的儿子们写下一封封家书。他如此不顾辛苦，就是怕儿子们遭到无处不在的"敌人"的伤害。

秦王纵恣妄为的个性，从他初到封国（洪武十一年）就显露出来，而自他赶赴封国的那一时起，老父劝诫、指责、鼓励的敕书与家信，就接连不断地飞来。可秦王总改不掉坏脾性，令老父亲又急又气，无可奈何。

在洪武二十三年(1390 年)二月十日的一份给晋王的记事里,为了教育晋王,还拿他二兄秦王举例,说秦王“终岁玩妇人,为妇人所迷,护卫官军人等,乱宫者无数”。

此时朱元璋身体状况已不好了,他写道:“今老父负疮在背,略说大意,观尔心智,尚不能周知老父之机。”那语气里,是既希望孩子们学“好”,又怒其不争,不能达到他的期待。其情之流露,发乎自然天性,要不是《明太祖皇帝钦录》里所收记事,有太多暴力和充满帝王狭隘思想的内容,将它们编辑起来,倒可以做成一本《朱元璋家书》,供后人做亲子教材呢。

第十一章　厨子打不得

秦王朱樉,是朱元璋第二子,在太子朱标死后,成为诸王中最年长者。洪武二十八年正月,朱樉率军西征甘肃洮州,讨伐叛乱的西番部落。军事行动很顺利,不久捷报到京,老头子十分开心,他从小就教导孩子们:“你们好好练兵练将,尔等长成,不靠外人为将。”如今“外人为将”者差不多杀净了,乃见秦王似模似样一个将才,自然开心得不得了,赐予他丰厚的奖品。

不料转瞬之间,凶耗传来,秦王竟死了!

据王府奏报,秦王是当年三月十九日夜三更时分发病的,宫中婆婆(老年宫女,又称老婆子)见殿下喉中痰音大作,四肢发冷,说不出话来,急忙报告府中护卫以及长史、承奉司官员,众人慌了手脚,忙令守门太监去唤医士。等医士来看时,秦王已歪在前殿东房的床上,唇口指甲发青,双目紧闭不睁,出声不得。医士诊断是“六脉关绝”,急忙煎药救治,又是拿针灸扎脐下,又是用热水瓶熨脚心,就差电击了,折腾了一夜,到第二日辰初时分,秦王还是不治身亡。

朱元璋听到噩耗,武断地认定,秦王是因为不听他教训,才被人谋害致死的。而害他的,无非是他身边的小人。

俺不断提醒你，让你留心身边的小人，可你就是不听！朱元璋气得脑袋发晕。

秦王在这方面一直不让他放心。他还记得，洪武十一年（1378 年），二十一岁的秦王到西安去就藩，在路上，因一点小不如意，鞭打了厨子。这让朱元璋大感恐惧，亲自写来一份敕谕，指出秦王多次侮辱“造膳者”的危险性。

堂堂王爷，怕他一个厨子咋的！朱元璋不这么看，他说：“膳，立命也，非操膳其事者不得其精。”人之荣华富贵，不过吃穿住行，而以吃为首。小子你听真了：你的吃食，掌于厨子之手。你不把厨子当人，“将操膳者视以寻常，是不可也”。为何？吃食是要入口的，你若得罪了厨子，他往你饮食中吐口水，或弹点鼻屎什么的，你哪里知道！“若频加棰楚，不测之祸，恐生于此。”听说你动不动还打他，他虽是个小人物，你把他打狠了，他豁出去，在你食物中下毒，你小命就没了！

依我说，朱元璋的批评与分析，虽然有些龌龊，但可谓鞭辟入里，十分精辟！

好像朱家孩子都喜欢跟厨子过不去，与秦王同一年就藩的晋王朱棡，也在去封国太原的路上，笞辱了膳夫。事见《明史·朱棡传》。

朱元璋不愧是眼观八路，耳听四方，西北警报刚息，又闻晋中警声大作，他着急死了，孩子们咋都这般任性，不懂事呢！他立刻派人，以八百里加急的快马，星夜传谕晋王（“驰谕”），让他对厨子好些——真比兵火还急。

在给晋王的教训里，朱元璋拿自己举例，说道：

“老父我率领群雄平定祸乱，对人从未姑息过。唯独厨子徐兴祖，事我二十三年，我从未折辱过他。”

他为何对一个厨子如此高看？难道一介“膳夫”，比被他杀掉的那些老哥儿们还重要？朱元璋没有明言，只抛出一句：“怨不在大，小子识之。”

令人莫名其“妙”！我想，朱元璋一定把给秦王讲过的那一番道理，也给晋王讲了。只是修《明史》的秀才们，觉得那道理，其理虽真，却不似帝王口吻，很难复述，所以便来个“吾不言，请亲爱的朋友自察之”来了账。

亲王之国，是多么隆重之事，一路上军马浩荡，事体繁多。朱元璋独独对两个皇子殴打厨师之事，耿耿于怀，专门派飞马前去，晓以利害。可见他很明白一个道理，像陈友谅、张士诚这样的对头，像胡惟庸、蓝玉这样的“奸臣”，要想谋弑他，并不容易，总得起大势军马来杀，他怎么也可以抵挡一阵子，总不至于亏输。就怕这些对头、奸臣，不起军马来杀，而是买通他身边的亲信之人，取他首级于睡梦之中。

看官！不妨猜一猜，除了侍寝的宫女妃子，还有哪些人应该格外防范？朱元璋认为，身边有两种人绝不可得罪，一是剃头匠（栉工），一是厨子（膳夫）。为何不能折辱厨子，朱元璋把道理讲得很清楚了。那为什么剃头匠也不敢得罪呢？朱元璋的原始讲话没有录音，但应该很好理解：除了带刀侍卫，能够在御前动刀子的，不是只有剃头匠吗？侍卫们的刀，都藏在鲨鱼皮鞘里，轻易不拔。可剃头的来见，有哪次不亮刀的？一把利刃，在龙喉前横飞，刀光闪处，胡子楂啪啪飞落，朱元璋能不惊恐？

曾记得看过一部日本恐怖小说，讲一个理发师撞死人逃逸，恰好被一个人看见，这个人经常找上门来，先是剃须不给钱，后来就开始要钱，折磨得理发师几乎发狂，最后终于用剃刀割开了勒索者的喉咙。这个人死了，真相才揭开，原来他并非勒索，而是借理发师的手自杀。朱元璋可不想自杀，所以他得好心抚慰剃头师傅，让他情绪稳定，不至于像那位日本理发师一样发狂，危及圣躬的安全。

大概朱元璋和我等百姓一样，和剃头匠说话，也是一口一个“师傅，你辛苦了”。他不单嘴上客气，还经常给些白金、宝钞的赏赐，甚至送大官给他们做。朱元璋的厨子徐兴祖、井泉，都做到光禄寺卿；剃头匠杜安道、洪尚观，做到太常寺卿，都是从三品的皇皇京卿（光禄寺卿与太常寺卿，皆为“九卿”）。

一声怒吼半边天都要塌下来的老父亲尚且如此谨慎，他的不肖之子，竟敢随便笞辱，还要小命不要？

如今,一切都应验了!秦王果然被害死了,朱元璋恨恨不已,言语错杂地(这是老朱口语的特点)把死秦王数落了一大通。他断定:“老二就是在睡前服食了樱桃煎,由此而亡。”

樱桃煎是蜜饯,宋代人很喜欢吃,杨万里就写过一首诗夸它好吃。可怎么这美食到秦王肚子里,便要死人呢?原来是被人在里面下了毒。那么王爷的饮食,怎么能轻易被人投毒?朱元璋说了,这都是因为“正宫被苦,宫禁不严,饮食无人关防计较”。本来王爷的饮食该由王妃来管,可王妃正“被苦”呢,自身不保,哪里管得了你呀!

秦王朱樉的正妃王氏,是元朝大将、河南王王保保(扩廓帖木儿)的亲妹子。

王氏被纳为秦王妃时,王保保正拥兵盘踞在西北一带。显然,这是一桩政治联姻,而当朱元璋将儿子的婚姻当作笼络王保保的一种手段时,已注定了王氏一生的不幸。

我不知道王氏貌美不貌美,反正她的容颜、她个人的意愿,都是微不足道的,唯有她的身份才最重要,这也是决定她在政治天平上低昂的关键。

王保保是个汉子,他拒绝了明朝的招降,那个妹子,自然也是不要了。可惜天妒英才,他没能实现复兴大元的梦想,就在洪武八年病死了。而恰在洪武八年,由朱元璋做主,又为秦王樉另册了一位王妃。可老二媳妇王氏还没死哩!一王二妃(一正妃,一次妃),这是诸王中的特例。

大约朱元璋觉得硬要秦王接受一桩政治婚姻,对不住他。如今王保保已死,其部众分崩离析,北边可以解忧矣,王氏的利用价值也消失了,所以转而与邓愈结亲,给秦王另找了一个他喜欢的妻子。

果然,秦王从此只宠爱次妃邓氏,而把讨厌鬼王氏彻底打入冷宫,每日粗茶淡饭,悲苦挨日。

对于秦王的这点家事,朱元璋早有所知,他还替王氏出过头咧!奇怪吧?

朱元璋在御祭秦王的哀文中，不忘把这一条拈出来说：

“偏妃邓氏，因妒忌被责，自缢身死。自此之后，我再三省谕，以礼相待正妃王氏。尔不听父教，仍将王氏幽囚宫中。”

邓氏是追封宁河王邓愈之女。邓愈生前，率军打过王保保，这两位战场上的敌人，各自的妹妹与女儿，如今共侍一夫，难怪她们要不和，在宫中开起战来。而公公本来对王氏不公平，无端给她树了一个对手，可后来见秦王做事太混账，转而偏袒孤弱的王氏，动辄训责邓氏（须知公公的训斥是极可怕的，可见下文），邓氏一害怕，就上吊死了。

瞧，朱元璋又占了一项世界第一：他竟然吓死了两个儿媳和一个儿子，即秦王偏妃邓氏和潭王夫妇（潭王事见后文）。

大概秦王恨挚爱被夺，激起逆反心理，从此硬下心来，死活再不理正妃王氏了。

而不幸的王氏在冷宫中幽囚二十余年，待秦王暴薨，她赴阴间的路也铺好了，被迫为不爱她的夫君殉葬。秦王朱樉谥“愍”，称秦愍王，王妃的谥多一字，为“愍烈”。“烈”这个字可不好担待，它须以生命为代价去挣的！

据说，金庸先生《倚天屠龙记》中元朝郡主赵敏的设定，就是王保保的妹妹。不知老先生怎么说，我希望是真的，因为我们无法回到明代去解救她，只好希望这个可怜的女人可以换一个身份，活得精彩绝艳！

秦王虽然死了，朱元璋还有好多话要讲，“记事”没法写了，他便把想说的话一股脑写进秦王的祭文里。这篇奇异文字，正史不载，全文开载于《明太祖皇帝钦录》里。最初发现此件的俞平伯先生，看过之后，顿觉有眼界大开之感。他在《记在清宫所见朱元璋的谕旨》一文中特别提到：

“那篇《祭秦王文》，是很有趣的文字。祭文我见得很多，无非痛悼赞美不休，真真是‘肉麻当有趣’。至于把它们做得和檄文一般的，你们见过吗？我想你们还没有见呢。《祭秦王文》就是那么一篇妙文。开首说了一段，我记不大真了，总是说：‘你的死是自作自受的。我列举你的罪过，你试听咱！’下面便一条一条地指斥着。每一条首，那标着‘一’字，乍然一看，简直不多不少是一篇檄文。而且全文异常的冗长，更足见朱元璋的令郎是死有余辜的了。”

此祭文是古今独见的一篇奇文，一共二十八条，都在说朱家二郎的失德和荒恣。

这位秦王行事的确荒唐（据朱元璋说，许多恶行是他与邓妃一起做的），他在宫中闲来无事，将妇女厚粉涂面，用胭脂画一血盆大口，口角直接耳垂，然后令其擎纸旗二面，在宫中飞舞奔走；又将宫人以墨涂面，用大紫茄子二枚，挂在耳朵上，令两人肩扛了，在殿庭间盘旋，以此取乐。

这是“荒荡无礼”的例子，还有残毒之事。秦王性情暴烈，经常对宫人施以非刑，有割去舌头的，有缚了埋在深雪中冻死的，有绑在树上活活饿死的，有用火烧死的……宫中老幼，无不胆战心惊，不知哪天就丢了性命。

于是有老妇三人，暗地里在樱桃煎中下毒，结果威武的秦王，“不移刻而死”。

秦王死于樱桃煎，应该是在审讯秦府宫人时供出来的。案件的审理情况不明，但可以想见，朱元璋为了替儿子报仇，将如何的施虐了。严刑之下，什么样的口供得不到？他说儿子死于下毒，那一定是死于下毒，至于毒药下在樱桃煎里，还是葡萄干里，就随受刑者发疯时乱咬胡供了。

朱元璋替王氏打抱不平，并非真的怜惜这女子，他不过认为，由于秦王宫中无主，因而宫禁不严，群小放肆，而王的饮食起居，无人关防计较，才遭人毒害。他虽然将秦王以公爵之礼下葬，“俾尔受罪于冥冥，以泄神人之怒”，其实是他在自泄其怒。

在二十八条“檄文”中，就有五条提到秦王“听信偏妃邓氏”或“听信偏妃邓氏拨置”。其中一条说，秦王与邓氏一日在花园台上同坐，令宫人卷衣至膝上，于礓礤（音姜擦，是以砖石露棱侧砌的斜坡道，斜面为锯齿形）上跪行。——这多痛啊！行不到一半，宫人忍不住膝痛，跌倒滚下，逗得王爷与王妃哈哈大笑，连说打得好筋斗，以此为笑乐。

京师几千里外，秦王府里发生的这类细事、小事，被朱元璋摸得一清二楚，可见他在儿子身边安插了不少眼线，随时报告，他则一笔笔把账记着，死了也要一起算！

第十二章　公公要把儿媳妇来凌迟

《明太祖皇帝钦录》除了秦王，还记有周、齐、潭、鲁、靖江等王的败德之事；另外还有一部性质相同的《御制纪非录》（成书于洪武二十年），所记也都是诸王的不法之事。

在这两本原始史料里，我们最关心燕王朱棣的形象。可惜，无论是《明太祖皇帝钦录》，还是《御制纪非录》，均没有任何关于朱棣败德为非的记录。

作为年长的皇子，朱棣在两书中仅仅侧面出现过数次，几乎没有留下任何的事迹。这是因为朱棣行事谨严守正，尾巴滑不溜秋，父皇抓他不着？还是书中本来有一些关于他“作恶”的记载，当他即位后，相关“记事”全被档案的整理者删除了？对此不好随意做出判断，但从后文建文帝对燕王过恶的指责来看，朱棣与诸王一样，也有跋扈不守法的通病。我倾向于认为，朱棣满身的臭泥，都被人为洗去了。

这启发我们思考：荷花出淤泥而不染，是其自然之性涓洁，也有雨水冲刷之功；而吃五谷、放臭屁的人类，他们从污泥里挺拔而出，看起来那般白净，却很可能是御用文人替他们冲了一个热水澡，所以——香喷喷得很咧！

替人洗澡搓背，本是一件低贱的活计，历史学者本该在殿堂里修书，怎可跑到澡堂子里搞创作，低声下气地替权贵搓澡讨欢心呢？

且放下老四朱棣，说他七弟齐王朱榑。

这位皇七子，在他父亲眼里，是典型的不才荒唐之人。洪武十一年，朱元璋命周、楚、齐三兄弟到凤阳老家下基层锻炼，一方面“阅兵练武”，熟习兵事，将来好统领朱家军打仗，保卫朱氏的“红色”江山（明朝德运属火，五行之中，火色为赤，而国姓朱者，亦赤也）；一方面“专读圣贤之书”，以培养年轻的皇二代的德性。

或许是第一次离开京城，没有了严父的震慑和约束，齐王仿佛孙悟空除去了紧箍咒，立马“轻薄生焉，残酷萌焉”。

齐王种种怪异残酷的行为,很快由皇帝高效率的谍报队伍密电报告了主子,朱元璋大为震怒,立刻下令将齐王召回,飞雷闪电,大有将其废黜之势。

齐王的妈妈达定妃忧子心切,昼夜惊惶不宁,饮食俱废,担心与她同榻的老虎悍然发威,做出吞噬亲子的事体。她虽然害怕极了,仍鼓起母性的勇气,跑到朱元璋面前,为儿子求情讨饶。

“幼儿无知,可善加责罚,徐以教之。”

达定妃跪倒泣奏。

“昔帝王之子不才,以辱父母,教而不驯,故弃慈而杀子者,出于无奈!”朱元璋愤愤道。

听到“弃慈而杀子”五个字从朱元璋嘴里吐出来,达定妃吓得魂魄欲飞,以为万能的主立心要杀齐王了。

她战兢兢地问:“敢问轻薄者何事? 残酷者何事?”她不信年幼的孩儿能犯下什么大过,让亲爹“出于无奈”,非杀子不可。

朱元璋道:“你听我说——”便举出特工报告的齐王轻薄的例子:齐王见一只鹁鸽从东房飞到西房,咕噜叫了两声,因嗔怪鸽子口出非礼之言,怒喝一声:“你敢飞这里来!”抽出卫士的佩刀,追上去砍杀。

朱元璋连比带画,口水直喷,又举出另一件齐王行事残酷的例子:“他宅中房檐下有一窝雀雏,不知如何惹恼了他,竟叫人拿去活活烧死,如此无仁心一个逆子!”原来小小的齐王,是一个虐鸟狂。现在网络上有好多以虐待小动物得意的人,还拍下视频炫耀,仔细朱元璋来找你! 明代时还不流行虐待狂,别说是人,即便是小鸟,你以不人道的方式对它,也是丧心病狂的表现。达定妃听了,默然无语,孩子的行为令她羞愧。

齐王朱榑这一年十五岁,按当时的标准,已快到结婚生子的年龄,还如此行事,的确荒唐。这位七皇子胡闹的本性从未改过,标准的“教而不驯”。不过朱元璋说“教而不训,弃慈而杀子”,只是发怒时说的几句狠话,他才舍不得杀死亲生之子呢! 教而不驯吗? 那好,接着再教,直到驯服为止。如果始终不驯,老头子也只好拱手道一声乏:“我是没法了,留给后人再教吧。”这位后人，指的是齐王的大哥懿文太子朱标，未来的皇朝继承人。

《明史》对齐王的描绘是“数历塞上，以武略自喜，然性凶暴，多行不法”，看起来他虐鸟，貌似在培养打仗的本领。但俗话说，种瓜得瓜，种豆得豆，从这个意义上来讲，人们都是高明的农夫、不学而成才的农业专家。好比齐王多行不义，是他撒下的种子，到秋天时，丰收了，他便吃到自己的劳动成果——简称“自食其果”。建文帝即位后，即罢其王爵，废为庶人。

齐王与同时被废的四哥朱棣，属同病相怜。四哥夺位后，关照这位病友兄弟，替他平反，复了他的王爵。可他依然骄纵如故，就连四哥也容忍不了，再次将其废黜。

齐王不容于二朝，他被废为庶人，等于从宗籍里除了名，从此“天潢”里再没有齐王这一系，凡涉及到朱榑及其后人，皆称之为“齐庶人”。

齐王做的那些不法之事，可见《明史·齐王榑传》。与传中那些事比起来，追砍鸽子、活烧雀雏都算不得什么。朱元璋并不是一个见血就晕的主儿，他是否有些小题大做了呢？其实，他之所以拿杀子来恐吓齐王母子，忧心的并不是“孩子这般小，就如此残忍不仁，将来岂不变成比我还狠的魔头”，真正令他深忧亟虑的，是小孩儿轻率杀生，不积阴骘，将来会招祸上身。

朱元璋一生杀人无数，他并非不怕恶鬼来缠，所以他一边大开杀戒，一边大做法事，这就好像黑帮老大一边挣黑钱，一边到处散财做善事。

朱元璋害怕儿子们平白害生，会招神殛，便找人把杨宝育雀、隋侯医蛇等一些专讲报应、福祸的古代故事，画成图画，赐给诸王，让他们记住：“福人膺福，祸人应祸，未尝谬也。”

然而，就是这样一个关心孩子们积福，笃信善恶有报、鬼神好还的人，在《明太祖皇帝钦录》的别处，却经常向儿子们发出这样的指令：“将会宁侯并他的儿子，都凌迟了，家人成丁的，也废了，妇女与晋府配军(即将女性眷属配给王府的军人做老婆)。”“把那三个侯碎砍了，家人、火者、成丁男子都砍了。”……

吾等看客，只能叹息，有人就是这么分裂变态，其人格岂可以常理喻之!

洪武十九年(1386 年),天象多变,发生太阴、金星、火星凌犯诸王星的灾异。朱元璋吓坏了,生怕诸王之中,有人会当灾毙命。

他想来想去,周、齐、潭、鲁这几个王,“每日为非”,一定是他们激怒了上天——“二曜相犯甚急,罪恐专在周、齐、潭、鲁”。他之所以这么联想,是因为近期接到的关于诸王行为的报告中,这几个儿子最为胡作非为。

五小子周王朱橚,最为朱元璋疼爱,他不听话时,也最令老父心烦。朱元璋痛苦地合上双眼,愤然道:“如周(王),无所不为,说不能尽!”

五皇子做的坏事太多,老父头痛不已,都懒得细数了,他只说了一件:开封府生员颜钝,定了一门亲,女方还没过门,被周王先下手为强,抢入宫去,再不归还。——且慢,这事儿怎么这么眼熟?你老朱不也干过?当年参议杨希圣已聘之妻是被谁夺去的(详见本系列第二部)?您老“身教”在先,周王学你的范儿,何必动怒?

大概朱元璋已不记得了,所以一点都不脸红,他在骂过周王后,又将其他几位少爷在洪武十九年的劣行一款款列了,讲给诸王们听:

长不大的齐王,这回又挨批了。如今他已是二十四岁的小伙子了,干起坏事来,遭殃的就不再是雀雏、鹁鸽。据他父亲爆料,他也喜欢强抢民女,经常将民间女子抢入宫中,“不用”者打死,然后烧成灰送出来(好像齐王很喜欢玩火,有纵火犯的倾向)。

第八子潭王,是齐王一母同胞的弟弟,三年后自焚而死,惨遭朱家除名,被民间故事家请去做主角,编入陈友谅的精子大军,做了陈家的遗腹子。此人似乎并不值得同情,瞧他在这一年干的坏事:先是一千皮鞭打死本府典簿一员,又用铁骨朵打死典仗一员。这位爷也是个凶悍了得之人,大约朱门的家风和遗传固然如此吧。其实不用朱棣在实录中造假,吹嘘自己如何酷肖父皇,他的兄弟们,个个都“肖”得很呢!

第十子鲁王朱檀也榜上有名。

十少爷朱檀还年轻呢!他是洪武三年(1370 年)生人,出生才两个月,就被封为鲁王。这位鲁王好道术,也是他朱氏的“家学”。在道教方面,和尚出身的朱元璋颇有研究,诸王之中,秦、燕、鲁、宁等王,都是“神仙”的信徒:燕王朱棣把自己装扮成现世的真武大帝,宁王朱权则写了几本介绍修仙的书,研究专深,自不必说。且说朱二哥秦王樉,好服食“淫邪之药”,因为药性热燥,每天须饮用大量冰水,而鲁王的路数,与二哥稍有不同,他好的是“饵金石药”,服用的都是道家炉火的修炼之物,功用则有不同:秦王服药的目的应为助淫,是强霸、伟哥一类的春药,所以才有“于军民之家搜取寡妇入宫,陆续作践身死”的劣行;而翩翩少年鲁公子,吃的却是长生不死、羽化升仙的仙丹。两兄弟各取所好,但服毒是一致的。秦王不到四十就薨了,鲁王年纪轻轻,毒发伤目,把眼睛弄瞎了,洪武二十二年(1389 年),年仅十九岁,一病呜呼。

鲁王是个有才华的年轻人,作一手好诗,弹一手好琴(有兴趣的朋友,可去山东兖州鲁王墓参观),他的死令老父又怜又恨,虽然不像对待秦王那样,写一道讨伐的檄文解气,却也赠了儿子一个恶谥:“荒”——朱檀成了鲁荒王,换成白话,就是“荒唐的鲁王”呵!

鲁王如何荒唐,且听朱元璋在家庭揭批会上如何斥责:

“鲁至无礼,其妃当凌迟处死!这等泼东西,一日着内官召回来,凌迟了!”

一般民家,公公老头儿骂儿媳,怎么都要顾及口德,不可骂得太狠。没有像朱元璋这样做公公的,开口闭口要把媳妇凌迟了,古今中外,他应该是第一人吧!

这位鲁王妃不是别人,乃是信国公汤和之女,并不是随便一条母狗,可以碎砍了下锅的。

鲁王小两口到底都做了些什么事,令老父如此发怒?

原来朱元璋据线报,得知鲁王两口儿在封地兖州,经常将民间十岁、七八岁大的小孩儿留在宫中玩耍,三五日才放出来(莫非年纪不大的鲁王有虐童癖?),有的则干脆不放,擅自阉为火者(即阉人),令一境人民怨怒。

说到这,朱元璋又骂一句:“此夫妻二人,死不可逃!”

不单百姓民人之家，就是军人家的小孩，也常受害。吓得孩子们见到鲁王府的火者，都如老鼠钻地缝一样，齐刷刷藏入床下，不敢则声。

“如此教人难过！”朱元璋忍不住又骂，“这夫妻两个，死罪绝不可逃，合当凌迟信国公女。”

容我说一句，元璋兄，做公公的，岂可这样偏心？如果要怪，当先怪自己的儿子，小两口一起做下的坏事，如何只把儿媳妇来凌迟？

当然，废人、凌迟人，是朱元璋的口头禅，说惯了的，他并不真心要治儿子的罪。儿子肯定是不治的，儿媳则说不准，如秦王次妃邓氏，是勋臣邓愈之女，不也被公公吓得挂了梁？汤和之女被公公三番五次拿凌迟来吓，我想多半也是趁早自吊而亡为妙。

朱元璋把周、齐、潭、鲁等王胡作非为的大概，写在记事里，“说与各王知道”，意在提醒儿子们：“天象如此，你们若爱惜自己的性命，就当多行善事，少做非为，这样才能挽回天意，为善自保珍之计。不然，祸不可逃！”

总之，作为家长的朱元璋，性虽严，心却慈，他是一门心思为儿郎们着想的。

第十三章　朱元璋的福星坠落了

朱元璋希望儿子们团结起来，“尊敬父兄，和睦亲族”，共同维护朱家的万世基业。在皇子们各赴封地守国之先，他经常创造机会，让兄弟们回老家凤阳，一起读书、出游、练兵，在朱家的发祥之地，在对祖先的共同怀念中增进感情。

洪武七年(1374 年)，他特创新例，让儿子们一起为庶母成穆孙贵妃守丧。太子朱标不乐意，说自古哪有储君为父亲之妾服丧的？惹得老头子暴跳如雷，拔出剑来，作势要砍他，朱标吓得逃回东宫。幸亏东宫有聪明的辅臣，深知储君最不该干的事，就是违逆国君之意。赶紧劝说他，晓以利害。朱标深悔失言，忙套上一件白袍子，额上抹一道白绫，全身孝子的打扮，然后去见父亲，表示深刻反省认错。

有学者认为，朱元璋之所以让皇子们一起来为庶母守丧，除了以此推重他爱妃的身份，还另有深意：他希望儿子们在共同参与的长时间的丧事活动中，增强家族情感上的聚合力。这是极有见地的。

皇子们到封国称王时，多数都还未成年，“之国”后就在封地里“守国”，未蒙召见，不许来京。朱元璋担心孩子们日久情疏，他想出的办法，是令王子们互相访问。

洪武二十六年(1393 年)五月底的一天，晋王府宦官首领刘二在京办完公干，陛辞回太原，朱元璋口授旨意，对晋府一些事务做出安排。讲完公事，刘二要退出，朱元璋想起什么，招手把他叫回来，叮嘱他道：“你去给晋王说，如今燕王十六日出去了，着你家王爷便收拾出去，与弟兄们相见一见。”

燕王封地在北平(今北京)，晋王封地在山西太原，分别守着北边两大重镇，这两兄弟关系不好，是朱元璋的一块心病。他希望二王多见面，或许在谈笑间，他们之间的芥蒂也如北虏一样灰飞烟灭？

洪武二十七年(1394 年)三月，朱元璋命第二十子韩王朱松、第二十一子沈王朱模，“游观诸王国都，以敦友悌之情”。

两位年少的皇子，此行分别拜访了西安的二兄秦王、太原的三兄晋王、北平的四兄燕王、开封的五兄周王、青州的七兄齐王，历时半年，行程数千里。

韩、沈二王都是朱元璋老年时所生，当时年纪不过十二、十三岁，与兄长们的年龄差了二十几岁。朱元璋认为他们辛苦这一遭是值得且必要的，因为他们将来也是镇守一方的王子，将与兄长们携手，共同奠定王朝的基业，如果兄弟之间缺乏感情的交流，相互之间不熟悉，甚至不认识，那怎么可以呢？

洪武三十年(1397 年)春，朱元璋又因从曾孙靖江王朱赞仪(朱文正之孙、朱守谦之子)年幼，欲让他“知亲亲之义”，命他省视晋、燕、周、楚、齐、蜀、湘、代、肃、辽、庆、谷、秦十三王，自湘、楚入蜀，历陕而入豫、晋，经北平，东至大宁、辽阳，然后渡海，从山东回京，几乎沿着大明王朝的边界走了大半圈，此行更为艰苦。朱元璋这么做，除了敦进亲族的感情，还希望借此让子孙周历天下，熟知山川险要，习于劳苦，增广见闻，可谓用心良苦。

以上只是史料有记录者，没有记载的亲王之间的相互交往，应该更多，更为频繁。洪武后期，随着元功宿将的纷纷陨落，诸王们开始充任主帅，统率护卫、都司军马，领镇守、征伐之事。朱元璋一般会让相邻的亲王一起行动，并按其年齿分别担任主帅与副帅。朱元璋这么做，一方面是为了强化兄弟之间的感情纽带，一方面则强调了长幼有序，使孩子们既懂得孝悌，亦能各守本分，勿相争先。

在皇子继承制度的安排上，朱元璋也是绞尽脑汁，他确立的一项根本措施，就是强化嫡、庶之别，使嫡长子继承制成为皇位袭替的基本原则。

祖训里，有这样的规定：凡亲王每年来京朝觐，不许一起都来，务要一王来朝，归国无事，下一位亲王得到通知，然后才许来朝。

现代西方也有类似的规定，总统以及副总统、参议院议长等国家元首的顺位继承人，不许出现在同一个场合，否则一齐出事，蛇无头不行了。朱元璋也害怕朱家父子老少举行家庭聚会时，被“叛逆者”突然发难，一起做了包子馅。

皇子皇孙们来朝的顺序是：

从长到幼，嫡子先来，嫡子朝毕，再是庶子。庶子也按长幼之序来朝。如此周而复始，不许失序。

而突出嫡、庶之别，就是强化嫡子的地位。这首先表现在大位的继承上，嫡长子朱标，从吴王时期的世子，到洪武时期的皇太子，他始终是毫无争议、不可动摇的储君。朱标死后，朱元璋也不考虑别的儿子，而是直接册封朱标的嫡子朱允炆为皇太孙，皇位始终保留在嫡长子这一系，绝不许他房小宗觊觎。

从《明太祖皇帝钦录》的记事来看，朱元璋利用一切机会突出皇太子的储君地位。

钦录所收的第一条敕文，是洪武十一年（1378 年）七月十九日敕谕秦王朱樉的，在严厉警告秦王的过失后，朱元璋语重心长地说道：

“昔日汉、唐子孙要是有你这样的行为，身家性命还保得住吗？今朕尚在，尔不晓人事，蠢如禽兽，朕加尔以责罚，你不必多疑。设若朕身后日久，尔还是这般蠢行，你大哥要收拾你，就不是他为兄的过错，纯属是你自找的了！”

又说：“尔终不从父命……如今朕在位，是尔父亲，教尔不听，总还是容你，将来是你兄做皇帝，他以苦口毒言教尔，尔必不服，以己是而兄非，那时你将自取其祸，还保得住富贵吗？”

洪武二十三年（1390 年）二月，因为第三子晋王朱棡“机根浅露，轻薄妄言”（晋王在一封信中，说了一些不该说的话），朱元璋担心他将来触怒兄长，特地写来“记事”，提出善意的警告，说：“今天你老父还在，严号令，令尔兄弟，使知警畏，永保其国。他日你兄长即位，倘兄有号令，不管他做得对不对，你都要学会含忍。”其意与对秦王说的类似。

可见，朱元璋并不像旁的帝王，忌讳言身后之事，他一再突出并维护皇太子朱标的威信，前后一致，毫无差别。

洪武二十四（1391 年）年，秦王朱樉屡屡犯下过失，终于令老父的忍耐达到极限，下诏召他回京。秦王顿时感到黑云压顶，大祸临头。

也就在这一年，朱元璋命太子朱标巡抚陕西等地，一则省观风俗，抚关中之民，一则实地考察迁都西安的可行性。太子还奉有密查秦王过失的使命。幸好太子宽仁友爱，回来替秦王讲了好话，秦王才免予罚责，放回封地。朱元璋以太子之言而开释秦王，也是为了令诸王感德，并尊崇太子权威之意。

如果不是朱标死得早，他一定会顺顺当当继位，传子传孙，而历史也将改写：燕王朱棣将只是一名普通的明初藩王，默默无闻，靖难之役将不可能发生，也不会迁都北京……这种影响定然是连锁放大的，可惜我们无法描绘一幅本不存在的历史画卷。

朱标在巡视陕西时得病，在回京后的第二年，即洪武二十五年（1392 年）四月病故，终年三十八岁。

懿文太子朱标，出生于他父亲率部渡江，建国大业发生重要转折的那一年。明代谣谚说:“不怕水中鱼,只怕岸上猪。猪过水,见糠止。”讲的就是老“猪”渡江占领建康(见糠)的好处。

朱元璋听说长子降世,欢喜至极,命人在山上刻下大字:“到此山者不怕无嗣。”欣悦之情尽布于此。

这孩子如福星降凡,自打他呱呱坠地,朱元璋打江山就顺风顺水,一路好风,直把他送上金銮殿。故此朱元璋很疼爱这个孩子,一心栽培他,在他六岁时,就让他师从著名儒士宋濂,习学经书。十三岁时,他爸爸称吴王,立他为吴王世子,第二年,老子做皇帝,他也随之升一阶,被册立为皇太子。这一年朱标才十四岁。一直到洪武二十五年初夏病死,他始终是储君,是大明王朝的“国本”和法定继承人。

须知,储君也是君,朱标作为皇太子,与诸王之间,不仅是兄弟,也是君臣。朱元璋经常在给儿子们的亲笔信件和敕谕中,强调他们大哥将来做皇帝,将如何如何,实际上是帮助朱标确立其权威的一种形式。

朱元璋怎么也想不到,他花了近三十年工夫培养的继承人,竟一夜之间,遽然做了空。

朱标死后,老年丧子的朱元璋恸哭不已,亲自穿上白衣服,为儿子服丧,也不再上朝理事。等到丧期结束,礼部官员请他“释哀就吉”,脱去丧服,换上龙袍理政,他犹然不忍。八月,朱标被葬于孝陵东侧(称东陵),这样,待朱元璋百年之后,父子犹可相伴于地下。朱标得到的谥,为“懿文”二字,这就是懿文太子的由来。

在严父猜忌残暴的阴影之下,懿文太子稳居储位二十六载,恩爱始终不替,地位稳如磐石,这在历史上是极为少见的。前朝的许多太子,如汉武帝的戾太子刘据,隋文帝的废太子杨勇,居储位都不短,然而最终父子决裂,太子身败名裂。太子们的道路本来是光明的,可许多人就是走不到尽头,要么乖乖地被废、被杀,要么起兵反抗,抢班夺权——好像太子们都不喜欢走正道,而喜欢走歪路、邪路似的。

其实这并非太子们的主动选择,唐高祖的太子李建成,在玄武门挨的那一箭,是他自己选的吗?太子们的路,是被种种复杂的情势逼他走上去的!

就说清朝的康熙皇帝吧,他的嫡长子胤礽刚满周岁就被立为太子,当年轻的玄烨把襁褓中的孩子抱在怀里,享受初为人父的乐趣时,他想得到将有一日会废掉这个可爱的孩子?不管胤礽怎么不争气,康熙不是素以“宽仁”著称吗?

有的皇帝发起狠来,行事就不像人类。就说南北朝后赵的石虎吧,那是比朱元璋还残暴的一位主儿,他把自己的亲生崽太子石宣砍了头。毕竟是自己的孩子,你纵是处死他,起码也要给他一点尊严吧。可这位太子是被人用绳子穿了脸颊,像牛一样牵着上断头台的!

由此可见,皇帝与储君相处,甚为不易。朱标与其父和平相处那么多年,他有才干、有野心的弟弟也不比胤礽少,二十多年间皇朝风云变幻,可他稳稳当当坐在“副皇帝”的宝位上,任他风吹雨打,我自岿然不动,可见他在政治上有其特别优长之处。

第十四章　三人之仁不敌一人之暴

朱标一系后来失去皇位,于是在篡逆者所修的“正史”里,时不时透露一些信息,说朱元璋对太子并不满意。不满之故,主要是朱标为人“柔弱,牵制文义”,不称一代枭雄之意;又说太子宫中多过失,愈令他老父亲不快于心。

“牵制文义”,是说朱标拘泥迂阔,不识变通。至于他宫中有何过失,无论正史野史,都看不到任何记载。但既然官史以宫闱之事相讥,大概是责他好色吧,或许比好色还严重些,至有猎色纵淫之举,甚或因为溺于美色而废事,乃至戕伐了本根。

懿文太子朱标活了不到四十岁,他在正当鼎盛的壮年,出了趟差,到陕西搞调研,回来就死了,使他老父亲数十年栽培之功,一朝尽废。这只有两种可能:要么他罹患不治之症,要么就是内宫生活不太检点,以致生命根须浅薄,稍受些风寒,就受不了。好比后世那位著名的正德皇帝朱厚照,也是三十出头，到南方巡游了一番，回来就呜呼了，似与懿文太子同例。且明代皇帝，多年纪轻轻就登了仙，他们的后宫里肯定藏有什么厉害的“致命病毒”，这个我们放后文再讲。

而所谓“柔弱”，其实是他四弟朱棣为衬托自己“雄豪”，特地糊起强安在他头上的一顶帽子。朱标的儿子朱允炆，不幸垮了台，在官史的刻画里，也被归入柔弱一流。

“正史”是朱标的坏弟弟和他的子孙们修的，自然免不了要损他几句；而众多的野史、别史和民间传说，却没有不说朱标好的。懿文太子的名声非常之好，基本上可以用成龙主演的一部电影的名字来形容——“一个好人”。在洪武朝一片哀鸿的政治氛围下，太子朱标仁柔的性情、敢谏的勇气，令人向慕不已。

朱标总的性格特点，是一个“仁”字。

孔子在《论语》里，通篇讲“仁”，也讲仁的境界难以达到。偏偏朱标就做到了仁、被人公认为仁，就是一心奉承篡逆者的史官，也不敢多加他诬词，竟然也承认他仁，这是不简单的。

朱标一生行仁，他的儿子建文帝继承了他的性格基因，结果却因仁而失国，没得好收场，不禁令人哀婉叹息！一般人都是这么认为的，并在惋惜之余，责他父子是“仁柔”，等于说仁过了头，变成妇人之仁了。而篡逆者豢养的史官，则在“仁”后再加一弱字，变成“仁弱”或“柔弱”，说朱标父子一味讲仁，全然无用，以讥讽太子这一系的失败。

明代官史中，懿文太子事迹非常少，懿文太子的故事，多见于稗官野史。

这些故事，多是讲他怀仁重义的。

如说他的师傅宋濂，在七十多岁高龄时，因为孙子被打入“胡党”（丞相胡惟庸党案），他也受到牵连。朱元璋不顾旧情，要杀老臣的头。朱标很伤心，跑去找父亲，为师傅求情。可朱元璋异常决绝，一定要杀掉宋濂。朱标见哭谏无效，转身就走。朱元璋惊问：“你干什么？”他却不答，一边跑一边擦眼泪，一副伤心欲绝的样子。

朱元璋不放心，急忙令两旁太监跟过去看。只见太子跑出宫殿，径直奔到玉带河边，扑通一声，跳了下去。

朱元璋万想不到儿子会拼了性命去救师傅——这不是传说中的死谏嘛！他是又气又怜，只好答应饶宋濂一死，改为发配，将老头儿流放到四川泸州。

朱标此举，虽然救师傅性命于一时（宋濂不久就死在了戍地），却也害死了不少太监。当他坠河时，太监们纷纷跳下河去救，登时一池子落汤鸡，在水中扑腾。幸喜太子无碍，湿嗒嗒被人拉上来。换了旁人，见儿子无恙，一定大喜，谁知朱元璋脑壳里的那根筋，就是搭得跟旁人不一样，当太监们以为立了救驾之功，沾沾自喜，等着封赏时，忽听传谕：跳河救人者，予重赏！但附了个前提条件——只有没脱衣服跳下河的受赏，那些脱了衣服才跳的，统统处死！

我的天呀！我替那几个枉死的太监向天吁一声：还有天理没有？如果某个太监戴了一块劳力士，他跳河时顺手把手表一摘，又将如何处置呢？

当然，这只是一个故事，我并不认为它是真实的。下面再讲几个，信不信，您自个儿做主。

一个故事说，因为朱标是长子，出生较早，因此比弟弟们更能体会创业的艰难。他曾听人讲，父皇也不是常胜将军，他也落魄过（可笑的是，他每次落魄，都有艳遇，详见第二部）。有一次为汉王陈友谅所败，陷入绝境，多亏母亲马皇后不离不弃，咬碎玉齿，生拉活拽，才从死人堆里逃出来。

朱标听了，非常感动，就把这故事绘成图画，以做纪念。

马皇后死后，朱元璋经常惨然不乐，越发杀人如麻。朱标心中不安，劝谏道："诛夷过滥，恐伤和气。"朱元璋听了，默然不答，第二天把他召来，将一根浑身是刺的棘杖扔在地上，说道："来！你把它拾起来。"

朱标稍一迟疑，朱元璋就接着昨天的话头，拉开机关枪的枪栓——开枪（开腔）了："你不敢拿，我帮你把刺削平了再传给你，岂不好吗？"

朱标是聪明人，马上领会到父皇是在借棘刺以喻江山大事，连忙跪下听训。

"我所杀的，都是天下之险人。"朱元璋道，"我杀他们，等于帮你除去杖上之刺，再交到你的手里，这是你的福气！”

朱标叩头称谢，嘴上还犟：“上有尧舜之君，下有尧舜之民。”

看来他是根本没听进去，竟然还嘴说：父亲您要是尧舜之君，怎么会有那么多乱臣贼子。我觉得朱标说得非常好，可朱元璋一听，勃然大怒，心想这孩子不等于说我是桀纣之君吗？盛怒之下，他操起身边的弓箭便射。

朱标大惊失色，仓皇奔走，朱元璋则一路追射之。朱标在殿柱间躲闪时，身上忽落下一物。朱元璋捡起一看，是太子手绘的一幅图画，画的正是当年打江山时的苦情。那不是已经故去的皇后马氏吗？只见她头发蓬松，衣衫不整，背上负着一人，正倚着一块石壁，狼狈残喘。那背上之人，不正是自己吗？而远处，汉王的追兵旗影隐约已近。看到这里，昔日百般辛苦，一齐涌上心头，朱元璋忍不住大哭起来，就把弓箭扔地上了。

这是个流传极广的故事。可我看过之后，没有立刻在记忆里打上一个“Received”（照单全收）的印章，脑袋里却飞进一幕滑铁卢战场的画面。也是死尸成堆，污血横流，一个人背着一名未死的军官，趺趺撞撞、步履沉重地从远走近。那不是《悲惨世界》中的冉阿让吗？他是个苦出身，沉默寡言，意志坚定，一身的蛮力，用一边肩膀就能扛起一辆重达千斤的大马车，一位可怜的农夫就是这样被他从车轮下挽救了生命。

莫非冉阿让的原型是马皇后？想到这里，我哑然失笑了。当然不是！然而我通过冉阿让的事例知道，马皇后若能背起老公逃避追兵，她应该同冉阿让一样，除了顽强的意志，还有一身硬鼓鼓的肌肉。

再说马皇后就有些不敬了，还接着说懿文太子吧。

上面这个故事的主题很明白——太子仁！懿文太子就是如此宽仁的一个人，以致他的死，也是为仁所累。

有一次，左都御史詹徽侍奉太子审录京师大狱里的重囚，太子心慈，喜欢行宽法，死刑改死缓，死缓改无期……詹徽却是个酷吏，每每意见与太子相左，他坚决抵制太子从轻的判决，必欲用重典才甘心。

朱标去找父皇反映此事，谁知父皇偏向詹徽，道：“詹徽所执者，法也。”

朱标就拿治天下当以仁厚为本的道理，嘚吧嘚吧地进谏。他竟然忘了,詹徽所执之法,是谁的法。朱元璋恼了,冷冰冰抛出一句:“等你坐了天下,你自为之!”言下之意:你那么会说,干脆我不干了,你来干吧。

朱标害怕了,仓皇间不知所措,就自投于金水河(这回投水的原因与上回不同)。

朱标激灵灵冲个冷水澡,倒让朱元璋清醒了,深悔话说重了,连忙指挥太监们救援,后来就把气撒在脱衣服救人的太监身上,给他们放血——要凉快,大家一块凉快!

看官,看到这里,您是否怀疑懿文太子精神抑郁,有自杀倾向?怎么动不动往河里跳呢?太子这么喜欢投水,紫禁城里的玉带河,真应该加个盖儿啊。

朱标跳没跳过金水河,我不知道,但我对他一跳再跳,表示坚决的怀疑。其实啊,金水河在那里,只是一个道具,不小心被“编导”用重复了,结果戏剧穿了帮。

这故事接着讲,太子虽然被及时救起,但还是感疾而卒,死前交代儿子朱允炆:“詹徽杀我,勿忘我仇!”他把自己的死,全怪在詹徽头上,似乎有些不厚道。

詹徽执法严厉,以杀人为乐,结果作茧自缚。他后来被打入大将军蓝玉党案,恰巧碰到皇太孙朱允炆审录罪囚,他一眼瞥见父亲的仇人也在党人之列,那还客气什么!当即命人砍断詹徽的手脚,再推出去,戮之于市曹。真是因果报应。

这件事记在王鏊《王文恪公笔记》里,是一条野史;后来王圻编写《续文献通考》,也载入此事,则变成一件“典制”了。

懿文太子朱标不单和詹徽争狱,为了“虑囚”,他还同朱元璋直接起了争执呢!

话说朱元璋要杀一个囚犯,太子和他争,说不可杀。争之不下,朱元璋扭头问侍立于旁的御史袁凯:“你怎么看?”袁凯不是元芳,倒还狡猾,答道:“陛下欲杀之,法之正也。太子欲宥之,心之慈也。”

杀是执法,不杀是心慈,此说可算圆满,两不得罪,两边讨好。

可这种滑头伎俩，怎逃得过圣鉴？朱元璋认为他是“故执两端”，便把这个两面派关到牢里，要处死他。得亏袁凯口袋里不止一个锦囊，他见势不妙，急忙打开第二个锦囊，在狱里装疯卖傻，让朱元璋以为他疯了，方逃过一死。

朱标总与朱元璋意见不合，而行事果决敢杀的朱元璋对太子的“仁柔不振”非常恼火，就命人载了一车尸骸，鲜血滴答地，突然从太子面前拉过，试图以此激发他。然而朱标见此惨况，不胜愁蹙，唯抚掌连连说：“善哉！善哉！”

这个故事很值得玩味，它说朱元璋不满太子仁柔的性格，想出那样残酷的方式来刺激他，颇合于人们对朱元璋暴虐性格的记忆，更突出了朱氏父子一仁一暴的巨大反差，它是以太子之仁，来彰显太祖之暴——这也是以上故事的共性。

这就像写小说，刻画一个坏人，除了尽情描写他本人的坏，还要树几个好人来陪衬他，才愈发显出恶人之恶。朱元璋当然够“坏”啦，暴君在上，酷吏横行，昏天黑地，暗淡无光，天可怜见，这一时期至少还有两位大好人！一位是懿文太子，一位是他妈妈马皇后。

这对母子共同的性格特征，就是仁慈宽大、重情重义。与懿文太子事迹较少相比，马皇后“慈爱性成”的故事非常多，几乎都在讲她如何济太祖之暴，每当老公要杀人时，她总能想出各种法子来劝解，既造下无数级浮屠，又不致触老公之怒，何其完美！

明朝人之所以特别推崇马皇后与懿文父子（朱标、朱允炆）这三个人，就在于他们是“仁”的，赞美他们的仁，其实就是在贬斥朱元璋、朱棣这对虎狼父子的恶。可见历史并非全然以成败论英雄，公道自在人心。

第十五章　柔弱是篡逆者送的一块匾

朱标、朱允炆父子，在历史上的形象，都是“柔弱”之主。

他们的父亲和爷爷朱元璋，是开国之主，与群雄逐鹿，马上得天下，自然尚武;朱标父子作为储君,他们的工作是"守成",岂可不"柔仁",以宽恤百姓,培植国本。但仁未必就"弱","弱"是胜利者加给失败者的恶谥,是典型的成王败寇似的评语。

宣德初年所修的《明太宗实录》,为了证明太祖对太子朱标的不满,刻意编造了一段朱元璋夫妇的对话,称"懿文太子以柔弱、牵制文义,不称太祖意;又闻其宫中过失",朱元璋对马皇后说:

"我与你同起艰难,好容易才成此帝业,今长子所为如此,将为社稷忧,你说该怎么办吧?"

"天下事重,妾不敢与知。"马皇后答得很爽快,"惟陛下审之。"

朱元璋见马皇后无异议,便说道:"儿子们中,燕王最为仁孝,又是文武全才,将来抚国安民,非他其谁?我看好这孩子!"表明自己属意的继承人,是第四子燕王朱棣。

马皇后仍然不置可否,只是赶紧说:"千万不要把这话泄露出去,否则会给燕王带来祸患。"

显然朱元璋在说太子不称他意时,话头里实伏了一根引线,一拉,接下来就该是易储的话了。可朱元璋自己不说,把球踢给马皇后,让她来说。而马皇后却把球在胸前一停,又给他颠了回去,说这是天下大事,我哪里知道,还是陛下您自个审度处置吧。

在这段文字里,马皇后基本上就是根电话线,只管传话,自己毫无主张。丈夫要废她亲生宝贝了,她竟然麻木地说"不敢与知"。正是天下重事,所以才要听你的主意嘛!废立储君,是国事,不也是家事吗?而"惟陛下审之",倒有几分怂恿的意思:您看着办,我没意见!完全是偏心燕王,一句维护太子的话都没有。

说到这里,那个由靖难之役引发的关于诸王嫡庶的话题,就显出重要性了。假如自称嫡子的燕王本是庶子,是冒嫡的小子,无须我驳,这段史文之出于伪造,一目了然。哪有当妈妈的,亲生儿子不顾,却替妾子着急忙慌的道理?这还不是几口饭,哪个吃多,哪个吃少的问题,太子一旦被废,搞不好接下来就是一张毒饼子管饱——以后再不必吃了!

史家敢这样编写，不怕暴露于光天化日之下，必须有一个前提，即朱棣是嫡子，否则这段文字将因为不符合基本的人情，而被读者识破。

朱元璋夫妇通过这段“对话”，达成共识，都认为燕王有本事，太子是不行的。然而，朱元璋该出手时却不出手，既然易储大计已与老婆商定，为何不见执行呢？他不是优柔寡断的人，凡他下定决心的事，没有办不成的，传承了上千年的宰相制度他敢废，手握兵权、勋功无数的大将军他敢杀，为何偏偏在废太子这件事上，迟迟不见行动？

我们看到的事实恰恰相反，他对太子的委寄不断加深，将许多朝政托付给东宫处置，百官奏事，需要给东宫另呈副本，他还时刻注意树立太子在朝臣和皇子们中的权威。

那么，我们只能得出一个结论，即《明太宗实录》中那个太子“将为社稷忧”的臭屁，是无德的国史编修官们炮制的，他们放这个空炮，目的不过是为朱棣未来的叛逆正名，补缀一些花边而已。

实录中这段记载是有来头的，它取自朱棣钦定的《奉天靖难记》一书。这本书对太子所犯几乎危及他的储位的“过错”，提出三点证据：

其一，“初，懿文太子所为多失道，忤太祖意，太祖尝督过之，退辄有怨言”。

“失道”之事，大概仍属细故，所以《奉天靖难记》没有摆在展示柜里供读者批判。它还说，太子在遭到太祖多次批评乃至惩罚后，不仅没有悔改之意，反而在背后说了一些怨气话。

下面指控就升级了：

其二，太子“常于宫中行诅咒，忽有声震响，灯烛尽灭，略无所惧”。

原来太子不仅发牢骚，还在宫中暗行魇压诅咒之术，企图不利于父皇。但人可欺，天不可欺，太子正攥了个穿皇袍的木偶，拿针狠狠地扎，突然豁刺刺一声巨响，殿内灯烛全灭。这是老天爷给予逆子的警告！然而，太子不畏鬼神，他顶着暴雷，拿起针来，毫不犹豫地向父皇的七寸处扎去……

乖乖额滴神啊！这不等于说，本朝太子爷就是汉武帝戾太子复生转世？

还有一条，其三，太子不单红口白牙地画符诅咒，他还以“东宫执兵卫”的名义，擅自征募了勇士三千多人。

东宫要这么多兵卫干什么呢？自然是用来造反的——这是不言之意。

原来，朱元璋说的“今长子所为如此，将为社稷忧”，就是这些。这些黑材料一旦采信，懿文太子朱标跑不了要标上一个十恶不赦的谋反大罪，还不满宫抄斩！

这段内容很可能正是由朱棣亲自提供的，他就是希望把大哥朱标打成本朝的戾太子。虽然朱标已经死了，这些当年没有发射的炮弹——我怀疑他是否敢于向朱元璋提供这样的黑材料，而懿文太子平安无事，想来他即便把举报信上交了，朱元璋也没有听信他。但仍然有用，朱棣把它们夹在钦定的官书《奉天靖难记》里射出去，就是要让朱标父子在身败之后再继之以名裂。

其实，《奉天靖难记》才是朱棣发泄私愤的诅咒书，里面很多内容纯属污口，非常龌龊，尤其是关于建文帝“恶行”的那一部分内容，简直令人作呕，这个下文再讲。《明太宗实录》的前九卷，所记是建文朝四年间的事，也就是“靖难之役”这一时期，称之为《奉天靖难事迹》（这么处理，是为了避开建文年号，且以叛逆者朱棣这一方为实录记事的主角），其内容基本上都取自《奉天靖难记》。但后者在收入实录时，将扔在朱标父子头上的烂菜叶都摘掉了，好比上面太子的三条罪状，实录里一个字都没写。

可能诬人出于一时的政治需要，不免极力诋毁，不顾其恶劣，而后来在纂修《明太宗实录》时，则为了照顾“圣祖”形象，不免做一些必要的删洗工作——否则，“信史”愈发不可信了。

朱元璋夫妇“对完话”，遂不了了之，但皇宫里千门万户，门缝就是多，这话儿不知怎的，还是传了出去，被懿文太子听到了。他马上找来凉国公蓝玉，秘密商议对策。

前辈史官真能飞天遁地啊！他们刚偷听到朱氏夫妇在后宫的密语，马上收回眼线，又飞到太子宫里来偷听了。

蓝玉对燕王是极不满的,不满之故,史官们也打听清楚了。原来蓝玉在率师北征辽东,奏凯回朝时曾经过燕王的封国北平,便去拜见燕王,赠以名马,作为礼物。

没想到燕王竟不给面子,回绝了礼物不说,还不客气地道:“蓝将军出征回朝,所获名马不进于朝廷,先送本王,岂是尊君父之举?”

此事令蓝玉既惭且愤,久久不忘,亟思有以报之。这时听太子问计,要对付燕王,就说道……看官,容我卖个关子,您猜蓝玉当如何说?

您是否会说,那还用问!蓝玉定然痛斥燕王,大骂他“癞蛤蟆想吃天鹅肉,你也配!”先宽了太子之心,然后再慢慢给太子想主意。——不对!答错啦!且听蓝玉如何说——蓝玉在听了太子诉苦后,问道:

“殿下试想,皇上平日里最爱哪位皇子?”

“最爱不过燕王。”太子答道。

“我也是这么看的。”蓝玉道,“燕王在封国抚安百姓,安静不扰,很得军民之心,大家都说他有君人之度。我担心这些话被皇上听到,殿下愈发失宠。我还听望气的说,燕地有天子气,殿下宜审之。”

“宜审之”之“审”,是审度之意,当马皇后听朱元璋寻思要废太子时,也说:“惟陛下审之”。这倒好,太子朱标无端又被“审”一回,您说他晦气不晦气?

这里,蓝玉倒像是燕王的说客,一会儿说他是皇上的最爱,一会儿又说他得民心,封地有天子气,然后请太子自“审”之,分明是让太子识时务,掂量自己的分量,早点让贤算了!

我若为太子,定当跳起来赏他两记耳光,大喝一声:滚!

可实录里的太子却缓缓地说道:

“燕王事我甚恭谨。”

太子到底是太子,理解力就是高妙,原来我听错了,蓝玉那一大篇话竟然不是“好话”,本意还是“速除燕王”。我真没听出来。

可是太子虽然听懂了,仍舍不去妇人之仁,还在想,燕王对我那么恭顺,我要对付他,毕竟于心不忍。

然后蓝玉说了一句："殿下问臣，臣不敢隐，故尽其愚恳耳。惟密之。"结束了这次谈话。

这里又出现一个"密"字。以上两处场景，两组对话，就有三处强调要"密"(包括马皇后强调的"幸毋泄言")。可是竟然全部不"密"，都被驴耳朵的史官听了去。

我尤其奇怪的是，蓝玉为何也要说"密之"？他那些话，差不多等于废话，全似向燕王献谀。太子虽然嫉妒父亲偏爱四弟，亦无一句恶言，还顺带赞赏了燕王之悌(善事兄长)。既无恶言，又无机密，保的哪门子密嘛！可见史官写这几个"密"字，不过是故弄玄虚，把太子、蓝玉刻画成全然无用的角色，受了气，背地里连个撞地屁都不敢放，只管说燕王的好话。

以上是实录所记朱元璋第一次发心易储，假如它是真的，懿文太子突然死了，不正是千载难逢的好机会，朱元璋还不赶紧令他最爱的燕王入主东宫？可是朱元璋竟然有违史官的好心，放着英明神武的老四不理，偏把太子之子，同样"柔弱"的朱允炆封为皇太孙。

朱元璋宁可创设一个太孙的名号，也不肯令燕王入居储位，显然朱元璋并不像史官的偏词说的那样，只"属意"于老四一人。

新立的皇嗣皇太孙朱允炆，同他父亲朱标一样，仍是"仁弱"者一枚，自然令朱元璋"不满"——官史里是这么写的。

据谷应泰《明史纪事本末》云："皇太孙生而额颅稍偏，性聪颖，善读书，然仁柔少断。"谓皇太孙朱允炆头骨不正，是正位不久，终将失国之相。好像朱允炆失去帝位，是从他一生下来就定好了的。我想，朱允炆额颅稍偏，与史泰龙眼角稍歪一样，都是从娘肚子出来时，被助产士不小心拉成那样的，与孩子未来的命运，毫无关系——史先生不成了世界知名的电影巨星？

《明史纪事本末》接着举了许多例子，来说皇太孙如何不得朱元璋的喜爱，如令他赋诗，不中太祖之意，让他作对，仍不称旨，文字里满是衰败之气。而燕王正好相反，不仅诗作得漂亮，对子对得也工整，词意亦佳。每每如此，久而久之，太祖又动了易储的念头。

这些故事不知是哪位冬烘先生编出来的，竟骗了谷应泰，让他信以为真，当作信史写入书里。朱元璋物色大明江山的继承人，难道是考秀才，哪个诗做得好就由哪个来干？朱允炆既然被立为太孙，想来诗一定做得极有气象，难道做了太孙，作诗的水平就像坐滑梯一样直往下滑溜？燕王早在洪武十三年就去了封国，绝大多数时间都待在北平，偶然上京，也不可停留过久，哪有时间来和终日奉侍在皇爷爷身边的皇太孙斗文？可笑到不值一驳，亏得谷应泰还做过一任学政，书读得也忒迂了。

我们看到，朱标、朱允炆父子，作为政治上的失败者，一方面他们的事迹遭到刻意的掩盖，多晦暗不明；一方面他的对手在自己开设的历史审判庭中，对他们进行缺席宣判，而他们对所有诬词，都无法辩驳——谁说历史审判的法官都叫公正？

第十六章　懿文太子的外戚灰飞烟灭

洪武朝皇子之间关系的真相，由于官方正史屡经刷洗和改篡，留下的证据很少。朱家儿郎们围绕储位的争夺，我们只能从片段的历史材料中去窥测，加以想象力和实际生活的经验，尽力将这些碎片联缀起来，从而对历史人物及其关系进行部分的还原。朱棣在他篡位后，以史书为报复之具，捏词污人，造假行骗，然而作案者总不免在犯罪现场遗留痕迹，朱棣对历史动手动脚，自然也会留下破绽和罅隙，成为我们深入历史现场的“后门”。

朱元璋的儿子多，年长后多封大国，拥重兵，握大权，位尊地显，其利益深深地缠绕在复杂多变的政治生态之中，他们手足之间不可能如老父亲期待的那样，兄友弟悌、你谦我让、一派和谐无争的桃源景象。

上文说到，《太祖实录》和《太宗实录》中，刻意伪造了太祖朱元璋不满意长子朱标，而属意于第四子燕王朱棣的情节。这正好暴露出朱棣不甘心做王子、觊觎储位的野心，至于父皇一心看好他，则属于典型的意淫，是借史书自慰，在这个意义上，一些历史书不是也可归入“黄色小说”

之列吗？

朱棣想当皇帝，是主观意愿，主观唯有与客观配合好了，梦想才可成真。但现实常常是残酷的，不遂人愿，且令人沮丧，这就需要有人来做点心理疏导工作，好提振一下有非分之想者的士气。朱棣就有这样一位心理医师，此人姓姚名广孝，法号道衍。

洪武十五年(1382年)八月，马皇后去世，亲王们纷纷来京奔丧，朱元璋打算选几位高僧，陪侍诸王，为皇后诵经荐福。有人向朱棣推荐了道衍和尚，这是二人相识之始。

道衍虽为释子，却有经世之志（在中国，有心经世的和尚最多了，所以现在僧界的董事长和代表、委员多的是）。可能因为道衍和尚入世之心太重，没法沉下心来念经修行，其实他的佛法并不很纯，所学相当驳杂，好比他一个僧徒，却向一个道士学手艺，得其秘传的阴阳术数之学。

早年间他游嵩山，曾遇到当时著名相士袁珙。“哎哟！”袁珙一见之下，先呼一声。“这是哪里来的一位异僧！来，让我瞧瞧。”说时拽住道衍的衣袂，上上下下打量，随口就将道衍和尚的尊容，用他相面大师的口吻复述了一遍：

“大师你目如三角，形如病虎，性必嗜杀，将来必为刘秉忠之流也。”

原来姚广孝长着一对难看的三角眼，要搁今天，搞不好还要去韩国整容，挑成一双丹凤眼，上台演小生，装都不用化才好。形如病虎，不知是何形态？从袁珙的相貌描写来看，姚广孝生得一点都不精神，然而，在他肺痨鬼的外表下，却掩藏着杀人狂的勃勃精力。

看官！一个出家人，有人上前打个躬，赞他好杀人，有成为连环杀手的潜力，您说这是夸他吗？然而姚广孝闻之，竟然“大喜”——足见其为人呢！

“性嗜杀”的姚广孝，如今被荐到杀人魔王朱棣的幕下，两人自然谈得来，不止谈得来，还相当投机，所以马皇后丧事完毕后，燕王就奏请让姚广孝随他回到北平。

姚广孝到北平后，仍然披着袈裟，在庆寿寺做住持。《明史》说他常“出入府中，迹甚密，时时屏人语”。

野史说，是姚广孝自请追随朱棣的，他大打包票说："我将奉一白帽子与大王戴！"王上加白，即是"皇"字，这是拿大位为诱饵，诱惑亲爱的四王子呢。

这一情节为《明史纪事本末》采信，还是《明史·姚广孝传》的作者较为谨慎，没有轻信采入，只说两人来往甚密，经常打发开旁人，说些悄悄话。经常读史的人都知道，"迹甚密""屏人语"，在史书里几乎等同于密谋造反的同义词。

袁珙在相语中提到一个刘秉忠。此人是元初的一位和尚，得到蒙元世祖忽必烈的赏识，被提拔做了大官。蒙古国改国号为"元"，就是刘秉忠据《易经》"大哉乾元"之意，向忽必烈建议而被采纳的。元帝国的都城和心脏——大都，也由他设计并主持兴建。刘秉忠的经历与姚广孝很相似，他们一样出身衲子，一样入世很深，都得到当世之主的赏识拔擢，建立世俗的勋业，死后，一个追封赵国公，一个追封荣国公，都是光鲜锃亮的"公爵大人"。

但是，他们之间横有一道难以跨越的鸿沟：刘秉忠奉侍的是天子，天下是他的舞台，而姚广孝追随的只是一名藩王，不管他有多么杰出的才能，也只能局促于北平一隅，无论如何是难以望刘秉忠之项背的——除非，朱棣有朝一日，与元世祖比肩。显而易见，袁珙说姚广孝将是刘秉忠一流，等于说他侍奉的燕王，也有天子之福分。

然而，姚广孝若为了赶超刘秉忠，就冒失地向朱棣进言，要送他一顶白帽子，则未免自视过高了。难道他以为仅凭他在茅庐里拿根筷子画一画，就可以分"天下"一杯羹？凭他一人之智力，就可以扭转整个历史的走向？我想，姚广孝不是骗饭吃的望气家、风水先生和气功大师，他不至于如此荒唐。"白帽子"一说，只是后人的编造而已。

但当削藩之火突然烧起来时，智能充足的姚广孝一定成为燕王朱棣的"心腹谋主"，这是无疑义的。

姚广孝到北平，是在洪武十五、十六年间，"燕国"的建立才两三年时间，燕王朱棣年甫二十三岁，正当"少年壮志不言愁"之时。而他的哥哥朱标，做储君已经十六年了。皇太子是国家储副，储君也是君，君臣之分甚严，也就是说，老四见到大哥，先得行君臣大礼，然后才能叙兄弟之情。朱棣凭什么辄敢觊觎太子之位，试图动摇国本？

不是说朱棣无此贼心与贼胆，而是说他须识时务，在他实力未张、根株未壮，而太子深得父皇信任、为举朝推戴、地位稳如磐石的条件下，他纵然贼心如炬，贼胆包天，亦不至于造次，他必须小心地伪装做一个恭谨的弟弟和谦卑的臣子。

朱棣与姚广孝这两个野心家固然会经常"屏人语"，发泄一番对时政与太子大哥的不满，但绝不会采取实际行动，贸然开启夺嫡之路。

皇太子朱标，他最大的政治资本是父皇的信任以及嫡长子继承制这样一个基本的政治原则。两者结合，又使他获得群臣广泛的拥护，即所谓"天下归心"。

由于上面压着一位强势且苛刻的父亲，朱标的性格一定是极为隐忍、低调和退让的。尽管如此，东宫的存在，仍然会吸附众多的拥趸和投机客，蜜蜂与苍蝇嗡嗡而至。

历史上，东宫（又称东朝）与内廷的矛盾，多缘起于此，导致正"当阳"的皇帝与等待即位的太子之间产生不可调和的矛盾，甚者爆发父子相戕的悲剧。朱元璋为了避免覆辙的重演，想了一些办法，如过去太子都自辟僚属，东宫有自己的辅臣班底和侍卫军队，容易在皇权之外形成另一个权力中心和效忠体系，他便令朝中大臣兼东宫之官（詹事府、春坊等官），相当于我们今天说的"两块牌子，一套班子"。这样，东朝与内朝合为一体，难分彼此了。

婚姻在任何时候都是一种黏合剂，使不同国家、家族和家庭之间形成巩固的利益结合。朱元璋也通过联姻，与帮他打江山的好汉们强化了君臣关系之外的私人联系，他为儿子们挑选的媳妇都是开国功臣家的女儿，而勋阀之家又交互缔姻，从而形成复杂的人际网络。

朱元璋为太子朱标娶了两房媳妇，正妃常氏，是鄂国公（追封开平王）常遇春的女儿，常氏是洪武四年（1371 年）册封为皇太子妃的，此时常遇春已死，常家势力一落千丈；继妃吕氏，是太常寺卿吕本之女。与其他诸王的外家皆为世勋名将（公侯伯、都督）相比，皇太子妃的父亲只是一介文臣，格外引人注目。

朱元璋这样安排造成的一个显而易见的情势是：东宫缺乏强有力的妃家支持。

在洪武中后期错综复杂，又极端残酷的政争与杀戮中，一些诸王的妃家受到各种党案的牵连，须知“革命不是请客吃饭”，朱元璋对这些亲家翁毫不客气，一概请君入瓮，尽数锄除。但对亲王则予以保护，除了潭王两口子投火自焚外，其余诸王的政治地位都没有受到影响。

皇太子的岳丈常遇春有两个儿子，长名茂，次名昇。论亲戚，他们是东宫的小舅子。常遇春死后，常茂所承之爵并非其父的鄂国公，而是改封为郑国公，也是“公”的级别，食禄二千石。

常茂娶了宋国公冯胜的女儿，两个“国公”家结成亲家，由此冯胜与太子也攀上了转弯亲。但常茂与岳父冯胜的关系并不好，洪武二十年（1387年）时，常茂跟随冯胜出征辽东，翁婿两人发生了激烈的冲突。冯胜告女婿的黑状，诬他激变元军降众；常茂也不客气，立即予以回击，大揭老丈人的不法之事。官司打到朱元璋那里，朱元璋的做法是左边三扁担，右边扁担三，命人收回冯胜的总兵印信，不许这位得胜的大将军还朝，打发他到凤阳私邸闲住，“自是不复将大兵矣”；常茂则被安置到僻远的广西龙州，不是充军，也等于发配了。四年后，常茂死在了贬谪之地。

常茂无子，由弟弟常昇袭爵，但所袭又不是郑国公，而是再次改封为开国公。

在洪武后期，作为皇太子的妻弟，常昇与其他勋臣一样，数次奉命出京练兵。他是怎么死的，因何而死，死于何时，实录中没有记载。按照他的地位，常昇如果是正常死亡，国史应该是有记载的，并且还应该为他做一篇小传，作为官方的盖棺定论。实录无载，透露出常昇并非“善死”的信息。

有记载说，常茂在建文时还活着，还与魏国公徐辉祖一起，在浦子口力战，共同抵御靖难之师，直到永乐初年才死去。还有记载说，常昇在洪武末年被牵连进蓝玉党案,有人告发他聚兵三山(地名,在今南京西),准备响应蓝玉,因此被诛。

在今存洪武二十六年(1393 年)敕编的《逆臣录》中,我们发现了常昇的身影。

《逆臣录》是蓝玉"谋反"案发后,由朱元璋命儒臣编集的涉案人员的口词供状,其中出现了常昇的大名。原来洪武晚年,那些苟延残喘、还未被杀的公侯们,再也不能握兵了,只能干些监造海船、烧窑、运粮、修栈道之类的杂差。

在洪武二十六年四月,正当朝廷大杀蓝党之际,常昇以堂堂开国公的身份,奉命提调三山等处窑场,做了一个窑子头,明摆着是受了舅舅蓝玉的牵连,被下放改造,监督劳动。

常昇泊船于江宁镇河口,有右军都督王诚刚好从薄山"点坯"回来,上船来见(这位也是失意者,在窑场点数烧出的砖坯,与新任窑头儿常昇存在工作上的联系)。二人谈过公事,在船后梢吃酒闲话,话题不由得转到蓝玉谋反案上来。常昇道:"我舅舅这件事谋不成,倒连累了许多好头目。"

王诚叹道:"当初众人只望他做得成来,不想败露了,看起来只是天数。"

常昇道:"当初舅舅也曾与我同景川侯(曹震)说这事来。后因他上四川,我往山西,不曾再得一处商议。如今他们都犯了,案中必然也有我的名字。上位(指朱元璋)多是看在亲上头,容隐着哩。"

他又对王诚说:"你也曾去相望我舅舅商议来,久后好歹把我们都结果了。"王诚一听,愁坏了。

常昇说的亲,是他姐姐曾是太子朱标的太子妃。莫说这位姐姐已然过世,就是活着,依皇帝的脾气,迟早还是要把他们"都结果了"。说起这事,常昇忧虑尽露于言表,他思忖着:"做个什么见识,躲避得这场大难。"王诚宽慰他:"且熬将去,慢慢地理会。"吃完苦酒,各自散讫。

不久王诚父子被捕,严刑之下,供出开国公常昇也是蓝玉的同谋,口词就是上面这段对话:常昇承认他"舅舅要反时,也曾通他"。王诚的儿子还供称，常昇曾来家探望，发牢骚说："如今亲的、故的既都诛戮了，我久后也罢了！"后来又说："我如今要做事业（指造反）时，只是无人。"口供是随着用刑之深，愈来愈重的。

作为懿文太子的外戚，常氏一族，受蓝玉（请注意，蓝玉也是太子的亲信）党案的牵累，在洪武二十六年，即太子去世的第二年，遭到了灭顶之灾。

第十七章　亲上加亲没能保住蓝玉的命

洪武年间诛除功臣元勋，主要是靠两大"反朱集团案"，一是洪武十一年（1378 年）丞相胡惟庸谋反案，一是洪武二十六年（1393 年）的蓝玉谋反案（简称"蓝案"，又与前者合称"胡蓝之狱"）。许多人被杀，都是由这两案做的套儿。其实两案中被杀的好多人，都是冤死的，他们甚至连两案"首犯"胡惟庸、蓝玉都不认识，糊里糊涂就被处死了，还连累了家族，老婆孩子没官为奴，宗党流配，家产查抄。

蓝玉是常遇春的妻弟，少时从常遇春起兵，在姐夫的栽培下，逐渐崭露头角，积功升至大将。虽然蓝玉也是开国将领，但他的崛起要稍晚一些，由于战功卓著，他在洪武十四年（1381 年）受封为永昌侯，正式跨入勋贵的行列（明朝首次封侯是在洪武三年）。

洪武二十年北征辽东元朝残部时，蓝玉还是冯胜的副手，冯胜被夺职后，才由他接掌大将军印信，成为数十万大军的统帅。此一役，蓝玉展示了杰出的军事能力，他率领北征大军，深入朔漠，一直打到捕鱼儿海，大获全胜而归，从此威名震天下，他亦因功晋封为凉国公。

然而功高足以招祸，朱元璋经常有意地对蓝玉进行敲打与压制，动辄下敕训斥、切责他，为小事就给予他降职处分，令这位大将军蒙羞。

洪武二十六年初，春节刚过，南京城里，人们还沉浸在节日的氛围中，懒了的心徜徉在那个与世无争的祥和世界。突然间，一件惊天大案毫无征兆地就爆发了！

正月里，锦衣卫指挥蒋瓛忽然“告变”，告发大将军蓝玉谋反，蓝玉因此被捕下狱，并很快遭到处决。蓝玉的供词将景川侯曹震、鹤寿侯张翼、舳舻侯朱寿、定远侯王弼(楚王妃父)、东莞伯何荣及吏部尚书詹徽等一大批勋戚高官牵连进来，还有五军都督府、亲军卫所的众多中高级军官。朱元璋根据狱词，照图索骥，株连蔓引，据说族诛者达到两万多人。

那几个月里，简直杀红了眼，许多家庭遭到血洗，蓝党之狱也成为朱元璋“二次革命”或“继续革命”光辉胜利的主要标志。

一般政变，或政治性的屠杀，受害者只是政敌及其家族成员。如果朱元璋大兴胡、蓝党狱的目的只是诛除政治对手，替他的继承人削去政权荆条上的棘刺，那么这种杀戮应该是有限度的、低烈度的，而不是滥杀。然而，朱元璋通过胡、蓝二次党狱，实施了以京师南京为中心的无限扩大化的大屠杀，波及范围主要在江南一带。

朱元璋杀人，不以法律为准绳，那么是否以事实为根据呢？从《逆臣录》公布的近千名“罪犯”的供词来看，案件线条粗疏矛盾，错漏百出，许多“蓝党”是在严刑之下被人乱咬出来的。有人想，横竖是个死，不如请皇帝和锦衣卫帮我报一下私仇吧，遂借机供出平生之仇家。而刑讯者本不需要真赃实证，他只求口供，口供一到手即信，这就是典型的“逼供信”。那一万多名受难者，就是这样，愈滚愈大，最终被碾成粉末，这是真正的白色恐怖！

蓝玉党案现在公认是朱元璋一手策划的冤案，他本想通过公布一部分狱词(然而作为案首的蓝玉的供词没有收录)，向天下人表明：我非滥杀，所杀者皆天下之巨贼！可是，因为那上千份的供词根本经不起考察，反而暴露了他滥杀的本质。朱元璋很快发现这一点，下令将《逆臣录》全部收回销毁，但收缴未尽，民间仍有孤本存世，幸喜有此漏网之鱼，我们今天对洪武朝的腥风血雨，才多了一些真实的了解。

蓝玉的姐姐嫁给了常遇春，常遇春之女被册立为皇太子妃，作为太子的妻舅，蓝玉与东宫关系密切。另外蓝玉还是蜀王朱椿的岳父，他本人既是勋臣，又是皇亲。

作为与太子亲近的朝中大将,蓝玉与燕王朱棣关系紧张。

蓝玉甫任大将,就与朱棣发生了矛盾。前文说过,当蓝玉征辽回兵,经过北平时,送了燕王一匹名马。这本是一番好意,俗话说,当官不打送礼的,不料朱棣却摆谱道:“马未进朝廷而我受之,岂所以尊君父?”不仅不收礼,反而拐了弯骂蓝玉目无君父。

朱棣是否一直是那样一副道学面孔?非也。他其实是个富于权谋而缺乏信义之人。那时,朝鲜国遣使臣上京朝贡,皆走陆路,由辽东入关南下,要经过北平。朝鲜使臣为了表示对燕王的尊重,特地到燕府拜访。朱棣在谈话中问:“你家国王为何不送马于我?”使臣信以为真,回去奏知国王,下次再来时,专门备了几匹鞍辔齐全的好马送给燕王。

马本是朱棣主动向人索要的,可他受了礼物,反将此事奏闻于朝。这就像官员向开发商索贿,收到贿金后,却向纪委举报,您说他这是为何?

朱元璋本来就对朝鲜国是否真心归诚怀有疑心,接到燕王密奏后,愈加怀疑该国结交藩王,深藏祸心,便下敕切责:“朝鲜王何得私交?”并将朝鲜使臣全部流放到云南边卫。朱棣检举有功,掇了个好彩头,这不就是传说中“以他人的血染我的顶子”吗?

这件事发生在洪武二十八年(1395 年),几年前,当蓝玉赠马时,大约朱棣还没养成后来的老谋深算,否则他大可假装高兴接受蓝玉的馈赠,然后以其不尊君父、私交藩王为词,背后狠参他一本,才够蓝玉吃一壶的呢!

不管怎样,朱棣以“尊君父”这样冠冕堂皇的理由拒绝蓝玉的好意,令蓝玉非常难堪,而且他也听出来,朱棣的语气里暗含着严重的指控。据夏燮《明通鉴》所记,蓝玉回朝后在太子跟前搬弄是非,说“臣观燕王在国,阴有不臣心”。太子听信了蓝玉的谗言,对燕王颇有微词,被朱棣知道了,更加记恨蓝玉。

这段记载大约出自夏燮的推测之词,但他洞穿了朱棣与蓝玉之间复杂关系的本质:蓝玉是太子一党,自然令燕王深恶痛绝,不仅存心给他小鞋穿,机会到了,还必欲除之而后快。

洪武二十五年(1392 年)夏,太子朱标去世,蓝玉的后台垮了。朱棣来朝为兄奔丧，即在刚刚痛失爱子的老父面前大讲勋臣的坏话，说“诸公侯纵恣不法，将有尾大不掉之忧”。朱元璋深感孤立，由是越发疑忌功臣，于是“不数月而（蓝）玉祸作”“列侯以下坐党夷灭者不可胜数”。

大概朱棣是以“蓝玉可忧”为话柄来进言的，因为蓝玉是洪武后期最为重要的将领，也是所存国公中唯一还握兵出征，并在军中拥有广泛影响力的勋臣。拿他开刀，并由他牵引进旁人，最后一锅端，应是对功臣下手的不二法门。

在《逆臣录》里，记载蓝玉曾放过一句狂言：“我不堪做太师耶?”《逆臣录》没有交代前因后果，而《明史·蓝玉传》将此事放在洪武二十五年蓝玉西征还京后。此次出征，蓝玉又获大捷，朝廷给他加官太子太傅，他却嫌官小，抱怨道：“我征西征北受了多少辛苦，如今取我回来，只道封我做太师，却着我做太傅，太师倒着别人做了!”

太师应是太子太师的省称，宋国公冯胜、颍国公傅友德做的正是太子太师，显然蓝玉是表示不服老一辈英雄冯、傅二人，不甘位居其下。可是挟大功而还、心高气傲的蓝玉，并没有巩固主上的信任，反而加剧了对他的猜忌，朱元璋经常故意驳回他的一些建议，让他很没面子。

朱元璋就是要让蓝玉当众出丑！他的逻辑是，蓝玉有大功，回朝后却没有得到相应的奖赏，相反还有失宠的迹象，他一定会怏怏不乐，暗怀对朝廷的不满，久之必将不利于朝廷。这是朱元璋为蓝玉铺下的一条谋反之路，在这条路前方不知什么地方，他已为蓝玉安设好了一只巨大的捕兽夹。

在《逆臣录》里，众多的“蓝党”供词印证了朱元璋对蓝玉“心路历程”的判断。据蓝党供述，蓝玉对朝廷是既不满，又不安，这些年来，为了“胡党”的事，公侯一家家被废，使他产生了强烈的危机感，而最近他的亲家靖宁侯叶升又出事了，担心招出他也是胡党，因此犯下疑心病，他常对部下说：“只怕早晚也容我不过，不如趁早下手做一场。”心怀不满，又感觉大难临头的蓝玉，准备豁出去干一场，于是约同诸将，打算趁朱元璋出都城举行籍田礼时下手谋反。

以上便是《逆臣录》提供的蓝玉谋反“路线图”。当然啦，全出于“逼供信”，其可信之度数，比汽水的酒精度还低。

好比供词中那个所谓的"谋反计划",最后只落得一个纸上谈兵,籍田礼都过期了,也未见实行。难道蓝大将军会只制订作战计划,而不懂得迅捷实施吗?

且说蓝玉未败之前的诸多不满,假如都是真的,却正好表明蓝玉无谋反之心。试想:一个想当皇帝的人,会斤斤计较是做太师还是做太傅?会因为一个虚衔,而不服老前辈冯胜、傅友德,平白为自己树敌?傅友德的加衔,亦不过太子太师,与太子太傅级别相同,都是从一品的宫衔,①只是排序在前,上朝排班时稍占一些便宜而已。

我不信作为大将军的蓝玉,眼孔如此之小,城府气度如此之浅窄。况且,说他因为奏事言多不从,便心中怏怏,也不是确凿的证据,多半属于朱元璋神经病发作:故意驳人家,还怀疑被驳者心里不服,进而又猜人家会不会因为不服而造反。这是疯子的逻辑,没法跟他辩的。

反正后世是没人相信蓝玉谋反的,如《国榷》作者谈迁就说:"虎将粗暴,不善为容",骄纵或有之,但"非反也"。至于蓝玉是否真如官史说的那么骄纵,无法无天,就很难考证了。

有人认为,太子朱标之死,是促成朱元璋下大决心,再次大兴屠戮的关键因素。为什么呢?因为新立的皇太孙朱允炆年纪尚幼,怕他无法驾驭群雄,所以决定在自己死之前,将随他打天下的英雄好汉们一起带走。然而此说不尽能成立,说太孙年幼,其实也不甚幼了,已经是二十多岁的小伙子,并且已经生子;朱元璋怕他驾驭不了群雄,可也没啥"雄"剩下了,除了蓝玉,冯、傅两位国公皆廉颇老矣,早已不再理事,而那些做侯、做伯的,多是些二三流人物,太祖担心他们闹事,实在有些多余。

有个故事讲:朱允炆见残杀太甚,大为不忍,就劝谏祖父,少杀些人,为朝廷存些元气,也少一些戾气。朱元璋听了,默而不言,次日把允炆叫来,将一

①宫衔包括太子太师、太子太傅、太子太保及太子少师、太子少傅、太子少保,分别称为"东宫三师"(从一品)与"东宫三少"(正二品)。他们是名义上的东宫辅导官,但并不在东宫任事,只是一种加衔。

根长满荆棘的木杖扔在地上,命允炆拾起。见允炆面有难色,朱元璋才指着教具,细细开导他:“我杀人,就是为了削去杖上的棘刺,再交给你呀!”

这故事是上一种观点的具体化。

看官,是否有似曾相识之感?对,这故事已讲过一次了,只是上次的主角是太子朱标,这里换作了朱允炆。这个有鼻子有眼的故事,其实不过是后人编的一个寓言。试想,朱元璋在后宫进行这样的“铁血”教育,能不避人?怎么就被史官偷听到了?朱元璋即便讲过类似的话,他也不愿意这些密语被人听去记下来。

朱元璋在晚年无缘无故再兴残杀,实在是不好解释的。但有一点是肯定的,即朱元璋这么做,加剧了朝廷空虚、外强内弱的状况,给未来皇太孙的统治,造成相当不利的形势。

坐蓝案而死者,有公侯、文武大吏以及偏裨将卒“达二万人,蔓衍过于胡惟庸案”——“于是元功宿将相继尽矣”。至朱棣起兵夺位,朝廷没有大将好用,不得不起用当代赵括、只会纸上谈兵的纨绔公子李景隆,结果造成皇朝倾覆的大难。因此可以说,蓝玉党案在洪武晚年的爆发,朱棣是最大的受益者。因此有人深疑,蓝党之案,朱棣正是其幕后推波助澜的黑手。

第十八章　老天爷帮忙,晋王死了

朱棣与蓝玉过不去,甚至构陷蓝玉,是否是他争嗣计划的一部分呢?

我们不知道,懿文太子朱标生前是否有能力保护蓝玉,但可以确知的是,太子的去世,加速了以蓝玉为首的党案的爆发,其间仅仅过了九个月。

朱标生前,太子之位坚如磐石,而他遽亡后,储副之位开缺,立时野心家们欲望大张,包括朱棣在内的王子们,跃跃欲试,亟欲填补这一空缺。我们无法根据异常残缺的史料还原真相,唯能依据片段的材料,尝试做一些拼凑和推测。

试举一王为例,清人查继佐《罪惟录》记了这样一件事:当皇子们辞别父皇，将离开京城，各赴封国时，朱元璋赐每个儿子玉带一围。皇子们纷纷在殿中将玉带束好。朱元璋令他们转身，要看背后的饰物。皇子们都顺从地转过身，背对着父亲，唯独老十二湘王朱柏一人不动，他只是将玉带转到前面。朱元璋奇怪地问他为什么，朱柏答道："君父不可背也。"

背在这里是个双关语，然而，我就不信老十二从未背对过他的君父！

湘王这般特立独行，显然是巧思英发，意图在父皇面前讨巧。

作为二十四个兄弟中的十二皇子，湘王年纪不大也不小，几乎没有争嗣的任何可能，甚至无法在众多皇子中引起父皇的特别关注。他这么做，十足的矫情做作，讨取父皇欢心的意图再明显不过了，必然引起兄弟们的反感。可老十二毫无忌讳，偏要标新立异取宠，突出自己，令兄弟们尴尬露拙。

由此例可以想见，朱元璋能干的儿子们，在表面尚还平静的微澜下，隐隐滚动着何等的惊浪。

对于年纪尚小（湘王时年仅十五岁），封地又在内地荆州的湘王，尚且躁动如此，雄踞一方、手握重兵的强藩大国如燕王者，其野心将何等蓬勃难耐，则很容易想象了。

懿文太子在世时，朱棣知道自己毫无希望，虽然不甘心，也只好关起门来，与姚广孝等人谈些天文地理，逞些口舌之快。而长兄的突然薨逝，仿佛枯井中涌起巨浪，他的夺嫡之志一下子喷薄上天了！

各怀心思的王子们是如何积极运动的，我们无法详悉，但从朱标在洪武二十五年四月去世，直到九月份才正式立朱允炆为皇太孙，在近半年的时间里，储位一直虚悬，而朱元璋已是六十五岁的老人，身体每况愈下，他岂可一日无"国本空虚"之忧？这或许显示了太子之位争夺战的激烈以及朱元璋本人的反复权衡和举棋难定。

朱棣难以遏止内心澎湃的欲望之浪，但他登上嫡位的前景并不乐观。第一个现实障碍就是，在他之上还有二哥秦王朱樉和三哥晋王朱棡。在洪武二十五年四月到九月的那段时间里，他无法预知，秦王会死于洪武二十八年三月，晋王会死于三年后的又一个三月。等到他侄子建文帝即位时，他已经是叔辈诸王中的最年长者了。

命运就是这样奇谲多变，当他的老对头晋王朱棡在洪武三十一年(1398年)三月去世时，朱棣只轻呼一声痛快，却不曾料到，晋王之死，实际上是老天爷为他扫除了向帝位进军的最大障碍。

朱棡是朱棣的三哥，封地在山西太原。《明史》对这位皇三子的描绘是："修目美髯，顾盼有威，多智数。"作为年长的"塞王"，晋王同样受到父亲的重寄，在洪武后期多次统率大军出塞并主持北边练兵、筑城、屯田等事务。

晋王是燕王的兄长，军事才干与其不相上下，在多次军事行动中都充当统帅，节制燕王等王(对此，实录又造了假，见下)。然而这两兄弟长期不和，如果晋王在世，燕王想有任何异动，都不得不认真考虑威胁其侧翼、实力强大的晋王。

晋、燕两兄弟不和，在朱棣钦定的《明太祖实录》里供认不讳，自然也是一概偏向朱棣的。

晋王与燕王为何不和？实录是这么解释的，说晋王探知父皇欲在诸王中另择贤能为嗣(其前提应是太祖已经厌倦太子)，而父皇属意之人是燕王，他心生不平，说："我是兄，燕是弟，凭什么是他！"因妒生恨，二王遂生了嫌隙。

同样由朱棣钦定的《奉天靖难记》里，提供了更详细一点的材料，称晋王听说太子失父皇之意，他自己想干，遂自信地说："异日大位，次当及我。"于是私自准备了"乘舆法物"等天子仪仗，藏在五台山。后来事情渐渐外露，晋王害怕了，就派人放了一把火，连房子带法物一起烧毁。他的妄想至此失败，但从此"性益猜忌，丑声日闻于外"。

《奉天靖难记》接下来罗列了许多晋王"残酷"的"事实"，说晋王好弄兵，擅杀人，一日无事，忽以军马围住一村落，尽屠无罪民户二百余家。他还豢养恶犬，以观狗咬人为乐，狗不咬人，他就杀狗，被咬死的人中，有许多小孩子。而晋府中无人敢谏，因为晋王说了："谁谏我杀谁！"

在《奉天靖难记》里，晋王朱棡完全是一只自恋且狂暴的野兽。这是燕王系的一偏之词，自不可信。本来朱元璋"注意"于老四燕王，就是朱棣这一系的自说自话，易储之事更属子虚乌有，晋王吃的是哪门子醋？我想太原的晋王吃的是山西老陈醋，燕王偏说他吃的是自己的醋。

我对此的解读是，晋王获悉燕王有不臣之心，他选择拥护太子，从而与燕王结下了梁子。

晋王以后屡有打击燕王的举措，《明太祖实录》记了二王之间发生的一次冲突："晋王与上（朱棣）皆来朝，上有疾，晋王数以语见侵。上内怀忧畏，疾增剧，遂恳求归国。晋王密遣人伺察上国中细故，将闻于朝。"

二王在南京见面时，爆发了当面冲突，晋王挟兄长之威，"数以语相侵"，逼得燕王招架无力，只好借口生病回北平。但晋王怒气犹未消，秘密差人到燕王国中，刺察燕王的过错，好向父皇告发。可见两兄弟的矛盾已经摆在台面上了。

洪武二十三年（1390 年）春天，朱元璋命晋王率师西出，燕王率师北行，两路并进，同征北虏乃尔不花。

下面是《明太祖实录》的记载，说晋王素怯，兵既行，不敢远出。燕王久待之不至，就自己率军直抵迤都山，突袭虏营，擒获乃儿不花以下名王、酋长男女数万口，羊马骆驼无数。而晋王恐燕王立功，先期遣人驰报太子，说燕王不听约束，劳师冒险。太子将此话转奏于太祖。不久，晋王私自退兵，太祖知道了，很不高兴。燕王的捷报却到了，太祖大喜道："燕王清沙漠，朕无北顾之忧矣。"太子却在旁酸溜溜地说："晋王虽未深入，然张声势，有掎角之助，燕王亦未可独为功。"又诬燕王得善马不进。太祖皆不听。

这段文字活脱脱是一个只顾埋头干事业的好汉遭嫉贤妒能小人无端诬害的故事。

此事的真相我们不去管他，但这条记载透露出的一些信息，值得关注：首先，晋王既然告燕王不听约束，显然此次两路出师，晋王是主帅，燕王只是副帅。这与实录所说太祖独倚赖燕王是不同的。事实上，按照洪武末年诸王用兵的惯例，都是按兄弟们的年纪（而不是所谓才能）来确定主、副之次，晋王居长，他一定是主帅，燕、辽、宁等王，只能居于副帅的位置。这一点，实录完全隐去，反而故意暗示，燕王才是大军的统帅。

其次，晋王是太子的人，所以他把燕王不听约束、擅自进兵的情况直接报告太子。而太子辄按其报告向父皇奏禀，又替晋王说话，不令燕王独占功劳，都是压制燕王的意思。如果这一情节属实，则太子对桀骜阴鸷的燕王已有所警惕和疑虑，而晋王是他的得力助手。

在洪武末年，军权集中于诸王的背景下，太子从晋王那里得到的支持，其有效性是远远大于蓝玉的。因为根据朱元璋确定的卫所军制，大将出征，临时从卫所抽调兵马，回朝则将兵马散归本卫，大将军平常闲居，只是一双空拳。亲王就不一样了，他们不仅能够节制封国内的卫所军马，还各自拥有一支实力强大的精锐护卫武力（一般是三个卫的军力）。

所以太子对晋王多方保护。当时有人告发晋王"性骄，在国多不法"。朱元璋大怒，将晋王召上京来谴责，亏太子力请，才得到宽免。《奉天靖难记》对此颇洒了一些笔墨，说晋王挨了训，跑去见太子，请求太子帮忙转圜。太子满口答应，说："你的所作所为，父皇焉知？还不是燕王打的小报告！"晋王听信了，从此与燕王的关系便不好了。

晋王经常在太子前"极诋"燕王之过，帮助身处深宫的太子搜集燕王的黑材料，太子得到材料后，就拿去报告父皇，说什么燕王曾经见到龙，自言当有天下云云。燕王听说太子、晋王处处与己不利，惊讶道："我谨事长兄，自度无所失，何得有是言？"就跑去向太子剖白心事，辩白自己绝无非分之心，可是太子怒气犹然不解。

这就是朱棣所说"太子与晋王深相结交，构媒孽"的经过。

作为从小娇生惯养，年纪轻轻即享尽尊荣富贵的亲王，晋王肯定不是谦谦君子之流，他在封国内也确实有一些过失（但在朱元璋眼里，肯定不是什么大不了的事，因为在《明太祖皇帝钦录》和《御制纪非录》里，晋王几乎没遭到严重的指责）。洪武二十四年（1391 年），太子为秦王的事，巡视陕西，经山西回京，晋王随之来朝。朱元璋借着痛批秦王，把晋王也警叱了一番，晋王归藩后，"自是折节，待官属皆有礼，更以恭慎闻"。

晋王死在朱元璋之前，此时朱元璋已经给他两个儿子赠了谥，一个叫愍（秦王），一个叫荒（鲁王），都不是佳谥，还有一个自杀的潭王没有谥号，而他给晋王的谥号为"恭"，应该是对此子的一种肯定。晋王恭于谁呢？他恭于父皇、恭于太子。

晋王归国后，因罪被扣押在京的秦王，也经太子救助，得到赦免，保住了爵位和封国。作为兄长，太子为人友爱，对于骄纵的弟弟们能够宽仁相待，并尽力在严父之前加以调护，使其免除或减轻罪责，从而确立了在兄弟中慈兄的威望。我想如果燕王意图侵太子之位，秦、晋二王那里就过不去。朱标、朱允炆父子拥有秦、晋两大强藩的支持，如果北平有任何异动，朝廷出师征伐，朱棣都不敢反抗，因为他将面临朝廷与强藩的共同围剿，是没有任何胜算的。

但太子朱标的突然去世以及秦、晋二王的相继陨落，使一切不可能都变得可能了。

在太子初薨的那段时间里，朱棣知道，即便父皇真的最爱他，储君之位也不可能呈一个抛物线，绕过前面两位兄长，落在他的头上。朱元璋如果想把皇位传给第四子，他必须首先解决“理论依据”的问题：他这么做的根据是什么？作为开国皇帝，他一旦这么做了，将对后世形成什么样的示范效应？这是他不得不考虑的。

朱棣父子后来在实录里编造了许多燕王雄迈、深为太祖夫妇所喜的记载，其实是宣扬“传贤”说。远古实行“选贤与能”，重在继承者的个人能力，而嫡长子继承者，重在帝位延续的稳定性。朱元璋深知，如果依其所好，在儿子中择一继承人，其结果必将是大明皇朝未来的继承人，都将由皇帝凭一己之私爱而决定或改易，那将造成皇室内部无休止的剧烈争夺，启动内宫干政之源，这与他一贯倡导的宗室“亲亲”的理念是不相合的。

经过反复权衡，他终于下定决心，遵循他在祖训里一再重申强调的嫡长子继承制，让朱标的嫡子朱允炆填补储位。尽管朱棣极力诬蔑朱允炆的柔弱失德，渲染他必将失国的种种预兆，然而在朱元璋眼里，孙儿不仅颖慧好学，还是一位至孝的孩子。懿文太子病势沉重时，皇孙才十四岁，可他侍父之疾，就像一个成年人，昼夜不离病榻。当太子终于不治时，这孩子哀毁得几乎失去人形。这深深触动了老年丧子的祖父的心，朱元璋抚着他的头，忍不住流泪说：“尔诚纯孝，顾不念我乎！”

九月，朱元璋正式宣布册立朱允炆为皇太孙，国本遂定，看起来燕王朱棣失去了他看到却没能抓住的唯一机会。

第三卷
北边起风尘

第十九章　太祖皇帝被御用史官写成老年痴呆

洪武二十八年(1395 年),朱允炆十八岁,朱元璋亲自为皇孙操持亲事,同他父亲一样,朱元璋为孙儿选择的,依然是一家普通官员家的女儿。

关于允炆的婚事,《明太祖实录》仅一句话:“册光禄少卿马全女为皇太孙允炆妃。”允炆妃马氏之父马全,是大明王朝的第一位国丈(国母皇后之父才可以称作国丈),其人的信息即尽于此。据《明史·后妃传》说,马全在建文四年燕军入京时,不知所终,大概不是自杀就是被杀了。

朱元璋不从勋阀之家,而是从士人之家为皇朝的两代继承人择配,很可能是从防止外戚干政的目的出发。然而,妃家没有势力,固然能避免重蹈东汉的覆辙,但这是一把双刃剑,由之而来的问题是:当帝室面临覆顶之灾时,亦无法从妃家获得有力的支持。

皇太孙妃是濠州人,与老朱家同乡,她姓马,与太孙的祖母同姓。巧的是,明王朝的皇帝姓朱,它的头两位皇后,都姓马。朱与马配,大约合婚时属于佳偶吧。我从网上查的结果是:猪配马,“是懂得享受幸福的一对”,不知对不对。

朱元璋之所以选择马氏之女为孙媳妇,是否存有大明的第二位皇后必须姓马这样一种希望呢？这样一个罗曼蒂克的猜想,有没有,只有问朱元璋本人了。

太孙妃在过门的第二年即诞下皇子,朱元璋在耄耋之年,复得弄璋之喜,抱上了嫡重孙儿。

这孩子定名文奎,与他父亲允炆的名字冲犯了一个字,文、炆字近而音同。这并非拟定"睿名"的礼部官员的疏忽,因为太祖早在祖训里,已经为东宫及各亲王位下子孙各拟下了二十字的"派",规定日后生子生孙,名字皆为双名,每一世名字中的上字,即派儿,是定好了的,不能变,下一字则在请名时,由礼部临时选择,然后付宗人府,编入玉牒。

朱家子孙终日无事,坐食皇粮,所以生育率非常高,而名字已限定一个字,另一个字还要讲究五行相生(依木、火、土、金、水的顺序),这就使宗人中出现许多重名,没办法,只好生造些新字,随便一个字胡乱加个偏旁,就是名儿了。所以明代宗室的名字是很令现代出版家头痛的,许多字输入法字库里都没有,需要用专门程序另"造"——然此造与彼造却不同也。

朱元璋预先编定了二十代子孙名字的头一个字,并说,待二十世满,再为续添,永为定式。我们来看东宫与燕王两房下的拟名:

东宫位下:允文遵祖训　钦武大君胜　顺道宜逢吉　师良善用晟

燕王位下:高瞻祁见祐　厚载翊常由　慈和怡伯仲　简靖迪先猷

东宫位下,第一辈的头字为允,如生于洪武十年的皇太孙朱允炆及其弟允熥、允熞、允熙;第二辈的头字即文,如皇太子文奎、其弟文圭。但允文允文,不就是允炆么？东宫位下子孙的头两个字,就和皇太孙朱允炆的名讳冲撞了。还有呢,允炆即位后,定年号为建文,又犯一字。这在许多马后炮"砖家"看来,都是不好的征兆。

燕王这一系自朱棣乃世有"大宝",从他儿子仁宗朱高炽之"高",到崇祯帝朱由检之"由",也不过历了十世,就呜呼哀哉、亡国大吉了。我曾经偶然看到秦王朱樉的后人成立了宗亲会,这是有利于"收族"的好事,只不知有没有朱元璋或别的亲王后人的宗亲会？我想,明朝末年,各地宗藩惨遭乱兵流贼的大屠杀，不是星散，便属孑遗，改宗换姓的也不少（如八大山人，有多少人晓得，此公是朱家子孙?）。入清以后，对前朝宗室先还优待了一阵子，很快就改弦易辙，也大杀起来，复经朱三太子等人顶着朱家后人的名义反清复明，“我是大明洪武皇帝之子孙”简直成了就义者才敢呼的口号。

要把断了的弦再续起来，着实难也！

言归正传。朱允炆的长子朱文奎，生于洪武二十九年（1396 年）十月，他是朱元璋的嫡派重孙，老年的朱元璋也享受了四世同堂的乐趣。如果含饴弄孙，能稍稍减弱他的杀性，那才阿弥陀佛，善哉善哉咧！

文奎两岁时，朱元璋去世，皇太孙朱允炆继位，改明年为建文元年（1399 年）。随即册封皇太孙妃马氏为皇后，授金册、金宝；长子文奎，册立为皇太子；三个弟弟分别封吴王、卫王、徐王。朱元璋做皇帝前，曾自封吴王，允炆之五叔周王朱橚，最初也封吴王，这是吴王爵号之第三见。

建文三年（1401 年）十一月，小马皇后生下次子文圭。“圭”之于奎，少了一个“大”，这就像当时朝廷与四叔燕王的战事一样，日行日蹙，越来越小，几个月后，燕军打过长江，解放全中国，大大的江山真的弄丢了。此字亦非吉祥！

总之，朱允炆父子的姓名，大大的古怪，被某些精明的预言家抓住，认为这是太子一系享国不久的证据。

同室操戈，同根相煎，用文一些的话讲，叫“兄弟阋于墙”，语出《诗经·小雅·棠棣》，诗名里有一个“棣”字。朱元璋的公子，名字里都带木字旁，其中排名第四，封为燕王的，正是一个“棣”——如果懿文太子朱标也像某些史家那样能掐会算，他一定会感觉到，弟弟这个名字，才真是一个不妙的恶兆。

洪武三十一年（1398 年）闰五月十日，朱元璋驾崩于大内西宫，享年七十一岁。遗诏内容很简单，除了说“皇太孙允炆仁明孝友，天下归心，宜登大位。内外文武臣僚同心辅政，以安吾民”，主要就是后事的简单安排。关于外藩诸王，遗诏说：“诸王临国中，毋至京师”，要求亲王们在各自封国内“哭临”，不许到京师来奔丧。

十六日，朱元璋入葬于早已建好的孝陵（今南京明孝陵），谥曰高皇帝，庙号太祖——将来凡讲到什么太祖皇帝、高皇帝，都是这位老先生。

朱元璋从死到葬，在短短六天内完成，一朝开国之君的殓葬似乎稍嫌促急了些，这为后来燕王指责建文帝不孝，留下了口实。

上引遗诏出自清修《明史》，而《明太祖实录》并未收录此诏，因为朱棣根本不承认有这个诏书，即便有，他也一口咬定出于伪造，根本不可能是太祖真实意思的表达（这个真实意思，经他一搅和，算是只有鬼才知道了）。

朱棣甚至指责建文帝是矫诏即位。

《明太祖实录》在重修时，便顺着朱棣的意思来编纂，该书对朱元璋临死前的情节，是这么介绍的——

乙酉这一天，太祖崩于西宫。太祖素来身体强健少疾，等到病发，仍然每日临朝处理政事，不倦如平时。但见病势渐渐加剧，焚香向天祷告说：

“寿年之久近，国祚之短长，子孙之贤否，惟简在帝心，为生民福。”

祷罢，即差宦官去北平召燕王还京。燕王接诏，立刻南下，刚走到淮安，被用事之奸臣矫诏阻还，然而燕王不知其为伪诏。

太祖病体日沉，见燕王总不来，不停地问左右：“第四子来未？第四子来未？”对其他的事，不置一词……

要我说，这只是个故事，岂可当真？它讲朱元璋在临崩前，有召燕王还京之举。如果朱元璋此举意在令燕王继位，则与遗诏称朱允炆“天下归心，宜登大位”相违。如果他只是想念第四子，欲于阖目前一见，则同样与遗诏令诸王“勿至京师”的要求抵牾。故此，实录写入此节文字，必然要删除与其内容不合的遗诏。

实录告诉读者，太祖皇帝平素身体壮健，发病了仍坚持上朝理政，直到快不行了，才开始考虑“子孙贤否”的问题，在请示过上帝同意后，即派太监持金牌、符验去召燕王来京。

此处用的是“曲笔”，它虽没有明写召燕王何事，但通读上下文，便知是令第四子来承继大位的。而朱允炆皇太孙名分已定，这么写的目的是告诉人们，朱元璋临终又燃起易嗣之心，还是想把皇位传给燕王，而建文帝违反皇祖之命，阻回燕王，才是“矫诏”的篡逆行为——这是典型的贼喊捉贼。

在这里，史官们喊出了那个时代的最强音：皇位本来就是我的！

明朝的制度，是谁居皇太子、皇太孙之位，谁就是法定的大位继承人，拥有“储君”“储贰”的大名分。国不可一日无君，太子或太孙是国之根本，相当于副皇帝，正主儿一旦“不讳”，将立刻由他接管国家最高权力，所以又称“国本”。朱允炆在洪武二十五年(1392年)九月被立为皇太孙，至此已经六年。朱元璋既然身体健康，头脑清楚，没有发生老年痴呆的症状，怎么忽然在要升天时，把皇太孙撇在一边，试图另起炉灶，请燕王来添乱呢？

燕王朱棣接莫须有之旨后，迅雷南下，却不想在淮安被“用事者矫诏”勒还。用事者，就是指在朝管事的人。朝廷管事的，应是皇帝，有了皇帝他还来管事，此人必属权奸。所以“用事”不是一个好词，一般都分配给太监王振、刘瑾、魏忠贤这些人，而朱棣所指，是兵部尚书齐泰、太常寺卿黄子澄等建文帝的亲信大臣。

这位“用事者”趁朱元璋病重，假传圣旨，将兴冲冲赶来即位的燕王撵了回去。而他的老父亲为奸臣蒙蔽，一直到快“挂”不住了，还一个劲儿地问：“老四来了没？老四来了没？”而皇太孙就奉侍在病榻旁，却“言不及他”，对国事没有任何的交代，只顾嗷嗷乱叫“老四来了没”，岂非精神病发作？幸亏史官老先生们还有“知止”之心，编到此处就刹住了，否则明太祖的后宫也要留下烛影斧声的千古谜案了！

编造的东西总容易露出马脚，实录囫囵拉杂的记载经不起推敲，如它说朱元璋病势来得急，才命人去召朱棣，然而使者北行，朱棣接命后从北平南下，怎么也要一个月时间，待朱棣骑抵淮安时，皇太孙早已继位了。《明史》纂修官朱彝尊就指出，“谓用事者矫诏却还，当在是年之秋也”。而到秋天时，建文帝已迫不及待地对叔叔们下手了——燕王，你还敢来吗？

以上情节在宣宗朝修成的《明太宗实录》里也略有涉及：

太祖不豫，遣宦官召燕王。王已至淮安，皇太孙与齐泰等密议，诈令人赍敕书符验令王归国。太祖快不行了，问左右：“燕王来未？”连问三遍，无人敢对。

情节与《明太祖实录》大体一致,而细节有所丰富:将“用事者”坐实为兵部尚书齐泰,更指出“矫诏”出自皇太孙(建文帝)的指使。

当然,胜者为王的“历史”是不可信的。《明史》就没有采用这些内容,弃之不用,即是对其真实性的否定。

事实上,朱棣直到占领南京前,从未对皇太孙继位的合法性提出过质疑,他数次给朝廷上书,皆称朱允炆为帝,自称为臣。他肆意篡改历史,都是在他登基后授意史臣所为,作为胜利者,他现在可以把躺倒的失败者当块搌布,随便擦他的脏鞋了。

实录这么编写,意在指出,朱元璋真正属意的继承人是燕王,至死不渝。在《明太宗实录》里,史官们还编造了这样一个故事:

洪武二十五年四月,皇太子朱标薨后,朱元璋召侍臣密语——看官请看,又是一次被曝光的“密语”。我们不妨想象一下,不是经常有人给我们讲一些秘闻吗?言者装得神乎其神,好像是他专门指派中情局特工打探来的。其实呢,不过是些流言蜚语,里面还夹杂了许多他自己的创作。

且听朱元璋密谈时怎么说,他未开口先一声叹,然后缓缓道:“长孙允炆少不更事,而主器必须得人啊!”随即道出衷肠:

“朕欲建燕王为储贰,以承天下之重,庶几宗社有托。”

“若立燕王,将置秦、晋二王于何地?”

翰林学士刘三吾先反问道,然后说:“且皇孙年长,可继承矣。”

刘三吾所答,正是燕王“皇帝梦”的最大苦恼,太子虽死,他上面还有二哥、三哥呢,况且此时的皇孙已非童稚,而是风华正茂的少年了。

太祖也觉这一关绝难克服,只好“默然”,但实录随之追写道:

这天夜里,太祖焚香祷祝于天说:“后嗣相承,国祚延绵,惟听命于天。”于是立允炆为皇太孙。

朱元璋在决大事时的焚香一祷,令人印象深刻。前文讲他病重时,也曾祷告于天,说了类似的话。这些情节实际上在暗示:太祖皇帝立允炆为嗣,实出于无奈,只好听天由命,但他相信法力无边的老天爷一定会做出最佳安排,将他最为心爱的乖宝宝老四燕王送上宝位。

朱元璋一边花六年的时间用心栽培聪明仁德的皇孙，一边却在心里隐伏一个至愿，并不断祷告上天，请老天爷帮忙除掉皇孙，让他最喜欢的燕王即位，这不是很搞笑嘛！

第二十章　朱四爷在妈妈梦里得帝命

记述太祖朱元璋时期历史的官修国史是《明太祖实录》，这本书历经三修：初修于建文朝，永乐篡夺之初，下令重修，九年之后又复修订，如今的流传本就是这一稿，之前的两个本子已经失传了。

经过三修的“实录”，当然不够“实”了。学者认为，朱棣两次修改实录，主要就是改动与“靖难”（燕王与朝廷的军事对抗，他自称“靖难之役”，而朝廷一方则称“平燕之役”）有关的史实。如果我们能看到建文朝的实录，那里面的“燕庶人”朱棣，一定是个骄恣狂悖之徒，罪行昭彰，屡遭太祖皇帝训责，最后终抵于失败。然而不幸的是，天子从宝座上跌落了，那么历史也要随之掉个个儿，翻转过来重写。

于是在今日所见的实录里，悖逆的燕庶人朱棣，一变而为英武无比、生有祥瑞之兆的神人。

《明太祖实录》本是记他老子朱元璋的史书，里面也常塞进老四的私货，如实录记朱棣初生时，有“云龙之祥”，马皇后“甚异之”。马皇后曾经做过一个梦，梦中回到开基创业的时代，一天带着孩子们，在原野中猝然遇到一群戴着红巾的盗贼，呼啦啦一下子就围上来。

马皇后在梦中大恐，众孩儿吓得哇哇乱叫，只有老四朱棣不惊不慌，牵过坐骑，扶母亲上马，自己跃马相从。小子如此，已经很不简单，尤其怪异的是，马皇后梦中之贼一见到朱棣，皆“辟易遁去”，竟然逃得一干二净，马皇后这才带着孩子们从容回还……然后就醒了。

尽管这只是发了个梦天，然而从此马皇后乃“独钟爱于今上（朱棣）焉”。朱棣就是命好，在别人梦里都能捡到便宜。

以上是实录的记载，清人毛奇龄《胜朝彤史拾遗记》又有补充，在“独钟爱之”之后，说道：马皇后对自己做的梦，从不对人言，只是在心里只爱老四朱棣一人。等到朱元璋腻烦太子“柔弱”，发牢骚说“此子非继体之人也”，她才适时地道出这个异梦，仍提醒老公“勿泄”天机——“其后卒有靖难之事”。毛奇龄据此认为，靖难之役是上天注定的。

原来四王子出类拔萃，得天命之符，是早在他妈妈的梦里就有了征兆的！

朱棣初生时，《明太祖实录》说有“云龙之祥”，《明太宗实录》是这样记的：

“上初生，五色满室，照映宫阙，经日不散。太祖高皇帝、高皇后心异之，独钟爱焉。”

两本实录，一个说“云龙之祥”，一个说“五色满室”，虽然都是大贵人的祥瑞之兆，但毕竟不同，在后修的《明太宗实录》里，那条“云龙”不知跑哪儿去了，代之以异常老套的“五色满室”。若看官不信，请去读明清小说，小儿生时发光是描写贵人出生的常见格套，就像描摹美女一定要说她如花似玉一般。

《明太宗实录》说朱棣这位“五彩祥童”一出生，他爸妈就偏了心；《明太祖实录》则说是马皇后做梦后才偏心的，然后拿梦来游说夫君，两人才一齐偏了心。

是否诸王之中，只有燕王一人赳赳出众，余皆萎靡不振，不堪造就？是否诸王皆败德有过，唯燕王一人绝无皇子的骄戾之气？说实话，自这位“文皇帝”经官史洗礼重生后，已经找不到相关的史料来做参证了。

前文讲到，在重要史料《明太祖皇帝钦录》和《御制纪非录》里，记录了朱元璋亲自揭露的诸王们为非作歹的种种过失，却没有关于燕王的任何记事。这要么是燕王在洪武朝较为谨慎，没有明显的失德行为，要么是他即位后，两书的辑录者出于忌讳，将凡关涉“今上”的不好内容都抹除了。

问题是，据朱棣在《奉天靖难记》中的自述，太子、晋王、蓝玉等人都进过他的谗，三哥晋王甚至还派人到北平，专门刺察、收集他不法的证据，显然还是有许多对燕王不利的小道消息传到朱元璋的耳朵里。但他为何不置一词?

朱元璋对儿子们的关注,并非是“抓大放小”,像秦王夜宿城楼、园子里建假山,晋王写信议论人物,齐王拔刀砍鸟这样的小事,都惹得朱元璋大惊小怪,大做文章,难道燕王竟一点这样的过失都没犯过?相关史料应该都被刷洗掉了。

《明太祖皇帝钦录》中有一条史料引起了许多学者的关注,那是洪武三十一年(1398年)五月十二日的一条记事,文如下:

“说与晋王知道,教陈用、张杰、庄德预先选下好人好马隄备,临阵时领着在燕王右手里行。”

文中的晋王是晋恭王朱棡之子、第二代晋王朱济熺,老晋王朱棡已在两个月前去世了。陈用等人,是都督、都指挥等武官,当时在山西,受晋王节制。

学者多认为这是朱元璋在临终前为防止朱棣生异心而做的一种军事安排,令晋王济熺布置兵马,在北平的西侧牵制燕王。

我认为,这是对史料的过度解读。事实是,朱元璋在临终前,既没有一个劲儿念叨“第四子来未”,也没担心第四子会起兵夺嫡,而做出这样不可思议的措置。

事情的真相不过是当年四月,朱元璋调辽东、北平、山西诸路兵马,备御当年秋天蒙古可能的入侵(称“防秋”),按照洪武末以来的惯例,封地在北边的燕、代、辽、宁、谷诸塞王,都要率军出征,分别充任正副统帅,节制总兵以下将领及都司卫所兵马。这条记事(它实际上是一种私信性质的敕书)不过是令晋王济熺调陈、张、庄等部兵马在西边(右手)策应,与各边呼应联动,形成长尾蛇势。

假如朱元璋深悉燕王有叛逆的形迹,他要做的应是速召燕王回京,加以训诫,而不是采取兵戎相见这种他最不愿意看到的形式。

在朱元璋去世前,他已经把多数儿子封到各地为王——这是他精心下的一盘棋,诸王藩府与管民的郡县、管军的卫所并存的分封制度基本成型。

各地藩王虽然不裂土临民，但王爷们体尊位高，节制文武，拥领重兵，据天下要地，形成盘根错节的强大势力。将来老皇帝死去，在新天子的治下，他们能否服从朝廷的约束？如果朝廷弹压稍严，是否会引发像七国之乱、八王之乱那样的大祸？谁的心里都没有底。

皇太孙朱允炆作为皇朝未来的继承人，他是怎么想的呢？

《明太宗实录》说皇太孙早已生出削藩之心。他还未即位，已深忧皇叔们倚仗"尊属"（辈分高），将来不服他的约束。一天他坐在东角门，和心腹太常卿黄子澄等人谈话，遽然说道："我非先生辈，安得至此！然皇祖万岁后，我新立，诸王尊属，各拥重兵，何以制之？"

这是要讨论将来的宗藩政策了。此时朱元璋尚在世，这是异常敏感的话题。黄子澄却轻飘飘地说："此不难处置。"

皇太孙道："请言之。"

"诸王虽有护卫之兵，仅足自守。朝廷军卫犬牙相制，若有事，以天下之众临之，其能当乎？"

黄子澄说得很有道理，过去从未有过藩王在一个朝代的极盛时期造反成功的先例。藩王实力纵强，他所守的也不过是一隅之地，朝廷以天下大兵临之，不是如泰山压卵石吗？

"汉代七国之乱，列国并非不强大，但最终不免于灭亡，这是因为以大制小，以强制弱，其势必然不支。"黄子澄以古拟今，信心十足。

皇太孙听罢，底气也充足了，说道："兹事终仗先生矣。"

这是《明太宗实录》的记载，为许多书所转引，视之为信史。

然而看官明鉴！文中皇太孙一开口，便知这段对白定属伪造。

皇太孙说"我非先生辈，安得至此"，换成白话文，就是："我若不是先生们，哪里坐得上储君之位！"好像他做储君，名不正言不顺，捡了老大便宜似的。它对应的正是永乐朝官方的"历史解释"：太祖的本意在燕王，却被一帮奸臣从中阻挠，坏了好事。实录在这里借已死的朱允炆之口，自证他得国之侥幸。

东角门是紫禁城前朝正门奉天门（即紫禁城午门内广场正对的那座大

门，是御门听政之所）东偏的小门，是出入内廷的主要孔道，并非隐秘、可以密谈的好去处。那时朱元璋还没死，皇太孙就开始公然讨论改变其主要政策，并打定主意，一旦诸叔反抗，即用兵剿灭，难道就没有一点忌讳？

朱允炆坐上储君之位，那么多人（如燕王）心存不满，一定密布眼线，随时伺察太孙的不是，他即使要与黄子澄议一议，也一定不会让人随便听去。况且黄子澄作为朝廷大臣，岂敢公然与储君交接，私议政事？且所议的还是朱元璋最为忌讳的"离间亲亲"，他不想活啦！按祖训的规定，是要族诛的！

所以，这番对白，应纯属编造，意在揭露朱允炆违背祖制，其削藩之心，由来已久。建文帝哪里想得到，他生前被四叔夺了皇位，死后还要被四叔的子孙绑架，说出许多违心的话。这些话还不少呢，见下文。

建文帝父亲懿文太子在世时，东宫是诸王们的长兄，而现在诸王却是东宫的叔辈。为了适应这一变化，朱元璋在洪武二十九年（1396 年）重新拟定了诸王见东宫仪制，规定诸王来朝，先朝见于外廷，与东宫行君臣之礼，然后相见于内殿，行家人之礼。固然皇储地位尊显，但朱元璋同时强调诸王们的"尊属"（辈分之尊），让允炆向诸王们行叔侄之礼。这表明，到朱元璋的晚年，他对自己大力推进的分封制度，依然充满信心，没有丝毫的怀疑。

朱允炆被迫低头，心中实不服，但他不敢向祖父说起他心中的隐忧，更不敢公然拉臣下来私议。一切，都待他即位之后再说吧！

第二十一章　开刀削藩

上文讲到，《明太宗实录》凭想象编写了一段建文帝与黄子澄的东角门密议。它为什么可信，成为无人质疑的信史？乃因建文君臣所议的道理甚是浅显，一般人都看得明白，并坚信：如果新朝雷厉风行推行新政，改变太祖的宗藩政策，裁抑亲王的权力，将是"削藩（解决尾大不掉之藩镇）→藩乱（或不乱）→平藩（解决利权太重的宗藩问题）"这样一个过程，其间可能出现波折，但天下一统、皇朝万年、坚如磐石的大局不会变。

这是历史的经验，也是天下大势运行的规律，不管燕王朱棣有没有在王冠之上再加戴一顶白帽子的野心，这个道理他不可能不明白——造反，未易轻言也！

朱元璋死后，朱允炆迅速组织亲信大臣撰写太祖遗诏，其中最主要的内容，都是针对诸王的：

第一，诸王不必来京，各自在国中哭临；

第二，王国所在地方，文武吏士只许听朝廷节制，唯王府所领护卫官军听王指挥。

洪武中，诸王权势极重，无论是封国周边的朝廷守臣，或公差路过的文武大吏，都必须朝见亲王，行君臣大礼。诸王不仅专制国中，还干预地方用人及政务。即便是朝廷调兵遣将，需要征发诸路兵马，也须关白亲王，并用诸王为统帅。而根据遗诏，诸王从此只能节制本府所辖三护卫兵马，地方文武官吏不准再听王府"令旨"行事了。

朱允炆还未正式登基，已亟不可待地借先帝遗诏削夺诸王大权，明眼人都看得出来，新天子不久还将有更大、更为激进的动作。朝廷内外众多的投机客觑准这个飞黄腾达的机会，开始霍霍磨牙，准备狼噬那些尊贵的王爷们了。

果不其然，很快就有人纷纷出首，告发诸王煽动谋乱的逆迹。

洪武三十一年八月，五皇叔周王朱橚第一个倒了霉。

周王是朱元璋很疼爱的一个孩子，他的封地不在寒苦的北方，而在较为富庶的大城开封。与沿边手握雄兵的塞王相比，周王开国于中原腹地，是最没可能造反的王子之一。然而朝廷很快接到周王有"异谋"的告密材料，而且这份揭发材料竟然来自朱橚的次子汝南王朱有勋。

以子告父，孰谓不信？

朝廷如获至宝，当即作成定案，遂祭出削藩的第一只鸡。

建文帝首先向周王下手，可能是偶然的（汝南王告变），也可能是精心挑选的结果。

洪武三十一年六月间，朱元璋刚刚殓葬，户部侍郎卓敬就上密疏，请裁抑宗藩——这真叫人走茶凉，“洪武大帝”才升天，他那一套马上不灵，大家伙都围着新的核心转去了。

建文帝并没有公开表态，采取了“不报”，即不做任何答复的方式加以冷处理，但密地里却与“同参国政”的亲信大臣齐泰、黄子澄等人紧锣密鼓地商议削藩大计。

当时亲王封国有约二十个，实力有强有弱，王子有的贤有的无德，在下手的顺序上，齐、黄二人意见不一。齐泰的意见，是先削燕，因为“燕(王)握重兵，且素有大志，当先削之”，强者既去，弱者自然披靡，不在话下。而兼任翰林学士的黄子澄则顾及到师出有名的问题，他说：“周、齐、湘、代、岷等王，在先帝时，多行不法，削之有名。今欲问诸藩之罪，宜先从周王始。”

他特别强调：“燕王预备已久，轻易难图。周王，是燕王同母之弟，削去周王，等于剪除燕王的手足。周王既去，燕王可图矣。”

黄子澄说“周王是燕王同母之弟”，是朱棣身世之谜中的一条关键证据：因为燕、周如果同母，则燕王必非嫡出。朱棣的身世我们放在第二部讨论，这里只讨论黄子澄之见高不高明？

建文帝最终采纳了黄子澄的意见，然而他的高见，平心而论，却是毫无意义的空谈。好比他说燕王早有异志，轻易难图，若先削周王，等于去其手足，则燕王可图。这是什么逻辑？好比街头小孩儿结伙打架，这一伙见那一伙的头子着实厉害，这边厢便商量：我们避开他，先上幼儿园把他弟弟揍一顿，这样他就好收拾了。于是这一伙抛开主要对手，一起去招呼幼儿园的小朋友。结果将如何？可能益挑其兄之怒，狂怒着来复仇，拳头雨点落下，更猛更烈。

黄子澄所见，不就是如此吗？周王并没有什么实力，他即便是与燕王同心同德的亲弟弟，差不多也就是幼儿园里一稚童，剪他不剪，有甚干系！

今天我们做事后观，建文帝采纳了黄子澄的建议，结果失败了，似乎朝廷下了一步臭棋。然而，问题在于，假若朝廷采纳的是齐泰的建议，也未必一定就能成功。

决定成败的因素非常之多,并非只取决于削藩的步骤。当战争开始后,黄子澄所预言的,以天下之众临一藩王,胜败轻易能分的局面,并没有如期望的形成。从建文元年(1399 年)七月开始,朝廷与燕王鏖战几近四年,不仅没能击溃燕王,反把自己拖垮了。朝廷的失败,从根本上来说,是洪武以来造成的外强内虚的局面造成的。

不管怎样,在削藩之初,朝廷一个接一个的废黜诸王,行事却是非常顺利,一个虚假的有利形势,在一定程度上麻痹了建文帝。

周王朱橚是一位有名的药学家和文学家,却是一个很不合格的父亲,竟养出汝南王朱有勋这样一个猪狗不如的儿子。朱有勋告发父亲"不轨",看起来是大义灭亲,其实是因为与兄弟之间的矛盾,他对父亲积怨已深,又探知朝廷要跟亲藩过不去,就立刻跳出来,与父亲划清界限,做坚决的斗争。他本是次子,与王位无缘,他指望着朝廷一旦将父亲拿下,说不定会令他这位大功臣继承亲王之位呢!

可惜朝廷正在大讲孝道,恢复古礼,虽然朱有勋是一位再妙不过的污点证人,却不会同意这样一位身上有莫大污点的人堂而皇之君临一国。朱有勋失算了。

朝廷在接获朱有勋的黑材料后,毫不迟疑地动手了:先是假意发诏,命曹国公李景隆备边,从开封经过,突然发兵围住王宫,将毫不知情的周王捉拿归案。随即削去其王爵,贬为庶人,将其父子分别徙往云南蒙化等边地。不久又将他取回京师禁锢起来,在随后而来的暴风急雨中,过着惶惶不可终日的生活。

朝廷削藩采取的是顺藤摸瓜的手法,由周王的案子,再牵连进其他王子。曾几何时,周王是锦绣堆里打滚的角色,如今突然下吏,朝廷有没有"逼供信"我不知道,但肯定采取了严厉的恐吓手段,把他吓得半死,遂很快交代;由他的供词,朝廷很快掌握了代、湘、齐、燕等王不法的证据。

下一个便轮到封于山西大同的代王朱桂。

如果按照"去燕王手足"的思路来看,代王与燕王既是兄弟,亦为连襟（代王之妃是燕王妃的妹妹，都是徐达之女），似乎是绝佳的目标。但代王两口子的关系并不好，代王有意冷落她，徐妃生了重病，也拒绝探视。徐妃的遭遇在代藩引发强烈的同情，代王的一个孙子甚至将此事揭开，上奏朝廷，为徐妃鸣不平，请求朝廷敕令代王好生对待徐妃，勿要太薄于夫妇之情。

代王亦非善类，他有着朱家的狂躁型遗传病，即便到了老年，还时常领着儿子，穿短衣小帽，袖中藏着锤子斧头，在闹市杀人，或诱骗军民妇女入宫。而徐妃的所作所为，也不似大家闺秀。她是个恶毒的大醋缸，代王宠爱两名侍女，她嫉妒得要命，竟然令人往侍女口中塞粪，往她们身上刷满油漆，再浑身敷上药膏，令她们肌肤溃烂。二人如此恶行，也算是同类了。

代王劣迹非常多，如何处置他，翰林学士方孝孺提议从宽，请以德化导之。一代大儒方孝孺，现在是建文帝的老师和顾问，也是建文朝新政的主要规划师。

建文帝听纳了他的意见，没有将代王“下吏见官”，而是责令他离开封国，到四川与他同母哥哥蜀王朱椿同住。蜀王素有贤名，希望代王有样儿学样，迷途知返。但代王还未入蜀，朝廷已改变心意，转而将其就地监禁。

另一个贪虐成性、劣迹昭彰的齐王朱榑，也被人讦以阴事，旋即召到京师，拘禁起来。代、齐二王，不久都被废为庶人。

洪武三十一年十二月，就在周、代二王相继落马之时，前军都督府断事高巍上书，将宗藩问题半掩的面纱掀开，对如何继承作为“祖制”的分封制度，进行了首次政治检讨。

朱元璋在《皇明祖训》里放过狠话：祖训不许擅改一字，若臣子劝上违逆祖制，应视为奸臣，加以灭族之刑。言犹在耳，朝臣不会忘记，但此一时也，彼一时也，如今是“后洪武时代”，太祖那些话谁也不会太放心上，而削藩已是新朝君臣的共识。虽然朝廷没有公开讨论藩封政策，而削藩已在紧锣密鼓地进行中了。

高巍看到皇帝削藩之心太急，他担心欲速则不达，像西汉景帝一样，因为骤然施行晁错削夺之策，引起天下大乱。他建议效仿汉武帝的推恩之令，将西北诸王的子弟分封于东南，东南诸王的子弟分封于西北，小其地，大其城,以分其力,“如此,则藩王之权不削自弱矣”。

他同时建议,皇帝应益隆亲亲之礼,岁时伏腊,遣使馈问,诸王之贤者加以褒赏;不法者,第一次犯宽容他,第二次仍赦免他,再犯而不改者,则告于宗庙,削其地而废黜之。朝廷若这样做,诸王“宁有不服顺者哉”!

现在看来,高巍的建议是非常有远见的。但遗憾的是,年轻的建文帝以及他雄心勃勃的辅臣们,看不到朝廷的虚弱以及行事过骤可能带来的危险后果,对于高巍这个看起来迂缓的策略,他们没有兴趣。

削藩的步伐没有停顿,反而加快了。建文元年四月,岷王朱楩也遭人告发,朝廷立削其护卫,废为庶人,迁到福建漳州监视居住。最惨的是湘王朱柏,他的罪状是伪造宝钞和擅自杀人,朝廷先是降敕切责,随后遣使率兵到荆州府去逮捕他。湘王是个性情高傲的人,他说:“吾闻前代大臣下吏,多自引决。我身为高皇帝之子,南面为王,岂能受辱仆隶之手而求活乎!”遂阖宫自焚死。这已是朱元璋第二个自焚的儿子了(第一个是潭王)。

在靖难之役中,有一种传说,说建文帝害怕蒙上杀叔之名,严令不许伤害燕王,只许活捉,结果拘束了官军的手脚,反被狡猾的燕王利用。此说应出于臆造,其实建文帝已毙一叔,再多一个,有何不可?

这样,被后世称为“仁弱”的建文帝,在即位一年的时间里,大刀阔斧,连扳五王,其他在藩诸王,无不悚惧,胆战心惊,不知下一个将轮到谁。

对于这些皇叔亲王,建文帝不论其罪之大小,毫不客气,一概加以削除,可见建文帝对他祖父倾三十年心力建立的分封制度,有多么厌恶,他急不可耐地要剿除他们,我们从中看不到任何的亲情和怜悯。

周、代、齐、岷、湘,这五位藩王成为第一批受难者,朝廷是如何选中他们的?一种为人普遍接受的说法是,他们或与燕王同恶相济,或是燕王的“手足羽翼”,朝廷是项庄舞剑,意在沛公,真正的目标其实是属份最尊、实力最强的燕王朱棣。

此说其实是可以存疑的。比如说与燕王关系亲密者:周王,《明史》借黄子澄之口,说他是燕王同母弟。然此说涉及燕王身世,未为定论。但燕、周一个老四,一个老五,年龄相仿,朱棣即位后,对周王百般关照,他们关系亲密，应属无疑。

再说代王，这位皇十三子与四皇兄同娶徐达之女，既是兄弟，又是连襟，但两王关系亲密的证据不足，也不存在一荣俱荣、一损俱损的紧密利益。不可以说他们“亲上加亲”，关系就一定厚、代王定是燕王之党。现成的一个反例是，徐达长子徐辉祖，是朝廷的坚定支持者，而次子徐增寿却暗通燕王，同样是朱棣的小舅子，他们的政治立场却截然相反。

至于劣迹斑斑的皇七子齐王，本为一狂徒，他在洪武朝屡遭父皇训斥，侄子建文帝登基后拿他祭刀，可谓实至名归。他与四哥同遭罢黜，算是同病相怜，可四哥即位不数年，照样不客气，把他连同三个儿子都废为庶人，长期监禁，老七这一房子孙从此成了没有自由的庶民。这等人物，依我看，应是他自己不聪明，撞上了建文帝的枪口，不见得是朝廷处心积虑加害的结果。

从一些迹象来看，朝廷选择打击目标，似乎是毫无章法的，甚至有些颟顸，缺乏规划和次第。

以岷王朱楩为例。岷王是皇十八子，母亲为名不见经传的周妃，他年纪小，建文元年才二十一岁，比燕王小了近二十岁，当他出生时，四哥已经到封国，他们之间很难谈得上有亲密的交谊。

朱楩初封岷州，因此以“岷”为王号，但洪武二十八年（1395 年），朱元璋以云南新附，宜用亲王镇抚为由，将他改封云南。岷王赴云南三年有余，一直未建宫室，护卫军力薄弱，且封地在天日之南，又非强藩，不可能对远在东北数千里之外的燕王有所呼应。朝廷处置他，且处置极严（根据祖制，不许杀害亲王，废黜监禁已是最重的处罚了）是完全没有必要的。对这样一只小鸡下手，徒然增加诸王的恐惧。

值得注意的是，明朝收复云南，是在洪武十五年春，到洪武二十八年时，已经十三年了，似乎不可再言“新附”。云南入大明版图后，一直由朱元璋的义子西平侯沐英镇守，直到洪武二十五年卒于镇。沐英死后，由其子沐春嗣爵，仍镇守云南。沐春在镇七年卒，没有子嗣，乃由其弟沐晟嗣爵来镇。朱元璋从未寄予任何一个异姓臣子这样的信任，让其父子相继，镇守一方。由此世人多猜测沐英实为朱元璋与外妇所生之子，是朱家的亲骨血，而不是名义上的养儿义子。当然此说只是野语，不可辄信。但朱元璋对沐氏的信任超乎寻常，却是有目共睹的。

然而，洪武二十八年，朱元璋突然派第十八子来镇云南，这使得沐家世镇云南的希望顿时泡了汤。沐晟是建文元年嗣爵来到云南的，他到任伊始，即力讦岷王之过。而朝廷轻易就听信了，将岷王废为庶人，移置漳州软禁起来。

沐晟此举甚是高明，既迎合了朝廷削藩之策，主动提供炮弹，去除了一位藩王，同时也除掉了沐家世镇云南的最大障碍。可以说，朝廷此举最大的受益者不是朝廷，而是沐家，从此沐家永远以黔国公、总兵官的身份镇守西南一隅，与明朝相始终。

幼稚的建文帝和他空疏迂阔、志大才疏的辅臣们，被利用了而不知，还以为那二十块大石头又搬除一块，可以弹冠相庆了。

接下来，他们转移炮口，对准了最大的心腹之患燕王朱棣。

第二十二章　多亏燕地有“王气”

自朝廷出其不意地对周王动手，雄镇大藩的王爷们，个个风声鹤唳，神经过敏。要说诸王过去骄纵，或许可信，然而自此之后，谁还敢骄纵，定是找死了。其实“骄纵”只是口实，不管藩王们是骄，还是娇，朝廷削藩的决心不可动摇。

燕王朱棣作为皇帝年纪最长的叔父，理应对侄皇帝不顾祖制及“亲亲之义”，连续削夺藩封的行为表达态度。不知朝廷有没有这样的期待，或许方孝孺、黄子澄等大臣私下里都希望燕王能够识趣，主动赞附朝廷的行动，自献护卫兵力。然而，燕王对弟弟们一个个遭难，没有任何表示，只是称病不出。大臣们在失望之余，开始着手采取军事措施，以迫使他那么做了。

金鼓锵锵，一步步直逼燕王府前。

燕王护卫军力人数虽然不多，但屡从燕王出塞，精于骑射，战斗力较强。朝廷首先以加强边备为由,将燕府护卫官军陆续外调,使其离开"巢穴",分散到宣府、大同等地。朝廷的措置可谓严密,除了架空燕王,剪除其爪牙,还调兵遣将,强化军事压力,命都督宋忠、徐凯、耿瓛等率兵分屯开平、临清、山海关等地,又于彰德、顺德等地布防,对北平形成铁壁合围、瓮中捉鳖之势。燕王纵然不满,他敢不乖乖就范吗?

炸药包已经埋好,就等安放引信了。

建文元年六月,燕山护卫(燕府三护卫之一)百户倪谅从北平逃到南京"上变",告发燕王谋反。此时朝廷已经准备完毕,建文帝在接到倪谅的密报后,立即采取行动,下令逮捕燕府在京公差人员。

为了拿到燕王谋反的"证据",朝廷动用了严刑。燕府旗校于谅在锦衣卫狱里被活活打死,成为靖难之役前的第一批罹难者。

在掌握了燕王谋反的所谓"铁证"后,建文帝下诏,公开谴责燕王,命北平地方官入王府逮捕王府僚属。

气氛紧张到了极点,朱棣仍在府中养病。

政客的病,往往招手即来,挥手即去。朱棣也不例外,生病只是他外示韬晦的一种手段。但我相信,他一定整日急火攻心,浑身起火疱,惶惶然不可终日。到底是被动地接受命运的锁喉,还是主动出击,为改变命运而抗争?他犹豫不决。

正在此时,忽有一人来访,报称是北平都司都指挥佥事张信,此人的官职差不多等于今天的省军区参谋长。

朱棣一听此人的名字,就不想见。原来建文帝深知朱棣在北平经营二十多年,与各种地方势力形成盘根错节的联系,故而对北平文武守臣实行了大换血,朱棣多年经营的人事网络毁于一旦。而新来的守臣,都是经过严格挑选,政治审查合格、忠于朝廷的官员,他们实际上负有监视燕王的使命。这位张信也是以"谋勇"得到推荐,从四川平越卫升调到北平都司来任职的。

朱棣现在哪有心情与这帮官员应酬,他皱了皱眉,抚额摇手,推说病重,不方便见。可张信固执得很,一连来拜三次,非要见到王爷不可。朱棣只好请他进来，往床上一倒，装作病重不起的样子。

话说史上装病最有名且装得最像的，莫如司马懿了。曹魏的大将军曹爽要抓司马懿的小辫子，司马懿遂以退为进，称病不出，而曹爽深知俗语有“司马妙计安天下”一说，不敢轻信，生怕司马老先生把生病也做成一计，遂派新任荆州刺史李胜借辞行前去探病，以察其真伪。

司马懿是个很有想象力的人，他装病，不是躺在床上哼哼唧唧，喊头疼，呼胸闷，而是精心设计了两个戏剧情节以供李胜赏鉴：先是吃粥时故意嘴角歪斜，让粥汁淋漓一胸，又故意把李胜的任所荆州听成并州。用计已臻化境！他无须呈上医生的诊断证明，一个半身麻痹、失聪失明、命不久矣的形象，已钻进探子的脑海里。

我想，朱棣与司马懿是不同的两类人，大概他学不来老狐狸司马懿这一手。他衣服都没脱，往床上一倒，被子一拉，只露一张苦脸在外面，就是病号了。

张信躬身走进寝室时，他双目微阖，有声无气地哼了一下。张信快步近床前，二话不说，纳头便拜，旋即说出一番话来。燕王听了，惊出一身冷汗，噔地跳下床来。

张信说的是：“王爷还有心养病吗？北平都司、布政司已接奉朝廷密诏，马上要对王爷动武了！”

出乎朱棣意料之外，这个姓张的都司将领不是来探病，而是来告密的。

张信来燕府告密，是对朝廷的背叛，他这是拿全家性命在冒险。原来张信自来北平都司任职后，已知朝廷容不下燕王，而他经过几次与燕王的接触，对燕王颇为仰慕。当他与闻密诏的内容后，不禁忧惧惶惑，不知该遵从朝廷旨意，还是出于对燕王的同情，将朝廷的计划透露给燕王，为此闷闷不乐。

他母亲发现他举止怪异，便问其何事，他不敢隐瞒，将北平即将发生的大事和盘托出。张母大惊道：“你父亲经常说王气在燕，你切不可妄举，取灭族之祸！”

看官！现在是一个科学的时代，各路名流尚且崇拜“大师”，甘心受其愚弄，遑论六百年前的古人了。那时候的人，特别相信气运、面相、卜筮、地理一类的术学，许多人还精于此道，闲来无事时自己打一卦，大概张信之父也是能掐会算的，他早测出燕地有王气，并认定王气就应在燕王身上，所以在家里进行了“理想教育”，希望孩子将来能为燕王效力，自然好处多多，前途无限。如今张父已经去世了，他指引的方向还在那里熠熠发光。

我想，让身为朝廷命官、前途光明、马上有一件大功要立的儿子背叛朝廷，去投靠一位马上要倒大霉的落魄王爷，不是一般母亲能够做出的事情，她自己不也说了，妄举将自取灭族之祸吗？张家母亲想来也不会是一位高瞻远瞩的巾帼战略家，坐在闺房里，摇一摇团扇，辄便看出燕王必胜，朝廷必败。对此我无法做出解释，只好奉献一个喜剧性的猜测：大约因为她老头儿生前是有名的预言家，言无不中，如今抛妻舍儿，一个人去了，张母特别怀念他，在未亡人心中，其遗言便是金科玉律，成为她的小宇宙的真理。所以张信一说起朝廷要拿下燕王，张母立刻神经发作，定不准张信违先父之言，否则哭天抹泪，要死要活。除此之外，我实在想不到，当众人都在推墙时，张信之母何以让他的儿子躲到那道危墙之下？

若谓张信之父也是一代神算子，只是名声不显，我还有奇怪之处未解。张信之父张兴是临淮人，生前任福建永宁卫指挥佥事，是一名中下级武官，任所又远在南方，应该没有机缘结识燕王。他死后，张信嗣其官职，先后在普定、平越等卫任职，也都是南方卫所。张信在来北平之前，应该没机会瞻仰燕王风采。那么为什么张兴在万里之外，就观察到北平的王气？张信为什么敢拼了全家性命，在燕王最为危难的时刻，弃明投暗，拜在燕王床前？

这个问题要得到解答，只能排除张兴观王气、张母以王气说服张信这一说法。燕王见张信来投，一定也深感诧异，必然下问：人家都烧热灶，为何你来烧我的冷灶？“王气”说，应该是张信就燕王之问而给出的解释，但绝不会是指引张信行动的唯一因素。

我猜想，自张信移官北平后，初识燕王，即为燕王的才略与风采（这也是“王气”，即王者之气）所折服，心里已经靠近他了，他甚至相信，一旦燕王举旗反抗，击败朝廷大军，不是没有胜算。张信是个武人，他没有文人瞻前顾后、多谋寡断的毛病。与文官不同,武官沙场鏖战,刀头饮血,生死只在倏忽之间,他们往往凭本能驱率,而非依从理性行事。不是吗?在当时明显不利的形势下,燕府许多护卫将领,都义无反顾地追随燕王,而燕王靖难大旗一举,众多边将投入其麾下,这说明在那个尚武的时代,武人更相信武力和源自军队的凝聚力,而不是来自于制度的权威,或对君主的信仰——老子只认顶头上司,管他皇帝还是老倌儿!

张信也是这样,他在大地开裂的刹那,选择了向燕王那一边跳过去。

本来,燕王对朝廷下一步将如何行动已有了一些心理准备,但他还是心存侥幸,直到得到张信的信报,才知道局势已到了生死存亡的关头,不容他再优柔寡断了,这才定计起兵。

然而,当他要揭帜反抗朝廷时,还是不那么自信,心里小鼓敲得厉害。恰这天夜里风雨大作,将屋檐上的瓦吹落几片,掉在地上摔得粉碎。朱棣见了,以为是不祥之兆,脸色都变了。幸亏姚广孝机灵,马上说:“这是祥瑞。飞龙在天,从以风雨,这一场大风雨,是大王将化作飞龙登天的佳兆。”

他更指出:“绿瓦堕地,这不是将为大王换易黄瓦吗?”

明代制度,亲王所居之屋,瓦用绿色,天子之居,瓦用黄色。朱棣一听换瓦之说,才知道飞龙上屋揭瓦原是天大的喜讯,才把怦怦乱跳的心放笃定,立志反啦!

于是他秘密联络护卫官兵中的亲信,准备用武力与朝廷对话了。而北平都司、布政司官员并不晓得机密已泄,放松了对燕王的监视与警惕,待朝廷派遣的太监来到北平,众官斗志昂扬,准备进入王府捉拿燕王“左右导恶之徒”时,没料到燕王突然发难,将三司长官张昺、谢贵等人诓入王府,立刻杀死,随即击溃围困王府的官兵,夺取九门,占领北平城,城头揭起霸王旗,从此开始了长达三年多的靖难之役。

张信率先输诚,立下大功,朱棣甚感其德,称他为“恩张”。夺取皇位后,虽然张某人毫无军功,仍然被封为隆平侯,列“靖难功臣”之列。张家的侯爵是世袭的,兹后代代相传,与朱棣的子孙共享富贵。

看官您请看,不信命还真不行,同样是以阖族性命做押,投一大注,燕山卫的倪百户,看起来是准赢的,却输得精光。而赢面极低的张信,却博取了世代的富贵,子孙受泽,连绵不穷。写到这里,容我学老夫子们拽一句文:岂非命哉!岂非命也矣哉!

第二十三章　四皇子手捧红宝书反了

朱棣揭竿而起,起初只是为生存,绝未想到夺取天下。他是被朝廷逼反的,若不是朝廷威迫太甚,下手太狠,他未必遽然而反,甚至可能不反。朱棣多次说他的处境,“身遭危祸,无所容生”,他是“为奸恶所迫,不得已起兵御祸”,应非矫饰,确属实情。

但“冤情”并不足以成为朱棣起兵叛逆的理由。他名正言顺的旗号,是“清君侧”,是“奉天靖难”,他统率数万雄兵,是为了入朝诛杀齐泰、黄子澄等“奸党”。

“我,太祖高皇帝、孝慈高皇后之嫡子,国家至亲也!”

朱棣在反书上先亮出正统的牌子,摆出自己“先帝嫡子”的身份,然后以皇帝至亲皇叔的资格,指出朝政昏乱、亲藩连遭横祸的实态——

“今幼主嗣承大位,信任奸宄之徒,横起大祸,屠戮我朝家。想我父皇、母后创业艰难,封建诸子,望其传续无穷,藩屏天下。然一旦遭此残灭,其谁之罪,皇天在上,后土在下,都一起看着呢!”

朱棣辩称自己“自受封以来,惟知循分守法”。为什么如今又不循分、不守法了呢?实在是守不起法了,大祸临头,生死攸关,我是“不得已也”!

随后,他以一副理直气壮的姿态,举起当朝“红宝书”《皇明祖训》——

“祖训云:朝无正臣,内有奸恶,必训兵讨之,以清君侧之恶。”

在引用祖训条文后,朱棣剖出一肚子忠臣肺肠,亮给天下人看:

“从义上来讲,我与奸恶不共戴天,必奉行天讨,以安社稷。”

最后,他像所有奸的、忠的人一样,喊出一句口号:“天地神明,昭鉴予心!”

朱棣“清君侧”，与建文帝“清燕王左右导恶之徒”，手法相似，均属于剥笋之法，或称敲山震虎，明明打的是老虎，对外却宣称打狐狸——然则狐狸死了，虎能独存吗？

政治斗争所用之枪，射出的子弹常常是能拐弯的。政治不是武斗，不能直来直去，必须学会影射、反讽、指桑骂槐和王顾左右而言他。好像中国人的灵魂里都有“政治”的基因，人人都是政治家（我其实很讨厌这个词，所谓“政治家”是否就是那些玩政治玩出了精，官场的千年老狐狸、万年不倒翁？反不如政客这个词来得恰如其分）。好比中国人特别喜欢“微言大义”，话不明明白白说，文章不直直爽爽写，偏让听者、读者去揣摩，还把它的发明权硬掼在孔老先生的头上，好像这个坏毛病，是圣人起的头，弄得人心不亮，大家都习惯动这样的心思：“此话怎讲？此言何意？”

中华不愧为文明之邦，词汇之花哨、名堂之繁复，全世界绝无仅有。比如皇上就皇上，非得说陛下，皇帝老官儿明明在陛上站着，偏说“陛下”，皇太子、亲王，则称殿下。可陛下头、殿下头，哪儿找人去？

写信问候一位老朋友，说“老兄近日可安好”即可，却偏要说“老兄左右可安好”？关左右屁事嘛！难道你写这封信，只因惦记老友家的左右仆从吗？

如此装谎，貌似畏缩恭谨，却是嘴上涂蜜、腹中藏剑、尾后射针，整个一个道貌岸然！

言归正传，且说朱棣明明反皇帝，却只说“清君侧”，这就是古人的只反奸臣、不反皇帝了。

尽管朱棣是受他侄子皇帝的迫害，他也不能直接向侄皇帝表示抗议，放声大骂，因为“天地君亲师”，君臣名分最大（君实际上是天的代言人）。朱棣只好向皇帝的左右开战！可打狗也得看主人吧，好比一位江湖老大，别的门派没请你来帮忙，你却跑去帮人清理门户，不等于打人家掌门人的大耳刮子？所以朱棣之“清君侧”，虽然表面对建文帝客气，其实就是打在他脸上的一个响亮的大巴掌。

朱棣率兵上京来“清君侧”，是有法律依据的，那就是洪武朝的红宝书——《皇明祖训》。朱棣的造反檄文，引了其中一条：

“如朝无正臣，内有奸恶，则亲王训兵待命，天子密诏诸王统领本镇之兵讨平之。奸贼讨平之后，诸王收兵于营，朝天子而还。”

这一条确实是祖训的原文，但我猜它一定是某日太祖皇帝醉酒之后，昏头昏脑未醒时写的。

看官明鉴，朱元璋手定的祖训里，这样的内容还真不少。朱元璋的本意是鉴前代之失，如汉献帝被董卓、曹操等“奸臣”先后挟持，他害怕朱家的后代皇帝无能，也遭此命运，被人挟持摆布，那时，就只有靠各地宗藩起勤王之师来扶持朝纲了。因此他规定了亲王们的责任：当朝廷上奸臣当道时，你们必须训兵待命，待接到天子密诏，即刻率兵来朝，诛杀奸臣，然后还政于天子，收兵归国。

这纯粹出于朱元璋罗曼蒂克似的幻想，把大明王朝的基本大法，搞成了一部明代版的《理想国》，与一本浪漫主义小说无异。

喂，老朱！你凭什么认为陛下的子孙都将是岳飞似的大忠臣？待重头收拾了旧河山，朝了天阙，还能不带走一片云彩？陛下对未来的瞻望与期待，明显与历史经验和人性之恶不符嘛！

瞧，您那不争气的四儿子，很快就利用祖训的条文，揭竿而起，反抗你孙子的朝廷了！

当然，燕王朱棣并不能完全做到“道德战胜”，他“清君侧”的理由存在明显瑕疵：祖训规定亲王训兵讨贼的前提有二，除了“朝无正臣”，还要有天子密诏。朱棣开出来奸臣名单，却无法提供天子密诏，因为建文帝压根儿就没请他来帮忙清理门户。所以朱棣虽然引了祖训，但只是偷换概念，掩耳盗铃。

然而，这有甚关系呢？天下之人，孰听口舌之辩？天下大事，到底还是要靠“肌肉”说话。如果世间之事只讲道理就能摆平，那简单了，只须“重文”的建文一方，派出方孝孺等一帮儒臣，与燕方辩论三场，朱棣绝对要铩羽而归，自然天下太平，永世无争了——可惜，这也是梦话。

当燕王杀戮北平守臣、称兵造反的消息传至京师，在朝堂上并未引起太大的舆论涟漪，一些人对此甚至怀着乐见的态度，认为燕王狗急跳墙，只是加速其败亡。

朝廷决定用武力平定燕王之乱，建文帝颁布诏书，向天下宣示了燕王的罪行。

"国家不幸，骨肉之亲屡谋僭逆。"

诏书首先表达了对骨肉之变的惋惜，然后介绍了诸王谋叛事觉及朝廷处置的经过：

去年周庶人朱橚潜为不轨，检举下狱后，供出燕、齐、湘三王，都是他的同谋。此时燕王的罪恶已经暴露。朕以亲亲之故，不忍暴扬诸王之恶，只治了朱橚的罪，三王皆置之不问。

然而今年（建文元年）齐王朱榑谋逆事又发，朝廷加以推问，他遂供出燕王朱棣、湘王朱柏与其同谋大逆。朱柏自知罪恶难逃，自焚而死。朕以燕王朱棣于亲最近，只将朱榑废为庶人，仍未忍穷治燕王之罪……

诏书的意思，是朝廷对燕王是一而再、再而三的容忍，他却终是异志不灭。而我们也可以从中看到，朝廷是如何抓住一只螃蟹而带出一筐螃蟹的：先是以周王"不轨"，牵出"同谋"燕、齐、湘三王。这三位被朝廷盯上，是跑不掉的了。随后齐王落马，再次供出燕、湘二王同谋，这是朝廷开始收网了。当齐王被废，湘王自焚，燕王在"通缉名单"上已升至首位，不管他反不反，下一个都将轮到他——显然，这几只蚱蜢都是拴在周王那根绳子上的，是拔出周王这个萝卜带出的泥。

诏书指出，燕王"包藏祸心，为日已久"，他的罪恶主要有两项，一是私印伪钞，一是藏匿罪人。

私印伪钞也是湘王的罪行之一，可能在洪武时，各王府为了增加收入，普遍都开办了地下印刷厂，大量私印大明宝钞。

藏匿罪人，大约就是"盗贼渊薮"之类的说辞吧，意在指责燕王招纳亡命，早有不轨的企图。

诏书把燕王的罪行说得很严重："先皇帝在时，深悉逆燕之恶，为之震怒成疾，以至于升遐。海内莫不痛愤，而逆燕犹不知改悔。”升遐是帝王龙驭上宾的意思，诏书将朱元璋之死，一股脑归在朱棣头上。

许多时候，历史就是胜利者任意私涂乱改做的一本假账，如若不信，此事就是最好的证明。在建文帝的旧账本里，太祖皇帝就是被这个逆子老四活活气死的，而在朱棣即位后做的新账里，太祖皇帝只是讨厌建文父子，恨不得将他俩踩死，好让心爱的燕王即位。历史就是这样通过做假账转亏为盈、翻云覆雨的。

诏书指责燕王罪行累累、不知改悔，如今又“称兵构乱，图危社稷，得罪天地祖宗”。对此，建文帝表示，对于这样一个死硬的顽固分子，朝廷不敢再赦免他了，于是宣布削去燕王的爵号，将其黜为庶人。

从此在官方文书里，燕王成了燕庶人。

但“扫帚不到，灰尘不会自己走掉”，朝廷同时决定“命将致讨”，集齐大军，武力征伐，扫荡燕王在北平的窟穴。

一场持续三年，蹂躏北方数省，死伤数十万的内战，开始了。

第二十四章　朝廷也就两斧头

当朝廷决定对燕用兵时，调发大军不难，最难的是择帅。建文帝环顾朝堂，发现由谁来出任征燕大军的统帅，选项其实非常有限。

不过现成有一个大将，据明史专家顾诚先生研究，朱元璋在去世前内定有“保嫡大将”，此人便是长兴侯耿炳文。

耿氏的名头远不及徐达、常遇春、汤和、邓愈等人亮，但此人资格非常老，他与朱元璋是小老乡，都是濠州太平乡人，当年朱元璋回乡募兵，年仅十八岁的耿炳文随其父耿君用入伍，从此追随朱元璋，成为其嫡系。耿君用官至管军总管，死于与张士诚的战争，其职务由耿炳文承袭；而耿炳文半生战功，也主要在张士诚方面。

耿炳文军事生涯有一个非常突出的特点，即特别长于防守，他的防区是位于朱、张两强相争前线的长兴，耿炳文死守此地十年，“以寡御众，大小数十战”，张士诚始终不能前进一步，为保护朱部的东翼立下了大功，所以在洪武三年（1370 年）受封为长兴侯。耿炳文是明朝初封二十八侯之一。

但耿炳文不是横戈沙场的大将之才，他几乎从未独立统领过大军作战，缺乏“大兵团”作战的经验和能力。如洪武十四年（1381 年）出塞，他从大将军徐达，十九年（1386 年）征云南，从颍国公傅友德，二十一年（1388 年）北征，从永昌侯蓝玉，都是作为副手，起辅助的作用——蓝玉对他来说，还是后起之辈呢。

直到洪武末年，将星尽陨，他才渐渐从名将的阴影下走出来，开始独树战功，如洪武二十五年（1392 年）平定陕西、徽州等地“妖民”之乱，三十年（1397 年）四川剿贼等。这位“内战”的急先锋，不顾老迈，披挂上阵，东奔西跑，倒也似模似样，像一位威武的大将军。他替晚年朱元璋解了不少忧，也加强了皇帝对他的信任。

在洪武二十七年（1394 年）十二月，朱元璋亲自做主，把已故懿文太子朱标的长女江都郡主，也就是皇太孙允炆的姐姐，嫁给耿炳文第三子耿璿。建文帝即位后，郡主升为公主，耿璿成为驸马爷。顾诚先生认为，这桩政治婚姻实质上是朱元璋为保护即将继位的皇太孙，而对耿炳文采取的笼络措施，属于一种军事性安排。

《明太祖实录》说：“太祖末年，旧人存者，独武定侯郭英及长兴侯耿炳文，二人特见倚重。”洪武三十年正月，为平定蜀乱，朱元璋以耿炳文佩征西将军印，任总兵官，而另一位皇亲郭英只为副，可证朱元璋在晚年对耿炳文倚毗尤甚。

朱元璋信任耿炳文，除了他是自己的同乡与嫡系，还因为耿炳文为人谨慎谦退。比如耿炳文曾委托翰林学士刘三吾代为撰写《追封三代神道碑铭》，他嘱咐刘三吾，落笔时一定要逊抑，功绩应归于上，他说自己出了些力，只是“狗之功也，其敢以自名”？他在阐扬祖德的碑文中，把自己喻作朱元璋豢养的一条猎狗，打下猎物，皆因猎人指挥有方，狗岂敢自居为功！耿炳文这种深自贬抑的态度，在功臣中是不多见的，因此很得朱元璋的欣赏。

与耿炳文比起来，武定侯郭英与皇室的关系其实更近一些：郭英也是早期追随朱元璋的嫡系，他的妹妹嫁给朱元璋为妃（郭宁妃），是朱元璋的大舅子，也是宁妃之子鲁王的亲舅舅，郭英有九个女儿，其中两个分别嫁给辽王和郢王，他的儿子郭镇娶了郭惠妃之女永嘉公主。

郭英以功臣兼为外戚，又以朱元璋的内弟，兼而为他双重的儿女亲家。这种错综复杂的姻亲关系，在朱元璋选择“保嫡”大将时，反而成为劣势。因为保嫡者要保证嗣君的帝位不受诸王及勋臣的威胁，如果利益关系太复杂，其地位不易保持中立。而耿炳文作为皇太孙姐姐的公公，是未来皇孙朝的外戚，他必然会倾心维护皇孙的帝位。

综合各方面考虑，朱元璋认为，在己身后，耿炳文是在军事上、政治上均可托付信任的不二人选。

可是，耿炳文虽然忠心，政治上可靠，又有姻亲的保障，但他毕竟是第二流的人物，无论在军中威望还是军事才能上，都略嫌不足。一场势将决定朝廷命运的大征伐，由这位长于守、短于攻的六十五岁老将挂帅，并非最佳人选。可是，到朝廷要用人时，拜托朱元璋杀虫杀得干净，除了耿炳文，朝廷竟再无合适的大将可用！

建文元年夏天，朝廷仓促拼凑了十三万大军，号称三十万，以耿炳文挂平虏大将军印，率师北伐。用兵详情不细表，只说官军渡过黄河，随征的驸马耿璿建议父亲集中兵力，直捣北平，不给实力较弱的燕王以喘息之机。可耿老将军却“老成持重”，犹豫迟缓，大军滞于滹沱河南北两岸，分散驻于真定、河间、鄚州、雄县等地，给了敌人以各个歼灭的可乘之机。

八月十五中秋之夜，燕军乘月来袭，官兵大败，耿炳文战死于真定，朝廷兵锋锐气由此大挫。

耿炳文在真定战死后，官军虽然损失较大，但实力犹存，燕军仍然无法改变蹙守北平一隅的被动局面。

在接到耿炳文的败讯后，建文帝开始对战局产生忧虑，但用谁来接替帅印，他却犯难了，朝廷所缺的不是兵，而是统兵之将啊！新的统帅不仅需要较高的军事才能与威望，还必须得到朝廷在政治上的绝对信任——毕竟对手不是别人，而是自家亲戚燕王，他在百官与宗室中有着盘根错节的人际关系。

对于新的主帅人选，齐泰和黄子澄异口同声推荐曹国公李景隆。

李景隆是李文忠之子，李文忠与朱棣是表兄弟，论起辈来，李景隆要喊朱棣一声四表叔。李文忠虽是朱元璋的外甥，但他比舅舅只小十一岁，比表弟朱棣则要年长二十一岁。李景隆生年不详，但年纪应与朱棣相仿。

两人都是洪武后期的重要人物，但朱棣作为"塞王"，自洪武十三年就藩，立国几二十年，多次统军出塞，拥有丰富的治国和统军经验。而李景隆的公爵是袭来的，不是靠军功自己挣来的，他在洪武十九年袭爵，此后多次奉旨出京操练军马，并且在建文帝即位之初，率军突袭周王，立下削藩的首功。可是仅凭这点用兵的经历，与燕王比起来，不啻"小儿科"实习医生对上了医学科学院的院士。

但李景隆自有其优长之处，他高高的个子，眉疏目秀，顾盼伟然，很有威仪，又是名将之后，平日里颇好谈兵，无论是展卷论战，还是撒豆成兵，都是滔滔不绝，很能唬人——不是说"龙生龙，凤生凤，老鼠的孩子会打洞"吗？除非他自己暴露，一般人们都相信，将门必出虎子，这是古代朴素的遗传学。可惜赵括的教训，就无人记得。

李景隆磨剑未试，朝廷就轻率地请他出来掌帅旗。请看官试想，以侄伐叔，以新进伐老成，仿佛以下攻上，以卑临尊，起手即不顺，成功还不等于碰运气吗？难怪朱棣一听用李景隆为大将军，将兵五十万北伐，不仅不惧，反而笑道："李九江（九江为李景隆小字）就是个纨绔少年，好对付！"于是他不顾南面飓风来袭，留世子朱高炽在北平居守，叮嘱他不要出战，自己则亲率精锐，直驱关外，决心先解决威胁其背的大宁都司，再转过头来对付李景隆的大军。朱棣真没把李景隆和他的半百万大军放在眼里。

李景隆听说燕王北出，以为北平空虚，正是天赐良机，对天一声笑，遂驱兵进围，把北平城箍了一个滴水不漏。然而这么好的机会，他竟然没能抓住，北平久攻不下，形成旷日持久之势。待朱棣略取大宁，获得大批漠北铁骑的新锐力量，转回头来，内外夹击，遂大破官军，李大将军丢盔弃甲，带着残兵败将逃回山东德州。

在李景隆出征离开京师之时，建文帝亲自为他挂上大将军印信，赐给他通天犀带，并为他的战车推轮。在他登船之际，又在江浒之上设宴，为他饯行，赐予他“便宜行事”的权力（即军中进止可以自专，不必请示朝廷，诛杀大将，也可先斩后奏）。可是这个纨绔公子太不争气，完全辜负了皇帝的厚望，他一败之后，锐气尽失，从此被朱棣牵着牛鼻子走，再无建树。

建文帝还听信了他的牢骚，以为他权柄太轻，诸将不听调遣，是以用兵不顺。事实却是，李景隆仗着爵位高，虽然不知兵，却在军中妄自尊大，不把将领放在眼里，“诸宿将多怏怏不为用”。李景隆见调度不灵，连吃败仗，便将责任全推卸到部将身上。建文帝为强化他的权力，授予他“专征伐”的大权，特遣太监赍捧玺书，赐其黄钺弓矢——这是好古的建文帝从古书上学来，并照着古书上的记载打造的一套家伙什儿，相当于赋予李景隆代天子亲征的大权，他要想怎么打就怎么打，哪个不听话，你随便杀，朝廷都不干预，随你来——这下，你总该打个翻身仗了吧！

不想老天作怪，当钦差太监坐船渡江时，突然起了一阵怪风，将船吹翻，玺书钺矢尽没于江，只有太监如水鬼一般从水里爬出来，湿嗒嗒回去报告。朝廷上下都觉得这是很不好的征兆，但无人敢言，建文帝也只能故作镇静，令人重新打造黄钺弓矢，另外差人送到前方。

著名的纸上名将李景隆不甘失败，他决心报仇。建文二年（1400 年）四月，他调集武定侯郭英、安陆侯吴杰等军，于德州誓师，再次向北平进军。双方在白沟河大战，此战甚为惨烈，结果李景隆还是不支，新凑起来的六十万大军一时皆崩。昔日沉于水的玺书斧钺，今乃沉于陆——朝廷至此才看到“天下陆沉”的可怕前景。

这一仗，官军死伤数十万，从此遂不支，再也无力组织大兵团作战，而朝廷与燕军的攻防态度，也自此易手；朝廷由攻转入防御，燕军则频频南侵，常常饮马淮上，兵锋势不可当。

朝廷通过惨痛的教训，才知道起用李景隆是多么严重的错误，只好将逃到济南的李景隆召回京师。黄子澄因为荐错了人,又羞又愤,见李景隆回京后,犹然觍颜高踞朝班之首,他气不过,就在上朝时,从班中疾步走出,愤然纠弹他覆军之责,请皇上下旨,就朝班之中将其擒拿,诛之以谢天下。但建文帝不许。后来燕军渡江,京城危如累卵,建文帝彷徨无计,方孝孺再请诛杀李景隆。建文帝仍念他是朝廷“肺腑之亲”,没有同意。

李景隆偾事败军,朝廷既不杀其身,又不削其爵,将何以行威令于天下?要说建文帝也有“仁弱”的一面。

李景隆兵败后,朝廷更是无人可用了,平燕战争后期兴起的一批将领,如盛庸、平安、何福、吴杰、房昭等,都是洪武晚年才得到拔擢重用的裨将,资历均较浅,尽管他们在内战中因军功而在官阶上获得快速提升——如盛庸因多次战败燕军,受封为历城侯——他们的弱点也是明显的:威望不够,缺乏指挥大军作战的经验。朝廷没有一位能够统领全局、众望所归的主帅,各军之间往往独立作战,缺乏有效的配合,经常被燕军各个击破,使有利的全局,无法转化为战场上的胜利果实。

第二十五章　崽卖爷田不心疼

当李景隆数十万大军来攻时,朱棣没有龟缩在北平城里,做鱼死网破之争,而是趁巨网未合拢之前,率精骑直出永平,先击退围城的辽东官军,然后径驱关外的大宁都司。

镇守大宁的是十七弟宁王朱权。

当朱棣起兵之时,北平周围诸王封国林立,是他最大的威胁。然而朱棣宛如有天助,太原的晋王朱㭎,在建文帝即位前几个月突然死去,由世子济熺继位。新晋王年纪尚轻,根本不在燕王眼中。看官试想,朱元璋在洪武二十八年(1395 年)处死宋国公冯胜,此举谁是受益者?冯胜是晋王济熺的岳父,假如这位杰出的将领此时不死,即便不用他为征燕主帅,就是令他统领山西都司兵马,虎视北平,朱棣侧翼不安,岂敢放匹马南下?冯胜、朱棡先死，在此时开始显出其后果。

当时在从宣府、大同、开平、北平到辽东一线，除了燕王，还有多位“塞王”（塞上之王），他们是封在大同的代王（皇第十三子）、广宁的辽王（第十五子）、大宁的宁王（第十七子）以及宣府的谷王（第十九子）。其中代王已被废为庶人，看押于大同。辽、宁、谷诸王，都是燕王的弱弟，在洪武末年就藩，手握重兵。当因削藩引发的内战爆发后，朝廷不敢信任他们，下诏令诸王回京。

由于朝廷颟顸削藩，不讲究策略，使得这些藩王在平燕战争中不能替朝廷出力，发挥牵掣燕军的重要作用。如辽王朱植，颇习于军旅，且与四哥不甚相合。朱棣入京后，嫌其“贰于己”，尽削其护卫。这本是可资朝廷之用的力量，然而朝廷并不了解这些，也不懂得如何加以利用，以藩制藩，只是轻率地将诸王们撤回。辽王、谷王奉诏后立即弃国，逃回南京，手下之兵，顿时成为一盘散沙，后来多为燕王所用。

朱棣最为担心的，只有宁王朱权。

大宁都司在喜峰口外，是古会州之地，东连辽左（辽王封地），西接宣府（谷王封地），号称巨镇。宁王部下，带甲八万，革车六千，所属朵颜三卫（蒙古族）骑兵皆骁勇善战。宁王多次会同诸王出塞，以善谋著称。

然而，善谋者，其心不易测。辽、谷二王奉诏后立刻离开封地归朝，唯独这位脑筋灵活、会写书、能修道的宁王不至。建文帝担心宁、燕二王合流，差人流星雨一般去召他，他都不来，无奈，只好下诏削去宁王三护卫，以示薄惩——朝廷知道宁王奇货可居的心态，却也不敢把他整得太凶，否则把他推到燕王那边就更不妙了。

朱棣清楚得很，宁王既不奉朝廷之诏，对自己的示好也不作任何答复，明摆着是拥兵自重，坐观形势之变，以谋取个人的最大利益。宁王有了这种动机，就给了朱棣可乘之机。朱棣决心先收服宁王，改变腹背受敌的不利态势，顺便夺取关外边骑助战，然后再转回身来对付李景隆的大军。

朱棣迅速击退围攻永平（在北平东北）的江阴侯吴高，随即自刘家口出关，间道直驱大宁。这时已进入九月，天气渐寒，宁王未料到四哥突然出现在城下，大吃一惊。事出仓促，不得不防。他集兵出城相迎，在马上问：“四哥此来何意？”朱棣捏着哭音，一副苦相，自称是穷蹙而来，是向弟弟求救的，一定要进城面谈。

宁王疑心四哥部众甚多，朱棣主动表示，请单骑入城。宁王一时抹不开脸，只好答应。两兄弟联辔进城，在厅中入座，燕王执宁王之手大哭，诉说自己不得已起兵之故，求宁王代为草表谢罪。

昔日雄杰的四哥，如今一副可怜之态，如丧家之犬，令精明的宁王上了当。

以后数日，朱棣都装出一个不知所出、百无聊赖的可怜相，博取宁王的同情，使他放松警惕，私下里却在城外伏下锐卒，令亲信偷偷入城，暗地里与朵颜三卫酋长及宁王部下联络，大肆收买，进行政治交易，宁王却恍然不知。

几天后，朱棣请辞，说要回北平，宁王不察其异，亲自送到郊外。燕王临行之际，又是擦鼻涕，又是抹眼泪，诱得宁王送了一程又一程，渐渐离城远了。突然间，伏兵暴起，将宁王挟为人质，裹于众中，就往南行。因为事变太突然，宁王部下只做了微弱的抵抗，即为燕军制服。朱棣遂集大宁之众以及宁府宫人，一起由松亭关入关，大宁成为一座空城，广袤的大宁都司从此成为弃地。

可怜多智善谋的宁王，本想坐观鹬蚌相争，收渔人之利，可他哪里是老辣的燕王的对手，一不小心，就着了道，成为燕军中的囚徒。朱棣发挥宁王长于文字的特长，凡军中檄文，多请宁王代笔。这枪手的差使，宁王不想干也不行。朱棣还要他，向他保证，说事成之后，天下中分，一人一半。宁王不敢客气，只好付之于浩叹。

待朱棣登基后，他不求中分天下，只求改封南土善地（他的封地大宁已失，没法再回去了）。他看中的地方是苏州，请四哥把吴中之地封给他。可朱棣不答应。他退而求其次，再请封杭州，四哥还是不答应，但开出福建建宁、四川重庆、湖广荆州、山东东昌四个地方任他选，而这些地方，宁王又不愿意去。

宁王在南京住了一年，天天听他四哥杀人，日日受那受难者哀声的煎熬，第二年他答应去江西南昌，从此修道习曲，了此一生。

宁王部下锐卒，尽为朱棣所用，特别是骁悍的朵颜三卫骑兵，成为朱棣打天下的重要资本。但三卫夷人不是平白替朱棣流血的，他们达成秘密交易，按今天的话讲，就是“密约”，朱棣许诺，待天下大定，将大宁都司内迁，其故地留给三卫牧放。朱棣对阶下囚宁王不守约，对朵颜三卫却很守约，他即位后，即将大宁都司迁到今河北保定一带，虽然都司的名义不灭，而它所管辖的十几万平方公里的土地已尽捐于人了。

这项密约造成了深远而严重的战略影响。大宁在北方边镇中地位特殊，它居于辽东与宣（府）大（同）之间，联络东西两边，大宁一失，辽东与宣大、开平一线失去呼应，整个防线就崩断了，再也守不住，被迫后移。北平（北京）也因此失去屏障，由内地变为边地，当迁都之后，乃形成“天子守边”的形势。由于离关外太近，蒙古铁骑经常突入京畿，直接威胁京师的安全。此乃后话，当朱棣一心求生之际，他哪管得了这些？能卖的当然舍得卖，反正也不是自家的。

且说宁王轻易受了燕王蒙骗，被其挟持南下，所部人马也被收编。而诸王弃封南下，使得朱元璋经营多年的“塞王守边”体系顷刻间崩溃。从此，辽东、山西、北平都司一线，群龙无首，没有一个能倡率团结众多边军的核心人物。

这些地方的都督、都指挥等边将，毕竟是臣子，号召力远非亲藩可比，他们许多人还曾受过朱棣辖制，对其自然存有几分忌惮心理。所以自战事开展以来，虽然在形势上，这三地在北平背后，对其形成包围钳制之势，兵力上也占优势，但始终形不成合力，对燕军构不成实质性威胁，并常常被燕军各个击破。

朝廷与燕军的搏战，变成了南军与北军的较量，大批骁勇善战的北地边军，由于朝廷的失策，几乎没派上多大的用场。

燕军在连续击破朝廷大军之后，转入反攻，双方在淮北展开持续的拉锯战。

第二十六章　龙鳞长到次子身上

就在征燕之役军势不振，用兵难以为继的窘境下，本该“正大”的朝廷，却由一位“光明”的夫子，想出一条龌龊的毒计，试图离间“燕庶人”父子。本书并不细讲靖难之役，然因此计之生，与未来永乐、宣德二朝皇嗣之争有着莫大的干系，涉及宫闱复杂的人事，所以有必要预做一介绍。

事情是这样的，燕王朱棣有四个儿子，其中长子高炽、次子高煦、三子高燧，皆为徐妃所出，还有一个幼子高爔，母氏不详，也没有受封，应该是夭折了。

在朱棣长成的三子中，次子高煦最为勇悍，据说他“身长七尺，力挽千钧”，尤为奇特的是，在他两肋之下，生有“龙鳞”数片。

龙鳞是个啥玩意儿，与蛇鳞、鱼鳞有何区别？我想谁也说不清白，反正献谀吹捧时便是龙鳞，贬低呵斥时便为鱼鳞，换言之，胜者为王便为龙鳞片片，败者为寇便化作鱼腥点点，甚至是疥疮烂癣了。

还有一点，假如高煦他爸爸不反，高煦终身只为一郡王，不是“大兴王”，便是“海淀王”，他即便长一背的龙鳞，也不敢轻易示人：你本为鱼虫，却生龙鳞，幻想化龙，不是千年的妖精，便是天生的叛逆！

然而，一旦朱高煦做起“飞龙在天”的大梦，他辄唯恐人不知他有龙鳞异相。当靖难兵起后，朱高煦追随其父，成为一员勇将，时常野战破阵，颇树功勋。

我没有验过他的正身，不知他有没有受过伤，想来他会有一个习惯，经常解开战袍，亮出他的伤疤，顺便请众人近前一步，好好赏鉴一下他的龙鳞。众人努目望去，见他肋下肉骨棱棱，仿佛老天爷打下的印鉴，一定大呼惊奇：此非异数乎？二王爷真是天降的民人之主啊！

朱棣会因此子生有龙鳞而忌之吗？不会。有一位篡位的老前辈魏文帝曹丕，曾铸一把百辟露陌刀，刀身三尺二寸，鳞鳞如龙文，名曰“龙鳞”。

在新的“篡位事业”的开创者朱棣眼里，亲亲宝贝老二高煦，便是他夺位的“龙鳞宝刀”。他把胡须一掀，对镜说：俺也是有异相的！镜中的燕王，两颏下奇出两绺长须，像极了龙须。一部美髯，经著名神相袁柳庄鉴定，说待大王须长过脐，便是荣登大宝之日！

父子都生有人主之相，待老朱做了皇帝，小朱接着再干，岂不皆应了天兆？我猜想，自朱棣到处甩动他的“龙须”，证明自己是天子之姿，朱高煦便已肚皮发痒，开始巡展他的“龙鳞”了——他打定了争嗣的主意！

他要想办法拱倒的，是他的亲大哥朱高炽。

燕王长子朱高炽早在洪武二十八年(1395 年)他十六岁上就已被册立为世子，是燕王的法定继承人，可谓名分早定。然而，朱高炽在两个弟弟的心目中毫无威望可言。老二高煦、老三高燧，本就不大把大哥放在眼里，当燕军揭起造反大旗，兄弟俩各授职任，一个随父野战，一个辅佐兄长在北平“居守”，都为父亲开基创业立下功劳，他们对世子就更不敬了。

三兄弟关系不好，裂痕很深，便如鸡蛋开了缝，马上有奸佞小人嗅到腥臭，像苍蝇一般叮来了。这个小人原是燕王府的一名宦官，名叫黄俨。请看官记住这个名字，此人名气不大，却是明代历史上第一个呼风唤雨的权阉。

奴才往往是因为主子的宠信才得以擅权，“黄阉”也不例外。黄俨是朱棣非常亲近信任的私人，朱家兄弟都不敢怠慢他，见了面不免还要客气几句，亲热地喊两声“老黄”。黄俨后来在永乐朝出任司礼太监，屡屡出使朝鲜，为朱棣办些见不得人的私事，在政治上他也发挥过较为重要的影响力，最主要的就是他积极参与朱家三兄弟的争权斗争，使朱高炽的储君地位遭到严重的挑战。而朱高炽长期压迫于其父的巨大阴影之下，对黄俨百般隐忍，虚与委蛇，但一旦即位，立刻报复，将这个“死太监”处死了。

黄俨在永乐朝二十多年间算得上个大人物，可他的事迹，在《明太宗实录》里基本上都被掩去。一则因为此人最后身败名裂，一则为尊者讳，不欲多为此奸着墨，以免妨碍到他身后的“圣神”皇帝。

黄俨介入朱家三兄弟的争斗,他是有偏向的。当时三王争嗣的格局是这样:朱高炽作为嫡长子,居储君之位(先是世子,后来是太子),名位素定,是守方;而二子高煦,恃功倨傲,两肋又有“龙鳞”撑腰,还经常得到爸爸的夸赞(“以为类己”),他仗着这些,公然向哥哥的嗣君地位发起挑战,他是攻方;而三子高燧,在初期势力尚未养成,两个哥哥打得又热闹,他乐得坐山观虎斗,主要是暗中使劲,并没有公开的行动。

看官!假如朱氏皇族内部没有大起火并,众王子安分守己,各安本分,高煦兄弟绝不会妄生邪念。可是他们的父亲反了,嫌王当得不过瘾,还想来顶“白帽子”戴,他们也就有样儿学样儿,不甘心守分做郡王了,都蒸起一副热腾腾的心肠,想夺取长兄的储贰之位,将来好继承那顶“皇帽子”。

在靖难之役中,高炽、高燧以王子的身份“居守”,看守大本营,仿佛守仓之猫,不容易见其劳绩。而高煦剽悍异常,如一条嗜血的猎狗,嚼子一放,立马不顾生死地扑向敌人,又撕又咬,碎肉乱喷,血洗的功劳簿上,一颗颗人头是看得见、数得着的。高煦天天在爸爸跟前立功,朱棣对这位能征惯战的好儿子颇为倚赖,将部下最为精锐的骑兵,即朵颜三卫番骑,都划归他统率,经常让他充当“军锋”,担任突击的任务。

建文四年(1402 年)六月,靖难之役进入最后的阶段,朱棣冒暑进兵,突击至长江之畔,导致京师震动。这是朱棣起兵三年来第一次如此深入,几乎要与南京城内眉毛着火的建文帝隔江对弈了。

过去一般认为,因为建文帝“驭宦官”甚严,狼心狗肺的宦官们不待见他,纷纷跑出来与燕王私通,把京城的虚实透露给他,使其奋身化作一把利剑,不顾一切地向朝廷的心脏刺来,而不是继续在淮北、河北一带与官军缠斗。

朱棣的新战略的确高明且奏效,但若要说,帮他出谋划策的高参是朝廷的宦官,则未必的确。因为建文帝并不像许多人以为的那样严驭宦官,使他们尝不到甜头,看不到前途,事实是,在朝廷的大军里,活跃着大批的钦差太监(如监军、守城、专使等)。

春秋来、冬夏去的北方铁骑，突然间在盛暑之日出现在江淮之间，饮马长江，这是朝廷与燕军实力对比发生根本性转变造成的。

然而，朱棣亲自统率的燕军主力，在江北与官军反复拉锯，不仅没占到便宜，反而在浦子口吃了大亏。在此力挫燕军的，正是他的小舅子魏国公徐辉祖。而在江南，都督盛庸集兵固守，江防渐趋巩固。

眼见京师便在眼前，而军事却要陷入胶着。朱棣望江兴叹，意志发生动摇，打算鸣金退兵。恰在此时，高煦率番骑大队前来助战，朱棣得此劲兵相助，一时动情，拍着老二熊虎之背，鼓励他："好好干！世子多病。"——原来，现代人喜欢说的"你懂的"，朱棣早学会了，在此处一试，顿生四两拨千斤之效。高煦心领神会，他受此肥饵，腰上的龙鳞益发痒痒难耐，于是殊死作战，大败朝廷江北诸军。而朝廷的水师，由江防都督佥事陈瑄率领，全军哗变，投降了燕王。靖难之军乘船渡江，击败盛庸——自此，南京水陆防线全部崩塌，京师门户洞开，失陷只是早晚之事了。

看官！朱棣拍高煦的背，鼓励他好好干，这件事原载于成书于嘉靖年间的《姜氏秘史》(作者为姜清)，而为《明史》所采信。然则容我驳一句：这则拍背许诺、拿天下私相授受的话，若不是小说情节，也是朱高煦本人散布的谣言，不可轻信的。

判断史料真伪，其实有一法门，那就是"穿越"到实地去考察。试想如此"要命"的话，朱棣会不会用大喇叭广播，当众宣之？如果是一句私语，则旁人从何收听得来？又由谁记录在案？以什么样的渠道传播？如果解释不清，只见一汤浑水，那么一定要拿笔在旁边画一个大大的问号。此乃吾之心得，今与诸君共之。

史传，高煦"恃功骄恣，多不法"。他最大的"不法"，当然是争宠夺嗣了。不然，何以其父认为他像自己("类己")？都长着一副叛徒相嘛！

如果朱高煦是一个循规蹈矩之人，当然和他造反的爹爹朱棣不是一路人了。世子高炽储君之位不稳，除了弟弟们能干，最根本的原因，还在于父亲认为他不类己，不喜欢他，详情待后文细表。

第二十七章　大儒想出的离间计

且说高炽要守住自己的地位，高煦欲取非分之物，双方攻防的形势，从靖难之役直到永乐初年，没有太大变化。第三子高燧，年纪尚幼，缺乏实力，但他性情乖巧，又是最容易得父母溺爱的老儿子，深得其父的喜爱。眼见两位哥哥内斗，他只是旁观，不动声色，暗暗积蓄力量，坐待其变。待到二哥失败，他才作为另一个有力的角逐者冒出来。

在许多人眼里，太监黄俨是二爷高煦一党，但慢慢地，才发现他真正支持的其实是三爷高燧。早些年他力挺二王子，并非他有拥立高煦之心，而是他始终反对长子高炽，所以才与高煦产生共同语言，经常在一起说世子的坏话，其乐无穷。

然而黄俨心机很深，他在高煦面前说世子的短处，其意在挑拨离间，给高煦这杆枪里装填上弹药，以加强打击世子的火力，其实他是请善于征伐的高煦火中取栗，他好和高燧坐收渔翁之利。

三王子高燧，是朱棣宠爱的幼子。黄俨作为主子最为"体己"的家奴，他当然看得清燕王不喜欢长子，而次子有功，幼子特别蒙宠这样一个形势，所以把宝押在高燧身上。黄俨积极地开展活动，煽动其同伙，一帮太监老鸭子，整天嘎嘎的，在朱棣耳朵边聒噪，说三爷的好处("往来饰誉高燧")，顺便极口攻击世子的短处。这既是为高燧取天下立功，也是从谄朱棣，仿佛慢揉他的软腹，令其舒坦。

黄俨可真是一只老狐狸，彻底的政治动物，他虽然极得朱棣的宠爱，仍然在做着长远的政治投机，力图与最有前途的下一代建立起巩固的政治联盟。朱高煦说到底只是黄俨手中的一支枪，却懵然不觉，对黄俨充满好感，引以为同盟。

燕王内部这些不稳定因素，很快被朝廷侦知。

方孝孺有个门人，姓林，双名嘉猷，曾经在燕王府做过事，深知这些内情，他把这些情报报告给老师。方孝孺很快想出一计，欲离间燕王父子，令其阵脚自乱，而后朝廷好乘之。

在奏明建文帝后，方孝孺以朝廷的名义写了一封书信给燕王世子朱高炽，向他陈说大义及利害，劝他归诚，并许诺将已经废黜的燕王之位封给他。

方孝孺如此谋篇作文，是有依据的。原来朱高炽生于洪武十一年(1378年)，仅比堂兄建文帝小一岁。洪武间，太祖朱元璋经常召孙儿辈来京，让他们与太孙一起在大本堂读书，借以培养孙辈之间的感情。燕世子高炽与皇太孙允炆因为年纪相仿，性皆好文，相处比较融洽。

这似乎是众所周知之事，朱高煦就拿此事作法，向父亲进过谗。他私下对父亲说："世子有异心，您留他在北平居守，说不定他献出城池，为朝廷固守，以抗拒父亲呢！"朱棣不信："你大哥素来孝谨，哪当有此？"高煦接着说："大哥的确孝顺，可他在太祖时，与皇太孙关系好得很咧！"朱棣听了他的挑拨，默然不答，大约有些将信将疑了。

建文帝似乎也认为，凭过去的交情，再加进一些利害的调料，或许能够说动朱高炽。即便他不听，也希望此举能够促使燕王父子互相猜疑，自乱阵脚。

朝廷使者很快带着蜡丸密书，潜行来到北平。可密使才进城，就被高煦兄弟和黄俨布下的眼线发现了，他们大喜过望，以为终于抓住世子密通朝廷、背叛父亲的确凿证据，扳倒世子的机会终于来啦！

黄俨立刻差人骑快马赶赴军前，急报燕王："世子与朝廷通谋，使者已经携密诏到了！"

这简直是要逼死世子高炽的节奏啊！

朱棣听了，非常吃惊，正在疑惑不决，世子的使者也急急赶到了。原来朱高炽接到朝廷劝降书后，并未打开，而是命人将来使与其所携书信一起，直接押送到父亲军中，听父亲处分——这也是臣子无私交的意思。

朱棣展书一观，立刻识破了朝廷的诡计，不禁发了一通感慨："我父子至爱，尚为人所谗间，何况我与朝廷分属君臣，奸人不更容易馋毁吗？"

朱棣可算是善于发挥，不知道他能否想到，帮助朝廷"谗间"他父子的，其实正是他的亲生骨血和他豢养的猎犬黄俨。

说起来，方孝孺的离间计并不怎么高明，若论用心，却极为狠毒。

一说起方孝孺，人们马上会想到“灭十族”的惨事。方先生是愚忠建文的大忠臣，在建文帝败亡后，他不止自己捐生殒命，还赔上了“十族”人命为他的皇帝殉葬。方先生本为一代大儒和理学名家，因为他号“正学”，人称正学先生，学问做得最是醇厚温恭，是公认的贤人。可他为了救皇帝之急难，竟然不顾斯文，献上一根蜇人的毒针。

这似乎成为正学先生名誉史上的一个污点，有人就摇头叹息道：“引诱人家的儿子背叛、劫持其亲生之父，如此毒计怎么会从一位当世大儒的脑壳里蹦出来，诚不可解也！这大概就是所谓的铤而走险吧？（‘殆所谓急而走险者耶’）”

“幸亏没有成功！”这位批评家接着说，“否则真将遗羞万世也。方先生一生以‘正学’自诩，说话做事无不遵照圣贤所立的规矩，何以此次所为与生平之志如此悖戾呢？真是难言哉、难言哉！”

批评家向来是好当的，譬如这位批评家开阖嘴皮，把方孝孺揪起来批判，话说得也忒轻巧，他道燕王反抗朝廷本就不该，朝廷则更应持正大之体，起正义之师去收服他，怎好想出那样龌龊的点子，诱人之子以叛其父？幸得朱棣没有上当，否则方孝孺真要遗臭万年洗不干净了。

这位酸腐评论家的中心思想是，孔子说“君子即便在颠沛流离的环境下，亦不改其志”，你方先生怎么临难就变了呢？

嘴皮子先生的论调固然高亢，倒也指出了问题的实质。方孝孺是道学名宿，道学家最喜欢讲的话是“饿死事小，失节事大”，最忌用诈与用力。如何方先生也学人要飞刀，千里外发功，取人首级呢？

我们不必苛责于古人，辄轻易论定方孝孺是个假道学，此翁甘受凌迟苦刑，碎骨也不怕，一定要把篡逆之君痛快骂一场，亦足以自明了。然而方先生的终极志向，亦不过“死君”而已，知遇之主在他心目中的分量，竟比倾合族之血还要重！既然如此，他急君之急，在朝廷大厦将倾之际，设此毒计，恐怕也无法顾及其毒了，反正是饮鸩止渴，只求一时速效，赔上自己的名誉亦不惘惜。

“朝廷用兵已久，兵士疲敝，如今燕军南来，漕路断绝，粮饷供应不上，形势已非常危急。”方孝孺指出朝廷面临的危局，然后说道，“为今只有这一计了。如果此计奏效，燕庶人必疑心世子，他若生疑，定当北归。燕庶人回到北平，则不得争中原，这样我军漕运就通了，并且可以趁机集兵追袭其后，大局或许可以改观。”

方孝孺是在计无所出的窘境下想出的这条计策。然而，君子肚皮里憋出来的妙计，欲其奏“安天下”之效，着实也难，被朱棣电光一闪，马上失效了——当然，其前提是朱高炽英明地做出了正确的反应，他若一时糊涂，打开了那封信，差不多等于亲手拆开了标注着自己名字的死亡封印。

“正义”的朝廷一方，现在真是病急乱投医了，除了使离间计，还绑架人质。

朱棣有一个女婿，名叫李让，在大宁、白沟河等处作战有功，朱棣让他署掌北平布政司事，辅佐世子高炽居守。李让的父亲李申，官南京留守左卫指挥同知，在他亲家燕王起兵后，李申一家人马上被朝廷扣押，沦为阶下囚。

但朝廷并不着急诛杀他们，好让叛逆者痛苦，他们的性命攥在朝廷手里，建文帝希望这些人质能发挥一些价值，就让李申给他儿子写信，招降李让，立功赎罪。

“李让如果来降，饶你一家不死。”建文帝慷慨地表示。

看官，请试想，谁要是接到这样的家书，那真要呕出血来。然而，李让最终做出痛苦的选择，对家书不做任何答复。建文帝见李申没有利用价值，也无二话，将其押赴市曹处斩，全家抄没，姻亲族党不是坐死就是徙边，李让一族瞬间灰飞烟灭。

对于靖难这件往事，人们多责备朱棣残杀，而忽视了，建文帝亦非仁善之辈。那是一个残酷的时代，当朱家人为帝位发生争夺，所有人都必须在“忠、逆”之间做出抉择，不管它有多么困难，不管将带来什么样的人生不幸,其实这也是一场赌博。

李让的老婆永平郡主在朱棣即位后,由郡主晋封为公主(永平公主),李让也由仪宾升做驸马都尉,并在永乐元年受封为富阳侯,食禄千石,死后追赠为景国公。这是对他做出"正确"抉择的奖赏。

不过李让在仁宗朝却被追废为庶人,他儿子李茂芳也受到牵连,所嗣富阳侯遭到削夺,下狱身死。这是何故呢?原来李让在永乐朝三王争嗣的宫廷斗争中,再一次做出了抉择,然而这一次,他不幸选错了支持对象,结果再一次给他的家族带来覆顶之灾。此为后话。

第二十八章　在皇家内讧的夹缝中生存

平燕之战也好,靖难之役也好,它不过是一场由皇室内讧而引发的内战。对立阵营中的成员,往往交织着复杂的人际关系与情感,在忠君之义上,他们是对手,而在私谊上,他们又多为亲戚、旧故或僚友。

建文三年(1401 年),燕军进攻河南彰德(今安阳),都督赵清严兵防守。朱棣派人劝降,说本王与朝廷之争,这是我家的家事,最后都是朱家子孙做皇帝,你做臣子的,何必执拗,不如归降。

朱棣所言,并非无理,赵清的答复不卑不亢:

"殿下至京师之日,只须片纸来招,末将不敢不至。"

但他同时说:"然今日我为朝廷守此封疆,岂敢弃君之命?恕难从命。"

请看,赵清并没有拿朱棣作不共戴天的乱臣贼子,他说,我为朝廷守土,未奉朝命,不敢弃方寸之疆土。但他同时说,你只要打上金銮殿,"殿下至京师之日",我就拥戴你,到时但管写一个字来召,我没有不奉命的。

赵清的话代表了许多地方守臣的心理,在他们眼里,燕军不是盗贼和入侵的蛮夷,燕王与朝廷争衡,是皇帝的家事,只要朱棣有本事推翻"今上",登上宝位,戴上冠冕,他就是真命天子。

事实也是这样,当建文四年(1402 年)夏天燕军出人意料地突然攻破南京，偌大的天下，都跑去拥戴新天子了，而昔日“天下归心”的合法皇帝建文帝顿时变为弃物。

这使得许多文武官员，特别是地方守臣，在与燕军作战时，意志不那么坚决，甚至采取骑墙观望的态度，不愿与燕王过分为敌。朱棣屯兵彰德城下，吃了赵清的软钉子，他不愿强攻，转而向西攻打林县西北的要地蚁尖寨，此寨一克，顺德（今河北邢台）、大名（今属河北邯郸市）、卫辉（今属河南新乡）等大城望风归降，黄河之北的中原腹地，唯有保定还在朝廷手中。

相对于普通文武将吏，朝廷勋贵之家，他们与皇室的利益纠葛，就要复杂得多，因而做出抉择更难，往往没有任何的回旋余地——李让即是绝好的例证。

洪武、建文间最重要的勋戚贵胄，是魏国公徐家。徐达的子孙，此时的处境异常尴尬，因为燕王朱棣的王妃，正是徐达的长女——大明“勋臣第一”的魏国公，却是朝廷叛逆的至亲！

徐达一共四个儿子，分别叫辉祖、添福、膺绪、增寿，嗣爵者为长子徐辉祖。魏国公徐辉祖同曹国公李景隆一样，都是第二代勋臣中的佼佼者，他们在洪武末年分领中军和左军都督府。中军都督府掌管北方都司卫所，所以徐辉祖多次到陕西、北平、山东、河南等地练兵。镇守北平的燕王朱棣趁机拉拢，但他很快发现，这位内兄不太讲情面，在许多事情上都不买他的账。朱棣部下有个蒙古降将叫阿鲁帖木儿，虽然已投南朝，却仍然与北元保持着联络，此事被徐辉祖查到，立刻下令将其逮捕处死，朱棣亲自出面求情都不管用。

当朱棣决策起兵自救时，有个棘手的难题：他的次子高煦还在京师，就住在舅舅魏国公府。当时朝廷内外都怀疑朱棣有逆谋，但只是猜测，并没有掌握实际的证据，然而已是山雨欲来风满楼。朱棣秘密派人上京，找到高煦，令他速速北返。高煦知道继续在南京待下去将有性命之忧，他不敢告诉舅舅，就在府中偷了一匹良马，不辞而别，私自逃回北平。等到徐辉祖发现，派人去追时，他已经逃出很远了。

徐辉祖不敢隐瞒，立即将此事报告朝廷。他的表现获得建文帝的好感与信任，在建文末期，开始放他出外领兵，与燕军作战。徐辉祖颇有将才，他曾率兵增援山东，在齐眉山击败燕军，他坚持抗战，直到燕兵渡江，犹然奋战不已，还在浦子口力挫燕军，差一点让朱棣打了退堂鼓。

徐辉祖坚定地站在朝廷一方，而他的弟弟徐增寿所持立场正好相反。

徐增寿是徐达最小的儿子，仰仗父亲的荫功，已做到正一品的左都督，他虽然没干过什么实际工作，毕竟官高，也算是明初“官二代”中的翘楚。

建文帝知道他与燕王关系密切，在举朝舆论都说燕王必反时，曾亲口向他询问：燕王是否会反？徐增寿拍胸脯道：“绝无此事！燕王与先帝（指懿文太子）同气，富贵已极，何故反？”可他的包票并不灵，话音未落，朱棣就反了。但建文帝并未追究他胡乱替人担保的责任。可是徐增寿并无感激之心，反而暗中与北平方面联络，将朝中虚实透露给燕王。

另一位值得一提的皇亲，是驸马都尉梅殷。

梅殷是开国功臣汝南侯梅思祖的侄子。梅思祖是一只善变的变色龙，他最先是效忠元朝的义兵元帅，后来叛元，追随龙凤政权的刘福通。他的叛变行为导致其父被元朝大帅扩廓帖木儿（即王保保）剁成肉泥（醢刑）。梅思祖的选择可是他亲爹的肉血化泥换来的，总要信守几天吧？可是不然，他依附龙凤政权没多久，又去投靠了张士诚，做了张的中书左丞，替“吴国”镇守淮上重地淮安。这样一个投降派，一来就让他做大官，张士诚算是对得起他了。那时张士诚与朱元璋作战正急，可梅思祖不“思”报答，反而很快辜负了张氏的信任，献出所守四州之地，投降了朱元璋。为此，张士诚杀了他兄弟数人。

从梅思祖的“移动轨迹”来看，此人是一个泥鳅般滑溜易变而不讲信义之人，永远只向强者输诚，他的亲爹和兄弟，都受了他的连累，不得好死。

梅殷大概就是被梅思祖害死的某个兄弟的儿子，由梅思祖抚养长大。梅殷在洪武十一年（1378 年）“尚主”，娶了朱元璋的第二个女儿，马皇后所生的宁国公主为妻。梅思祖在洪武十五年（1382 年）卒于云南，但到洪武二十三年（1390 年）故丞相胡惟庸党案再发时，这位作古之侯仍然受到追究，一家人都被杀死——梅思祖死了还连累家人，可称天下第一扫把星。

梅殷作为驸马,幸免于难。

梅殷虽然也姓梅,但在情操上与梅思祖大异,他是个很忠实的人。据说,朱元璋在众多女婿中,最喜欢梅殷,晚年因“诸王强盛”,还秘密地命他“辅皇太孙”。

当燕师日逼日近时,梅殷受命充总兵官,镇守淮安。淮安对于梅家可谓故地,当年梅思祖就曾替张士诚守过淮安,结果他拿淮安做了降顺朱元璋的见面礼。如今,面临燕军的猛烈攻击,淮安在梅殷的坚守下,坚如磐石。燕军兵力有限,也不敢拿生力军往这座坚城上硬撞。

建文四年(1402 年),燕军取得军事上的重大突破,兵锋南下,直逼淮上,但欲渡淮,则惧淮安拊其背。朱棣寝食难安,淮安成为必须拔除的背上芒刺。

朱棣以为挟战胜之威,定能动摇梅殷,就遣使来向妹夫借道,说是要给凤阳的祖陵上香。梅殷的答复不卑不亢,他说:“进香,皇考(朱元璋)有禁,不遵者为不孝。”他没有说君臣大义,说的是亲戚间的话。

朱棣被拒,知道妹夫不可轻易劝降,于是亲笔写了一封措辞强烈的警告信,称“我兴兵诛君侧之恶,天命有归,非人所能阻”,暗示梅殷不要螳臂当车,希望用气势慑服、警醒这位不识趣的驸马爷。

不料梅殷回复得干脆决绝,他命人将燕使的耳朵和鼻子割去,然后将其纵归,并对他说:“本帅留下你的嘴巴,好给你家殿下讲讲君臣大义。”朱棣气得要死,可是没有办法,只好向南越出泗州,出天长,取道扬州,进攻南京。

还有一位太祖的驸马爷,名叫李坚,“尚”的是朱元璋第七个女儿大名公主。

李坚在建文初,以左副将军的官职从耿炳文征燕,以战功受封为滦城侯。在著名的滹沱河之战中,李坚受伤被擒,在械送北平的途中道亡。由他年仅七岁的儿子李庄嗣爵。朱棣即位后,将这位妹夫列名奸党,幸亏李庄因母亲是公主,才免于刑罚。但大名公主岂敢再居因伐燕之功而得到的爵位?遂将封侯诰券上缴。

驸马梅殷、李坚都是忠于建文帝的，而在建文众多姑父中，也有倾心燕王的，比如驸马王宁。王宁所尚之主为朱元璋第六女怀庆公主，公主之母是成穆孙贵妃。

前文说到，孙贵妃收养过周王，她的女儿与周王的关系，在众兄弟姊妹中可能更亲近些。虽然燕王与周王是否是亲兄弟，还不明确，但二王关系亲密，则怀庆公主夫妇在情感上与燕王较近也有较大可能。

也许是这个缘故，王宁经常将朝廷的秘密情报泄露给燕王，事情败露后，被拿下锦衣卫狱，还被抄了家。

照理说，公主之府是应该免于抄没的，可能怀庆公主此时已死了吧。王宁在洪武时，曾以驸马的身份掌后军都督府。在建文朝，却了无建树，令他备感落寞，遂化一片哀思，寄情于燕王，顺便押一宝，希图异日有后福。

朱棣上台后，果然夸王宁"孝于太祖，忠于国家"，说他"正直不阿，横遭诬构"，封他为永春侯，予世券世袭。这位潜伏在朝廷的南京情报站长，情报工作做得不咋样，更是丝毫军功未立，白白捡了个世袭的侯爵。

第四卷
建文帝的生与死

第二十九章　朱家姊妹兄弟齐来做说客

当平燕战争初起时，没有多少人认为燕王会操有胜券，然而我们从徐增寿、王宁等勋臣贵戚同情甚至背地里暗中帮助燕王来看，建文朝廷没有在“国有大事”之际甄别缓急，笼络、凝聚人心，犯了兴亡的大忌。

前文说到，朱元璋把死去哥哥的女儿，即皇侄女封为庆阳公主，这是破格的恩典。到建文小子即位时，老人家做公主已经二十多年了，公主的名分又不能世袭，朝廷内外还有那么多大事需要处理，公主的封号正不正，是甚要紧的急务？尤其是朝廷正在厉行削藩，向一部分宗人下手，此时尤须维系皇室内部的人心。可年少气盛的建文帝偏要较真儿，上台未久，就把老姑的公主名号给削了，降称庆成郡主。老公主心里会怎么想？她对新君能有亲近感吗？

建文帝严厉、躁急而残酷的削藩政策，在皇室内部也激起了较大的义愤，失去了一部分人心。

许多贵戚对建文帝一味倚赖黄子澄、方孝孺等一群儒臣办事，而对勋贵较为冷落刻薄的做法非常不满——在太祖皇帝时，他们飞扬跋扈惯了，从没把满朝酸子(文官)放眼里！这种心态为朱棣准确地掌握,他在反旗上大书诛杀齐、黄等“奸臣”几个大字,不单齐、黄,在他嘴里,“左班文臣”没有一个不是奸臣！

当然,这并非燕王的本心,只是他利用在京勋戚的不满,故意喊出的口号。

总之,随着战局日益向燕王一方倾斜,力量的强弱发生质变转换,许多贵戚开始与朝廷离心离德,他们心中的天平愈来愈向燕王倾斜,建文帝遭到出卖,是只争朝夕了。

当燕军渡过淮河,向长江挺进时,建文帝发现他的削藩政策大失宗室之心,然而到大难临头时,他所能倚重者,仍然还是宗室。建文四年(1402年)五月二十五日,建文帝不得不请由公主降封的庆成郡主出山,代表他去燕王军中议和。

庆成郡主见到堂弟朱棣,倒还尽心替朝廷出力,苦口婆心劝他罢兵,说:“这三四年动军马,运粮的百姓、厮杀的军马,死得多了。事都是一家的事,军马不要过江,请转马回去,天下太平了,却不好?”

朱棣称郡主为“老姐姐公主”,他见郡主不说是衔君命而来,只称受了众兄弟姊妹的托来讲和的,也便只请郡主回去给兄弟姊妹们带话,压根儿不提建文帝。

他说:“我之兴兵,别无他事,只为报父皇之仇,诛讨奸恶,扶持宗社,以安天下军民,使父皇基业,永传子孙万世,我岂有他心哉?”然后大骂朝中奸臣如何戕害诸王,立誓必报此仇。但他不说这是自己的仇、诸王的仇,却说“奸党”害我父皇子孙,图我父皇天下,是“父皇之仇”,还说自起兵靖难,他如何“仰荷天地祖宗神明之灵,怜其忠孝之心,冥加祐护”,所以才累战累胜。

郡主的一团热火,被朱棣滔滔不绝的口水浇灭了,她心知亲情已无法打动燕王,便委婉地提出,只要燕王肯退兵,什么都可以商量,包括割让土地。

议和自然不是郡主自作主张,她一定得到朝廷的某种授权,才敢提出来。建文帝开出的具体条件不详,大概不是将北平一带永远割封给燕王,令其政令自专,朝廷不再干预,就是干脆把黄河以北他现在所占之地统统许给燕王。这对于朝廷已是剜疮割肉之举,但“燕庶人”此时已饮马长江,京师在其马鞭所指,这点诱饵岂能使他满足!

燕王不置可否,只是说:“今大兵渡江,众兄弟姊妹却来劝我回北平,可是孝陵尚未祭祀,父皇之仇尚未能报,奸恶尚未能获,请众兄弟姊妹们以情度之,孝子之心,果安在哉?”

谈话到此,庆成郡主已知事不可为,只好叹息着回京复命。

不久,朝廷水师都督陈瑄率全军“起义”。长江之险是南京城唯一的屏障,水师倒戈,仿佛为北方铁骑搭起了浮桥。燕军抓住时机,于六月三日从南京以东约百里的高资港渡江,击败尚在顽强抵抗的盛庸部水军,镇江守将童俊不战而降。八日,燕军进至南京东郊的龙潭。

到这时,南京城破只是时间问题,城内所有人都必须认真考虑自己的出路了。

六月九日,已经手足无措的建文帝急令在京诸王分守京城各门,他真是慌了神,否则不该想不到,每个衔命的亲王,都可能在心里吐一口气:“小鬼,你才知道俺们有用啊!”靠这些王爷守城,与请老鼠来看仓粮,有何区别?

建文帝手里还死死攥住最后一根救命稻草,他派曹国公李景隆、兵部尚书茹瑺和都督王佐等人前往龙潭,向兵临城下的燕王再申前议,请求议和。

庆成郡主做不到的,凭什么相信燕王的手下败将李景隆能做到?建文帝此时也是无计可施,只好死马当活马医了。

在实录中,朱棣的史官称朝廷此举实为缓兵之计,真实意图是等待勤王之师的到来,然后内外夹击,决一死战。并称这是方孝孺给建文帝出的馊主意,方孝孺还给建文帝准备了预案,一旦不能成功,就请建文帝学当年的唐明皇,逃到四川去,召集兵马,以图再举。

自然，以燕王的英明，马上识破了朝廷的诡计，还借此把侄皇帝大大羞辱了一番。实录记载，李景隆等人见时，俯伏惶恐，汗流浃背，不敢仰视。朱棣不咸不淡地道："公等勤劳至此，雅意良厚。"景隆等不能发一语，只是再三叩头。

"公等有所欲言，第言之。"朱棣道。

李景隆等就把割地请和的话讲了。

"公等是来做说客吗？"朱棣听罢笑道，"我始无过，朝廷辄加以大罪，削为庶人，以兵围逼，还称大义灭亲。"

说时脸色渐渐沉下来："我今日救死不暇，要地何为？"

"且割地何名？"他接着说道，"我皇考太祖皇帝混一天下，诸王裂土分封，各有定分，割地之说，是谁主张？定然又是奸臣之计了！我今日来，但欲得奸臣，别无话好说。公等回奏圣上，只要将奸臣送到军中，我即解甲免胄，谢罪阙下，然后归藩，永祗臣节。"他还赌誓说："天地神明在上，我心明如皎日，不敢渝也！"

朱棣这番大话，可骗不了看官诸公，李景隆等人自然也是不信的。朱棣不过玩弄文字游戏，讽刺大厦将倾的侄子皇帝，戏耍几个使臣好玩罢了。可他们不敢反驳，老老实实听了一番教训，灰溜溜回去，乖乖禀告。

孰知建文帝是急疯了的，已是慌不择路、饥不择食。燕王之言，大家都听得出来，那不过是曲高而不着调的戏言，他竟也信了，命李景隆等人复至燕军回话，称燕王所指的几个罪人俱已贬窜到外地，请俟其逮到，再送到燕王军中治罪。

建文帝确实把功夫做足，将几个"奸臣"的官都给罢了。

李景隆见皇上如此迂阔，迟回不肯动身，他晓得，现在就是把齐泰、黄子澄等"奸臣"的肉炖好了送到燕军营里，燕王也不会罢兵。此行不过多此一举，况且他还很害怕再见到燕王。

建文帝只好动员在京的十九皇叔谷王和二十二皇叔安王一起出城去拜访燕王，请他们务必把燕王劝转回去——建文真乃一痴人也！他要是能预知将来正是这几位王爷率先献城投戈，又率领满朝大臣合词劝进，他还不如趁早逃了,不管是入蜀还是入闽,总比被人逼在瓮中自焚死了的强。

六月十一日,谷、安二王来到燕王军中,见到气雄万里的四哥。

相见之下,兄弟们尴尬之余,感慨复多。安王朱楹才二十出头,他比四哥小了约二十岁,因为娶了徐达的第三个女儿,他与朱棣既是兄弟,又属连襟,应该算是很亲的了。可是他一共也没见过四哥几面,如今皇上令他来做说客,他实在难以启齿,话不知从何说起,嗑不知从哪里开始唠,只在座位上腼腆扭动,频频转脸儿去觑谷王。

然而谷王朱橞更是觳觫不安,他本来镇守北边重镇宣府,当四哥起兵时,曾派人来向他征兵,他不敢从命,更不敢集兵相拒,于是脚底抹油,逃回京师。当逃兵比败军之将更丢脸。他绝未料到,有朝一日,将与四哥在这种情形下相见,不免把肠子都悔青了,只恨当初不附四哥起兵,否则现在也是从龙的大功臣。

想到这里,谷王不禁心念一动,开始动起歪主意。

王爷们各怀心事,正不知如何开口,燕王却先哭起来。只听他愤然道:"弟弟们,你们也是来做说客的吧!你们替为兄想一想,朝廷所言,是否确当?是诚是伪?是出自于君断,还是奸臣之谋?"

王爷们慑于燕王的威势,不敢异议,只好附和着说:"兄长洞察,弟弟们还有什么好说。弟弟们此行,实在情非得已。"一句"情非得已",算是把在京苦等佳音的皇上的全部盼头给浇熄了。

燕王说:"我此来,但得奸臣而已,不知其他。"遂不再多说,命帐中赐宴,招待诸王。王爷们吃得没滋没味,仓促告了个饱,回京复命去也。

第三十章　周公进京,成王死了

在一个个谈判使团灰头土脸、铩羽而归时,建文帝虽极不情愿,却也不得不面对一个残酷的现实:王朝的末日降临了。而具有讽刺意味的是,他由此才得了一次机会,检验到底谁才是忠臣。

树倒猢狲散，建文发现，血缘最亲的勋戚，最先背弃了他，而真正舍得为他献身的，只是一些手无缚鸡之力的文官。太常寺少卿廖升，听到谈判失败的消息，知道大势已去，在与家人诀别后，于燕军进城前自缢而死，成为第一个为建文殉葬的大臣。

廖升之死，当然出自忠义，但可能也是为了保护其家人。因为他任过《明太祖实录》一修稿的副总裁，实录里对“燕庶人”没啥好话，前胸钉一个“奸”，后背缀一个“逆”，而如今齐天大圣反上了凌霄宝殿，岂肯放过他。不如趁早自死了，或许燕王念在他认罪态度好，放过他的家属。

此时朝廷已经大乱，人人自危，个个思飞，大批官员聚集在朝堂上，坐等末日的到来。建文帝眉毛胡子全是火，一脑门儿烟熏火燎，一再向众官问计。可庭下多数人一言不发，保持沉默。一些年轻激越的官员，情绪开始亢奋，对即将主宰其命运的燕王，言辞上也不恭起来，人群中还发生了激烈的争辩。

他们想不通，为何数年艰难，竟是这样一个玉碎的结局？这些捧读圣贤书的年轻人，虽不能披甲出战，但心中积满愤懑之气，几乎要爆炸，非发抒出来不可。

御史魏冕发现都督徐增寿站在朝班中，一副漠然的表情，还捻起指尖，作势弹了一下衣袖上的尘土。煌煌金銮殿上，难道会落下积灰？这条燕狗不过幸灾乐祸罢了！想到这里，魏冕气不打一处来，噔噔噔跑出朝班，立时在御前参劾徐增寿，指责他暗通叛王，心怀异志，请严加处置，以振作纲纪。

与众官的心态不同，徐增寿非常坦然，皇上击朝钟召群臣商议对策，他不得不来，但他就是看热闹来的。没想到被一个小官揪住，叨叨叨把他一顿数落，他的火也蹿起来，不顾在朝堂之上，回口怒骂。而他傲然无君的举动立刻触犯了众怒，早有一班年轻的科道官，齐拥上前，举手抬脚，围打徐增寿。

文官聚殴武将，这还是开国以来的第一遭。平日威严肃穆的宫殿，立刻变成了贩夫走卒打闹的市井之地。

建文帝坐在金台之上，见殿堂间乌烟瘴气，一片混乱，脸色铁青，说不出话来。

只听魏冕与大理寺丞邹瑾高举牙笏，从班次大乱的人群里挤出来，大声疾呼："请皇上传旨，诛此逆臣！"建文帝心乱如麻，没做任何表示，从宝座上拂衣起身，往后走去。

朝廷、皇帝、百官，已如瓮中之鳖，困坐危城。

他们唯一能想出来的办法，就是坚守待援，这仿佛绝症待毙之人，总要吃一服药，听一些药到病除的鬼话。可援兵在哪里？围城中也派出许多人，怀藏蜡丸，四处去征召天下勤王之师，但多数人离城未远，就被燕军游骑捕获。其实这些蜡书即便顺利送出去，也难以指望援兵的到来。个别漏网者，在燕王即位后，被地方拿送上京，转而成为地方官投靠新朝的投名状。

天地间已是一片乌沉沉、惨颜变色的末日景象。

六月十三日，燕兵大队出现在南京东边的金川门。

朱棣写了一封给众兄弟亲王、姊妹公主的信，射进城来，书上重复了五月二十五日"老姐姐公主"庆成郡主来营交涉的话，但目下又与彼时不同，大军已兵临城下，所以一番表白之后，他说了下面一段话：

"如朝廷知我忠孝之心，能行周成王故事，我当如周公一般辅佐他，以安天下苍生。如其不然，尔众兄弟亲王、姊妹公主及亲戚们当速挈家眷，移居孝陵，城破之日，庶免惊恐。幸审之、详之！"

这是给建文帝的最后通牒，他不可能辛苦数年，占领了京城，又返回封地，他要效仿周公辅佐成王的故事，做大明的摄政王。

周公是周武王的弟弟，在武王死后，辛辛苦苦辅佐他的儿子成王，稳定了新兴的周朝的统治，周公也成为孔子之前的一位圣人。不过，朱棣自称要学周公，不太像，我们不妨给他换个例儿，他学的顶多是王莽辅汉的故事——末了，还是要篡的！

这封信自金川门射入，它说是给亲王、公主的，想必当即就被屯守金川门的谷王朱橞和曹国公李景隆拆看了。这两位滑头见机行事，立刻响应燕王的感召，下令军士解甲，开门迎降。而朝中尚不知觉。

建文帝此时宛如一只火中的困兽，须发皆燎，身心俱痛，不巧有个倒霉鬼撞上他的枪口找死来了。此人正是那位挨打的左都督徐增寿。他因为向燕王密通款曲，遭到严厉的弹劾，但数次被建文帝饶过，这回绝不可再饶。建文帝心里不痛快，要找人出气，登时想起他来，把他找来，狗血喷头，一顿痛骂，好像天下事都是被他败坏的。徐增寿匍匐在地，吓得大汗淋漓，浑身颤抖，不敢奏辩一言。他不说话，建文帝以为他故作倔强，欺负自己“柔弱”，愈发盛怒，当下拔出佩刀，一刀将他剁翻。

徐增寿真是笨得可以，燕王要进城了，好心写封信，请亲朋好友们赶快躲起来，他还不快点逃，居然去触建文帝的霉头，结果血涂殿庑，做了一个冤鬼。

建文帝杀死徐增寿，忽听左右喧哗，哄传谷王和曹国公开金川门投降了。建文帝怔了一怔，眼见宫中大乱，宫人四散奔逃，他身边的宦官也不安分了，有的竟然喧口叫嚣，请皇上避位（让位），有的手脚麻溜，动手不动口，窃取了御宝敕印，逃到燕营报效去了。

建文帝知大势已去，两行泪滚滚而落，长作一声无可奈何之叹，就眼望苍天，举了一把火，要将这不再属于自己的花花世界烧个干干净净！

见宫中火起，一些朝臣知道自己的大限已到，决心抛洒一腔忠臣之血，为亡君殉葬。有自杀的，有骂贼而为篡逆者所杀的，当然更多的人在为自己的前途打算，寻思以什么样的法子，为新主所知遇，朝廷换了，富贵可不许失！种种生态，皆不细表。

且说朱棣见金川门大开，谷王、曹国公献城来降，大为高兴，立刻整军入城。同时派了两支特遣突击队，去执行两项特别的使命：一支由宦官刘通率领，直奔宫城，救大内之火，并负责“清宫”，他还有一项秘密使命，即秘密处理掉建文帝，如果他还活着的话；另一支则去解救禁锢已久的周、齐二王。

周王朱橚和齐王朱榑已被监禁三年之久，吃尽苦头，这几个月来防守不那么严了，偶尔一些朝廷战局不利的风声也能透进森密的监室，他们不知该喜还是该忧。

这一天忽听外间甚是喧闹，兵器撞击之声大作，突然门被撞开，一大队全副武装的军人，持刀挥剑，杀了进来。二王吓得浑身筛糠，以为建文帝派人杀他们来了。等到军士们客客气气将他们扶起，才晓得是京城已破，燕王进城，出头之日到了，乃破涕为笑，重整衣冠，高高兴兴去见燕王。恰好燕王按辔进城，二王在马前叩头，燕王非常高兴，亲自下马搀扶，左边一搭，右边一扣，与二王携手走上金川门城楼，共话别情。兄弟仨眼泪和着鼻涕，又哭又笑，不知演的是哪一出戏。

待城中略定，朱棣亟不可待地就要入宫，尝试一下九龙宝座的滋味了。一时兴奋，却忘了一件顶重要的大事。不过不要紧，有人提醒他来了。一个身穿七品文官官服的人出现在驾前，自称是翰林院编修杨子荣，拜见燕王，有要事当奏。

朱棣让护卫放他近前，还未下问，这位年轻的杨编修慨然问道："殿下是先谒陵乎，还是先即位乎？"

即位是朱棣这位"当代周公"的心事，被此人说中，自然大喜。而"谒陵"之问，却提醒了他：此番进京，所扛大旗上不是大书着"为父皇报仇"嘛，怎么刚刚得手，窃物还未入怀，就忘了那句口号？

朱棣憬然醒悟，命人记下此人的姓名与官职，然后传旨："摆驾，孝陵去！"说不定在老爷子的坟前，落下几滴惺惺之泪，虽然湿不了坟土，却希望骗得了世人。只叹坏脾气的朱元璋没法从地底下跳出来，否则饱之以老拳，那戏就更好看了。

这位杨子荣，是建文二年进士，乃建文帝亲取之士，可天子老师刚死，他就蹿上终南捷径，投靠了新主，为口称要当周公、实际想戴"白帽子"的燕王立下一功，"自是遂受知"。朱棣即位后，立即将他选入内阁，并且为之更名为荣，此人便是明初著名的"三杨"①之一的杨荣。

拜完陵，朱棣进入烟火还未完全熄灭的建文"故宫"。负责"清宫"的

---

①"三杨"指三位姓杨的内阁辅臣，另两位是杨士奇和杨溥。

宦官刘通来报:皇上已自焚而死。朱棣悬着的心顿时轻松,不免又要扮一次哭相,苦了脸,令刘通将黑乎乎的玉体先殓起来,六日后以“帝礼”下葬。至于那具烧得不成样子的帝尸,他才不要看呢!

这时又抬来一具尸体,是都督徐增寿的。哎呀呀,这下可见着亲人啦!朱棣抱着那具血糊糊的尸体,大哭起来。登基后,他不忘小舅子殉死之情,追封其为武阳侯,谥忠愍,不久又晋封定国公。

他夫人徐氏一门,就有了两位世袭的公爵,一位魏国公,一位定国公。因为定国公差似一位“靖难功臣”,与朱棣这一系的关系比魏国公更亲近些,所以迁都后,定国公一族随驾去了北京;魏国公一族则被留在南京,世代担任南京守备的职务。一门两公,且与王朝相始终,这在明代是独一无二的。

第三十一章 文东武西,朱棣心事在“右”

朱棣进城后,榜示“奸恶官员”,大肆抓捕他借口起兵的“左班奸臣”们。

他在进城前给亲王、公主的信中,恶狠狠地将文官诅咒为“奸臣”与“小人”,都是“我父皇杀不尽之余党”,已经为即将展开的大屠杀做了预告。

朝会时,文左(东)武右(西),各依官品排班,故以“左班”代指文臣。依朱棣的意思,文臣不是奸党,也有奸党的嫌疑。有意思的是,和他血泊里滚打了三年多的朝廷大将,倒没几个有幸登入“奸臣”的黑名单。

其实,朱棣是枪杆子里出政权,最迷信武力了,他从未把手不能提、肩不能扛的酸腐秀才放在眼里。古人说,秀才造反,三年不成,这是强权者的共识。

朱棣刚在宝位上坐定,早有人将建文帝的军师方孝孺擒了来献。他的首席军师姚广孝曾劝他手下留情,幸勿杀害方孝孺,好给天下留一点读书种子。这大概是军师惜军师的美意吧。朱棣还记得这话,但要求方孝孺立功赎罪,方许饶他一死,条件是撰写即位诏书。不料方孝孺望着被烟火熏得黑魆魆、暗淡无光的殿庭,悲声大哭起来。

朱棣皱皱眉,没有发作,从御榻上走下来,和颜道:

“先生毋自苦,我欲效法周公辅佐成王耳。”

方孝孺止悲道:“成王在哪里?”

“他自焚死了。”

“何不立成王之子?”

朱棣想到建文帝的孩儿还小,便道:“国赖长君。”

“何不立成王之弟?”

方孝孺瞪眼,连珠炮地追问,句句凿在朱棣的歪理上。建文帝的孩子小,可他的弟弟们都是大小伙子了呀。

朱棣不耐烦跟他扯嘴皮子,道:“这是朕的家事,你不须管!”命左右准备笔纸。

“诏告天下之文,非先生大笔不可!”朱棣道。

方孝孺的文章,“醇深雄迈”,为一代名家,他的手笔,还是要借重的。

可方孝孺已立定了为先帝殉葬的心,他投笔于地,且哭且骂:“死就死,诏决不可草!”

这一举动彻底激怒了朱棣,命将文弱的老书生推到市曹,处以磔刑。

方孝孺死时,年仅四十六岁。他虽然没有死于“民族气节”,不能像岳飞、文天祥、史可法那样,在史书中巍然凛立,他的死,一样令人痛惜。篡位者不是一篇他的大作都得不到吗?朱棣恨恨不已,决心报复,不仅要杀其身,还要让他的全部作品消失。整个永乐时期,方孝孺的著作都是禁书,藏其文字,是要冒杀头的危险的。今天仍能看到相关的证据,如葬在凤阳的信国公汤和的墓前,有一块巨大的神道碑,由于碑文是方孝孺所作,字字皆被凿破,只有碑额,因为有“敕建”字样而得以幸免。而“左班”里投靠新主的文人们,则更为恶毒,他们在重新改纂《明太祖实录》时,明明是自己摇起尾巴向新主献媚,偏要诬蔑方孝孺,说他惧死,临刑叩头乞怜。

“三杨”之中，杨荣长于谋略，所以献计，请朱棣先拜孝陵，然后登基。杨士奇长于文字，三修《明太祖实录》，他都参与了，这三种实录，内容大相径庭，可无论怎么写，这位杨文贞公都抟笔自如，令皇帝满意。方孝孺是他在翰林院的前辈，他在总裁修订《明太祖实录》时，竟忍心给方孝孺大泼污水，这到底是于名节有亏呢，还是毫无名节与廉耻？

总之，凡建文之忠臣，皆在必杀之列。《明史》中有一类传（列传第二十九），所载尽为此等人物。一时繁荣的南都，翻作人间炼狱，血肉横飞，令人惨心毒目。《明史》说“革除之际，倒行逆施，惭德亦曷可掩哉！”——“倒行逆施”四字，配给朱棣，可谓至论！

朱棣如今掌了权，一边是四海归心，一边是大肆清除异己。文人书生，不过任其侮辱，随其虐杀。真正令朱棣担心的，其实非左班文臣，而是右班武臣，是朝中勋贵和四方掌兵的武将们。但他即位之初，即便对某些人恨得要死，也不得不虚为委蛇，稍假优容，待日后再报。

先说第一任征燕大将军，建文帝的“保嫡大将”耿炳文。

耿炳文建文元年战殁于真定。许多明代著述，如黄金《开国功臣录》、黄佐《革除遗事》、高岱《鸿猷录》等书，都是这么记载的。可是耿炳文在《明太宗实录》里，却多续了几年阳寿，一直“活”到永乐二年。

这年十月，久无讯息的他突然在实录里还了阳，起因是刑部尚书郑赐和都察院左都御史陈瑛，联手弹劾，指责他不遵礼典，所用衣服器皿饰以龙凤，玉带用红鞓。

明白人一听，就晓得这所谓“僭妄不道”实为欲加之罪、必杀之计。《明史·耿炳文传》说他深明此理，马上就自杀了。但实录并没有说耿炳文自杀，只说朱棣相当宽容，对针对耿炳文的“交章劾奏”，只淡淡地表示：“先朝老臣亦为此乎？命速改之。”此后耿炳文就移民火星，与地球失联了。

一些记载说，耿炳文北征无功，亏了他儿子耿璿娶了江都公主（建文帝姐姐），所以朝廷没有降罪。朱棣登基后，众人皆去逢迎，耿璿却与公主闭门哀鸣。陈瑛（此人是永乐朝的酷吏，是帮助朱棣虐杀的主要鹰犬，后来也被“走狗烹”了）等人遂在主子的授意下，罗织其罪，朱棣便下诏籍其家。耿炳文迫不得已，跄跄踉踉自裁，他的几个儿子，包括驸马耿璿及耿瓛、耿瑄等，皆“坐罪”而死。

以上两种说法，关乎耿氏名节，并非小可，如果耿炳文是投顺后再自杀，则他不过是一畏死而终不免于死的懦夫，如查继佐著《罪惟录》，就将耿炳文列在《庸误诸臣传》里；如果是战殁于阵，则为朝廷捐躯，那就是“真得死所，成就一生名节”。是好是孬，关键在于他什么时候死、因何而死。

由于《明史》的影响，耿炳文投顺自杀，几成铁案。直到顾诚先生撰文考证，才还原了耿炳文战死的真相（见《靖难之役与耿炳文、沐晟家族》一文）。

顾先生发现一种新史料：《濠梁慎庵耿公墓田碑记》。碑记里说，耿炳文死后，建文帝“痛甚”，亲制哀文，遣太监谕祭，命有司治坟茔，还赐其家乡临濠山地三百顷、佃户两千人、守坟人二百户，并拨京卫军士十五户充耿坟之仪仗户。碑记所记凿凿，可知耿炳文确实是在“援真定”时，“殁于阵”的。

除了《耿公墓田碑记》，我也发现一份佐证材料，特贡献于此。这份材料是1994年南京出土的《长兴侯夫人陈氏墓志铭》。耿炳文的夫人陈氏，是洪武三十五年六月二十三日去世的，享年七十岁。燕军攻入南京后，下令建文四年（1402年）六月以后仍以洪武纪年，即洪武三十五年，故墓志所记洪武三十五年六月，实为建文四年六月。耿炳文夫人死的时间很巧，朱棣六月十三日入城，她二十三日死，仅隔十天。由于时间太接近，我都怀疑陈氏是自杀的！

如果相信《明太宗实录》的记载，耿炳文此时应该还活着。然而他夫人墓志中，关于耿炳文，仅仅提到他从太祖起兵，平定天下后，以功封长兴侯，此外别无一字，墓志末尾照例书列耿氏子、孙的名字及官爵，但对她的夫君，也是一字未提。

显然，作为曾经的征燕主帅，当昔日的死敌君临天下后，他本人已成为违碍字眼，关涉忌讳，墓志只好采取回避的态度。如果耿炳文还活着，而新主在“礼貌”上对他尚还怀柔，他夫人死了，怎么会在墓志上全无表示呢？

至少在碑末得挂个名吧。这是极不正常的,只能说明,此时耿炳文已经死去,而他的家属又不方便提及这位大将军是死在征讨“今上”的战役中,只好付之阙如了。

前引的《濠梁慎庵耿公墓田碑记》作于朱棣的重孙英宗正统年间,碑文中的“耿公”,号慎庵,是耿炳文之子耿琦。碑记的作者是黔国公沐晟。为什么远在云南的黔国公要为早已一败涂地的耿家写墓田碑记?原来,沐、耿两家本是近亲。

这要从西平侯沐英说起。沐英第一任妻子姓冯,在生了长子沐春后病死,沐英续娶的第二位夫人,就是长兴侯耿炳文的妹妹耿氏,沐晟即其所出。洪武三十一年(1398 年)九月,沐春去世,由弟弟沐晟袭爵。当耿家覆巢之时,耿琦逃到云南,投奔他的姑姑和表哥。据长兴侯夫人陈氏墓志,耿炳文一共五个儿子,最小的一个还未命名,疑为妾出,应该就是耿琦。

沐晟在《墓田碑记》里回忆,当耿琦远道来投时,耿太夫人叮嘱他:“耿郎为我远来,汝厚遇之,俾其得所,以慰我心。”沐晟不敢违命,将表弟偷偷安置在离昆明不远的晋宁州的一座城堡里,秘密保护起来,以避朝廷的耳目。

耿琦从此就在云南安了家。耿太夫人对哥哥仅存的血胤关怀备至,直到宣德六年(1431 年)临终前,还“拳拳以耿氏为念”。沐晟对这位表弟相当照顾,在耿琦于正统元年(1436 年)六月去世后,亲自替他料理了后事。三十余年过去了,此时政治环境已经宽松,沐晟才敢在碑记里写出当年的真相。

其实,云南沐家不仅与耿家是姻亲,黔国公府与建文帝的关系也相当密切。

据记载,洪武十五年(1382 年)马皇后去世,义子沐英闻知噩耗,恸哭呕血,就此大病一场。二十五年(1492 年)懿文太子病逝,沐英在精神上再次遭受沉重打击,登时发病身亡。足见沐英与懿文母子感情之深厚。

建文初,沐晟之所以能轻易参倒岷王,独霸云南,很大程度上因为朝廷信任沐家,他舅舅耿炳文在朝权势巨大。建文帝失败后,政治环境异常艰险，沐晟依然不顾危险，保护耿氏后人。民间还传言，建文帝在南京城破后，逃往云南隐居起来。事虽不可信，但它透露出云南沐家亲近朝廷的政治态度，在当时不是秘密。

朱棣对此当然心知肚明，他即位后，立即命岷王返回云南就藩，并在一两个月的时间里，调顺昌伯王佐、镇远侯顾成等大将，前往云南及周边川、贵等地镇守或整饬军备，形成对云南的包围。

但是朱棣最终没有动手，他考虑到沐氏镇守云南，历经三世，势力盘根错节，假若把沐家逼反了，短期内又不能解决，兵连祸结，恐怕各地迫于形势归顺的诸王及文武会乘衅而起，燎原之势，不可不畏。

而朱棣用来制衡沐家的岷王，在恢复王位回到云南后，一心报昔日之仇，与沐晟交恶，双方频频发生冲突。岷王这个人，一身老朱家的坏习气，才脱樊笼，顿忘昔日之苦。他回云南称王后，"恣行威福"，飞扬跋扈，对他哥哥当皇帝的新朝，毫不尊重，竟然不奉朝命，即"擅拘方面诸司印信，杀戮官属"。我没看到相关材料，但可以想象得到，岷王这种愚蠢而危险的行动，一定授沐晟以口实，仅"擅收诸司印信"一条，足以告他谋反了！

在沐晟与岷王的互相揭发、诋毁中，朱棣发觉，岷王是一个比沐晟更为危险的炸弹，必须加以裁制——此时，他已在神不知鬼不觉地恢复建文帝的削藩政策，决不允许诸王在藩国肆意妄为，触犯朝廷的威严。

经过权衡，朱棣决定对沐晟采取安抚措施。

这年八月，他口授了一封给沐晟的敕书，首先回忆了太祖皇帝对沐氏父子的豢养栽培之恩，称"历观群臣受恩深厚，未有过尔父子者也"，这确是实情，又说沐晟"为小人所惑，干犯岷王"，但我念旧日恩情，不忍置尔于法，姑宥不问，仍命尔镇守云南，云南都司属卫悉听节制。这样就确认了沐家可以继续在云南镇守，他家的既有利益不会被触动。

次年六月，朱棣为进一步笼络沐家，把第五个女儿常宁公主嫁给沐晟之弟沐昕。耿老夫人的娘家虽在新朝覆灭，她的幼子却做了新主的女婿，心理伤害得到了部分补偿。沐昕尚主后，奉母在南京居住，耿老夫人回到了她的伤心之地，在此度过了晚年。

政治联姻，重新调整了沐家与朝廷的关系，巩固了西南的稳定。沐晟在获得朱棣信任后，再膺兵权，而岷王却在朱棣打击诸王的新浪潮中，屡受挫折，先被收缴亲王册宝，又被削去护卫，罢去官属，成为一个光杆王爷。朱棣之子仁宗即位后，将岷王迁徙到湖广武冈州，甚至不再起建王府，令他寄居于州衙。光景惨淡，反不如外人！

顾诚先生说，朱棣举行的是军事叛乱，四年靖难，主要是摧毁、瓦解了建文帝的武装力量，他对忠于建文帝的将领恨之入骨，口头上却把手无缚鸡之力的某些文臣说成是主要对手，这在很大程度上掩盖了历史的真相。

第三十二章　有"账"算不烂

当年意气风发的征虏大将军曹国公李景隆，也是领兵伐过燕的。如今伐者与被伐者关系来了个倒转，后者逆袭做了君，前者折翅称了臣。此君每见彼臣在殿下恭谨地磕头，都忍不住会想：

"若是我战败了，他当如何对我？恐怕跪在军门前叩首乞命的便是我了！"

此念一起，隔在这对君臣间的那层膜就算穿了孔，永远无法复原了。尽管李景隆主动打开金川门，临阵倒戈，为建文群臣做了趋利避害的表率，对那些还转不过弯来投降的"顽固派"起到了示范效应，但他既然无法抹去令燕王不快的记忆和联想，也便无法消除他与新皇之间的隔膜与嫌隙。

况且，像他这样一位令人不齿的"贰臣"，在永乐初年，居然不堕威风，看起来仍是风生水起，不失帝心。燕王一即帝位，就授他"奉天辅运推诚宣力武臣"（靖难功臣封号）、特进光禄大夫（阶官，正一品）、左柱国（勋官），并在他曹国公原禄的基础上再增赐岁米一千石。朝廷议大事时，李景隆因为爵高，犹然挺立于班首主议。这些，皆令真正"奉天辅运"的靖难功臣们愤愤不平。他们不知道，朱棣对李景隆只是暂假优容，他在待机而发。

果然，永乐二年（1404 年），周王朱橚第一个跳出来，揭发李景隆在建文之初，奉命密捕本王，在我府中有受贿的情节。这种事，不要明眼人，瞎子都能看出来，是周王在报旧仇。只是他揭发的事情太小，还不能将皇帝的仇人一棍子扫倒。不过，朱棣就是要周王抛砖引玉，紧接着，刑部尚书郑赐就出重本参奏了，弹劾李景隆"包藏祸心，蓄养亡命，谋为不轨"。

这就很要人命了！

朱棣诏曰："勿问。"皇上对郑赐的弹章不表示态度，实际上是在等待更大的弹劾高潮的到来。接下来，成国公朱能、吏部尚书蹇义，与科道、文武群臣，一起出章，对李景隆和他的弟弟李增枝展开批斗（"廷劾"），都说李氏兄弟"逆谋有状"。

待百官齐声喊打，李景隆的"罪行"完全暴露于光天化日之下，朱棣知道该出手了，他"应群臣之请"，下诏削去李景隆的勋号，绝其朝请（即不再允许其上朝），责令他以曹国公的身份归私邸，"奉长公主祀"。长公主是李景隆的祖母，也就是李文忠之母，太祖朱元璋的姐姐，今上的亲姑姑。

沉重的打击接连不断，梁栋颤抖，不停掉灰，扑得李景隆满头满脑都是灰。这还不算完。礼部尚书李至刚又拉栓放枪了，他将景隆和增枝哥俩儿一起论，说："景隆在家，坐受阍人（即阉奴）伏谒，如君臣礼，大不道；增枝多立庄田，蓄僮仆无虑千百，意叵测。"

我不信在这一派萧瑟、冷风飕飕的当口，李景隆还敢顶着杀头的刀，在家里受阉人跪拜，过"人君"的干瘾，而"大不道、意叵测"的指责，已上升到无以复加的地步，再进一步，就是起兵造反了。

朱棣对李景隆是除恶务尽的态度，对朝臣的纠劾，不仅听，而且信，信则行动，下令削去李景隆的爵位，将他兄弟连同妻儿数十人在私邸禁锢起来，抄没其家产。李景隆心知皇上不肯放过他，气急了，在家里闹起绝食，十天半月不吃东西，也不打点滴，不输营养水，居然挺过来了，据说一直活到永乐末年才死。

曹国公这一"世家"，传了三代，从李景隆的祖父、朱元璋的姐夫驸马李贞，到其父李文忠，再到李景隆这辈，就算绝了，后世都剃了平头，做百姓去也。

李景隆之外，另一个被削爵的勋臣，是魏国公徐辉祖。

徐辉祖和他弟弟徐增寿，两人的政治立场南辕北辙。徐增寿惨遭建文帝亲手杀死，却为篡位者立了个“忠义”的典范，以此得到极大的优恤，被追封为定国公。这顶国公的帽儿是铁打的，可以世代相传——如此，徐增寿不算枉死，真是牺牲我一个，幸福十代人，我们常称颂“祖上恩泽”，这便是了！

永乐朝头号“义士”的哥哥徐辉祖，却是“顽固分子”中的NO.1，长着一个冥顽不化的花岗岩脑袋。朱棣入京时，群臣出迎，只见花枝招展，济济满堂，群臣皆到了，唯独不见本应列于班首领衔的魏国公大人。

“徐辉祖在哪里？”朱棣派人四处去找，最后在徐达的祠堂里找到他。

朱棣知道他故意这么做，以表示无声的抗议，心中老大不快，就下令把他抓起来，逼他认罪，希望他能像曹国公一样，为群臣做一个归附的表率。

徐辉祖在狱中，倒也痛快，铺开纸，蘸饱墨，奋笔写了满满一幅。呈上去，朱棣接过一看，哪里有一个字的认错！全写的是他老父亲徐达的开国功次以及他家封爵铁券上免死的圣谕。朱棣勃然大怒，命削去其爵位，将他软禁在家。

与李景隆不同，徐辉祖所削者只是本人之爵，而不是徐家的世爵。

徐辉祖过了几年在监视下居住的生活，在永乐五年（1407年）死了，年纪应该不过四十出头。他的早死，不能说与朱棣无关，因为没有证据，本人不好妄说。他死后不久，朱棣向群臣下诏说：“徐辉祖与齐泰、黄子澄等谋危社稷，朕念其父中山王（徐达）有大功，曲加开赦，不予处死。今辉祖死，中山王不可无后。”遂命徐辉祖的长子徐钦承继魏国公的爵位。

徐家幸运，保有世爵，得以继续享受二百年的富贵荣华。这并非在朱棣眼里岳父中山王徐达比表哥曹国公李文忠更有面子，主要因为魏国公家是他皇后的娘家，徐皇后不仅要保住其“强项”兄弟的性命，还要维持娘家的权益，她在其间的斡旋之力，一定不小。徐皇后在和朱棣枕边争气时，理直气壮：辉祖固然有罪，可我家还有一位殉难的“大忠臣”（徐增寿），难道还不足以将功折罪吗！——这是徐家爵位没被打掉的根本所在。

万历时，所有遭到杀害和贬谪的建文忠臣，都得到平反，在南京立庙祭祀，其中徐辉祖昂昂居于首位，并被追谥为“忠贞”，这是历史对他的承认。曹国公的子孙流胤，则早已湮没于芸芸众生之中了。魏、曹二公，皆是朱家的至亲，又同为洪武末年最为倚重的勋戚贵臣，两家在建文、永乐之际的政治动荡中，其沉浮如此，其味亦隽亦长！

当朱棣旗鼓张扬进京之时，还有一位皇室近亲不在迎接的人群中，此人正领导着一支反抗燕军的部队，驻守在淮安。他便是宁国公主的夫君、朱棣的二妹夫，驸马梅殷。

当朱棣篡登大宝后，梅殷仍然拥兵淮上，拒绝改旗易帜。朱棣迫令公主写血书去召。梅殷见到公主血糊糊的家书，知事已不可为，恸哭一场，罢兵还京。

在入见时，朱棣勉强接见慰劳，说了一句：“驸马劳苦。”这本是一句客气话，不料梅殷竟回道：“劳而无功耳！”差点把圣天子戗翻。

永乐二年(1404 年)，朱棣的江山已经坐稳，与当年的对手秋后算总账的时机已到，耿炳文、李景隆等勋戚之家，都在这一年遭到严厉的参劾，纷纷败覆，梅殷自不例外(只有徐辉祖，群臣知他有徐皇后做后台，没敢随意向他开炮)。

永乐朝有名的酷吏、都察院左都御史陈瑛率先上奏，指责驸马梅殷“蓄养亡命”，其心叵测，又与女秀才刘氏“朋邪诅咒”。

女秀才刘氏不知何许人也，女子在明代并无考取秀才者，大概是一位女才子吧。梅殷是个多才之人，弓马娴熟，精通经史，在洪武时，曾以“戚臣”的身份视山东学政，与李文忠以“勋臣上公”典国子监，为双璧美谈。朱元璋赐敕褒美，推许这位爱婿“堪为儒宗”。

梅殷在政治上失意，闲来只以诗酒唱和为事，朝廷要兴冤狱，他结交的这些文友，自然成为他故意蓄养、帮他谋逆的“亡命”，他们酬答的诗篇，其中不满于时政的内容，辄便成为他们“诅咒”的铁证。历来如此，并无稀罕。所以一般失意且为君主所记恨者，都会选择杜门谢客，关起门来吃几杯苦酒，做个影只的隐士，既为自己好，也为朋友们好。大概梅殷仗着自己是驸马，朱棣不会拿他怎样，以为只是政治上寂寞些，官不做了而已。

果不其然，他邀朋聚友、谈文论艺的行为，成为政敌攻击他的口实。

但朱棣接到劾疏后，并未拨草寻蛇、趁机将梅殷一棍子打死，只是说："朕自处之。"仅仅谕令户部重新考定公、侯、驸马、伯的仪仗从人之数，又命锦衣卫抓了梅家几名家人，送辽东充军了事。

由此来看，酷吏陈瑛的指控还包括驸马家仪从太盛，超过应有的礼仪（即逾制、逾礼），及家人有违法行为。朱棣抓小放大，没有揪住梅殷"诅咒"的情节不放，似乎对这位妹夫还有优容保存之意。

可是，那些得罪过皇上的"罪人"，许多人都瞪大眼孔盯着呢，只等合适时机，扑上来咬上一口，以博取主上特别的赏识。自陈瑛一告不准之后，很快又有人行动了：永乐三年（1405 年）十月一天的凌晨，梅殷上朝，经过笪桥（在今南京白下区），突然都督佥事谭深和锦衣卫指挥赵曦一齐拥上来，趁其不备，将他挤下桥去。梅殷不会游泳，扑通落水，只扑腾了几下，就沉到水底。

这条河是南京城内的水，上跨石桥，应该水面不宽，水势不大，又在十月，并不甚寒，梅殷落水后，完全有机会获救。但他还是淹死了。

我怀疑谭、赵二人做了充分的预谋，当时现场无人敢救，或许旁人大惊之下，马上联想到，梅殷早就是皇上的眼中钉，谭、赵二人敢对他下手，定是得到皇上的授意，哪个下河救人，就是跟皇上过不去，说不定将来有性命之虞。所以大家只好眼睁睁看着梅殷在水中挣扎溺亡，竟无一人出手相助。

驸马好端端地上朝，不想淹死在一条小河里，宁国公主不干了。她闯进宫去，牵住朱棣的衣袖，放声大哭，问兄要人。朱棣推说，是驸马自己落水的。公主不信，只管要皇兄交出凶手。朱棣被她逼得无法，只好说："请节哀，无自苦。我一定为妹妹做主，缉拿凶徒。"

朱棣也很恼火，他就是要杀掉梅殷，也一定要先正其罪，可梅殷这么不明不白死了，还让世人怀疑是朕躬所为，岂不冤哉！于是下令，命锦衣卫彻查。

马上,有都督同知许成出首告发,说梅驸马是被谭、赵二人谋害。事情至此,真相大白,朱棣遂将二人处斩,没收其家产,而封许成为永新伯。

许成因为告密而封伯,真乃望外之重赏。我由此推测,谭、赵二人的行动,不是出自朱棣的授意,而是他们为讨好皇上而策划的一条奇计,结果反令皇上蒙受不白之冤,不仅公主、朝臣,就是万世之后,说起此事都会怀疑是朱棣下令害死自己亲妹夫。所以许成得伯爵之赏,不仅因为告人之罪,也还有"还帝清白"之功。

谭深、赵曦二位是一对倒霉鬼,死得极惨。有个叫瓦剌灰的蒙古降人,过去是梅殷的部下,他怀念旧主,而恨极了凶手,上疏请求为驸马报仇。朱棣居然准了。于是瓦剌灰手执利刃,来到谭、赵二人受刑的现场,亲手砍断他们的手脚,又剖开肚皮,掏出肠子,一大堆鲜血淋漓的人下水,堆起来,祭他冤死的故主。事毕,他也不活了,当场抹了脖子,追随旧主而去——此为殉葬!梅殷在阴间有这位壮士的保护,恶人休想再将他挤下奈何桥。

朱棣为了安抚公主妹妹,用酷刑处死了凶手,还亲自赐书解释,又给梅殷两个儿子加官,同时晋封公主为宁国长公主。

照理说,朱棣对公主两口儿应是极为痛恨的,他刚起兵时,公主就给他写信,以君臣大义责备他。后来他进兵至淮北,驸马又坚决抵抗。他给公主下书,让她迁居太平门外避兵,公主也不答复。《明史》对此的解释是:"成祖故重(公)主",所以对其夫妇的忤逆,并不深怪,即位后,岁时赐与予算,连诸王都不敢望。

如果这确是朱棣的本心,那么梅驸马不幸的命运,只好怪小鬼难缠了——而阎王殿上的小鬼,实在太多!

第三十三章　宦官领导的特别行动队

曾有这样一句有名的话:"有的人活着,他已经死了;有的人死了,他还活着。"这句话套在建文帝身上,真是恰如其分——自然,他属于后者,明明死了，人们坚持要他活下来。

建文帝在城破之际，一把宫火，烧死了自己。可是很快就起了一种传言，说建文帝没有死，而是逃出京城，从此游历四方，做了个快活自在的行脚僧。

其实这是人们本着朴素善良的愿望，可怜建文帝不幸的命运，总望他能逃出生天，在故事里还他一个公道。

我们今日仍不忍想象，当燕军兵临城下，城中如沸，宫里宫外一片混乱的情景。那时，最可怜的就是母亲和孩子了。建文帝皇后也姓马，我们称她小马皇后。这位年轻的母亲，怀抱哭爹喊娘的孩子，忍不住浑身觳觫发抖。孩儿们都还小，太子文奎不过七岁，次子文圭才几个月，还在襁褓中嗷嗷待哺，哪里离得开母亲的抱持？

他们的爸爸建文皇帝，在绝望之际，亲手杀死了都督徐增寿，一身血污地闯进宫来。小马皇后禁不住惊呼一声。看到丈夫愁眉深锁的样子，她知道王朝和家庭落幕的时刻到了，她内心悲苦，心宛如被一只手狠狠揪住，那样的疼。此刻最令她痛苦，内心在绝望中辗转挣扎、割舍不下的，是她年幼的孩子们。

孩子是无知，也是无辜的。小马皇后看了一眼丈夫，建文帝唯报以一声叹息，皇后揩去泪，将两个孩子推给身边的宫人，痛苦地扭过头去。孩子被匆匆从父母身边带走。他们能走出多远？小马皇后不知道，但母性告诉她，当父母将以惨烈的方式离世时，孩子不能留在此地。让他们听天由命吧！

殿廷外，哭喊撕心裂肺，混杂着喧闹的人声，小马皇后的双眼被滚泉一般急涌的热泪冲刷，眼前的一切都变得模糊。

大火腾地蹿起来，迅速蔓延……

就在同一时刻，一支以骑兵组成的快速机动部队，踏碎长街，向宫城开来。皇朝已轰然倒塌，宫禁之锁早已失效，无论是皇城，还是宫城，所有门禁都洞然大开，逃命的太监和宫人，像从着火的老鼠洞里钻出来，没命地奔逃，守门军人也撇下武器，不知去向。

这支全副武装的马队先占领皇朝四门，断绝出入，然后迅速冲入紫禁城，分路占领宫中要地，一面用武力弹压，恢复秩序，将趁乱大肆窃取宫中财物者就地正法，一面组织没有逃跑的宫人和卫士救火。

这支特遣队的头目，是一名宦官，姓刘名通，他亲自带领一队精锐甲士，从奉天门一侧的穿廊急速穿过去，过乾清门，直入乾清、坤宁等后宫。他脸色如铁凝，双眉和脸颊都因为紧张而抽搐。但他对自己的使命异常明确，他把手中的刀把紧握了一下，确认自己将坚决执行燕王交付的秘密任务，不会稍有畏缩。

刘通本是东北女真人，在洪武年间与其兄弟刘顺一起，被阉入燕府为宦官，从此追随燕王，成为朱棣最为亲信的宦官之一。他生于洪武十四年（1381年），卒于宣德十年（1435 年），在他的墓志里，记载了这样一条重要信息：

“（刘通）初事太宗文皇帝（与下文之‘上’，都指朱棣）于藩邸，时权倖用事，离间宗室。上嘉公忠谨，委以腹心，俾察外情。公广询博采，悉得其实以闻。”

据我所知，这是朱棣委用宦官执行特务任务、刺察外事的最早证据，那时他还是一位藩王，可见他一直都是个谍战迷。

“时权倖用事，离间宗室”所称之权倖，应指齐泰、黄子澄等“左班奸臣”，在当时人心不定的情况下，朱棣委刘通为腹心，“俾察外情”，使之“广询博采”，及时了解外间舆论。

刘通为人精明能干，膂力刚强，“靖难”兵兴后，这位侦缉队长变身统兵大将，在沙场上又多立战功。

墓志写他建文四年“六月，渡大江，夺金川门，平定金陵，肃清宫禁”。由于刘通前期行事多涉机密及宫闱秘事，其墓志记载亦相当简略。我们从这段文字可看出，刘通率兵夺取金川门，扈从朱棣入城。随即，这位特务头子，立刻被委以一项重要使命——“肃清宫禁”。这项可能代号“六一三工程”（六月十三日为燕军进城之日）的机密任务，最重要的对象，正是已成瓮中之鳖的建文夫妇。

在大军胜利进城，功业垂成之时，自称“周公”的朱棣，不可避免地要和他口中的“周成王”——建文皇帝——面对面了。

对于这种尴尬的局面，他事先已做了推演，城陷之日，将出现四种可能：1. 少君识相，先行自裁；2. 少君偷生乞命，愿将宝位禅让，只求活命；3. 乞命，但不愿拱手让出天子之位；4. 不识相，赖在宝座上不下去，还要君主的威风，甚或面斥皇叔的悖逆。

第一种情形最好不过了，大家不必相见，省得面皮发热，费许多的周折。

第二种亦好，不过朱棣不喜欢，究嫌麻烦，他虽是弼马温进了蟠桃园，但希望别人相信，是桃子自己落地，而不是被他窃攘偷吃的。现在虽说攻克了南京，但大半江山还未入其囊中，尤其是拥有重兵的边防各镇都还没有降服，留建文帝活口，终是后患。

至于后两种可能，朱棣则觉无法忍受。对他来说，只有少君识趣，自觉自愿，做一死鬼，早去投胎，再由他来哭一场，这样，戏才圆满，大家方便。

建文帝必死！

他将这一任务托付给亲近宦官刘通，让他率先突入内庭，若建文帝不死，即将其解决，不仅要杀掉建文帝，还要“肃清宫禁”，把一切知情人一并处理掉。在朱棣的“预案”里，是没有建文帝逃脱这一款的——众叛亲离，坐困危城的一个孤家寡人，他又能往哪里逃！

作为燕王的私臣，刘通绝对忠实于朱棣，但一想到要亲手杀死皇帝，还是浑身大汗，额筋突突直跳。历史在这里形成了一个可能的岔道：或者，刘通在乾清宫的火海余烬中发现建文夫妇的尸体；或者，当他率众冲到乾清门下，驱散微弱的抵抗，活捉建文帝，不由分说，将其杀死，然后将尸首扔进乾清宫的烈焰里。

反正我们获得的情报是，如朱棣所愿，他接到建文帝已死的消息，还从火中扒拉出一具焦尸。

以上是我们就刘通墓表中极为有限的信息而做的战棋推演或场景复原。明朝官修正史《明太宗实录》是这样写的：破城之际，“在京诸王及文武群臣、父老等”皆背弃了建文帝，转去朝见燕王。建文君也想出迎，但见左右悉散，唯剩内侍数人，乃叹曰：“我何面目相见耶！”遂阖宫自焚。燕王望见宫中烟起，急遣太监（应该就是刘通）往救。但已经来不及了。太监出其尸于火中，回来向朱棣报告。朱棣哭道：“允炆，你如此痴呆耶？我来是为了扶翼你为善的，你竟不理解，遽此自绝于世吗！”

幸好他没说“自绝于人民”，不然对此惨事，我反要失笑了。看官请鉴之：历史上好多混蛋家伙的哭，都像我们这位太宗文皇帝的这把鼻涕泪，都是羞死人的修史人凭空杜撰出来的。

这具烧焦了、不成样子的尸体，八天后被当作建文帝的遗体，以“天子礼”下葬了。著名明清史学家孟森先生说：

“葬时稍用天子仪仗，以震都人耳目，为绝天下人望之计，与其出尸于火，意正一贯。”

孟先生说，朱棣大张旗鼓地从火场里捞尸，然后风光大葬，都属于行为艺术，其目的是为了让天下人知晓建文帝已死，从而绝了希图复辟的心。

建文帝的坟冢所在，没有任何记载，很可能所谓“备礼”以葬，不过是草草入土，在荒郊野外随便刨个坑埋了，并不做任何的标记，如起坟封树之类，更别指望享殿祠堂和香火田土了。史书说以天子之礼葬建文帝，可能只是一句虚言。但自建文帝外逃说兴起后，就有人怀疑，那具没有经过仔细辨认的尸体，其实不是建文帝，而是他的皇后。

小马皇后死时，才二十五岁。她在《明史·后妃传》中，只得到四十四个字的记述。

皇后作为一介女流，她是巾帼，而非旗帜，她即便活着，也不会令人感到不安。人们都说她“城陷，崩于火”，随夫投火而亡，却没什么人费心，替她在建文帝“逃亡”的路上，订下一张座位票（现代编剧一定不舍得让建文孤单、观众失望，怎么也会安排一位小红、或小霞，好使亡命天涯的皇帝时时得到红颜的宽慰），也无人关心小马皇后的托魂之所。这位可怜的皇后，只是建文帝悲剧的一个无关轻重的陪衬。

如前所述，朱元璋为太子、太孙所择的婚姻，都不是高门大户、有力之家。作为皇位的继承人，皇太孙的外家甚为单薄。小马皇后的父亲是个文官，官至光禄少卿。娘家就她一个女儿，没有亲兄弟，只有两位堂兄荫了指挥的官。其中一个堂兄，投靠了燕王，封为镇海侯。可不幸这位镇海侯后来在江里淹死了，大约封“镇江侯”也无济于事吧。另一位堂兄，全家三十余口一齐为建文帝殉死。小马皇后的父亲马全，下落不明，大概也是死于乱兵之中了吧。

第三十四章　允炆一家堕入无尽的黑夜

建文帝垮台后，所有与他亲近的人，都面临着灭顶之灾。

先说建文帝的四个兄弟。懿文太子朱标一共生了五个儿子、四个女儿。长子雄英和第三子允熥都是常遇春之女常氏所生，次子允炆、第四子允熞、第五子允熙①，都是次妃吕氏所生。吕氏本为次妃，常氏去世后升为正妃，所以她的儿子也是嫡子。

雄英生于洪武八年(1375 年)，是懿文太子的嫡长子，也是朱元璋的嫡长孙。可惜这孩子福分浅，洪武十五年(1382 年)五月，在他八岁上就死了。次子允炆便成为嫡孙中之最长者。在懿文太子死后，依序册立为皇太孙，并于洪武三十一年(1398 年)顺利即位。

朱允炆即位后，除了推尊爸爸懿文太子为兴宗，妈妈吕氏为太后，还追封长兄雄英为虞怀王(王号为虞，谥为怀)，同时封允熥为吴王，允熞为衡王，允熙为徐王。

年纪较长的吴王允熥，得到的封地是富庶的杭州。此地朱元璋曾封给

---

①有的书作允爔，应非是。因为建文帝这一辈名字里的第二个字都有一个火旁，熙下的四点水就是火，如炤即照，如果熙左再加一个火，就有两个火了，火气未免太盛。

他宠爱的皇五子朱橚。朱橚最初封的也是吴王，后来才改封周王，封地亦改为开封。朱元璋的理由是，杭州是近畿之地、财赋之区，不宜封建诸王。朱允炆显然很喜欢这位同父异母的弟弟，仍将杭州封给允熥，王号仍然为“吴”。如今是朱允炆做皇帝，祖父怎么想的，不必太过顾忌，这就是所谓“时王”为大，旧鬼让新鬼。朱棣后来指责朱允炆违背祖制，不过是个借口而已，他自己违背的祖制，远比朱允炆要多。

朱允炆说了算的时代，他爱怎么封就怎么封，臣子也无异言。但有一样，如果封得太有违碍，臣子也该丢掉沉默之金，把皇上劝转一两回才是。好比朱允炆封五弟允熙为徐王，就有点数典忘祖了，因为允炆奶奶马皇后的亲爹，封的正是徐王。虽然只是追封，徐王坟里也没藏着马公的枯骨，但封赠之王毕竟也是朝廷大典，马公回魂之夜，几块冷肉还是要啃的。怎么才短短三十年，就不算数了呢？建文朝的礼臣，失于考订，失职之罪，该打屁股。

以上是建文朝的几位新王爷，还有几位公主，原称郡主，建文即位后晋封为公主。其中长公主是江都公主，洪武二十七年（1394 年）下嫁耿炳文之子耿璿。

建文帝的兄弟姐妹，在他们的叔叔朱棣夺位后，迎来了漫长的黑夜。

朱棣称帝后，首先削去长兄朱标的帝号，仍称懿文皇太子，吕氏也由太后降为皇太子妃；王爷、公主也一例降封，亲王改郡王，公主改郡主。朱棣此人着实可恶，瞧他给几位王子新起的王号：广泽王（吴王），怀恩王（衡王），敷惠王（徐王），他明明是弑君、夺位、杀侄的凶手，却让诸侄们感他的恩、泽、惠！

建文的几个兄弟姊妹，年纪还小，都才十来岁（最小的弟弟生于洪武二十四年），还没到“之藩”的年龄。允熥、允熞先被打发到福建漳州和建昌居住，朱棣还是不放心，很快把他们召回来，软禁在凤阳。

从这个时候起，老朱家的故乡、龙兴之地凤阳，开始兴建“高墙”，成为禁锢“罪宗”的大监狱。允熥在高墙里关了十六年后死去，允熞死亡时间没有记载。建文帝最小的弟弟，也就是封徐王的那位，“国灭”时才十二岁，随母妃吕氏在懿文太子陵居住，永乐二年改封瓯宁王，仍“奉太子祀”，这是一份陵寝里的闲差，就是每天陪他死鬼爸爸说话，虽然不能享有一块封地，称王称孤，作些威服，毕竟比那暂将高墙坐穿的允熥、允熞要强煞一笔。

于是，无德的史官胡说什么“王聪慧端谨，上（朱棣）素爱之，未遣之国”，然后话锋陡然一转，说“忽一夜，邸第不戒于火，王惊仆地，久而始苏。上命医亟视之，竟成疾而薨，时年十六。上深悼之”云云。

实录是这么写的，《明史》的《诸王传》，主要参考实录，然而在写这位王爷之死时，却以“暴薨”二字结局。显然《明史》认为，允熙是“不得其死”。

《国榷》的作者谈迁更有高论，他说：“覆巢之下，安有完卵，瓯宁以火，梅殷以水，文皇帝深为天下计，无及其私矣。”谈迁的话很俏皮，说朱棣为天下计，实在是没有法子，才把瓯宁王允熙投入火，驸马爷梅殷投入水，等于揭发朱允熙是被朱棣放火烧死的——实录欺后世之计，看来是失败了。

懿文太子朱标的四个女儿，事迹最详的是长女江都公主。早在洪武二十七年（1394 年），作为政治联姻的一部分，朱元璋就将她下嫁长兴侯之子耿璿。耿璿尝从父征燕，又是前朝贵胄，属于新皇很不放心的一类人，加之耿璿在永乐初年，称疾不出，表示了不与新政权合作的态度，已注定他灭亡的命运。

朱棣很快就找到机会，将耿氏兄弟处死。公主的下场，据《明史》讲：“主复降为郡主，忧卒。”忧心是死不了人的，好比光绪皇帝，忧了三十四年，也没忧死，最后还是被一包砒霜毒死了。江都公主的“忧卒”，大概也属此类吧。

《墨子》说：“天下之百姓，皆以水、火、毒药相亏害。”朱棣对自家至亲，皆毅然用水、火、毒药相亏害，至于普通百姓，他会舍不得吗？

懿文太子另外三个女儿，除第三女无考外，次女宜伦公主，永乐十五年（1417 年）下嫁一个叫于礼的人，第四女未嫁人，死于永乐十年（1412 年）。朱标最小的女儿，就算生于洪武二十五年（即朱标去世之年），到永乐十年，也二十一岁了。次女到永乐十五年结婚时，年纪应该在三十上下。我们还能责备朱棣什么呢？他没有让这位公主守处子之身到老，抑或又起一把神秘之火，已可告一声“阿弥陀佛”了！

再来说建文帝的儿子。

建文帝有两个儿子，长子文奎，建文元年（1399 年）封太子，次子文圭，皆为小马皇后所出，在他们父母去世时，一个七岁，一个两岁。文奎在建文元年被立为皇太子，至国破之日，据“国本”之位已三年，是天下共知的人物，所以燕军入城后，他必须“莫知所终”。

皇太子文奎连同其父一起，被朱棣列入必死之人的黑名单，其理由可见前文朱棣与方孝孺的对话：朱棣自称周公，是来辅佐周成王的，可惜“成王”不能体会他的初衷，自焚而死，他只好取而代之。方孝孺反问他：“何不立成王之子？”文奎皇太子的名分天下皆知，他父亲死了，自然应由他继位。对此，朱棣可解释不清。所以在一场宫火之后，七岁的文奎就不知所终了——请不要笑我马后炮，我早知他的结局一定是“不知所终”！因为唯有如此，才是他（符合其叔祖燕王利益的）最好归宿，朱棣早已发出“蒸发密令”，一定让他从人间消失。

然而，正如他父亲建文帝后来突然活转过来一样，也有传说称文奎为兵部侍郎廖平所救，并没有死，不知到什么地方野游去了。这与建文帝的不死之法出于一辙，都是后人怜惜，派出想象的天兵，将他们挽救了，却非事实。

次子文圭，被叔祖燕王幽禁于凤阳的广安宫（名为宫殿，实为高墙），称之为“建庶人”。一个才两岁的孩子，从此被圈禁在一道高大的围墙之内，所见者只是服侍并负责监视他的宦官与宫人，对外面的世界茫然不知。一关就是五十五年，直到朱棣的重孙英宗朱祁镇复辟那一年（天顺元年，1457 年），英宗因想到自己也受了数年幽禁之苦，生出些悯世怜人的心，加之时过境迁，建文帝的孑遗早已成为无害的废人，便想开“建庶人”一条生路。他咨询臣下，大学士李贤力赞道：“此尧舜之心。”遂经请示母后，将建庶人释放，听其在凤阳居住，婚娶、出入自便，并赐给阉人二十名、婢女十余人，供其使令。

可怜离开娘怀时才两岁的孩子，一生幽系，没有自由，至此已是五十七岁的老翁，然对世事懵然无知，甚至连牛马都不认得。他脱离樊笼不久，也便死去了。

如果引好死不如赖活的俗语，文圭较之长兄太子文奎是幸运的，至少苟存了一条性命，然而，若似这等蝼蚁偷生的活，五十多年的辛苦，好比软刀子，慢慢割肉，还不如一刀了却了快活！

建文帝有没有后代呢？传说他有一幼子尚存，《传信录》是明代中期的一本笔记，说朱棣入宫时，奶母老妪教建文的幼子，牵着朱棣的衣服跪哭乞食，朱棣为之动容，便将他养在宫中。由于《传信录》这本书十分不可靠，被明代大史家王世贞在《弇山堂别集·史乘考误》里驳得体无完肤，故此说不可信，建文帝应是绝后了。

第三十五章　良心不泯，死人也能复活

今天存留的建文朝文字与文物，少之又少。南京中山门外的明孝陵，立着一块神功圣德碑，是永乐十一年(1413 年)九月朱棣以“孝子嗣皇帝”的名义，给他父亲立的神道碑。全碑 2746 字，一言以括之，就是“歌功颂德”四个字。该碑名为御制，其实并非朱棣亲笔，碑文应出自某位翰林学士之手。这类顶着“御制”之名，实为枪手操刀的例子太多了，见怪不怪，不要以为那文字写得雄美，就忙不迭点评：“铁拳打江山，巧手著文章，果然是成祖文皇帝！”

碑文最后，开列着太祖诸子及孙的名讳，倒没有将朱允炆一笔抹杀，在“孙”一辈题名里，头一位就是“建文君允炆”，其次为皇太子朱高炽。在《明太祖实录》里，朱允炆也被称作建文君，这三个字是永乐朝官方认可的称谓法。

朱棣在入京之始，就宣布当年仍以洪武三十五年纪年。建文帝垮台了，如果再沿用其年号当然不妥，将本年余下的月日，仍用洪武年号，也可理解。做贼之人，毕竟心虚，让他顶着建文的年号，奉建文的正朔，总像秃头上停着一只臭虫，浑身不自在。窃国者与窃铢者，心态不会有太大的差别。

但是，毕竟洪武只有三十一年，这个“三十五年”就像孙猴儿从石缝儿里蹦出来，不知其父，未知其母。于是就有人倒推，将建文元年至四年，统统改为洪武三十二年至三十五年，说朱棣革除了建文年号，后世著述，也多拿“革除”二字来代替建文一朝。其实只可说朱棣停用，而不可说他革除了建文年号。比如《明太宗实录》里，纪年时虽然没有书建文年号，但仍写元年、二年、三年、四年，只不过不是完整地写作建文元年、二年、三年、四年，而但凡提及皇上，仍书作“建文君”，若其年号被革，何以以年号代称之？所以到万历二十三年（1595 年），朝廷诏复建文年号，实属多此一举。

称君而不称帝，是革除其帝位，如元顺帝弃位窜奔之后，就被称为庚申君。

到明代中后期，皇室的这段恩怨已为古迹，正德、万历、崇祯年间，不断有臣子请追上建文帝、后尊号及庙谥。但朝廷的态度并不积极，只是循例下礼部议，而不管议的结果如何，事情总是不了了之。终明之世，朱允炆都只是建文君。直到南明弘光朝时，明朝快完蛋了，才补上庙谥，称“惠宗让皇帝”，小马皇后随其夫，称“让皇后”。清乾隆元年，替古人做好事，改谥建文帝为恭闵惠皇帝，《明史》从之，建文的本纪便作《恭闵帝纪》。

“让皇帝”的“让”字，反映的不是历史的真实，仍属史上常见的蒙着眼睛哄鼻子。但“让”这个字不是完全无中生有，明中期以后，建文帝“逊国”的传说愈演愈烈。此说谓建文帝见大势已去，就主动逃走了，人称“逊国”，逊者，让也，也就是让国之意。也不要怪后人迂腐，皇帝逃走，在君权至上的时代，的确很难措辞。想那位英宗正统皇帝，领着大军出征，却叫人俘虏了，这等难堪之事，作史者犹靦然称“北狩”，说英宗“北狩不返”。那么，建文帝迫于无奈，三十六计遁为上策，而托一个“逊国”的名义，于各方都能接受。否则一定要说他逃走，建文帝的广大同情者，都将难以为情。

建文朝留下来的史料极少，尤其是第一手的原始材料。朱棣即位后，将建文时廷臣所上奏疏千余通，发给阁臣解缙等人，令其编阅，只保留兵农钱谷等政事的内容，而将对燕王态度不客气，言语有“干犯”的，一切皆焚毁。

这一方面是朱棣向归附的百官故示宽大，表示既往不咎，一方面借此洗刷、销毁对己不利的文件。他还下令重修建文时已经修好的《明太祖实录》，将其中对己不利的材料，改洗得干干净净。这便是第二版《明太祖实录》。

可是，朱棣不说"洗洗"就睡，过了若干年，"洁癖"又犯了，仍疑实录洗之不净，又把那"话儿"掏出来重洗，这就是今日所见的三修版《明太祖实录》。好多洪武年间的重要史料就这样佚失了，这还不算，他还随处布雷，埋设下许多伪造的材料，令一些重要的史实，因为丧失了关键证据，厘之不清了。

经过这一番严密的文网过滤和筛除，现在所能见到的洪武末至建文朝的史料，不仅相当缺乏，而且多是胜利者的一面之词，许多根本就是诬词。

死人不会翻身起来抗议、投诉，可朱棣岂能料到，万世良心不会泯灭，后来人们叹息国初史事，就展开想象力，著文章、编故事，把可怜的建文帝从沉冤百年的地下请出来，让他复活了。

在正德、嘉靖年间，也就是靖难之役过去一百年后，许多关于"革除遗事"的私人撰述累累而出，大家一起创作，一起凑材料，其中不乏传奇故事。就是那位已经神话得近于妖的刘伯温，也被请来做"客串明星"。如称刘伯温营建南京宫城时，察其风水不利，殿基不稳，将来难免要迁都。明朝原都南京，朱棣始迁北京，刘伯温的话里已暗含了对靖难之役的预言。

那本不太可信的《传信录》还写道：太祖一日问刘伯温："汝有何术以教朕，使守天下？""刘大师"怀里岂会无宝，马上道："有。"即拿出一只小箱子，上挂一把灌了铁汁的锁，说后世非有大变故不可开启。

这是捣鬼军师的典型做派，诸葛亮不是还有三个锦囊吗？在民间谶纬书《烧饼歌》里，朱元璋也令刘伯温说说后事，刘老先生滔滔不绝，竟然把未来五百年的大事全提溜了出来。多数预言隐隐讳讳，费人猜测，但有些事情，说得很明白，比如靖难之役，他道"文星高拱日防西"，说京城当防。朱元璋怪道："朕今都城竹坚守密，何防之有？"道："臣见都城虽巩固，防守严密，似觉无虞，只恐燕子飞来。"燕子指燕王，燕子飞来，即燕师之来袭也。

靖难之师果然来了，建文帝打开小箱一看，里面藏着一件袈裟、一份度牒，还有一把剃刀，不禁叹道："此伯温教我也。"遂披剃遁去。

这是典型的宿命论，刘伯温早算出建文帝命里有此大劫，逃之不过，只求保命，于是留下僧服、僧人身份文件和剃头刀。建文逊国故事，大体都是沿着这一思路展开的。

还有一说，称城破之时，蜀王秘密派兵来，将建文帝偷偷接走了（王鏊《王文恪公笔记》）。我想蜀王未必有此胆量，也未必有此能力。但故事为什么单推出蜀王来顶缸呢？因为皇十一子蜀王朱椿素有贤名，是诸王中少有的贤王，朱元璋称他为"蜀秀才"，所以人们把这个美誉献给他。然而事情却是姓子虚，名乌有。

入蜀说只是"逊国传说"中的一根小分枝，因为太难以置信，所以影响不大。在传说中，建文帝去得最多的地方，是云南。这是有根据的：一则云南在天日之南，天高皇帝远；一则云南是黔国公沐家镇守，沐家与耿炳文是姻亲，同情建文帝，已如前述。故传说多把建文帝安排到云南去避难。

建文帝活不见人，死不见尸（烧毁之尸，既没有DNA，也没有牙医档案，即便他怀里抱一堆玉玺，也没法肯定他就是建文），人们又非常同情他，痛恨朱棣上台之后的暴政，所以还在永乐初年，就已有建文帝未死的传言，顶着东厂、锦衣卫的高压，倔强地冒了出来。

据《明史·姚广孝传》讲：朱棣刚入京，就有人对他讲，建文帝实"为僧遁去"，并且揭发了一位知情人，即建文帝的主录僧溥洽（主录僧是代皇帝在寺庙修行的替身和尚），甚至有人说，建文帝就藏在溥洽那里。

这大约是建文帝"逃禅"的最早传说，建文既"为僧遁去"，自然令人怀疑他的主录僧溥洽。钱谦益《初学集》甚至说，建文帝出逃，就是溥洽替他剃度的。

朱棣将信将疑，因不便大搜和尚庙，就借他事将溥洽抓起来严讯，也没问出个所以然。溥洽可苦了，一关就是十七年。

溥洽的好朋友姚广孝（道衍和尚）是靖难第一功臣，一直为此内疚。到永乐十六年（1418年）临终前，朱棣问他有何遗愿，他唯一的请求，就是赦免溥洽,才使其逃脱牢笼。其实,要说朱棣把溥洽关这么久,就是为了追查建文帝的下落,并不可信。朱棣对政敌绝不宽恕的性情,才是他久系溥洽的原因。

永乐朝的许多政事,也被人往建文帝身上附会,如明末人张岱《石匮书·胡濙列传》记:当时有传建文帝驾崩的,也有称他逊去的,旧臣多从之而去。朱棣疑心转重,便派胡濙"巡天下",名义上是寻访张邋遢(张三丰),又称搜求异书,实为奉了密旨,遍行郡县,密察人心,并访问建文帝下落。

因为建文帝在云南的传言尤其多,所以胡濙在南方待的时间特别久。永乐二十一年(1423年)胡濙还朝,适逢朱棣北巡,驻跸宣府(今河北宣化),胡濙星夜驰至行在。

朱棣已经就寝,但一听胡濙来,急忙披衣起床,召之入见,赐座与语。而胡濙说:"不足虑也。"

同书还说,胡濙未复命之先,朱棣又听到"建文蹈海"而去的传闻,乃分遣内臣郑和等浮海下西洋。直到胡濙带回"不足虑"的确信,他才完全放下心来。

看官,你看它写得活灵活现,恰似真事一般,并为《明史》采信。但从其所记来看,朱棣办事似乎轻重不伦:大明王朝那么大地盘,就派一个胡濙跑单帮,访了二十年,胡子都白了,能跑多大点地儿?而另一方面呢,郑和去海外搜寻,披甲数万,战艘数十,迁延数年,往复数万里,阵仗又太大了些。一内一外,一静一嚣,甚不相称。

你别看现在没什么人再信郑和下西洋是为了"踪迹"建文帝,然曾几何时,信的人蛮多呢,学者写文章,也热热闹闹探讨过。明代的"掌故大家"郑晓,在《今言》里就笃定地说:"成祖大举下西洋,不亦劳乎?其实派郑和泛海、胡濙颁书,是因为国家有大疑,不得不如此啊!"谁也不免有冬烘的时候。

胡濙在宣德、正统年间做了十几年的礼部尚书,北京地区这一时期现存的碑刻,有许多是他撰写的,基本上都是一些应酬文字。从这些碑文看,此人好交际，且交游广泛，为人性格随和，是个老机灵，无论是佛是道，他都好一口，标准的好好先生——这样一个人，显然不是密探的底子和材料，如果让他去访建文帝，人选首先就失败了。不过此人溺仙好道，让他去访张三丰，实至名归，访建文帝，应绝无之。

那么，永乐二十一年，他对朱棣说什么“不足虑”呢？看官试想：朱棣皇帝已干了二十二年，其间数度北征，与北虏硬碰硬，还降伏了安南。他调发全国之力，营建了北京，又集成《永乐大典》，做出惊人的文化建树。如果这样一位“文治武功一大圣”，还为一个失了国、逃到鼠洞子里的建文帝忧惧，未免太小看他了！

他所“虑”者，非别人，皇太子朱高炽耳。

朱棣对太子很不放心，有确凿的证据表明，他曾命赴南京出差的胡濙，密察在南京监国的太子行事如何。胡濙是根老油条，自然不肯说太子的坏话。而皇太子知道他的秘密使命，也是防着他的，等到登基了，还记得此事，于是点察御前机密文书，检出胡濙当年的密奏，却见上面说的尽是太子的好话，乃大为感激，胡濙也巩固了他在新朝的宠信地位。这是后话，在后章细讲。

明初的许多故事与史实，真真假假，虚虚实实，纠缠在一起，令人莫衷一是，难以辨别。而建文帝可能没有死的消息，却很快在社会上流传开来，成为民间饭后谈资的一种。

英宗正统五年(1440 年)时，有一个云南僧人自动站出来，来顶建文帝的包。那时，朱棣死了快二十年，时过境迁，此人不必担心被害，反想借此掇一份天大的富贵。但假货经不起验，到朝一问，破绽百出，如他说自己年已九十余，但建文帝是洪武十年生人，当时不过六十四岁，相差太远，就露了腚。一打问，才知此人真名杨行祥，河南钧州人，与他同谋的十二人，都是云南、广西一带的僧徒。此人不久死在狱中，同伙流放辽东为军。此案说明，关于建文帝流亡的传说，在当时已经深入人心，就是边防之地的山村野夫，也是晓得的。

成化年间，仍有类似的假冒案发生。据梁亿《遵闻录》记载，成化某年，逃亡云南多年的建文帝已经是八十多岁的老翁，不想再躲躲藏藏了，一天他跑到布政司衙门，称自己就是建文皇帝。三司官员大惊，问他现身的目的，他说："久在外，思归。"云南三司在同黔国公商量后，用囚车将此人送到北京。老头在路上还写了一首诗，其中有"流落天涯八十秋，萧萧白发已盈头"等句。此老上京后，结局如何，该书没有交代。而下面要讲的《从亡随笔》一书，则明白写道，建文帝得获善终，被迎入大内奉养起来。

如此等等，建文逊国故事，渐渐从一丝轻风，变作一股劲风，又由一张草图，渐而设色，成为一幅人物众多、场景复杂多变的长卷。终于在万历时，一幅完整的建文帝逃亡路线图被绘制出来，并把随帝逃亡之人、逃亡期间的故事、逃亡所经的人与事，等等，交代得环环相扣、清清楚楚。而社会上一般人，也多倾向于接受出亡说。如沈德符在《万历野获编》中说：建文帝"天位虽不终，但自保之智有足多者"，即婉转地表明了态度。"自保之智"，是说建文帝善于躲猫猫，朱棣就是抓他不着。

第三十六章　建文帝逃亡，"煞有介事"

建文帝是否出亡，民间纷纷其说，固不打紧，但到修《明史》时，就必须有个明确的结论了。《明史·恭闵帝纪》是这么写的：

"宫中火起，帝不知所终。燕王遣中使出帝后尸于火中，越八日葬之。或云帝由地道出亡。……自后滇、黔、巴、蜀间，相传有帝为僧时往来迹。"

"不知所终""或云""相传"，都不是肯定语。《恭闵帝纪》的作者是清初著名学者朱彝尊，他认识到"革除年事，多不足信"，曾写专文辨证，说建文逊国的记载，"不足信者五"（《曝书亭集·史馆上总裁第四书》）。但他仍无法做出决断，只好取一个折中的态度，将诸说均采入，而不执于一是。

在"不足信"的众多"革除"史事中，《致身录》（称"东吴史仲彬自叙"）和《从亡随笔》（作"朝邑程济著"）是两本非常重要的书，它们记述了建文君臣的逃亡行踪，仿佛是建文帝的逃亡日记，非常详尽。这两部书在明末颇有信史的声誉，直到钱谦益做了辨证，认定都是伪书，“遂为识者所不谈”（但现在仍有学者认为它们并非伪撰）。

二书之假，其实只要不是冬烘得太厉害，是很容易鉴别的。比如建文帝是怎样出逃的，非常关键，《致身录》如是记载（括号内为笔者的评点）：

建文帝知金川门失守，长吁东西走，欲自杀（发狂状）。翰林院编修程济提议：“不如出逃。”少监王钺跪着向前道：“当年太祖皇帝升天时，留下一只小箱子（开始讲神话了），交代遇有大难，方可开启。如今就藏在奉先殿之左。”群臣听了，一齐说：“快取来看。”

很快抬来一只红色小箱，建文帝一看，傻眼了，原来箱子四周紧箍以铁，挂着两把锁，锁眼里都灌了铁，怎么打开嘛！情急之下，建文帝大哭起来，急命放火烧殿（弱智态）。

打开一只小箧，能有多难，建文兄何必太过张皇求死？瞧——

一旁的编修程济，不知拿甚物什，一下就把箱子击碎了，露出度牒三张，分别写着应文、应能、应贤的名字，还有三套袈裟以及僧人的鞋帽剃刀，一应俱全，另有白银十锭（一提银两，便露了馅儿。白银在明初不是合法的货币，《大明律》里明令禁止使用大明宝钞和铜钱以外的贵金属货币。银两成为流通的货币，是明代中期以后的事）。

程济还在箱内发现一张红笔写的字条，上面写着：“应文从鬼门出，余者从水关御沟而行，薄暮会于神乐观之西房。”

建文帝长叹一声：“此数也，命也！”乃伏下头，甘心于命运了。

程济立即动手，为皇上剃发。吴王府教授杨应能表示愿意剃发，随帝出亡。御史叶希贤也毅然道：“臣名希贤，应贤便是我了。”也剃了头。这样应能、应贤有了，建文帝朱允炆自然便是应文，三人名字中各占一字（故事又露马脚了：杨应能是应能，叶希贤对应贤，但朱允炆如何能对应文？文、炆字本不同。三人都是“应”字辈，然君臣能以师兄弟并称吗？须知留下度牒的朱元璋，是最重体统和名分的）。

当时殿内的五六十人，都矢志追随倒台的皇上（这与实录所记大不同。实录说群臣都逃散了，建文帝身边就剩几名宦官，成了一个光杆司令）。建文帝担心人多易暴露,命名气较著和在京随任有妻儿者离去,只留下九人。

这九个人跟着建文帝潜行至鬼门(不知鬼门为何门?谁也没法考证出来,莫非见鬼才开),只见牛景先铁棒一挥,并未用力,门自动就开了(真是见鬼)。门外水岸边泊着一条小船,众人急急登舟。那舟子一见建文帝,捣头便呼万岁。

"汝何人?何为至此?"建文帝惊道。

"臣乃神乐观道士王昇。"舟子答,"昨日梦太祖高皇帝一身绯衣,南向立于奉天门,令两校尉缚臣至,诘问臣:'你官居六品提点为何?'臣顿首谢罪。太祖指示臣说:'明日午时,你驾一舟,在后湖鬼门外候驾。此事切勿外泄,你尚有后福,否则难逃阴殛。'臣这才知道陛下要来。"

原来是太祖的安排(又是鬼话)!

建文帝当晚就在神乐观暂憩,系舟于太平门外堤畔。到薄暮时,杨应能、叶希贤等十三人一起赶到,共二十二人。

以上是《致身录》的记载。胡适先生说:"这完全是小说口吻,全无史料价值,故后出之《从亡随笔》把此中最荒谬的神话都删去了。"

且看《随笔》如何说——

建文帝知金川门失守,徘徊欲自杀(不那么狂躁了)。编修程济说:"臣逆知有今日也(他倒能掐会算)。为今之计,莫若出逃。"太监王钺说:"就是出逃,亦怕人认得。奉先殿留有太祖一谕,临大难当发之。"群臣齐言:"速取来。"须臾抬一红匣至,四围固以铁,闭以二锁,锁以铸铁灌,坚不可启。群臣无计(这回转为群臣笨呆呆了),程济一脚踩碎匣底(他始终聪明),再看里面,都是髡缁之具,有度牒三纸,袈裟剃刀俱备,白银十锭。

建文帝大恸道:"这是命数啊!"于是由程济为他落发。建文帝命取笔来,回头对程济说:"朕仍以文为名。"在度牒上书名为"应文"(帮《致身录》作者补了锅,解决了文、炆不同的问题)。吴王府教授杨应能、御史杨希贤都说:"臣愿落发以从。"就在牒上分别写上应能、应贤(这么写,比朱元璋预先留下应文、应能、应贤的名字,要妥帖些)。

建文帝同程济、梁良用等偷偷潜出西华门。这时燕军正在金川门巷战，以游兵一支攻打朝阳门，建文帝趁乱从西华门逃出（舍去了鬼门和地道，这算给建文帝如何脱逃提供了一个貌似合理的解释。但西华门是宫城之西门，宫城之外还有皇城，皇城之外才是京城。朝阳门、金川门都在京城的东侧，建文帝逃出西华门，就能逃出京城去吗）。

建文帝是没受过辛苦的，走不了几步，就走不动了。程济着急道："事急啦！"扶着建文帝沿河快走。不远处岸边停着一条船，程济近前一瞧，着急了："有舟无人驾，这可怎么好？"梁良用说："臣会撑船。"于是众人翊卫着建文帝登舟，顺流而去。到申刻（下午三点）驶抵南门，程济道："此去便是三山门，有兵不可去。"乃舍舟改陆行。……至聚宝门，遇上守门之卒（应是燕军），程济道："我等都是异乡僧道，恐死乱军耳。"乃得出（城陷之际，各门盘查一定极严，程济几句话竟能诓出，真是能吹会盖）。

这时天渐渐黑了，无处安栖，程济道："由此东去，是郊坛，有神乐观。道士王昇与臣有旧，何不去投他？"建文帝担心不密，程济拍胸脯道："此人素忠义，他的名字就是皇上所赐。"于是众人缓步乘月而行（忽又淡定），在更尽时分来到神乐观，王昇出迎。

是夕众人皆不寐。十四日晨，杨应能、叶希贤等二十一人亦至，环而坐之，无不悲泣。

胡适先生说，《从亡随笔》是根据前出的小说改编来的，因为要冒史料，所以删去过甚的神话，如太祖预定三人牒名、箧中御笔预言、鬼门一击即开、太祖给王昇托梦等。但仍不免有大漏洞，比如神乐观已无太祖的指示，建文帝亦是信步而至，何以次晨杨、叶等二十余人仍能来此集合？

胡先生的考证已出本书范围，此处从略，他的大作《建文逊国传说的演变——跋崇祯本〈逊国逸书〉残本》（刊在中央研究院《历史语言研究所集刊》1928 年发刊号上）对建文逊国故事演变的梳理却值得一看。

胡适所见《逊国逸书》，包括四种：《致身录》《从亡随笔》《拊膝录》和《黄陈冤报录》（后两种已失），都是关于建文帝逃亡的"史料"。书前有崇祯十七年（1644 年）八月，前内阁大学士钱士升作的序。这篇序所署的时间很扎眼，因为就在五个月前，崇祯帝刚刚在煤山吊死，明朝差不多算亡国了。大约钱士升的心情还不算太坏，竟有闲情为一部“商业书籍”作序（当然，钱老先生乡居已久，也需要挣些润笔度日）。胡适分析这部书“大概是国变之际南京书贾的一种投机牟利的事业”，因为编此书时，北京已破，序文中发慨道：崇祯十七年距建文四年，凡二百四十二年，京师二破，“沧桑之变，言之可痛”。点出了商人编集这样一部书的时机及“卖点”所在。所谓“国变”之“痛”，对书商的意义，只是为其重炒现饭，将旧书结集再版提供一次机会罢了。

从序文来看，两部书出世都很晚。胡适将二书进行对比，认为《致身录》先出，《从亡随笔》后出，且主要依据前者的纲要，“略加细节目而已”，所以内容要比前者为详。《致身录》多“小说口吻”，“全无史料价值”是一目了然的，《从亡随笔》因为要冒充史料，把其中最荒诞的神话都删去了，更具欺骗性。

胡适先生的结论是，两部书都是伪书。他考证建文帝“逊国故事”，其实是要借这个从亡故事的演变，说明一个道理：“凡故事传说的演变，如滚雪球，越滚越大，其实禁不起日光的烘照、史家的考证。”他还列出了这个故事的演变轨迹：

第一，建文帝自焚后，民间传说纷起。

第二，其后数十年，约到15世纪中叶，出现建文亡臣二十余人，其中九人有事迹（皆见于《明史》），但只说他们是“亡臣”（亡国之臣），并不曾说他们是“从建文出亡之臣”。

第三，民间又起了一段程济的神话，有许多怪诞，又有补锅匠等传说。

第四，万历末年，建文逊国之事“稍稍彪炳”，于是《致身录》出，将前一阶段陆续所出的人物，东扯西拉，合成二十二人，更把传说中的补锅匠、雪和尚等人一一坐实。建文帝行踪也说得“像煞有介事”了。

第五，崇祯末年（17世纪中叶），又有程济《从亡随笔》出现，尽采前说，再添上二人，删去明显有误的一人。故事至此基本成型。

第三十七章　建文帝是死是活，不由他

如今各地有许多建文帝遗迹与遗物，如云南、贵州、江苏、福建、重庆等地，分布极广，主要是寺庙、墓葬及一些带有御、驾、皇等字样或龙形纹饰的器物和诗词。很多人对建文帝在当地盘桓隐居多年并葬身于此，深信不疑，考证也是异常精详。就拿重庆（明代属四川）来说，就“发现”沙坪坝、磁器口、渝北区三处落脚点，据说建文帝来过三次，所从之来，所去之地，所携之人，调查得清清楚楚。朱棣没办法做到的，今人不借助监控录像，轻易做到了，今人若穿越到明代，一定把东厂、锦衣卫做得风生水起。

但是，容我说一句大大冒犯的话，我觉得有关证据多是从附会出发，展开罗曼蒂克式的夸张联想，进而得出浪漫主义的结论。

其实不单建文遗迹，绝大多数的这个遗迹、那个遗迹，多不过是如此攀拉硬扯、巧思附会而来。比如唐末的黄巢、明末的李自成，都是鼎鼎大名的人物，一例的死而不死。黄巢在泰山虎狼谷自尽，民间盛传他在洛阳出家，还曾留诗道：“曾记当年草上飞，铁衣着尽着僧衣。天津桥上无人识，独倚危栏看落晖。”李自成殒命湖北九宫山，有传说却称他在湖南石门县夹山寺立地成佛，《鹿鼎记》里他还和陈圆圆生了个美女阿珂，则更不必说了。和建文帝一样，关于李自成的下落，不仅民间传言甚盛，学术界也争论了许多年，至今没有定论。有人总结出“倒霉帝王多出家”的规律，依照这个规律，建文帝也只好出家为僧，托此龙蜕了。

看官，建文逃亡事，只可作好玩的，切莫当真！

从全国分布如此之广、证据如此之多的建文帝遗踪来看，建文帝哪里是逃跑，他简直是巨人游山河，否则怎会处处留下巨大的脚印？人们常说，朱棣是明代“特务政治”的始作俑者，那我要为他平反了，建文帝在江南、云贵川一带招摇过市，他都发现不了、抓之不着，还敢称特务？伪军侦缉队都算不上。

有看官要问了，看来你是一定要违众，认定建文帝死于宫火，而没有逃亡的喽！证据何在？

建文帝逃亡的证据，实在是多，既有文本，又有实物，分布极广，总不成不同省份的人一起串谋了来做伪证吧。我只好先承认，我没有证据，但我有什么呢？我有符合常理的判断力，有时候，合情合理是比所谓“证据”更可靠的。

首先，我们不能说填充了许多假冒材料的《明太祖实录》说建文帝自焚了，那他一定是借火遁了。这种“逆反式”的逻辑应该去除。从史料来看，当时宫内确实起了一把火，但火势应该没有延烧太广，因为永乐初年并没有大兴土木、重建宫殿的记录。

建文帝在城破当日的形迹，可考求者仅一事，就是召左都督徐增寿诘之，将其斩于殿庑之下。黄云眉先生《明史考证》据此发疑：“惠帝是日尚能手诛徐增寿于左顺门，则非坐困宫中可知。”朱允炆当然不想“坐困宫中”，可四面皆敌，他想上天，还想遁地，关键是上天入地，有路吗？

诛杀徐增寿后，燕军逼近宫城，宫城之破，已在眉睫。设想当时的情景，建文帝绝望之余，突围无路，只好与妻妾诀别，一起举火自焚。朱棣曾说过：“朕于宫中遍寻皇考宸翰不可得，有言建文自焚时，并宝玺皆毁矣。朕深恸之。”宫中原存太祖御笔文字（宸翰）尽焚，朱棣多次下诏征求，应属可信。

火是没问题了，但此事的要害不在有火无火，而在建文帝死于火，还是逃于火？

从常理上来说，如果建文帝死于火，而当时死于宫火中的人必然很多，许多烧得焦烂的遗体，横七竖八地架在一起，狰狞恐怖，撕扯不开。莫说当时并无 DNA 技术可鉴别出哪一具是龙体，即便有，心亏的朱棣也不愿认真地把亲侄的遗体清理出来。建文帝自焚，正合他的利益，随便拉具焦尸葬了，绝世人之心，就好了，至于有没有混淆，他并不关心。

《明朝小史》卷四“孝友堂”记了这样一件事，说建文帝曾为浦江义门郑氏书写孝友堂匾，于是有人诬告建文帝就藏在郑家，朱棣遂“遣使廉之”。经查，事属诬陷，乃斩诬告者。

这件事透露出，朱棣也不大肯定建文是否确然已死。类似的明人记载很多，如前面提到的溥洽下狱、胡濙周访天下、郑和宝船下西洋，都是往追踪建文帝上附会。我还见到一种记载，说郑和奉命查访建文帝，曾在福建道上相遇，与之抱持大哭，然后把建文帝放走了。这就太假了！因为郑和出身燕王潜邸，是朱棣的私臣，与建文帝何恩何义？他这一场哭，实在莫名其妙！不过是下西洋是为寻访建文帝下落说的一个小翻版，纯属不经之言。

但这些纷杂而出的记载，把建文帝的出亡之谜搅得异常混乱，加之许多传闻又被钦定正史《明史》采用，如《胡濙传》说他“出巡天下，名为访仙人张邋遢，又名颁书，遍行郡县，察人情，及建文君安在”，《郑和传》更直接说：“成祖疑惠帝亡海外，欲踪迹之”，让小说家言多了一层“信史”的面纱。

我不想陷入烦琐的材料讨论，只想就人生常识来做结论。历史，其实是研究人的言动的学问，但人们却常陷入纯文本的讨论，做书生之辩，而忘记了，历史是一种存在的真实，我们完全可以从个体的体验来考求之，得出自信的结论。

我的愚见是，围城之中，建文帝无处可逃，一定是假一把宫火，升天了。

为什么这么说？有两个简单的道理：

其一，好比伊拉克的萨达姆、利比亚的卡扎菲，都是被人颠覆的统治者，他们两位是逃走了，后来又都在电视镜头下被捉。这两位强人，肯定比年少柔弱的建文帝生存能力强，而美军布下的天罗地网，又未必如朱棣所布者深而且密。萨、卡二雄执政时间那么久，所营之窟那么多，为何到头来还是走投无路？这很容易解释：他们的权力来自其政权网络，一旦权力的金字塔在阳光下崩塌，他们立马从顶点跌落，成为真正的匹夫。在逃命的本事上，他们可远不及本·拉登。因为这位恐怖大亨是暗夜之神，他一整套的秘密网络深藏地下，无数忠诚的部下潜伏世界各地，随时帮助他躲藏追捕，并适时地发动反击。

在传说中，建文帝顶着严密的搜捕之网，辗转数省，竟连汗毛都没让朱棣摸到一根。不谦虚地说，他简直是拉登的师傅拉灯——灯一拉，黑咕隆咚，立马遁形。但这可能吗？逃命也是一门艺术，不仅要智慧，要金钱，还要忠心耿耿且十分神通的保驾卫士，这还不够，更需要一张精心编织、长期经营的秘密网络，这个网络（好比地下党的交通站）分布极广，有“特务工作者”居于各网点之上，长期潜伏，以备突然之需。

而一个整日坐在深宫里，与一帮酸儒讨论复古的建文帝，他恐怕是连鞋子都不会自己穿的。据清朝末代皇帝溥仪《我的前半生》回忆，他一直到被苏联军队俘获，都还不会自己系鞋带。可想皇帝（溥仪还是一位颠沛流离的废帝）所享的是何等尊荣！他们是真正四体不勤、五谷不分的一群人，一旦跌入尘世，几乎没有任何自存的能力。

其二，朱棣在宣告建文帝死亡后，江山在握，天下归诚，建文帝是死是活，已经不重要了。本来靖难之役就是皇家的家事，不管哪一方做皇帝，都不改变天下姓朱、国号为明的事实，就此而言，建文帝在官员与群众中没有多大的号召力。朱棣在位期间，国内发生了多次民变（过去一般称之为起义），但没有一家打着建文帝的旗号，就是明证。假如建文帝在民间真有那么深远的影响力，随便推出一个年轻人，硬说他就是故主旧君，那不是常有之事吗？可几十年间，从未有人假借建文帝这个“符号”以煽动群众。可见建文帝并不是一个值得朱棣太过操心的人物。他在位时，朱棣就敢称兵对抗，硬将他扳下台来，此刻即便他活着，也不过是一个惊魂落魄、朝不保夕的逃亡者，岂足虑哉！倒是几百年来，一些多事的文人在替他干操心。

今人读史，总不自觉陷入书中，不知史即为既往之今事，虽时光飞逝，世易时移，制度与文物皆不同，但人间的“世故”还是大体相似的。我们读史，如果离开了今天的知识和体验，不啻于深入鬼域探险，将永失其归路了。

最后，我还要依“世故”，大胆做一个结论：为何建文帝死而不死？

建文帝即位后，提倡以文治天下，纠正了他祖父的许多恶行，使许多人受益，人们对他抱有较大的好感。建文帝虽然死了，人心的善良却不愿正视，兼之怜惜弱者的心理，希望他有格外的奇遇，竟能逃脱悲惨的命运。所以他明明死了，一百多年后，却活转过来，四处游玩，处处留情——这就是人们心中善因的萌发，这样的例子在历史上很多，不胜枚举。

其实不必死者一定皆善，就是人们炫奇、好听异闻的心理，亦足以令惊奇之言甚嚣尘上、广为流布。好比卡扎菲，尸体都在电视上展示给全球观众了，仍有专家宣称卡扎菲未死，并举出四大力证，您说他到底死没死？现在那个专家不说话了，但你能保证过一段时间，不又跑个“砖家”出来？我们热爱的“哥哥”张国荣也坠楼死了，可一直以来，张国荣没死而是隐居的传闻，从未停息过，不久前还有媒体宣称要公开内幕。可粉丝们等到今天，哥哥就是不露面。莫说十年的等待，就是海枯石烂，哥哥也不会还阳现世。

但这些有趣的话题，让世界变得更为精彩。如果人一死则速朽，大家都是彻底的唯物主义者，具有外科医生的洞察眼光，那么这世界既无鬼，又无怪，也缺乏迷人的传说与演义，还有什么意思？

人们的史观还受政治影响，好比在永乐朝，建文帝必死无疑，不死朱棣无以正其统。后世文网稍松，就允许他活转过来了，众人说“革除遗事”，不必担心有人来请喝茶。而入清以后，因为有个朱三太子的案子（也说明朝太子不死）在那儿影射，建文帝“活着”，就大有违碍了。清廷便不许他再“活”。于是在清初的著作里，建文帝不死也死了。到后来，统治稳固，建文帝死与不死，已无关时政。于是在撰写《明史·恭闵帝本纪》时，就可以进行些“学术讨论”了。本纪的执笔人徐嘉炎就持建文帝未死外逃的意见，而朱彝尊相信《明实录》的说法，认为建文帝死于火。两下相争，皆属悬断，无从考证，于是《明史·恭闵帝本纪》只好这么写：

“宫中火起，帝不知所终。”

第五卷
三雄争嗣

第三十八章　仁宗非不能也，只是不屑

历代开国之君，除了少数几位是从前代禅让得来的，多是“马上得天下”（其实早在“三代”，禅位已需武力做后盾）。朱棣也是大砍大杀挣下的基业，但他不算开国，只能算开房。何以叫“开房”？因为朱家的皇位，原属长房朱标这一支，四爷燕王位下本没有份，可被他硬夺过来，从此皇位由长房转入第四房，所以是开房——开了他第四房的幸福岁月。

朱棣的确是流血流汗打出来的天下，但亦只能说他“马上得了侄子的天下”，而不可遽称“得天下”。朱棣死后，得到“太宗”的庙号，谥曰文皇帝，与他仰慕的李世民同谥，应该很令他称心了。但到嘉靖时，又给他升了格，尊为“成祖”。一般庙号称“祖”的，都是开国奠基之君，除非特别牛皮哄哄的，如清朝的“圣祖”康熙帝。

朱棣不过是一位开国王爷，夺了嫡派的大位，奠了第四房的新基，冠以“成祖”二字，多少不伦不类，说起来还有讽刺之嫌——他“成”的这“业”，有违伦常，有啥好吹的！

顺带说一句，嘉靖帝那么做，有他的私心。因为嘉靖他爹兴献王朱祐

杬(宪宗子,封兴王,献是谥号)是孝宗皇帝的庶弟,本来也与皇位无缘,幸喜孝宗之子武宗无嗣,而兴王这一支与帝室戚属最近,所以得了便宜,由兴献王之子朱厚熜继了大位——这位嘉靖爷与朱棣本为同命,都是个王爷造化,不小心竟化鱼为龙,养成了天子的大福分。朱厚熜即位后,一心推尊其父,由王(兴献王)升为帝(兴献帝),由帝又升入宗庙称宗(睿宗),于是太庙的牌位丛中又多了一块神主木牌,这块金字漆牌竟然还插队,抢到武宗前面。睿宗终身只是个王爷,与武宗份属君臣,谁知在他死后,由儿子帮忙,竟在阴间占了武宗的先。这么明目张胆违反礼法之事,自然令廷臣大大的不满。

朱厚熜为了行己之私,减少沸腾的物议,便隆隆重重地给"太宗文皇帝"上尊号,称为"成祖文皇帝"。朱棣此时"升天",等于是他五世孙射出来的一枚躲避导弹攻击的干扰弹。

话不可枝蔓,仍回到明初,且说朱棣的长子名高炽,洪武十一年(1378年)七月二十三日生于凤阳,他比皇太孙朱允炆小一岁,而比许多皇叔都要年长。那时他父亲燕王还不到二十岁,没有就藩,正奉太祖之命,与秦、晋等王在老家凤阳训兵。

在将士们每日操练的喊杀声中,高炽呱呱坠地,却不想,他却是一个绉绉的文士。

看官,可还记得,朱棣为何独得其父母的偏爱?缘因马皇后做的一个佳梦,让老四儿子捡了一个大便宜。老四房的人爱做预兆之梦,似乎是家传本事。据说,朱高炽出生的那晚,他母亲徐氏也有异梦,只见一人,头戴冠冕,手执玉圭,望她便拜,徐妃一惊,便醒了——随即孩子也落草了。

《明仁宗实录》里写的这个情节,很有点敷衍了事、不清不楚。好比这位冠冕执圭者,如果是来投胎的,总得开门见山,先通个名讳,才好往妈妈肚子里扑呀!如果不是来投胎,或是仙界某位顽皮的尊神,知道徐妃要生一位统御天下的大贵人,特来走捷径,套交情,也得说两句明白话呀!如何屁股一撅,胡乱拜一下,把人家惊醒就跑啦?

也不知是实录的纂修者太马虎,还是这位尊神太唐突,总之我们从这个故事里没有感受到仁宗的“落草”有何神异之处，反不如写其父（朱棣）之生，“光气五色满室，照映宫闼，经日不散”，或写其子（宣宗朱瞻基），“众望见光气五彩，腾于宫闱之上”，来得精神异常，彩头十足！

我猜，《明仁宗实录》的纂修者，本意是要写一位前代帝王，捧执代表天命的大圭，亲手传授给这位待生的贵子。圭是古代祭祀时帝王所持之物，具有皇权的象征意义。譬如《明宣宗实录》在写宣宗之生时，就很费了些笔墨，制造了这样一个情节：

宣宗朱瞻基于建文元年二月九日生于北平燕王府。那时，为朝廷削藩的事，正满府惆怅忧惧，燕王头孙儿出生的喜兴也被抵消了许多。

然而在宣宗出世的前一晚，他爷爷燕王朱棣做了一个梦，梦中太祖朱元璋将一块大圭交到他手里，对他说：“传之子孙，永世其昌。”朱棣恭谨下拜，将大圭接到手里，马上就醒了。

那时朱棣还未起兵，正是天下太平，四海享治，岂料太祖老皇爷不辞辛劳，从南京孝陵地宫的大棺中，飞到几千里外他老四燕王的梦里，传他大圭。朱棣此时正处危难，仿佛那位丹麦王子哈姆雷特，整日里念叨“生存，还是毁灭，这是个问题”样犹豫不决。这个梦来得正当其时，其中的寓意和鼓励意味再明白不过了：以大圭相赠，不等于将天下举手相授吗？

朱棣将这个诡异的梦告诉妻子，徐妃立刻说：“这是子孙之福啊！”

恰好这时世子派人报喜信来了，说得一子。刚刚做了一个福及子孙的异梦，马上就得添丁之讯，朱棣自然把大圭与这个新生儿联系起来：莫非老父亲说“传之子孙”，就应在此儿身上？

孩子满月那天，徐妃抱来给朱棣看，朱棣瞅着自己的长孙，乐不可支，叮嘱徐妃说：“这孩子有天日之表，且英气满面，与我前梦正符，你好好看视他。”天日之表，等于直说这孩子有帝王相了，还生怕照顾不周，交代王妃奶奶亲自照看。

瞧，多么活灵活现，仿佛真事一般。纂修者是动了很深的心思的，不仅论证了宣宗继位的天命，还把朱元璋请来做见证，证明燕王造反，其实是受了他的鼓动——然则，老皇爷岂不成了污点证人了？

相形之下，徐妃生仁宗时做的那个梦，就太欠发挥了。宣宗要生时，是爷爷亲自来送圭，仁宗生时，却不知是何方神圣，拿的是块什么石头板板！确实是描写不工，涂彩不足。这有可能是朱棣、朱高炽父子死亡时间太近，前后仅相隔一年，太宗、仁宗两部实录一起修，对仁宗这部，未免有些用心不够吧。

总之，在“靖难”胜利那年的春节，当老四房一家人其乐融融地在乾清宫过年祝酒时，他们说得最多的话，一定是：“我们是为了一个共同的梦，才走到今天的！”

且撇开宣宗，先说他父亲仁宗朱高炽——

高炽诞降之时，初为人父的朱棣一定爱极了这孩子，把肉团儿抱在怀里，久久不释。不料这孩子长大后，还是粉嘟嘟、肥囡囡，一副胖头胖脑的憨模样，父亲便不太欢喜了。朱高炽成年后，体型异常肥硕，很多史料都说，他因为体肥，不能骑射，还有点跛足，因此转而专修文艺。

对此舆论，官方必须做出回应。

“帝自幼端重沉静，言动有经。”

《明仁宗实录》介绍了高炽的性格，接着讲他的艺能：“仁宗四五岁时，在宫中闻读书辄喜，自是书册翰墨不去手。稍长，开始习射，只学了几天，辄造精艺，发无不中。”

发无不中，就是传说中的百步穿杨、箭无虚发。仁宗怎么才几天，就达到这样高的修行呢？仁宗左右也向万岁爷请教了：

“何若是巧也？”

“心志既正，无难者。”高炽答道。

虽然高炽善射，有后羿、李广的风采，甚至可能比后者还厉害，因为前代名射手无不经过勤学苦练才成才，而仁宗却是不学自通，三两天就成为一位名家。他的窍门也很简单：心正。

但高炽并不以此自得，“绝口不自矜”，从不对人夸口，吹嘘自己箭术如何了得。实录解释说：

“仁宗对于骑射及其他奇巧之物，只不过顺手玩弄一下，并非出乎性情的喜好，他所好者，只是学问，每日都和儒臣们一起论说，乐此不疲。”

原来朱高炽视骑马射箭只如“奇巧”，玩玩票儿，显显本事，让大伙见识一下圣能，就放下了，他自弱龄即秉持儒家“心正”的要诀，绝不会玩物丧志，动摇其向学之志。有趣的是，乾隆帝弘历曾有一段与之相对的话，谨录之，算做个对儿吧。乾隆说：“满洲风俗，素以尊君亲上、朴诚忠敬为根本，而骑射之外，一切玩物丧志之事，皆无所渐染。”风尚如此不同。

在我看来，《明仁宗实录》中这段文字，其实是对仁宗的弟弟兼政敌汉王高煦善于骑射做出的回应，它传达的“微言”是：驰射算什么！吾圣祖非不能也，瞧，他才学两天，乖乖厉害，已为一代神射手，只是在圣祖看来，那是小技，学问才是大事，才懒得理你（高煦）呢！如果再有人怀疑我们的皇上胖得连马都上不去，请你们就不要再信谣、传谣了，当以官书所记者为准！

洪武二十八年（1395年）闰九月，朝廷授金册金宝，封朱高炽为燕王世子。

世子是亲王之国的合法继承人。朱元璋将秦、晋、燕、周四王世子招到南京，亲自教训，并提供一些机会，让他们实际参与政事的处理。

有一次，命世子们去检阅皇城四门的卫士，秦、晋、周很快回奏交差，唯独高炽迟迟不归。朱元璋一边奇怪一边想：“这孩子体胖，步子迟重，且再等等。”

待高炽来缴旨，朱元璋忍不住问他为何独迟？

高炽道：“天早，冷得慌，我等卫士们吃过早饭才阅视，所以迟了。”

杀人魔头非常高兴，称赞道：“你能体恤下人，真是善体吾心啊！”

朱元璋又命世子们分阅中外奏疏。秦、晋等世子不分轻重，大大咧咧，遇个事就闹哄哄地胡乱议论，或者抓住奏疏里一两个错别字，就以为自己眼力毒，很了不起。唯独朱高炽只留意那些关系兵民疾苦与宗社的大事，并有针对性地提出自己的意见，而对字词的错谬，一般都不指出来。

朱元璋以为是他的疏忽，提醒他注意。朱高炽说：“孙儿不敢马虎，只是这都是些小过失，不足以上渎天听。”朱元璋感叹道：“这孩子真有人君之度啊！”便问他：“我听说，尧时有九年的大水，汤时有七年的大旱，当时百姓为什么能活下来?”这正好问到高炽的书袋里去了，他马上答道：“唯仰仗圣人的恤民之政。”朱元璋听了哈哈大笑，连夸他答得妙。

从朱高炽在祖父身边试政的经历来看，这位好读书的世子，的确收到了读书之效。因为他是个儒雅向学的人，所以与同样尚文的皇太孙朱允炆很谈得来。这本可成为一件美谈佳话，没想到后来两家决裂，打起仗来，高炽与皇太孙“相善”，竟差些害了他。

《明仁宗实录》说，朱元璋很欣赏高炽，“自是益见重”。然而朱高炽已经是燕世子，再加看重，又能如何？还不是回到北平，安心做他的世子，等待将来接位做燕王。若不是“靖难之役”的发生，这将是包括朱高炽在内的许多人的宿命。

第三十九章　一次失误，二十年补报

在三年多的靖难之役中，作为世子的朱高炽，一直奉命在北平“居守”，是有很大功劳的。

当时精锐都随朱棣出征，留在城内的多是老弱，城守较为空虚。在战争初年，朝廷数十万大军几度围城，一度非常危急，据说燕王妃徐氏不得不亲自率领妇女上城助守。朱高炽对于自己的职责非常用心，凡事向熟悉军旅的老将请教，或咨访有才识的文吏，推诚相待，很得将吏与士民的心。

一些重要的举措，他不自专，先禀过母亲，然后再施行。每天四鼓就起床理事，一直到次日二鼓才歇息。左右劝他多休息，不要用勤太过，他说：“君父在外，身冒艰险，做儿子的岂可优逸？且北平是根本之地，敌人所必得者，岂可不用心备御！”

虽然朱高炽没有随军作战，立下斩馘之功，但若不是他在后方督治守备、整治守御之器，鼓舞士气，抚绥兵民，北平一旦失守，燕军失巢，将遭到彻底的失败。

然而,守御、调度之功毕竟不像突阵杀伐那么一目了然,汉代的萧何、明初的李善长,效的都是这等不显山不露水的力,待大事已定,皆被推为功臣之首,仍不免非议。当靖难之役胜利以后,燕王朱棣换上龙袍,做了天子,对世子高炽是否功高,未有定见,这表现在他迟迟不肯册封高炽为皇太子上。

本来,燕王既然做了皇帝,世子随升一阶,立为太子,是顺理成章之事。且不论世子有功无功,最起码他没有失德,或有明显过失,就应该立即册封他为新皇朝的继承人。太子是国家之本,朱棣久不立储君,让人开始担心,皇上是否有易储之心?

朱棣在“正大位”之后,不召世子来京,却以北平地大民多,又是藩邸之旧为借口,命世子仍留北平“居守”。而那位企图谋夺储位的次子高煦,却随皇上在京,日日在驾前盘旋。这一亲一疏的表示,加剧了人们的疑虑。而朱高煦得近水楼台之便,争嗣的动作更加活跃起来。

我不大相信,仅仅因为朱高炽“体肥”“不类己”,朱棣就那样讨厌他。我怀疑,当建文帝即位之初,朝廷步步紧逼,燕府阖宫惊惧、不知所出时,高炽曾向他父亲进言,建议不做武力反抗,听从天子“公正”的处分,相信朝廷总会还我公道,若我起兵,奸人的诬告反而坐实了。这样的迂见,当然不得朱棣欣赏,视其为软弱,并进而怀疑世子与建文帝有旧谊,他怂恿自己束手待擒,是企图提前登上王位。此念一起,骨肉之间,就生出大大的裂痕来了。

朱高炽的失误在于,他忘记了政治的要义在于态度,尤其是在危机面前,鲜明的态度、坚定的拥护和誓死的捍卫,才是获得并强化信任的根本,这时,不是发表一己之见的合适时机。

遗憾的是,那时高炽手下还没有一群得力的辅臣替他出谋划策,他凭心而动,对父亲说了不该说的错话,为此付出沉重的代价。此后二十年,他长期遭受皇父的猜忌和打压,地位屡屡发生动摇。

所幸的是,朱高炽在立为太子后,东宫有了一批忠心、智慧的臣僚,在他们的扶持下,朱高炽历尽磨难,屡危而安,终于用他的柔顺和克制,击败了竞争对手,顺利地接过了皇位。

然而，当父亲将胜利的旗帜插到南京的城头，却将他留在北平，并且拒绝给他应有的名分。父亲已经登基做了皇帝，可他还是一个世子，这简直是公开的羞辱。在近两年的时间里，朱高炽计无所出，只有惶恐地等待叵测的命运。

封朱高炽为世子，完全是朝廷按照嫡长子继承的定制强行安排的，燕王本意如何，在此不起任何作用。朱元璋认为，继承制度关乎皇朝万世的稳定，不容有商量的余地。如果没有靖难之变，朱棣对此也不必费神。而如今形势大变，他已经做了皇帝，立谁为储君，由他说了算，他开始犹豫不决起来。

一边，是他极为不满的世子高炽，一边，是在送他登天的胜利中立下战功的二儿子高煦，他心中的天平发生了倾斜。

朱高煦在靖难之役中作战卖力，得到许多靖难功臣，也是新朝实力派的拥护，夺嗣之心益加勃勃。

高煦常拿一位古人自况，觉得自己就是当世的唐太宗李世民。想当年唐高祖李渊起兵，老大皇太子李建成也似今日的长兄朱高炽，只做了一个没用的“守成”，东征西讨，立下汗马血战之功的，是二儿子秦王李世民。天下之功本出秦王，天下就该秦王来坐！李建成不过仗着年长几岁，侥幸占了个嫡长之位，就以正统自居，而天下之人也都以他为正统，这太不公平了！天下公器，当有能者居之。玄武门之变，并非秦王弑兄杀弟，而是不识相的建成等人自找的晦气。

这是朱高煦的史观。他自认为英武，最像唐太宗李世民。天下，李世民坐得，我如何坐不得！

在永乐初年，高煦的实力和在朝的影响力，似乎也远出高炽之上。

在他的“天策府”里，汇聚了众多“好汉”，如位居靖难武臣第一位的淇国公丘福以及驸马永春侯王宁（他姑父，朱棣的妹夫）、富阳侯李让（他妹夫，朱棣的女婿），都是他的座上宾。

他姐姐永平公主，毫不隐讳地站在他一边，共同反对长兄高炽。永平公主是李让的老婆,他一家人都是高炽政治上的反对者。高炽即位后,以“在先帝时有逆谋”的罪名,将其子李茂芳废为庶人,并秘密处死,已经去世的李让,其爵位及三代诰券也遭追夺。我们由仁宗报复之惨,可知他们结下的仇恨有多深。

关门议事时,高煦常愤然而起,撩起衣襟,指画旧伤,与一干靖难同袍共同缅怀浴血奋战的“战斗情谊”,而抱怨父皇不早立他为嗣。他总是奋臂高举,借机露出两腋请大家看,只见那里若隐若现长着几片龙鳞一样的东西,听众人咄咄称奇,高煦的心便如一条飞龙,腾云驾雾而去。

丘福在永乐初年,是权柄煊赫的人物,在靖难武臣中,他功列第一。建文四年九月,朱棣入京不久,即论功行赏,大封功臣。新朝的勋贵大人,统被称为“靖难功臣”。说起明代的功臣世家,主要就是这些人,而开国的功臣,传世的仅仅三家(魏国公徐家、黔国公沐家、武定侯郭家),其他的不是被族诛,就是削爵绝封。靖难功臣封公者两人,一个是丘福,封淇国公,另一个是朱能,封成国公,这两人都出身燕王驾前燕山护卫。还有一家定国公,原本是都督徐增寿的追封之爵,因为徐增寿“死得伟大”,朱棣特赐给他家,成为世爵。其他靖难武臣,封侯者十三人,封伯者十一人。

以上是参加靖难的将领,另外还以“款附”(说白了就是投降)功,封驸马王宁为侯,兵部尚书茹瑺和都督陈瑄、王佐三人为伯。

三位新“伯”中,平江伯陈瑄是个彻头彻尾的可耻叛徒,当燕兵逼近江北时,他受命统率舟师,负责长江防守。朝廷就剩下这最后一道防线了,陈瑄担任此职,可谓重寄。结果他临难变节,率水师反水,反为燕军渡江之助。朱棣大为感激,回赠以“平江”之伯。

在以款附、拥戴之功受封的四人中,唯有陈瑄的平江伯得以传袭,茹瑺和王佐,作为建文朝的文武重臣,曾以使者的身份随李景隆赴燕军大营议和,他们的“辛苦”,至此得到回报。但好景不长,分别于永乐七年(1409年)和三年(1405年)“有罪下狱死”,皆不得善终——阎(燕)王爷的便宜,不是好占的!

且说驸马爷王宁以“款附”得封侯之赏。王宁是朱元璋第六女怀庆公主的丈夫,既是建文帝的姑父,也是燕王的妹夫,两家近亲打起架来,他选择支持燕王。

前文说到,怀庆公主是孙贵妃之女,孙贵妃作为周王的养母,公主自然与他亲近。建文帝大力削藩,首先拿周王开刀,公主一家肯定同情周王的遭遇,而对朝廷不满。王宁便做起情报工作,“泄中朝事于燕”。结果行事不密,情报站遭到朝廷破获,他因此下狱,家产也被籍没。

受到建文帝“迫害”的王宁,与“死难”的徐增寿,对于因叛逆而兴的永乐王朝,具有宝贵的“忠义”价值。朱棣所重王宁者,正在此点,故不惜以封侯做表彰。王宁在永乐初期,也是炙手可热的人物,对皇帝具有一定的影响力。

在永乐朝的新贵中,丘福、王宁、李让等一批勋戚都公开支持二王子高煦。朱棣登基后,没有晋封世子高炽为太子,而是将此事长期搁置,无论群臣如何以“国本”为重,多次请求立高炽为皇太子,都被他搪塞过去。与此同时,朱棣却装出一个愿意倾听下情的姿态,向百官征求册立太子的意见。太子是现成的,还用议吗?他分明是在试探更择他人为太子的可能性。

投机家们探知世子不为皇上所喜,以为他定然与储位无缘,于是齐心拥戴二王高煦。他们除了私底下向高煦表示效忠,更经常地在朱棣驾前夸二王子功高,希望推动朱棣做出决策。

一时间,京城里议论纷纷,都说虚悬的储位,早晚要落到二王子朱高煦身上。

第四十章　燕王的胡子有说道

但是,朱棣突然做出一个令所有人意外的举动,他下令让高煦离开南京,去北边开平、宣府等地操备屯田。永乐元年六月,因为高煦的随从遭雷殛身亡,朱棣认为是不祥之兆,一度将他召回,但不久复命他回开平备边。

皇上是何用意,难以猜测,然而此举所造成的一个事实,却是显而易见的:高煦不能再留在京城呼风唤雨了。而他一离开,以他为中心的“天策府”立刻瘫痪，无法运作了。这是对高煦的重用，还是疏远？谁也不敢轻易下论断。

京师浮华之地，素来是投机政客的集聚之地，可他们现在面临一个巨大的疑难：将要登临储君之位的，是长子高炽，还是次子高煦？两位王子，谁的胜算更大一些？现在来看，形势愈发变得扑朔迷离。

在京师的茶馆酒肆里，在投机客的密室里，在朝房官衙的每一个角落里，关于未来的储君是谁，永远是人们纷纷热议的话题。

朝臣之中，像丘福、王宁、李让这样公开支持高煦的人尽管是少数，但是，因为他们地位特殊，容易让人猜测，他们代表了“圣意”，其态度无疑具有强烈的示范效应和风向标作用。然而多数投机客们都深明一点，即在选择效忠对象这件事上，每个人只有一副筹码，一旦押错了宝，投错了地方，对其仕途造成的威胁，将是致命的，必须慎之又慎。

就在高煦被打发到开平去不久，二爷党的重要成员驸马爷王宁突然失宠了，这不禁令人产生丰富的猜想。

事情的起因，据传是因为王宁好佛，屡次劝皇上诵经饭僧，为太祖资福。而皇上本是道教玄武上帝的崇拜者，二人在信仰上，根本尿不到一个壶里。王宁动不动念经，令皇上大为不快，久之恩礼渐衰，开始疏远他了。

这是外传的信息，再具体的情形就无从知晓了。而皇上的不快似乎也不是一时之愤，转脸儿就忘，就在王宁恩衰，被禁止入宫后不久，他突然被抓了起来。

许多人都瞪起眼孔来看，到底是怎么回事？有脑筋转得快的，已在大胆猜想，这是否是二王子失宠的先兆？二爷才离开没几天，他最为忠实的信徒即落了大狱，其中必有隐情！

再看王宁，吃了几天牢饭，就被放了出来，有惊无险，并无大碍。人们又推翻了先前的判断，认为皇上对王宁还是始终保全的，此番下狱并无深意，不必过度解读。

王宁不久就死了，他的爵位虽然来得便宜，毕竟也是真金白银，实实在在的。世券上明明白白写着：此爵世袭罔替，传之无穷。可王宁一死，朱棣却不再提他家袭爵的事，礼部也不执奏，于是王家的永春侯，才一世就断了。然后是仁宗即位，与王家是对头，王宁和公主的后人只好干瞪眼，哪敢申诉？从此只能在羽林卫挂个佥事的衔吃干俸。

比起京城那些观时事、察风向的投机客们，朱高煦孤零零地坐在开平城内，心中那份悲凉和苦楚，更是难以言表。开平还在北京以北数百里的塞上，再往北就是茫茫大漠了。曾几何时，这位炙手可热的储位竞争者，竟沦落到比他不得志的长兄更为“苦寒”的地步！高煦也搞不明白到底是咋回事。失意之余，他心火如焚，却又百无聊赖，无措乎手足。

高炽和高煦两兄弟都在北方翘首以待，焦急地等待父皇遣使来召，并带来他们期盼已久的好消息。然而储位的疑云，笼盖在南、北两京之上，只见雾气蒸腾，云山雾罩，却谁也摸不准朱棣的葫芦里装的什么药。

其实，朱棣也在做激烈的思想斗争。

择嗣之事，太重大了！他必须综合考虑所有的因素。朱棣是一个迷信天命的人，碰到疑难，他首先要向老天爷请教。然而，天子虽号称天之骄子，可“父子”之间对话，仍得通过“中介”——这些人在上古，是巫觋，而在中古的晚世，则主要是一些方士。明朝的皇帝，最信的是羽流和方生术士，如扶箕的、捉鬼的、炼丹的、修仙的，等等，且放后文再讲。此处单说朱棣在诸般术士中，最信相士。

相术是相人术的简称，包括相面、相声、相形态、相手足四类，其中最主要的是相面。相术是中国传统占卜术的一种，它的理论基础是：人们的性格以及祸福寿夭，都体现在他的面容和形体之中，如云“蜂目而豺声，忍人也”，就是说这个人长着一双蜂眼，声音如豺狼一般，他一定是个残忍之人。相术以“相”鉴人，故而又称风鉴术。中国的相术与西方的颅相学颇有相通之处，它实际上是古代神秘世界观的表现，早在先秦时期，就已非常普遍，《左传》《国语》等书中都载有许多相面的例子。相术在传统文化中，在社会各阶层的观念中，其影响之巨大，是远比更多时候只是挂在嘴头的孔孟之道要厉害的。

朱棣就是一个相术的爱好者，他经常利用相术的判语来做决策的参考，而他最为深信的相士，是袁珙、袁忠彻父子。

袁珙，字廷玉，号柳庄，人称柳庄先生，或袁柳庄、柳庄神相。袁珙是浙江鄞县人，元末明初的著名相士。传说他“生有异禀，好学能诗”，年轻时游历湖海，在海外普陀洛伽山遇一异僧，授之以“相人诀”，乃成为他发迹的起点。

袁珙就是比一般人幸运，那所谓的海外洛伽山，并非瀛洲、蓬莱一类缥缈不定的仙山，它就在今天浙江省舟山市普陀山东南约十里的一个小岛上，当时香火已盛，与普陀山齐名，每天香客游人如织。

可是啊，那么多人来烧香礼拜，求神问佛，都只遇到卖香的、算卦的和收门票的俗僧，偏袁先生遇到一位异僧！令看官中的豪客大呼不平：“某不才，亦曾壮游无数名山大川，何以一个异人都未曾遇到？”

如果看官中有这样的“（牢）骚客”，我只好一怪你没有“异禀”，二怪你太冬烘，书读得太实在。各位，难道你相信张良顺便过个桥，就有一位奇人等着他，好授他兵法，成就他一生事业？张良替老翁提鞋的故事，多半是后世推拿师傅“捏”出来的。这类事情的逻辑，其实应该倒过来看：先有了张良的事业，才有黄石公授他兵书的事。袁珙也为同例：先有了袁先生的名满天下，才有人费心，替他编出一个遇异僧授法的故事，或者干脆就是袁先生自己编造的，以增加他那一套把戏的神秘感。当代不是还有“大师”吗？看官请考察一下，他们是如何编造自己强大功力的出处的？总归脱不了一个“异”字，不是碰到异人，就是曾有异遇。

且看那位异僧传授的相人诀，袁大师是如何练的：

“先仰视皎日，目尽眩”，此为第一步，就是午间日盛时盯着太阳看，看到“目尽眩”为止，网上有人将这种与酷暑骄阳的抗争称之为“抗日战争”。

然后是第二步，在暗室中分辨红、黑二色豆子。

第三步，把无色丝线挂在窗外，凭着月光辨其颜色。

以上三步走完，等到眼神好到不会犯错，就可以相人了。

袁先生就是这么说的，然而，我要揭发：此计何其毒也！若有好学之士照这法儿练去，才到“目尽眩”这一关，差不多就要瞎了，哪里还能辨甚丝、豆？不过你瞎了，他自有话讲：谁让你没有“异禀”，自不量力的？

记得小时候在《故事会》上读过一个故事，写后羿如何苦练箭术，成为一代神箭手。他的法子也是死盯一样东西看，等到眼中苍蝇如车轮、蚂蚁如磨盘，就无射而不中了。少年的我，竟然信了，每日练眼力，最后练成一对近视眼才罢休，至今还懊悔没异禀哩！

其实都是胡闹。不过我总算明白了，为何袁大师只有一个成名的弟子，那就是他亲生儿子袁忠彻，肯定别有秘籍暗授，他的爱子才不学那一套呢。而其他弟子，束脩（学费）交了，当也上了，大概都被他害瞎了眼，改行做推拿、算命去了。

总之，自古骗人的法门，套子就那几种——好比仁宗皇帝不练而成，后羿瞎了眼乱练，最后都成为神箭手——就看你信不信、往不往套儿里钻。

袁珙说，只有基本功练成了，才可相人。他的相法是：“夜中燃两炬，视人形状气色，而参以所生年月，百无一谬。”即在夜里点两支火炬，借火光察人形体气色，同时参以他的生辰八字，如此这般，袁老师一出手，就不会错了。

袁珙这套独门绝技，在元朝即已相当知名，判人死生祸福，无不奇中。他预测人的祸福，甚至可以精确到某时某日，只举一例：洪武中，他在嵩山寺遇到一个和尚，开口就道：“您可是刘秉忠一类的人物，请幸自珍重吧！”刘秉忠是辅佐元世祖定天下的功臣，然而当时天下已定，这位和尚去辅佐谁定天下？若往深里究，岂非预言天下将要大乱，只待这秃厮来重定？然则命世之主将为何人？简直是狗胆包天的妖言大话嘛！

想必聪明的看官已猜出来了，那和尚不是别人，正是靖难第一功臣姚广孝，法名道衍的便是。他预测姚广孝将辅佐朱棣，重开天地，已为后来的事实所证明。他哪里是神相，简直是神仙！袁珙的相人术，至今无传，只留下许多神奇故事，其中最重要的，都与明成祖朱棣有关。

袁珙与朱棣的中间人，正是姚广孝。

洪武十五年（1382 年），姚广孝作为钦选的高僧，随侍燕王北行，来到北平。他随后将袁珙推荐给燕王。朱棣起初不太信袁珙的本事,想考验考验他,遂找来九个长相与他相似的卫士,一起操弓挂箭,突然出现在大师面前。袁珙并不知燕王在内,但一见之下,即向前倒拜道:“殿下何轻身至此!”卫士们假意笑他,说他认错了,袁珙越发谏得认真。燕王这才相信,袁珙这对招子,果然是火眼金睛,马上在宫中接见他,请他好好给自己相相。

袁珙谛视一番后,稽首再拜,说出下面一段话:

“殿下太平天子也!龙形凤姿,天广地阔,重瞳龙髯,二肘若肉印之状,龙行虎步,声如洪钟,实乃苍生真主也。”

他预言:“但年交四十,须长过脐,即登宝位。”

什么龙呀凤呀,漫天飞舞,最后竟许了燕王一个“苍生真主”的命(相对于真主的伪主,自然是未来的建文帝了)!他笃定地说,燕王在四十岁上下,胡须长到肚脐那里,就可以登基坐殿了。

袁珙此番北平之行,还带来了他的儿子袁忠彻,因为“看日、辨豆”的基本功扎实,也成了相术高手。一日燕王宴请北平文武官员,暗令袁忠彻相之。如果说袁珙是喜鹊,那他这位公子就是乌鸦了,张口即无好话,他说都督宋忠面方耳大,身短气浮;布政使张昺面方五小,行步如蛇;都督耿瓛颧骨插鬓,色如飞火;都指挥谢贵体肥而气短;佥都御史景清身短而声雄——总而言之,“于法皆当刑死”。

朱棣一听他的对头都是死命,不禁大喜,起兵之意益决。而事实也印证了袁忠彻的判断,数年之后,当燕王起兵之时,这些在席上被袁忠彻相过的官员,统统被他杀死。

燕王的部下听说来了一位半仙儿,纷纷跑来相面,好卜个前程。袁神仙则大大方方,“皆许以公侯将帅”。燕王将来若登仙做了天子,他的部下自然鸡犬升天,出将人相还不好说?——他分明在为燕王起义拉队伍嘛!

不过,袁先生这一封拜,把燕王吓着了,赶紧将他礼送出境。

此时尚还在洪武时期,功令甚严,袁珙真敢如此放诞无忌,肆口雌黄?按说袁先生是元顺帝至元元年,即1335年生人,到大明建国时,已经三十四岁了,他惯常周旋于公卿士夫之间,在新朝严酷的政治环境下,又经过一二十年的历练，不应轻薄如此。

《明史》说他“相人即知其心术善恶。人不畏义，而畏祸患，往往因其不善导之于善，从而改行者甚多。”袁珙相人，先知其人之善恶，他深知人不畏义而畏祸，所以借祸福之说以导恶从善。如此，袁珙还是个进退有理之人。

然而那个时代，最大的恶、十恶不赦之恶，不正是谋反吗？袁珙何以不拿赤族之祸引导燕王及其爪牙走上善道，竟以天子、公侯的好处为诱饵，煽动恶人造反呢？其实，朱棣在当时必无反心，袁珙也绝不敢胡言乱语，只是后人为了夸耀他本事大，吹嘘过了头，反把朱棣说成天生反骨，把袁先生塑成一个前颠后倒的大妄人。

朱棣信服相术，姚广孝介绍袁珙来为燕王相一面，应是有的，至于以上神奇种种，应该皆出伪纂。试想，即便朱棣在懿文太子死后，生出非分之念，请袁珙来相面，好壮壮胆气，也只能是秘密从事，岂会闹得满城风雨？须知，朱元璋的密探到处都是，诸王的行止，他随时都能掌握。况且，朱棣不还说过，与他不和的晋王，经常派探子到他国中，察其过失吗？想来，朱棣必不如是之虚诞浅躁！

而现代人写历史，却轻信之，乐言之，不加批判地使用之，则所写哪里是史，简直是相书了。

第四十一章　带着神相打天下

朱棣通过与袁珙的交往，了解到他手段了得，登基后即将他父子一并召来，老的封太常寺丞，少的拜鸿胪寺序班，赐之冠服、鞍马、文绮、宝钞及京师居邸，经常以疑难之事向其求签问卦。而永乐初年最难决断之事，便是储位的归属，朱棣便请袁大师去相相，到底长子高炽有没有天子的福分？

《明史·袁珙传》记此事说：

袁珙先给皇长子朱高炽（仁宗）相了一面，赞道：“好一位天子！”又相其子朱瞻基（即未来的宣宗），道：“真是一位万年天子！”占语更美，与当年相燕王于潜邸时如出一辙，不由得朱棣不信。

既然长子高炽，连同他的令郎，命里都是天子的贵格，还有什么好说！于是，“储位乃定”——就让老大来坐吧！

《袁珙传》的记载，主要依据姚广孝奉朱棣之命，亲笔为袁珙所作的墓志铭，此事应属可信。我怀疑袁珙应该同时为二王子高煦、三王子高燧也相过面，至于他怎么说的，就不知道了，总不会一概惊呼为“天子”吧！

朱棣对袁珙其人及其术，极为宠信。此处不妨另开一枝，表两件较少为人注意的史事，以证明朱棣在用兵等大事上，是经常向“神”请教的。仍与袁氏父子有关。

朱棣攻取南京后，在此一待八年，时间之久，仅次于他的少年时代。与温暖的南京比起来，朱棣似乎更喜欢较为严寒的北方。永乐七年(1409年)初，朱棣第一次北巡，回到了他的龙飞故地北平。这座元代的旧都已在他登基之年升为“北京”。

十月间，突然御前有使者来到南京，急召袁珙赶赴行在。袁老先生当时已经七十五岁高龄，获命后不敢耽搁，即日就道。此时朱高炽已被立为皇太子，在父皇北巡期间，奉命在京“监国”，主持朝政。老先生北行仓促，高炽“念其衰老，非霜露所堪”，特赐其貂裘。

皇太子此举，并非普通的优老，一个六品的太仆寺丞还够不上监国太子亲自关照。朱高炽其实是借此表达对袁珙的感激。几年前，当父皇在立嗣问题上举棋不定，“意有所属，迟回累年”时，多亏袁神相拉了他一把，朱高炽为此深怀感激。

貂裘披在老先生身上，那份传自东宫的暖意，叠叠重重，意味无穷。过去是争太子之位，如今储位已定，但革命尚未成功，高炽仍需努力，争取在太子的宝座上坐定坐稳，不能不对父皇的近臣多方笼络。

袁珙此次蒙召急赴北京行在，他的墓志也有记载，但所为何事，却没有交代，只说袁珙“既入觐，奖论有加”，不久得请归乡，展拜祖茔，次年就病故了。

事情的缘由，其实我们可从当时的时局窥知之：此番北来，朱棣并不是简单的巡行，而是准备亲自坐镇北京，出兵回击屡屡扰边的鞑靼人本雅失里。这年七月，他任命淇国公丘福为征虏大将军，以武成侯王聪、同安侯火真为副，靖安侯王忠、安平侯李远为左、右参将，集齐大军北征。这是他即位后第一次重大的军事部署，结果师出不利，北征之师在胪朐河大败，一公四侯皆死。朱棣颜面扫地，遂决意亲征。就在这当口，他遣专使南下，召袁神相赶赴行在，肯定与北征军务有关。而神相将如何分君之忧？大概朱棣深深震撼于不久前的惨败，对于亲征并无胜算，希望借重神相的占卜，以决大计。

袁珙如何应对，属于军机，无从考知。但当时亲征之举已如箭在弦，想必圆通老到的袁珙不会犯傻，揪须批鳞，说出什么不吉利的话，触犯"圣怒"的。

总之次年二月，朱棣按计划亲提六师，出塞远征朔漠，七月间凯旋班师，十一月回到南京。不久，袁珙的死讯也到了。朱棣闻讣，立刻赐以极为优渥的哀礼，不仅给钞、赠官，命工部营葬事，遣内臣祭其家，还特命姚广孝为他的老朋友撰写墓志铭。这便是皇上对袁大师"密赞"之功的回报吧。姚广孝在墓志中，将袁珙之侍奉成祖朱棣与唐代著名术士袁天罡受知于唐太宗相提并论。而在相学史上，袁珙与汉代许负，唐代袁天罡、李淳风等人并驾齐驱，皆称相学大师。

袁珙因为年老，仅在北京"参赞"了一下，并未扈从，而由他的儿子袁忠彻在军随侍。王鏊《王文恪公笔记》记道：

"皇甫仲和，是河南睢州人，精于天文推步之学。袁忠彻长于相面，皇甫仲和长于占卜，他们各擅其道，每次成祖朱棣北征，都要带上这两位大师。"

可见北征大军之中，真是术学高手林立。

过去的方生、术士，虽然多擅一能（如袁氏以"相人"为长技），亦常兼习他学，好比这位皇甫仲和，精于天文推步，即占星之术，在相学上也有较深的造诣。据说他一日出朝，有个卫士一定要请他相一相，他偏头瞧见屋上有两鹊在斗，立刻说出此人的妻妾正在打架，让他赶紧回家解劝。那卫士急奔回家，果不其然，俩老娘们儿正缠斗不休呢。

朱棣的首次北征，并不像官书吹嘘得那样“完胜”。大军在广漠中搜索久之，总不见虏骑，兵马疲惫不堪，粮草也渐渐供应不上，真如王昌龄诗里写的：“怏怏步长道，客行渺无端”。朱棣打算回师，却觉斩获不大，回去之后面上不好看，就召皇甫仲和来占，让他“猜”敌人去哪儿了。

仲和掐着指头咕哝了几声，说道：

“今日未、申间（约下午三四点钟），虏兵必至。”

朱棣心喜，忙问：“从哪一方来？”

“从东南方来。”

“胜负如何？”

“王师先有小退，然终必取胜。”

朱棣疑信参半，又召袁忠彻来问，好做个印证。结果忠彻所答，与仲和所对，如出一辙。

正所谓君威难测，伴君如伴虎，朱棣在听到二位大师对敌情做出相同的卜测后，竟然发怒了：“你们两个串通起来欺骗我吗？”下令把他们抓起来，威胁道：“今日若虏兵不至，你二人皆死！”所幸午后不久，鞑靼兵马果然大至，一如所占（我意用猜字更妥帖）。朱棣这才把怒气平息下来，出兵迎战，在战胜之后，赐给二人以币帛等赏物。

袁忠彻服侍喜怒无常的君主，虽不时险象环生，但凶光去后，益显其手段高明。在专制主义日益强化的时代，如袁氏父子这样官不高，却以其术得近“天光”，并得到荣宠的人，被称为佞幸，他们对皇帝的影响力，比外朝的高官更要微妙和持久。

在永乐初年储位的归属问题上，袁珙的相术发挥了重要影响，固是无误，但要说这件一件大事，因袁珙片语而决，一锤定音，则言之过当。

在立嗣问题上，朱棣征求过不少重臣和近臣的意见，其中包括兵部尚书金忠与内阁学士解缙。

金忠是浙江鄞县人，与袁珙是同县老乡，他也善于卜筮，不过与袁氏相面不同，他主要利用《易经》算命。金忠的哥哥因罪遣戍通州，不幸身亡，由金忠补戍入伍。但他家里穷，凑不齐路费，幸得袁珙的资助，才得以成行，来到通州，做了一名戍卒。

明初的军士，多是军籍，世代当兵吃粮。但军户之兵与营兵、雇佣兵不同，他不需要在营里待着、每日上操下操，不打仗时还可以自由做些活计。金忠就发挥特长，在北平城里卖起卦来，而且特别灵验，“市人传以为神”（我疑惑的是，他在家乡穷困潦倒，定然是卦词不灵，生意冷清，如何一到北方，马上就神验了呢？大概还是“外来的和尚会念经”吧）。

他的能耐被道衍和尚知道了，把他推荐给燕王朱棣。可见姚广孝这位高僧，经常向燕王府里输送各种异能之士。只是不知金忠与袁珙，谁先获得燕王的赏识，但从金忠与袁珙同乡，却要依靠袁珙资助来看，袁珙成名早，是金忠的前辈，说不定他的“神技”，还是袁珙给他吹出来的呢！

袁珙给朱棣相面，说他的胡须长到肚脐眼那里，就可称帝。金忠则手捧周易打卦，得了一个“铸印乘轩”的好卦，惊叹道：“此象贵不可言。”——金忠这一叹，不是一个金圣叹嘛！

从此金忠出入燕府，常以所占来劝燕王举大事，深得燕王倚信。燕王一起兵，马上授予王府纪善的官，命他守通州，又召他置于左右，经常拿军中疑问向他咨询。金忠赞画戎务，成了燕王驾前的一位谋臣。

昔日潦倒的金忠，如今成了一位靖难的佐命功臣，被封为工部右侍郎，很快又升为兵部尚书，官儿可比袁神相做得大。

第四十二章　太子之位，尘埃落定

金忠属于文臣，在永乐初，一度辅佐世子“居守”北平，他在政治上是支持朱高炽的。淇国公丘福等功臣，多次劝朱棣立高煦为太子，而在靖难功臣中，唯独金忠以为不可，且“历数古嫡孽事”，给朱棣讲古代的夺嫡争嗣故事，好使其警觉。

朱棣犹然迟回难决，又向解缙、黄淮、尹昌隆等内阁、翰林辅臣咨询。《明史·金忠传》说：解缙等都认为金忠说得对，“于是立世子为皇太子”。

显然金忠发挥了意见领袖的作用。

再来看《明史·解缙传》的记载：

“当储位未定时，淇国公丘福一再称汉王高煦有功，宜立为嗣。成祖密问解缙，解缙说：‘皇长子仁孝，天下归心。’成祖不应声。缙又顿首道：‘好圣孙。’说的是宣宗，成祖这才颔首点头——太子遂定。”

结合《金忠传》来看，朱棣是在听取了袁珙（近臣）、金忠（靖难功臣）等人的意见后，犹然不决，才来找解缙等翰林官员（近侍文臣）咨询。

解缙先说高炽“仁孝，天下归心”，差不多是一句空言套语，朱棣不应，又称“好圣孙”，就打动朱棣了。

《明史》一会儿说袁珙密相仁宗父子，由此“储位乃定”，一会儿又说解缙盛称宣宗，“太子遂定”。那么立仁宗为嗣，到底是袁氏之功，还是解氏之功？正可见“尽信书不如无书”，读史岂可泥于只言片语！朱棣当然不会只听一人之词，就定下太子所属，他需要全面权衡，充分听取意见，并借此了解朝议及人心的取向。

以上两个故事，有一点是相通的，即在讨论朱高炽的地位时，总是牵扯到其子朱瞻基，尤其是解缙，更是拿“好圣孙”来打动朱棣。

朱瞻基，是朱高炽的嫡长子，也就是后来的宣宗皇帝。他生于建文元年（1399年），这一年朱棣起兵反抗朝廷，所以这孩子的“睿名”，应该不是循例奏请朝廷，由礼部所拟，或许便是朱棣亲自所取。瞧，“瞻基”，换成大白话，不就是“观瞧宝座”？大有“问鼎”之意。不管怎样，这个名字是极富雄心的。

当靖难之师入京时，朱瞻基年方四龄。传说朱棣不喜欢长子，却异常喜爱这个长孙，最终册立朱高炽为太子，并将皇位传给他，其实是一种迂回策略，本意是为了让朱瞻基继承皇位。

此说可信不可信且勿论，看官有没有觉得耳熟？然也！在清代康、雍、乾三世的承嗣问题上，也有这样一种说辞，道是康熙并不怎么看好四儿子雍王胤禛，却特别喜爱胤禛的第四子弘历，希望将来由小弘历继位，奈何中间隔着一位尚在中年的雍亲王，只好将皇位先传给胤禛，待胤禛万岁后，由弘历接位。

“圣祖尤爱弘历”，是构成雍正即位合法性的证据链中的关键一环。可是有学者研究后认为，这不过是弘历的一面之词，在原始档案中，并没有晚年的康熙格外属意于他的相关证据，反倒是康熙特别关照其他皇孙（包括废太子之子）的材料非常多。我们以此反观明代初年朱棣、朱高炽、朱瞻基祖孙三代之间的关系，恐怕也要道一声“未可尽信”吧。

当然，朱棣爱不爱这个孙子，爱到什么程度，这是他内心的活动，我们无法考求。但历史是可以依靠一些事件做参照性鉴别的。

有一件很搞笑的事，朱棣不知，各位看官不可不知，好教大家晓得了，一齐来笑我们“圣神”的成祖大老爷。

正德年间有一种野史，名叫《传信录》，书中爆出惊人“内幕”，称“我朝宣宗章皇帝，乃建文君之子也”，还说，成祖既以宣宗为太孙，未尝明言他是建文之子，而宣宗幼失所怙，也不自知身之所出，皇位就这么稀里糊涂传下来。从宣宗到英宗、宪宗、孝宗，直到当时的武宗，都是建文帝的子孙，只是他们自己都不知道咧！

明朝人真能给他们的皇帝泼污水。前文已经介绍了，宣宗生于建文元年，他绝不可能是建文帝之子，除非他爸爸在与皇太孙做好朋友时，学现代人的样儿，搞过“换妻”游戏——可那时还没此风呢！

明代著名史家王世贞已斥此说“殊诞妄可恶”。然而我们换一个角度来看，宣宗被送给建文帝当儿子，与他爷爷被归入元顺帝旗下做遗腹子一样，都是后人戏耍暴君的游戏，如此，便有几分可喜可爱了。

那些窃国之贼，整日胡编乱造，妄许天命，自称神圣，民间艺术家拿他们做傀儡，编一点新鲜玩意儿，解解“正史”的闷，也是蛮好玩的。

话归正题，且说朱棣不仅对长子高炽是否是储君的合适人选大加挑剔，他还要考虑桀骜不羁的次子高煦的种种败德不法行为。

史书中的朱高煦，获得的全然为恶评，他的传记里充斥了“性凶悍”“无赖”“言动轻佻”“多过失”等一连串糟糕的评语。在至亲眼里，他也不招人待见，祖父朱元璋“恶”之，舅舅徐辉祖也讨厌他，认为三个外甥中，就数他勇悍无赖，非但不忠，还不孝（谓其将“叛父”），他日必为大患。

在随后的靖难之役中，朱高煦凶悍嗜杀的秉性，转为他胜人的优势。在战场上，他是领了杀人执照的，可以放开手脚，合法地杀人，杀人愈多，功劳愈大，英雄气愈足。他帮父亲把燕王的王冠用血洗，洗啊洗，洗出一顶“白帽子”，从此更为“自负”，益加“恃功骄恣，多不法”。

总之，史书为朱高煦勾画的完全是一张天生魔头的漫画肖像。这或许有成王败寇的因素，因为一个见多不怪的事实是，人在做贼时就是一副短命的、死不得超生的恶鬼相，一旦称王临位，马上洗脸更衣，换成一副龙姿凤质、冠冕垂旒的圣君之相。朱棣就是一个典型。高煦是失败了，留下的影像如此不堪，我们可以假设，如果他图个侥幸，居然登临帝位，那么他一定门庭重光，作为一位圣明之君在国史中耀耀发光。

正因为中国的古书里面，夹杂了太多的故意抬高和刻意抹黑，信用失效，所以今人虽然不能将它们丢在一边，但也增长了读史的智慧。最近见到有高煦故封之地滨州（明为乐安州，高煦失败后改为武定州）的人士，撰文讨论高煦是反贼还是英雄。我愚以为，对“反贼”高煦重新认识，分析他是如何被“抹黑”的，的确有价值。但若对史料一概否定，必欲平反而后已，摘掉旧冠犹觉不足，定要重制一顶“英雄”的高帽儿奉上，恐怕有矫枉过当之嫌。

拨开历史的迷雾，至少有一件事，不是诬词：朱元璋死后，朱棣本人奉旨不能到京哭临，就命高炽、高煦代为入京告祭。舅舅徐辉祖对高煦颇多训诫，高煦不耐烦，偷了徐辉祖一匹良马，径直渡江逃回北平去了。他在途中凶暴异常，动辄杀人，在涿州，只因小故，就击杀了一名驿丞。驿丞虽小，也是朝廷命官啊！燕府二王子的暴行引发了朝廷的强烈反感，“朝臣举以责燕（王）”，朱棣不仅代子受过，纵子行凶也成为削藩的主要罪行之一。

总的说来，朱高煦身长七尺，轻趫勇武，英武之气非凡，在一部分朝臣，尤其是参加过靖难之役的燕府旧将中，拥有不少的支持，他代表了通过夺位战争兴起的靖难新贵的利益。

应该说，高煦的实力基础是很坚实的，朱棣对靖难功臣的意见，不能不表示一定的尊重。但高煦的毛病太明显了，此人性格浮露，又不爱亲近儒臣，在以文官为主体的广大朝臣中缺乏拥戴。在朝的绝大多数文官都是建文朝留下的，对彪悍善战的高煦毫无好感。

当然，朱高煦最大的劣势，在于他是次子，上头压着一位名分早定的大哥。这是最难逾越的一座大山，他固然是一位“力拔山兮气盖世”的好汉，但在尝试之后很快发现，这座山实难撼动——尽管它看起来总是不稳当，在猎猎强风中摇晃。

不管怎样，对于选拔谁来做继承人，朱棣一定是经过反复比较与权衡，才做出最终的决定。我想，他考虑的重点，应是如何为万世立法，而不仅仅出于对某一个儿子的偏爱。朱棣是因篡得位的，他思考的关键，恰恰在于如何避免靖难之役的悲剧在他的子孙中重演。

朱棣即位后，在事实上继承了建文帝的削藩政策（只是步骤更舒缓一些），对“塞王”的封国重新进行了调整，逐步剥夺王子们的武力和干预地方事务的权力。当来自家族的威胁消除之后，则要着重考虑家庭内部的稳定。他知道，太祖确定的嫡长子继承制，是杜绝非分之念，避免皇室内部相争的最好选择，此时若俯从群臣之请，册立世子高炽做太子，既顺理成章，亦等于重新确立并坚持这一制度，将有利于万世！如果改立高煦或高燧，则必将引发朝廷持续的纷争，甚至动摇朝廷统治的基石。这是朱棣不愿意看到并极力避免的，而这，才是朱棣做出最后决断的主要因素。

第四十三章　唯有父子情，一步一回顾

永乐二年（1404 年）初，经过长期的反复考虑，朱棣最终做出决定。这年二月，他派隆平侯张信、驸马都尉永春侯王宁前往北方，召还在北京“居守”已一年有半的长子高炽和在开平戍边的次子高煦。

事实上，早在打发高煦去几千里外的开平时，他已经做出决定。他这

么做就是要让高煦离开南京，远离那些拥护他的靖难功臣，让喧嚣的政治尘雾消散一些，炽热的躁动冷却一点。果然，高煦一走，这个野心勃勃的争嗣集团失去了中心，频繁的秘密活动马上陷入瘫痪。高煦尚不知觉，还打算在开平再立边功，进一步巩固父亲的宠爱。王宁到开平后，偷偷向他透露，皇上已命礼部筹备册封大典，太子之位谁属，马上就将揭晓。他顿时快意踊跃，但当听说大哥也一同奉诏还京时，心里却有了很不好的预感。

两位王子回到南京。四月里，朝廷举行了隆重的册封大典，授长子高炽金册、金宝，立为皇太子，而封次子高煦为汉王，三子高燧为赵王。

高煦大失所望，储君之位，终究还是落在"酒囊饭袋"的大哥的囊中。在南京盛夏的炎热中，高煦恍如一个冰人，全身都要融了。如果他的父皇曾经给过他一个承诺，如今是父皇食言了，如果父皇从未给过他那样一个承诺，他发现一直以来的自得、自信，全然不过是一堆笑料。

朱棣大概对未能册立高煦存有歉意，对他格外优礼、纵容，"高煦宠益隆，礼秩逾嫡"。但这不仅没法抚平高煦的失意，反使他益无忌惮地使性、斗气，甚至故意挑父皇之怒，以宣泄他的不满。为父的也无可奈何，只能听之任之。

这时，那位有名的才子、内阁学士解缙蹦了出来大进忠言，劝皇上礼遇汉王不可过分，否则会引起不必要的争端；说汉王的待遇超过他应得的，会使他争嗣之心不死，还会继续希图太子之位，这不利于朝廷的稳定。

可惜解缙才高固才高，就是太不识相，在一个极不恰当的时机，出言干涉皇帝的家事。朱棣正为此事头疼呢，心中蓄着一团怒气，左看右看，想找个碴子喷出来。不幸解缙直向前撞上来，朱棣马上想起，解缙是力挺太子的，这回他又出位妄言，请求制裁汉王，明是存了离间骨肉之意——虽然他忍隐下，暂未发作，而解缙一言，实已种下自家灾难的种子。

解缙是明初第一大才子，在永乐初年甚是蒙宠，朱棣开内阁，第一个就请他入阁，为众学士之首，这是非常之信任了。《明史》评价他"任事直前，表里洞达"，也就是勇于任事，内外一致，但毛病是"好臧否，无顾忌，廷臣多害其宠"。

“好臧否”是说解缙喜欢议论人物，但他却不擅韬晦，不懂得做事必先处身的道理，经常挟着一股意气，直言无忌，他的“宠”在别人眼里，成为害人之物。

比如有一次，朱棣写下十位大臣的名字，让他各评其长短。解缙说：“蹇义天资厚重，但是没有定见。夏原吉颇有德量，就是不懂得远离小人。刘俊有才而不顾义。郑赐有君子之风，却短于才。李至刚为人放诞，趋炎附势，有才而行为不端。黄福秉心平易直爽，有执有守。陈瑛刻于用法，尚能持廉。宋礼为人戆直苛刻，听不见别人的意见。陈洽通达警敏，亦不失正。方宾簿书之才，驵侩之心。”

瞧瞧！这十位大臣，如蹇义是吏部尚书，夏元吉是户部尚书，陈瑛是掌都察院左都御史，都是当朝重臣，除了黄福与陈洽二人，解缙的评语都是先赞后贬，先扬后抑，这就是解缙的“臧否无顾忌”。他任宠议论，随意撰写“月旦评”，又不趁着“天听”的机会，多替僚友说些好话，所以解缙在当时就有“狂人”之号。

话从口出，祸从天来。解缙无意之中得罪了很多人，好比那十人中，左都御史陈瑛我们多次提到他，是一位酷吏，是惹不起的人物，解缙如此放言无忌，使他在朝廷的地位非常孤立，危难之时，无人施之援手。

在议汉王之事后，朱棣开始腻烦他，这种态度时不时表现出来。比如有一次赐内阁黄淮等五人二品纱罗衣，这是极高的礼遇（明初阁臣官品不高，解缙也不过四品），而唯独居内阁之首的解缙没有任何赏赐。这是解缙失宠的公开信号。

解缙不屑于隐藏自己的政治观点，以一个坚定的“太子党”的面目示人。有一个故事说，朱棣册立高炽后，易储之心始终未消，不愿多见这个儿子。一日解缙奉命题《虎顾从彪图》，借机进谏，题诗道：

“虎为百兽尊，谁敢触其怒。唯有父子情，一步一回顾。”

朱棣见诗有感，燃起父子之情，马上命尚书夏原吉去南京迎取太子。

这个故事见于明末冯梦龙所编的《智囊全集》，是一个“智慧故事”。解缙本是一狂生，非常缺乏政治智慧，所以罹难。但在民间传说里，他渐渐成了一个极聪明的人,无论是世事,还是政事,都能恃其智能,处理得应裕自如。这个题诗相谏的故事,大概也是后世附会敷衍出来的,并不可信。

然而作为亲近的儒臣,解缙过于鲜明的表达政治态度,使他身不由己地卷入储位之争,引来杀身之祸。

不知道解缙在内阁的最后一两年里,是否意识到他面临的巨大危机。朱高煦最恨他了,不断在朱棣耳边进馋,必欲置之死地。高煦知道朱棣最忌讳禁中密语不密,就从父皇身边的宦官那里打听到朱棣君臣的密语,将其外传,然后向朱棣告发,说是解缙在外面妄言,将禁中之语外泄,加深了朱棣对解缙的不满。

永乐五年(1407 年),朱棣借口主持会试廷试的解缙读卷不公,将他降为广西布政司参议,逐出京师。已经嗅出味儿来的礼部郎中李至刚(此人也在那十人之中)立刻跳出来打落水狗,揭发解缙“怨望”(出怨言)。朱棣大怒,下令已在路上的解缙改官交阯。交阯原为安南国,被朱棣用兵平定,纳入版图,成为新的一省——交阯行省。交阯在边方荒裔烟瘴之地,又是刚刚平定,形势不太稳定,当时在交阯任官的,多是被贬官之人。

解缙因言招祸,从权力的最核心贬到危机四伏的边远省份交阯去了。

朱高炽坐上皇太子之位后,有那样一位不喜欢自己的严父在上,这把大椅要想坐踏实,真的很不容易,其中的艰辛,他竟用了二十年的时间来品尝。

东宫又称为“东朝”,历史上,东宫与皇帝之间的关系就比较微妙,打个比喻,它就像今皇帝与未来皇帝,又像处子与老妇。太子干久了,很容易遭到皇帝的猜忌,拿他当前世债主与今世的冤家。

朱棣在南京待了七年之后,就开始频繁北巡,都城南京反成了打尖之地,不再过久停留,凡銮驾离京期间,都由皇太子监国,主持朝政。皇帝与太子的分工是:“中外政务有成式者,启皇太子施行,大事悉奏请”,即太子处理日常事务,照成例施行,大政要务仍须奏禀行在,由朱棣亲自处断。

这种情况在历史上较为少见,在明朝也属仅有(后世也有过太子监国的例子，如嘉靖十八年世宗南巡期间，但仅仅是名义上的）。这样，在南京以东宫为核心，形成了真正的“东朝”。

朱棣对高炽并不放心，他一方面对高煦这位受挫的皇位竞争者采取优容惯纵的姿态，使不满的高煦心怀狼噬之心，蹲伺在东宫身后，察其过失，令太子有枕席难安之感，以达到牵制的目的；另一方面，他对朱高炽采取较为苛刻的态度，使其常震慑于雷霆之威，而少沾雨露之恩，不得不小心唯谨，救过不暇。

这样的故事很多，如朱高炽因身体肥硕，腰腹数围，朱棣每次令皇子练习骑射，他都要告个“不能”，令朱棣不快，高煦常常借题大加嘲笑。一个流传甚广的故事说，一次众皇子奉命去谒祖父的孝陵，高炽因为体肥，又有足疾，陵寝的神道那么平坦，仍要靠两名宦官扶掖才能前行，还经常失足跌滑。高煦见状，在身后戏言道：“前人蹉跌，后人知警。”哪知话音刚落，身后一人应声道：“更有后人知警也！”高煦大惊失色，回头一看，原来是皇兄之子朱瞻基，未来的宣宗皇帝。这大约是“螳螂捕蝉黄雀在后”故事的明史版吧，《明史》将其置于高煦传中，既刻画了高煦的浅薄浮露，又为高煦终为宣宗所灭埋下伏笔，可称妙笔。

太子的肥体与跛足，常令朱棣觉得他居于储君之位，是一件难堪的事。但太子无罪，这背上的芒刺辄难以拔去，朱棣懊恼之下，便有不近人情之举。

有一次，太子像座肉山一样移到朱棣面前，朱棣见了，气不打一处来，下令减少太子的伙食供应，大概还骂了一句：“肥猪，少吃些会死吗！”管理东宫食堂的官员不敢违旨，降低了太子的食品标准，由十八大碟减为四菜一汤，但他怕太子吃不饱，也想借机讨个好，就在家里备些可口饭菜，偷偷送给太子吃。这件事很快被朱棣知道了，雷霆震怒，将此人处以醢刑，可怜这厨子头，顿时化为一摊肉泥。

此人所积原是个阴功，虽然本人没有升官发财，得个现世报，但朱高炽登基后，不忘他一饭之恩，给了他后人一个官做。

朱高炽在做太子的二十年间，“过失”不断，每次都遭到其父的严厉打击。朱棣当然不会直接打太子的屁股，自有东宫的僚属代为受过，每隔一段时间，他们都要去牢里报个到，有的差点把牢底坐穿。

对这些委屈，朱高炽只能强忍，与宫僚们一起坚守，同呼吸，共命运，风雨同舟，共渡难关。对兄弟的谗言，他不敢辩，不敢反击，他们有了过失，他还要为之分辩求情。

曾经有人问他："殿下可知有人说你坏话吗？"高炽不问其人是谁，只是说："不知，我只知道尽我做儿子的职责。"此人的试探，被他一推，变成表忠心的宣言。可见他是时刻提防着父亲、弟弟的耳目的。

他说的其实是违心之言，并非本意，如汉王高煦为自立，太监黄俨、江保为拥立赵王高燧，都是不断进馋之人，整日在头顶嗡嗡，他岂能不知？他绝口不提，只是将怨恨深深地植于心底。他身边的亲近辅臣不断遭难，如黄淮、邹济等人，坐狱达十年之久，他也不敢违逆父意，出一言相救，只是忍气吞声做孝子，而在私下里给下属许诺："你们若有不讳，我当提携卿息，不使坠蓬蒿也。"意思说，先生们啊，你们为孤家牺牲，我当记得，将来一定提携你家子孙，以为报答。

这是何其的苦闷和压抑啊！

高炽委曲求全，并非他毫无性格，窝囊无能。高炽最大的长处，就在于他能伸能屈，谨慎地掩藏着内心的愤怒与怨怼。他即位后，本态就暴露了，有好几次，因为朝臣在朝堂上进谏，拂了他的面儿，立马翻脸，差点让武士用金瓜将人打死。

但朱高炽能做到不忘本，他自知东宫这艘零丁的孤舟，能在狂风暴雨中远航，并最终抵达胜利的彼岸，追随他多年的宫僚，贡献、牺牲最大。他继位后，有德报德，有怨报怨。首先处死了黄俨、江保这两名一直与他作对的巨阉。他还不忘侍郎胡濙，胡侍郎到南京来，高炽为了表示对父皇驾前来人的尊重，特地关照胡濙，免他的朝参，可胡濙坚持上朝，以表示尊重太子。双方礼数周到，举案齐眉，相敬如宾。但朱高炽颇疑胡濙是奉了密旨来刺察他过错的，他忘不了此事，登基后专门检出胡濙的奏疏，看他到底向父皇报告了些什么，结果见密疏里说的尽是东宫的好话，这才龙颜大悦，该赏该罚,一下就定了。

朱高炽对旧人的情谊如旧仇一般,轻易不得释怀。他即位后,东宫旧僚纷纷从龙,多数都做了高官。此时君臣无忧,安享富贵,可他仍时常想起他们当年为他无辜下狱所备尝的艰辛,就忍不住感伤落泪。

从正位东宫,直到顺利继位,二十年间,朱高炽承受了巨大的心理压力。在明朝历史上,还有一个人,情况类似,那就是神宗的太子朱常洛。有趣的是,二人又都是明代在位时间最短的两位皇帝:朱高炽,不满年而崩,朱常洛,在位时间更短至一个月。在危境中蛰伏,荆棘中摸爬,好不容易支撑到继承大统,扬眉吐气,胸臆大开,应该"其来正长"才是。到底是什么风暴,竟如此猛烈地摧残了他们的生命之树?

我想,那是长期压抑之后突然爆发的飓风吧!

他们以皇太子之尊,长年累月地被扭曲压制在一只令人窒息的小盒子里,即位之后,不愿再委屈自己而有任何的自抑。于是肆意行事,不想寻乐反而促寿了。

朱高炽死亡之谜,后文续有解密。

第四十四章　善守者终于击败了善攻者

朱高炽的优势在于他的储位早定,从世子到太子,一直是法定的继承人。无论他父亲多么想摆脱他,都改变不了诸子中他最为年长的事实。高炽深知,保持这一优势的关键,是以静制动,只要不犯太大的错误,不管路途有多么曲折,江水终有奔流入海的一日,宝座没长脚,不会自己跑,它会在宝殿里静静地等待他。所以朱高炽谦抑不争,实在是高明的战略。

而他的兄弟们,在娘胎里就已慢了,现在非得亟亟行动不可。高炽善守,从靖难中的守北平,到坚守储位,"居守"南京,他一辈子都在守,守对他驾轻就熟,他一点都不急躁。他的弟弟们则不得不努力地攻,时日拖得越久,他们的机会越渺茫。

只要掌握了动与静这两个字，就把握住了永乐中围绕储位争夺的关键。

二皇子朱高煦受封为汉王，他得到的封地是云南。一旦去了云南，嗣位从此罢休，莫再想了！他质问父皇："我何罪，斥我万里！"拒绝到封地去。朱棣见他抗拒，便不再强求，也不改封，任由他留在京城。在北征北巡时，还将他父子带在身边，让所有人都看到了皇上对二皇子的宠爱。

然而成年皇子不到封国去，软磨硬泡地留在父皇身边，这是违反祖制的。太祖朱元璋在儿子们才十六七岁时，就把他们打发到封国去，只留太子一人在京，无一人能够例外。朱高煦赖在京城不走，朱棣竟然默许，这不能不引发猜想。

高煦不到封地去称王，王爷的规制与待遇却一定要享受。按照祖制，亲王可以拥有三护卫（即三个卫，按编制每个卫应有官兵五千六百人）的兵力。在京的卫都是天子禁军，高煦非要拨三个卫给他，而且指定要天策卫。皇上竟然也答应了，以天策卫为汉王护卫。

在京四十九个卫，高煦为什么偏偏挑中天策卫？明眼人一眼就看出来：高煦行事，处处模仿唐太宗，李世民曾做过天策上将，他就讨天策卫做他的护卫。一个卫还不足，后来他又乘间再请增加两卫，以足亲王三护卫的定制，朱棣一概都满足他。

高煦深受皇上宠爱，在朝拥有一大批实力派的支持，如今又在京拥有了相当的护卫兵力，许多人为此惴惴不安：将来一有机会，汉王是否也要学唐太宗来个玄武门之变？

但夺取储位的过程太过漫长，时间拉得太久，黄金都会变得像粉丝一样柔软。在表面的风光之下，朱高煦感到了强烈的虚弱和乏力，觉得他为之努力前行的那个目标，似乎渐行渐远。

永乐七年，他遭受了最为沉重的一次打击，他最重要的盟友淇国公丘福，在这年七月的北伐中全军覆没，与丘福同时战死的还有武城侯王聪、安平侯李远等人，都是燕府旧人，又都受过高煦节制，与他有着密切的个人联系。

朱棣得到败讯后，大为震怒，宣布追夺丘福的爵位，将他全家流放到海南。

自从高煦从开平被召回后，就再也没带兵打过仗，他与军队的联系，主要依靠丘福等靖难将领。如今丘福等人殒命，"靖难系"亲信遭受重创。缺少了实力派的拥护，高煦倍觉势孤，而在担任皇太子多年之后，他的东宫哥哥却得到越来越多朝臣的倾心拥戴，在储君的宝位上越坐越稳——这一盛一衰，可以身感，而难以言表。

高煦发现，他只能像一个饶舌妇人一样，在父皇跟前不断讲哥哥的坏话。父亲有时候听，更多的时候不听，即便听信了，也只是处罚东宫的几名臣僚了事，对太子的地位，根本毫无触动。

随着朱棣在位日久，他把主要精力放在对付蒙古的军事威胁和营建北京上，而对政事表现出厌倦。朱棣晚年病体缠身，经常不出朝理政，而将日常庶政全部委托给太子处理。这都显示出太子地位的日益稳固。

更令高煦不安的是，父皇对他的态度也开始发生微妙的变化，经常有意无意地向人询问：汉王是否有夺嫡的图谋？是否颇多不轨之状？仿佛是在向他传话，侧面地提出警告。

永乐十三年(1415 年)五月，父皇再次过问高煦的就藩问题，这次给他安排的新封地是青州(今属山东潍坊)。青州在山东中部，处于南北两京居中的位置，交通较为便利，但高煦仍不愿去。为此朱棣对他进行了一次正式的规劝，专门给他下了一道敕，敕文责问道：

"你既然已受藩封，岂可常居京邸？以前你嫌云南远，不愿就封，今封青州，你又托故欲留，名义上说是想侍奉在我身边，但皆非实意。这一次，你无论如何都不能再辞了！"

可高煦仍不当回事，照旧使一个拖字诀，辗转迁延，就是不走。

但这次与以往不同，高煦虽然仍是抗拒，但他明显感受到了来自朝廷的压力。许多议论和风声，从四面八方灌进来，如说汉王借着从征的机会，私选各卫健士，又募兵三千余人，不入兵部之籍，使朝廷无法掌控，成为他私人豢养的武装；又说他肢解无罪之人，弃尸于江，且僭用天子乘舆及器物……对人臣的指控,升级到这一步已经非常危险了。

他府中的臣僚也受到打击,先是朱棣以王府长史程石琮、纪善周巽等不能“匡正”汉王之过,皆黜为吏,发遣到等于死人之地的交阯去。后任长史蔡瑛、纪善周岐凤害怕遭到同样的命运,积极进谏,劝殿下稍加敛戢,却又令王爷不满。高煦被他两人叨叨得不胜其烦,借个事将他俩送锦衣卫狱里关起来。

锦衣卫监狱是天子诏狱,当臣子的怎么可以往里送人呢?这事被皇太子高炽知道了,虽然指出二弟狂妄的事实,却又表示“重违高煦意”,说是不轻违二弟之意,遂把周岐凤降为长洲县教谕①了事。但太子抱怨道:“锦衣卫非王府狱,恐怕父皇听说了,又要加怪高煦了!”

如果高煦是个聪明人,他一定能感到这是山雨欲来的满楼之风,他经历过那么残酷的政治斗争,应该敏感地察知,这些风声不是无缘无故鼓起来的,其中隐含了极大的危险。然而他却惘然无知,依旧我行我素。他的部下倚仗他的势力,在京强占民田牧地,纵横劫掠,谁也不敢过问。有个叫徐野驴的兵马指挥,太岁爷头上动土,擒治了几名汉王卫士。高煦勃然大怒,他是老虎屁股摸不得,立即将徐野驴抓起来,一铁瓜将其击毙。徐野驴怎么说也是朝廷命官,就这么死于非命!虽然京朝官员敢怒不敢言,无人敢于出章纠弹,但二皇子肆意妄为的恶行实际上已经毁灭了他最后一次冲击嗣位的机会。

对高煦的所作所为,朱棣隐忍未发。第二年,他从北京回到南京,决定有所行动了。在召见一些亲近大臣时,再次提到汉王的问题。他首先询问吏部尚书蹇义。蹇义是个熟软的老吏,对这样敏感的问题,才不会像才子解缙那样任情直说呢!皇上问他,他装糊涂,来一个“不对(不表态)”,表示并不知情。

朱棣又问翰林学士杨士奇。

---

①教谕是县学的教官,府学教官是教授,再往上就是京里的国子监、祭酒、司业等官了。

杨士奇起初是阁臣，永乐七年朱棣北巡时，留他在南京辅导太子，与东宫建立起亲密的关系。此人机心颇深，为人圆熟，他答道：“臣与蹇义俱侍东宫，外人无敢为臣二人言汉王之事。”他不正面回答汉王有无不轨的形迹，推说自己辅导东宫，对于汉王争嗣的举动，无从知晓（顺带替蹇义圆了场。蹇义以老成持重见长，不是个机灵鬼，年纪又大，哪有他脑筋转得快，奏对时难免吃亏）。

杨士奇虽然害怕得罪汉王，留下祸患（宫中奏对，不得不防隔墙有耳），但他毕竟是东宫辅臣，岂可不维护皇太子的利益？这也是他切身利益所关。于是借皇帝之问，乘机进言道：“但汉王两次奉敕就藩，都不肯离开南京，现在听说陛下将迁都，辄请在南京留守。这是何用意，唯陛下熟察之。”他不把话挑明，请皇上自己去忖度。

不言而言，这才是高明的政治手腕。

朱棣听罢，默然不语，挥了挥手，起身回宫。此番回銮，他已决计不顾高涨的反对声浪，强行迁都北京，汉王知道后，多次向他请求，要在南京留守。留守之任非常重大，一般都是让储君担任。汉王的心思，再明白不过了。杨士奇的话触动了他的心结。他迁都的计划，已经准备多年，但遭到群臣的强烈反对，他多次出兵打击蒙古各部，战事都不顺利，鞑靼、瓦剌两部势力没有任何削弱，而南方交阯又陷入持续的混乱。这些都令他焦躁，没有心思再为皇子之间的不和分神。他知道，是必须做出决断的时候了。

几天后，眼巴巴盼着父皇迁都后，能够留在南京独霸半边天的汉王高煦，接到了一个意想不到的处分：父皇将他召入宫中，扔下一纸，令他自己看。上面详细开录了高煦的犯罪事实，如私造兵器、阴养死士、招纳亡命、漆皮为舟、教习水战等，达数十事之多。

高煦惊呆了，原来父皇早已对他进行了暗中密察，搜集证据，只等跟他算总账了。朱棣对他大加斥责，命人褫去其衣冠，囚系于西华门内，着令太监黄俨昼夜看管，并威胁说，将要废他为庶人。高煦仿佛跌入冰窟，半句话都说不出。

这时，侍立在一旁的长兄皇太子说话了。下面一段对白，是我照录《明太宗实录》原文，信不信诸公自辨之：

太子见高煦挨批，他做哥哥的，跟往常一样，连忙出头，替二弟说好话。朱棣对太子出言相救大为不满，厉声道：

"我为你去蠹贼，你反欲养患自及吗？"

"高煦虽是无状，但他未必有害臣之心。"太子跪奏道。

"我做父亲的，难道还不知道这逆子吗？"朱棣满脸怒色。"纵然你千万分爱他，他自以为是李世民，把你视作李建成，这样的东西，你能容他吗？！"说罢，愤然起身。

过了几天，太子复来劝解，朱棣对他道："你不从我意，日后悔之无及。"又自忖道："把老二放到什么地方好呢？青州他不肯去，又绝不可再把他留在京师，就是畿内之地①也不可容他……"

终于他想到一个合适的地方，对老大说："我今勉徇你意，不削其爵，将他放于近于畿内的地方，一旦有变，可朝发而夕擒也。"

他为高煦择定的封地是山东乐安州。有意思的是，乐安州原名棣州，永乐元年因避朱棣之讳，而改今名。朱棣将这样一处地方封给他心爱的二儿子，不知是否另有深意？

高煦倒霉时，皇太孙朱瞻基也在一旁侍立，朱棣扭头对太孙说："我为君父的还在位，你叔叔尚敢如此，将来他更不会将你父子看在眼里。你不要忘了我说过的话。凡有危宗社之人，当为宗社除逆贼，周公诛管、蔡，是圣人的所为。"②

看官！依我说，实录的这段记载，前半段或为真，毕竟仁宗即位后，没有对朱高煦进行打击报复，他所言非虚，而后半段朱棣告诫他孙儿宣宗的一段话，则我判定定然出自伪造。

朱高煦最后是死在宣宗手里的，此处记载祖父叮嘱孙儿：你叔叔总是

---

①明代的畿内之地，所指为南直隶，包括今天的江苏、安徽和上海。

②管公、蔡公是周文王之子，周武王和周公的弟弟，他们在武王死后发动叛乱，被周公出兵镇压。

要反的，他若反时，你不必客气，请灭了他吧！你这么做，我不怪你，相反还要夸你是周公大义灭亲的圣人作为。对此我绝不相信。实录这么记，明摆着是替宣宗以侄屠叔的不伦行为辩护，拿朱棣来做挡箭牌。而它多么容易识破呀，简直就是画蛇添足。

当狂傲的高煦大触霉头时，朱高炽没有趁机落井下石，而是苦苦劝谏，请求父亲饶恕这个不争气的弟弟。高炽显示出一位储君应有的大度、一位兄长应有的友爱。他何尝不知，这是父皇在考验他，假若他幸灾乐祸，流露出愉悦的心情，整个事件可能立刻会颠倒过来，其结局不可想象。

他再不会说错话啦！此时高炽的身后有一大群高明而忠心的宫僚辅佐，早给太子的发言定下了基调，他再也不会犯靖难之初那样愚蠢的错误了。高炽正确履行了自己的职责，他跪倒在父亲身前，哭泣着请求原谅高煦。朱棣对此表示满意，他根本无意过分处置爱子，此举不过是为了打击高煦的锐气和倨傲。高炽出言相救，他也就借梯下台，下诏将高煦左右几名亲信处死，同时削去汉府的两个护卫。

这是永乐十四年(1416 年)十一月间的事。之后高煦失去自由，一直被软禁在大内。第二年三月，在朱棣再一次北巡的前夕，高煦被勒令离开南京，到封地乐安州去，即日起行，不准停留。数日后，朱棣的銮舆也向北京进发，仍命皇太子监国。这是朱棣最后一次在南京停留，也是他最后一次北巡，此后他再没有回过南京。

三年后，北京宫殿建成，正式诏告天下，宣布以北京为京师。当年年底，皇太子携皇太孙来到北京。又过了三年，朱棣死在北征回师的路上，他的遗体与先已入葬的徐皇后一起，合葬在北京昌平天寿山的长陵里。

第四十五章　杀死皇帝，拥立三皇子！

书上说，高煦到了乐安，“怨望，异谋益急”，恐怕言过其实。高煦郁郁居于乐安小地，一双空拳，纵有吞天之志，能把天捅出一个窟窿？“怨望”定然为真，“异谋”恐未如是之急也。

总之，自高煦迁到乐安，他这口灶算彻底凉了。但这并不意味着高炽从此安坐太子之位，再无可忧。事实上，这时另一个有力的竞争者，凸显了出来，他就是三弟赵王朱高燧。

在永乐朝的前半段，高燧年纪尚轻，他在靖难之役中也未闻有何劳绩，在很长一段时间里，他小心地掩藏着自己的欲望，看起来更像二哥“选战”的桩脚，①而不是一个独立的竞争者。随着高煦势力的迅速衰落，他作为皇位竞争者的形象开始清晰起来。

高燧比他粗豪的二哥要精明得多，当高煦在前台又蹦又跳、喧沸狂躁时，他处事低调，只在暗中笼络物色可用之人。永乐三年(1405 年)二月，在大哥被册立为太子后，高燧奉命到北京“居守”，由驸马都尉袁容和泰宁侯陈珪两位勋臣辅助他，一切政务均须启王而后行(对亲王禀事，称“启”)。此后，一直到永乐迁都，高燧长期在北京经营，只是每年回京朝拜一次。

高燧长期独当一面，使他在北方形成一定的实力基础。但他最重要的盟友，不是大臣或将军，而是父皇最为宠幸的太监，如司礼监太监黄俨、内官监太监杨庆等人，而在外朝文武官员中，没有什么人拥护他。

总有这样一等家奴，喜欢生活在主子争斗的夹缝中，黄俨就是这样一个人。他在洪武年间即侍燕王于府邸，资格很老，比如有名的太监王彦(小名狗儿)，也是靖难功臣、朱棣驾前亲信的阉将，在永乐中曾长期镇守辽东，此人贵盛如此，也要认黄俨做干爹，其他知名太监如郑和等，应该都是其后辈。

黄俨深知朱棣对幼子的喜爱，他把宝押在高燧身上。《明仁宗实录》说：“宦官黄俨因为赵王高燧是皇帝钟爱的幼子，故为之设计，谋夺嫡位。”

但是，由于年龄的缘故，高燧崛起较晚，而高煦较早就是储位的有力争夺者，看起来黄俨谋立高燧，似乎在做一项前景非常不明朗的长期投资，反不如投靠高煦来得实际。黄俨对高燧的坚定支持，或许另有原因。不管怎

---

①桩脚，指强力“基层助选干部”，编者注。

样，出于对兄长的共同忌妒，高煦和高燧结成了暂时的联盟，黄俨活跃其中，是永乐朝宫廷纷争的重要推手。

黄俨此人，在明朝实录中出现较少，但在朝鲜的《李朝实录》中，却是个常见的角色。这是因为他多次奉朱棣之命，到朝鲜去征索鹰犬与美色，朱棣的许多朝鲜族妃子，都是黄俨亲自挑选而来。朱棣将这等见不得人的秽事交给黄俨来办，足见对他的信任及两人关系之亲密。黄俨虽然为奴，但他对朱棣的影响力绝不可小觑。

与高煦一样，高燧夺嫡的前景也是愈行愈难。虽然朱高炽的太子之位在永乐十五年高煦就藩后进一步得到稳固，但他艰难支撑，不时而危的局面，并没有根本改善。前文讲到，朱棣曾派侍郎胡濙，以别的名义来到南京，密察太子过失，其背景正出于黄俨的进谮。黄俨向朱棣告发太子“专擅”，未经奏请，即将一些犯人赦免。他知道朱棣的脾性，所以专挑最能令他起疑心的事来说，往往能一言中的。

黄俨以家奴谮本家长公子，正应了那句以疏间亲、以卑谋尊的老话，居然奏效！朱棣立即下令，派人到南京去逮捕东宫僚属，为此多人受到牵累，甚者死在狱中。朱棣还不放心，大概黄俨所告“擅赦罪人”，在他看来有收买人心、诿过于君父的嫌疑，所以特别反感。直到胡濙密疏太子诚敬孝谨七事，保太子没有异志，这一篇才揭过去。高炽又一次安全渡过危机。

其实，即便朱棣以一时之怒，将太子废黜，皇太子的冠冕也不大可能幸运地飞到高燧头上。他与高煦一样，虽然父亲的宠爱远过其兄长，但他与高煦的悲剧是一样的，谁让他们生得晚呢？嫡庶有别，长幼有序，这在那个时代是难以逾越的伦理高墙。

除了哥哥高炽，高燧还有一个敌人，那就是皇上的长孙、大哥的长子、他的亲侄朱瞻基。

永乐九年（1411 年）十一月，朱棣册封十三岁的长孙朱瞻基为皇太孙。朱棣的做法看起来不符合常规，朱允炆被立为皇太孙时，其父朱标已死，皇太孙其实就是皇太子，只是允炆在辈分上属孙，所以确定他的储君之号为太孙。如果皇位继承人是皇帝的弟弟，可以叫皇太弟，是叔叔，可以叫皇太叔。但朱瞻基被立为皇太孙时,他的父亲仍为皇太子,活得好好的,这就属于创例了。

太孙相对于太子,用西方的继承观念来说,就是第二顺位继承人。这对于朱高炽是件大好事,他长房这一支的皇位,形成了父子双保险。

然而,他这边保险了,高煦和高燧这两兄弟,哪里还有戏唱?

朱棣对这位嫡长孙特别喜爱。我们从现存朱瞻基的画像来看,其实他长得极像他父亲,也是胡子一把,面团而疏,体肥腰宽,而且跟他父亲一样,喜好文艺,现在流传的宣德御笔,颇有几分名家风范。他欲望很强,即位之后,派出大批宦官,到各地去采天麻、打野味。他很会玩儿,存世的宣宗图卷,既有《行乐图》,又有《出猎图》。他玩的法子还多,阳春白雪时,拈笔画丹青,铺纸写诗赋,下里巴人时,他会抱个罐罐斗蛐蛐。因为皇帝要玩蛐蛐,天下官民都得替他找,许多百姓被逼得家破人亡,一个孩子竟愤而自杀,魂灵化作一只蟋蟀,来完朝廷的贡赋。他还喜欢放鹰弄犬,动不动派太监到辽东和朝鲜去猎捕和征索,令朝鲜疲于应付,民怨沸腾……简直是一位全才,除了大有堆头的肥肉,更有堆量更大的才华,和他在一起一定不闷,所以赢得祖父的挚爱。

朱棣即位后,徐皇后带着朱瞻基来到南京,朱棣找了个机会,让孙儿出见群臣。《明宣宗实录》是这样记的:朱瞻基"仪容俨恪,屹如巨人,群臣瞻望惊异"。这当然是奉承话,亦足见朱棣对此孙的得意。

永乐七年(1409 年),朱棣第一次北巡时,就带上他;次年北征沙漠,命重臣夏原吉辅佐他留守北京,回銮后就封他为皇太孙。永乐十二年(1414年),朱棣甚至带着他一起进入沙漠扫荡。朱棣通过各种形式,让皇太孙"练习国政",分明是在用心培养一位接班人。

看到父亲对儿子如此栽培,朱高炽一定大大舒了口气。

与高煦一样,史书刻画的三皇子朱高燧,也是一个"恃宠,多行不法"的胡闹王爷。为了拱倒他们的大哥,高燧与高煦合流(但并不同党,他们是为了共同的利益走到一起来的,力往一处使,可心没往一处想,高燧有自己的心事,他绝没想过当二哥的忠臣),经常在父皇跟前说太子的坏话,弄得太子如热锅上的蚂蚁,备受煎熬,坐在储君的宝座上,如坐针毡。而对于官员们来说,在东宫辅导皇太子,几乎成为仕途的陷阱,很少有宫僚能逃脱牢狱之灾,就连得到皇帝信任的杨士奇,也两次下狱,而黄淮、杨溥等人,坐牢时间达十年以上。尤其以永乐十二年(1414 年)那一次最为凶险,东宫所有僚属全部蹲了大狱,只有兵部尚书兼詹事府詹事金忠,因为是靖难旧人,才得到格外开恩,没请他吃牢饭。而金忠为了拯救太子,甚至以全家性命为太子作保。

朱棣对高燧"不法"的反应,远比对高煦的要大。永乐七年(1409 年),竟然诛杀了王府长史顾晟,并褫夺高燧的冠服,也亏了太子力解,才得以免罪。朱棣亲自挑选国子监司业赵亨道、董子庄为赵府左、右长史,要求他们悉心辅导三皇子,而从此"高燧稍改行"。改行之意,未必就是洗心革面、痛改前非,似应理解为从此处事低调,减少了不逊之态。

俗话说,爱之深,责之切。从朱棣对高燧责罚之重、维护之深,可见他对高燧的确是极为"宠异"的,生怕他以后以不法招祸,这与朱元璋在《明太祖皇帝钦录》中严词训诫他的儿子们,道理是一致的。而每每由皇太子出场救弟,则有力地提升太子的威望。

高燧在北京经营多年,这些年恰逢朱棣不断到北方巡行,多次发动北征,并在北京持续进行了大规模的基础设施建设,数十万来自全国各地的军人及工匠聚集在这座未来的新都。高燧长期担任居守之职,在实际政务中锻炼了他的领导能力,培育了他的班底,也使他的野心久而不灭,就像压在乱石下的野草,耐心潜伏着,直待春风,就要滋蔓。

高燧拥有一支钢铁粉丝团,在高燧继位无望的情况下,竟然在永乐末年预谋发动一场以推戴高燧为目的的宫廷政变。这场政变的计划是:杀死朱棣,废掉太子高炽,拥立赵王高燧。

这是一次胎死腹中的政变。

永乐二十一年(1423 年)五月,朱棣身体不豫,病情一时非常沉重,有不起之势。大家马上想到,一旦皇帝不讳,空出的皇位将由谁继承。这是个问题吗？皇太子朱高炽在东宫等待这一天已经二十年了。可是，皇太子登基，那份“从龙升天”的富贵，只便宜了东宫之臣，旁人是无份的。

有人不甘心，就动起歪脑筋，其中以赵王府护卫指挥孟贤等人为首，约钦天监①官王射成以及太监杨庆的养子为内应，决心乘皇帝生病，来一场宫廷政变。他们计划先从宫中进毒，毒死朱棣，然后将事先伪造的诏书从内廷发下，废掉太子，立赵王为帝。

高燧最为有力的支持者太监黄俨，并没有参与这次政变计划，但他阻止太子即位的决心非常坚决，而且他一贯煽风点火，对这次政变的爆发，实际起到了重要的煽动作用。

据《明太宗实录》讲，太子高炽在主持朝政期间，往往裁抑宦官，而太监黄俨、江保等人尤见疏斥。黄俨等记恨之余，更担心太子登位之日便是他们的末日，故日夜进谗，实录讲：“多赖皇上圣明，父子亲爱，终不能间。”但也不得不承认，自此太子亦很难再见到他父皇了。

父与子、皇帝与储君，一年见不到几次面，这就为奸人跳梁留下了空隙。

黄俨是高燧的忠实拥趸，经常诈造毁誉之言，在外廷传播。而朱棣晚年很少出朝理政，就是一班亲信大臣也不容易见到他，只有黄俨等佞幸近臣随时在驾前出没。黄俨经常对外发布信息，称皇上“注意高燧”，以此诳诱外人。

孟贤任常山护卫的指挥。常山中以及左、右三护卫，是赵王的随驾护卫。孟贤平时出入王府，与赵王关系较好，他听信了黄俨之言，遂萌生了邪志。

孟贤找王射成商量，不料王射成说：

“我观天象，不久当有易主之变！”

天象都显示了，帝位不久将要易主，那还有假！两人一拍即合。

---

①钦天监掌管观察天象，并以此预言人事。

孟贤开始积极地谋划造反大业，首先被他招揽的亲信包括他弟弟孟三，羽林前卫指挥彭旭，常山左护卫老军马恕、田子和，兴州后屯卫老军高正（又作高以正），通州右卫镇抚陈凯等人，都是些下级武官，他们日夜潜谋，寻找动手的时机。

根据他们的计划，将从宫中首先发难，因此，这是一场宫廷政变，如果没有"贵近"的支持是不可能的。

孟贤等人通过王射成认识了太监杨庆的养子（史书没有载其姓名，应该也是一名宦官），策划由高正先写好"遗诏"，交给养子收藏，待宫中进毒，皇上晏驾，即加盖御宝，从禁中颁出，废太子而立赵王，同时起兵劫夺内库兵仗及符宝，分兵尽捕公侯伯及五府六部等朝廷大臣。

这样的安排应该很严密了，又有宦官的内应，大事之成，总该有七七八八了。

这是一次富贵的盛宴，一旦成功，又一批"靖难功臣"将宣告诞生，世世享受荣华。造反派们非常有信心，在起事之前，高正将此事秘密告诉他的外甥常山中护卫总旗①王瑜，拉他一起来挣这份大富贵。

可王瑜一听，吓个半死，反过来劝舅舅，说这是灭族之计，千万行不得。高正哪里听得进去，外甥既不肯，且作罢，径自去了。

为什么说做大事，一定得心狠手辣呢？就说这位老军高正吧，他在决定将如此机密之事透露给王瑜时，就应该狠下心来，王瑜与闻这件事，若从他则好，不然，管他是侄子还是外甥，就是一个死字！可惜他把信鸽放出去了，没有得到响应，也就不再理会，自己接着去"做事业"。结果王瑜为保身家，先行一步，向朝廷告发，把好心关照他的亲娘舅给卖了。

朱棣闻讯大惊，他虽然不相信第三子会做谋父弑兄的事，但还是下令，急捕孟贤等逆党。待涉案人员被一网打尽，全部到案，朱棣命皇太子、赵

①总旗是卫所低级武官，高于小旗，低于百户。

王、公侯伯、都督、尚书、学士齐聚右顺门（今故宫熙和门）内，听他亲自审问。

伪撰的遗诏很快从宫里搜到了。莫说这是一份谋大逆的伪诏，就是一般百姓人家，家翁活得好好的，一点都不想死，甚至还特别忌讳别人提到死，却突然手捧一份由他人私自代书的遗嘱，自己的家产被人莫名其妙地瓜分，你说他气不气？朱棣一读之下，简直要像戏曲中的人物，三尸神暴跳，呜里哇啦怪叫了！

他回过头来，问赵王高燧道："这是你做的吗？"

高燧早吓得浑身抖如筛糠，跪在当地，一句话都说不出。他对事情的起因，的确毫不知情，但这件谋反大案，却以拥戴自己为名，事到如今，他真是百口莫辩，觉得跳到黄河也洗不清了。

"此事是下人所为，高燧必不与谋。"皇太子在旁代他转圜道。

高炽并不知道真相，但他作为长兄，必须得这么说，就像当年他处处维护高煦一样。

听大哥开口替他打包票，高燧又愧又怕，他从未觉得大哥如是亲切过，顿时涕泗横流，直呼冤枉。

朱棣气得头晕，咳嗽加剧，说不出话来，他命文武群臣及三法司共同鞫治众犯，自己先回宫去了。次日，群臣共奏：

"孟贤等所犯大逆，具有事实，当并寘极典，籍没其家。"

但朱棣嫌鞫问太速，供状含混，下旨将各家抄没。王射成以天象诱人，即刻诛之，但主犯孟贤等人仍由锦衣卫穷鞫，不能让他遽死，一定要他供出主谋。

狱中血肉横飞，犯人筋骨寸断。高燧身上虽不痛，心中却惊惶不宁，与他同样备受煎熬的还有黄俨、杨庆等许多人，生怕那些犯人熬不住毒刑乱咬。

数日后，锦衣卫奏上谳书，朱棣批示，将一干人犯全部处死。

高燧虽然没有受到牵连，但平白受了一次大惊吓，从此"益敛戢"，对皇位再不敢存分毫奢想了。

这件事赵王高燧是无辜的，他只是孟贤等妄人希图富贵的一架梯子。但奇怪的是，太监杨庆竟也平安无事。这位杨庆也是永乐朝鼎鼎大名的宦官，据史料记载，他在永乐十八年(1420 年)下过西洋，去的是忽鲁谟斯(波斯湾古国)等国。他在《明太宗实录》中最后一次见于记载，就是永乐二十一年(1423 年)五月，他养子参与谋逆，事发被诛一事。再见于正史(《明宣宗实录》)，则是宣德三年(1428 年)六月，杨庆营建私邸，工部尚书吴中私自拿官家的砖木石瓦相赠，可见他此时仍是贵盛，连尚书老大人都要拍他马屁。一次宣宗登临皇城门楼，见一座府邸修建得高大宏壮，询问左右，知道了这件事，遂将拿官物做人情的吴尚书下狱，而杨庆仍是安然无恙。

杨庆的养子所犯的是十恶不赦的谋反大罪，实录没提他的名字，只说是杨庆的养子。按说此人能够在皇帝的饮食里进毒，应该是非常“近御”的人物，有可能他在宫内的同伙还不止一人，杨庆很难摆脱干系。但杨太监居然历三朝而宠幸不衰，后来还出任蓟州、南京两地镇守太监，最后死在南京守备的任上，其必有说。

朱棣是个杀人如麻的暴君，可是他一生重病，生命即刻受到威胁，显然他杀了那么多人，并不能使他在自己的后宫获得安全。恰恰因为他性格太残忍，杀虐太甚，对下人薄凉寡恩，使内廷为一片阴郁之气笼盖，而人心不服，都希望他早点死。这是一个小小的护卫指挥谋反都能得到宫廷内应的根本原因。

朱棣在后宫施毒，可详见后卷《明宫闹鬼》。

第六卷

同气相残

第四十六章　一年间帝位三易

经过永乐二十一年(1423 年)夏天的这件谋反案,皇太子高炽的地位才真正稳固了。

次年七月,朱棣进行了他一生中最后一次北伐,跟前几次一样,这回兴师动众也没有取得什么像样的战果,只当进行了一次漠北巡游。朱棣甚觉索然,身心亦感疲乏,想旋师,却羞于无甚战绩可表,颇感为难,最后借一个梦为自己做了解脱。

他对扈从的大学士杨荣、金幼孜说:“昨晚三鼓时分,我梦到一人,很像世间图画中所画的神人,他对我说:‘上帝好生!’连说了好几遍。这是何兆?”不待杨、金二人回答,他先自己做出猜测:

“莫非是上天同情虏寇和他们的部属,不忍被我王师剿除吗?”

“陛下好生恶杀,诚格于天。”杨荣先顺他说,然后道,“此番北征,固在除暴安民,然火炎昆冈,玉石俱毁,唯陛下留意。”

杨荣是明初“三杨”之一,他就是朱棣进南京时,拦在马前,请朱棣先祭陵再登基的那位。瞧他多会说话,既顺捋了龙鳞,又婉转地表达了请求回銮的意见。

对于朱棣频繁地向北用兵，朝臣意见很大，但多不敢进谏。朱棣到了晚年，由于服食丹药的关系，脾气变得异常暴躁，经常因小事将大臣下狱，甚至杀掉。好比永乐十九年（1421年）冬，他召见户部尚书夏原吉、礼部尚书吕震、兵部尚书方宾、工部尚书吴中等人，商议再次大举征剿沙漠。

夏原吉作为理财的大臣，知道民力困乏、粮草调度艰难，照实说道："这些年师出无功，军民储蓄十丧八九，灾异迭作，内外俱疲。何况皇上玉体才稍微好了些，还须调护，不可轻出！"

他不敢劝阻出兵，只请求皇上遣将往征，勿要亲历戎马。不料"师出无功"四字大大触怒了朱棣，当场发雷霆之怒，将老臣夏原吉下狱，家产籍没，以后一直关在牢里，直到仁宗即位。不知他还对其他几个大臣怎样发脾气，兵部尚书方宾回到家就自杀了。

杨荣等作为亲信辅臣，深知伴君如伴虎，尤其是伴随朱棣这样一只病态的猛虎，有多么的危险。所以他在进言时，尤其注意婉曲，在是否大征这样的大事上，绝不敢有丝毫的异词。他尤擅于揣摩上意，朱棣一说梦，他马上知道皇上此梦的用意何在，立即抓住机会予以推动。

毕竟这是在明初，内阁辅臣不具体管事，他们充当皇帝的师爷，进言论政，较为超脱，不像那几位尚书，各自负责一大摊子事，动辄掣肘，回旋余地不是很大。

"卿言正合我意。"朱棣听了杨荣的话，点头道，"岂可以虏首阿鲁台一人之罪，罚及无辜？"即命杨荣草敕，派遣使者连同所获俘虏前往虏部，宣布赦免其罪——所谓"赦罪"，不过是一块自欺欺人的遮羞布罢了。而不待阿鲁台派人来感恩（或更可能是追击），急忙催兵往关内撤。可是才走到榆木川，朱棣就已不起了，得年六十有五。

朱棣死得太突然，军中毫无准备。大学士杨荣、金幼孜与太监马云等人商议，以六军在外，决定秘不发丧，搜集军中锡器，熔化为棺，载以龙舆，所到之处，仍像往常一样，按时进膳。同时派杨荣与少监海寿，骑快马先行回京，向皇太子告丧。

皇太子闻讣后，立即派皇太孙朱瞻基亲自到开平奉迎龙柩。直到皇太孙入军，军中才正式发丧，数万将士才知道原来皇上已经死了。此后一切入殓、下葬、上尊谥以及皇太子登基、大赦天下等事，皆遵仪礼，不必赘言。

从驾崩到梓宫回京，花去了半个多月时间，兼之军旅仓促，气候炎热，可以想见，在十三陵长陵豪华阔气的地宫里，这位暴君、篡位者的枯骨，早已化作了一摊烂泥。

永乐二十二年(1424 年)八月，皇太子朱高炽在北京即天子位，他就是仁宗。然而二十余年的辛苦等待，好容易化作真龙，可宝位只坐了十个月，就在洪熙元年五月呜呼哀哉，龙蜕飞升了。

朱高炽即位后，停止了许多劳民伤财的“形象工程”，例如下西洋宝船。他还决定将都城迁回南京，但由于南京一带在洪熙元年(1425 年)春、夏间接连发生地震，迁都计划被迫推迟。

历史经常被这样一些偶然性因素改变，假如地质条件尚算稳定的南京没有发生地震，朱高炽在位时间再长一些，他肯定会将都城南迁，大明的京师还是南京，“北京”的名号可能不会削去，但它最终只是一座北边重镇，这对未来几百年的历史走向将发生巨大的影响。

虽然由于地震(在当时人心目中，地震可不是简单的天灾或地质灾害，它被认为是一种可怕的“灾异”，暗含着上天对人世的警诫)，朱高炽回到南方的愿望被迫暂缓，但他南旋的决心丝毫没有动摇。他将还都南京的决定诏告天下，并在洪熙元年四月，命皇太子朱瞻基南下，拜谒太祖孝陵，遂命之在南京居守。这项任命的目的，一则因南京屡震，根本重地，需要皇太子这样身份尊贵的人去“镇压”一下邪气；一则让朱瞻基在南京主持迁都迎驾事宜。可是朱瞻基离京不到一个月，高炽忽然“不豫”，次日即“大渐”①，当天就驾崩了。在遗诏里，他将皇位传给皇太子朱瞻基。

---

①正史中，“不豫”与“大渐”专用在皇帝身上，有特定的语意，“不豫”往往是“大渐”，即病危弥留的先声，而不是一般的身子不舒服。

从五月十一日仁宗感到不豫，遣少监海寿到南京驰召太子，到朱瞻基次月初三赶回北京，受遗诏，入宫发丧，前后仅仅二十四天。这期间，因为皇储不在北京，对于仁宗死亡的消息，没有对外公布，仍是秘不发丧。

这二十四天，大明的江山没有主人，是明朝历史上三次皇位空当期的第二次，上一次是朱棣崩于外地至回京之前，而下一次是在武宗驾崩到世宗上京继位这段时间。

《明史·朱高煦传》写道："仁宗崩，宣宗自南京来奔丧。高煦预谋在半路伏兵邀劫，只是因事出仓促，无果而终。"这一情节，取自《明宣宗实录》。

其实实录的记载是有矛盾的，如洪熙元年七月（宣宗六月继位），记汉王高煦奏陈利国安民四事，得到宣宗的赞许，并复书致谢。宣宗自称为侄，他说："叔父忠存宗社，远辱嘉谟，铭感于心，已悉付所司施行。惟频惠教，是所深望。"称叔父教训的是，还望以后多多赐教。此盖为客套话，不必细究。

然而宣宗一转身，对侍臣说道："永乐中，皇祖（朱棣）曾经对皇考（仁宗）和我说，此叔有异心，宜备之。然皇考待之极厚，如他今日所言果出于诚，即是旧心已革，不可不顺从也。"

这就是史官编写的漏洞了。

宣宗在"说"这些话时，还在从善处着眼，认为皇叔高煦已洗心革面，重新做人，显然对一个月前高煦"伏兵"劫持他的事毫不知情。而第二年八月高煦"谋反"，实录对他昔日之恶进行了长篇回顾，很肯定地说："仁宗皇帝大渐时，上（宣宗）在南京，被召还，高煦谋伏兵邀于路，仓猝不果。"

《明宣宗实录》是宣宗去世后，在正统初年由儒臣集体完成的"纪实小说"，其中有原始档案的摘录，也有发挥想象力的猜测与即兴创作。我怀疑高煦"谋伏兵"劫驾一说，即属后者。而实录这种"小说"，出自多人之手，比不得一人独运大笔，难免出现前后不一致的地方。况且，记述中还有一个"谋"字，所谋之事，毕竟"不果"于行，既然还没做，如何能以"思想"罪人？或许，那只是高煦被捕后屈打成招的供词？

史官那么写，其实是合理的猜测。汉王的封地乐安州，在运河边上，是南北交通的孔道。仁宗死后，派人到南京去接太子，太子从南京急匆匆地往北京赶，来回都要经过乐安地界。大好时机，“谋反坯子”的高煦岂甘心错过？他不该错过呀！以此诛心之论入人之罪，史上并不少见。但毕竟高煦没有动手，甚至连宣宗本人都不知道，而史书将这条大罪加在高煦的罪状中，我意觉其轻率。

汉王高煦的信息似不应那样迟慢，错过实施“斩首计划”的绝妙机会，如果能抢在嗣皇帝抵京前将他“定点清除”掉，那空置的皇位差不多到手一半了。

自从永乐十五年(1417 年)被贬到乐安，高煦一蹶不振，但他壮志凌云不坠，野心摧折而不灭。据《明宣宗实录》讲，朱棣北征晏驾时，高煦之子瞻圻正在北京，积极地充当汉府的谍报员，“凡朝廷之事，皆偷偷地遣人驰报高煦”，一昼夜间，出京快马竟达六七拨子之多。高煦也派了数十批人，在京潜伏伺察，想必其中有不少草上飞，可将京城的信息以最快的速度传递到乐安。可是高煦如此劳碌，竟仍是后知后觉。俗话说，不见鬼子不挂弦，可鬼子(朱瞻基)都过去了，游击队还没把弦儿挂上。想来高煦老弟一生辛劳，最终只落得一场空，史官们就该寻他开心，拿他当个小丑来编派，耍得他团团转。

官史还说，高煦父子在京安插密探的事，已被仁宗侦知——用现代谍战片的话说，这个“汉记”交通站暴露了。有人向仁宗建议：“乘高煦反谋未著，发兵擒之，易耳。”但仁宗皇帝不仅不听，反而待其加厚，写信将他召来，给他加了一倍的岁禄(即享受亲王双俸)，所赐宝物，动以万计。

这仍是史官的故技：刻画坏人，不过为了哄抬“圣君”的物价。

前文已略略透出一点信息，指出仁宗并不是一个胸怀宽广、以德报怨的大善人，如果他对高煦有所优容，那也应是别有考虑。对这位多年来不停向自己放冷箭的弟弟，他能有什么纯爱？

瞧，高煦父子你来我往，快马加鞭，探子像动车组一样来往穿梭，谋反宛如演剧，只听锣鼓嘣了个嚓，开锅一般热闹。却被记录在案，他父子实际上已陷入朝廷特务的反包围与监视之中。

朱瞻圻是高煦的次子，他既然被父亲安插在京里做密探，看官一定以为他是父亲最为宠爱的孩子。其实不然。瞻圻在永乐时，就因为高煦杀死他的生母，而对父亲抱有极大的怨愤，屡次奏发父亲的过恶，且都是“外人所不得闻者”——大概是些宫闱秽史吧。

对此，高煦异常恼火。当他应兄长之召入京时，就趁机把瞻圻前后所报朝廷密情数十纸，全数上缴朝廷，揭发儿子挑拨之罪。在这些密报中，瞻圻多次向父亲拉警报，说朝廷正在讨论发兵攻打乐安。

“哪有此事！”

仁宗非常生气，把瞻圻叫来，训斥道：“你凭空就能离间我兄弟，何况他人！”

“我是他父亲，这逆子尚能在大行皇帝（朱棣）前谮毁我，何况陛下？”

高煦决绝地道：“其罪当诛！”

做父亲的竟然主动请求处死自己的亲生子，这对父子可谓恩断义绝。如果仁宗并没有削除汉府的计划和行动，而瞻圻却故意向其父透露这样的风声，就是在诱使父亲谋反！他大概是想借朝廷之手，逼他父亲造反，然后被诛，以报他生母之仇吧！

但仁宗表示：“稚子不足诛。”没有处死瞻圻，而是罚他到凤阳看守皇陵。

实录中这段文字不知是哪位高人写的，完全是前言不搭后语，不知所以。前面他写瞻圻与高煦两地书来往频繁，如同拿到了他父子同谋叛逆的实据。搞了半天，结果瞻圻使的是离间计，为的是害他的父亲。待高煦在仁宗面前剖白，似乎平反昭雪了，可下文又写道：

“高煦归国后，有从乐安州来的人，都在下面纷纷议论，说汉王高煦有反谋，只是朝廷还不知道罢了。”

原来高煦还是要反的！

可是，连高煦亲子之言都不可靠，这不知姓甚名谁的乐安来客，和他的“私语”，又有几分可信？总之，朱二王爷谋反，多无实据，全凭史官拈一支笔，“信笔开河”，反正我是被史官大老爷弄糊涂了。

朱瞻圻离间计破产后，仁宗曾斥责他："你处父子兄弟间，谗构至此！"此言出口，仁宗的心一定阵阵紧揪，涌上来深深的苦痛。忆昔监国时，"处父子兄弟间谗构"的，不正是面前这位正遭循环报应的二弟吗？

瞻圻以子谋父，悖逆不道，除了杀母之仇，还可能与他父亲高煦一样，因为得不到储位而愤懑沮丧。我查了一下实录，高煦的第一个世子名瞻壑（朱家瞻字辈的孩子，名字的第二个字都带一个土旁，壑同睿），在永乐时册立。但洪熙元年七月，高煦派世子来赴仁宗之丧，世子却名瞻坦。我怀疑瞻壑去世了，瞻坦是新册立者。瞻圻排行老二，其母为高煦所杀，应该是身份较低的婢妾，瞻圻当为庶出。庶子是没有资格继承王位的，但瞻圻毕竟年长，眼见世子之冠从他头顶飞过去，直落到小弟弟脑袋上，心有不甘，故而对其父愈加不满，就想取父亲之头出气。

高煦生了这样一个来讨债的逆子，真是报应。

第四十七章　汉王学他爸爸，也反啦

宣宗决定对皇叔高煦动手，早在宣德元年（1426 年）就有迹可循。

这一年是宣德建元之年，在正月元宵节前，高煦差人来献灯，被宣宗不客气地回绝了。从宣宗的复信来看，似乎高煦每年新春、元宵、端午三节都会"重烦劳费"，派人来京贡献礼品，礼貌甚是周到。有人对宣宗说："汉府遣人来，以进献为名，其实是来窥瞰朝廷虚实的。"宣宗答话貌似不经意："我惟推诚以待之耳。"其实已起了很深的怀疑，故回信不让汉王再派人来送礼了。

宣宗岂会忘情于这位二叔过去对他父子的倾轧？

想当年祖父朱棣曾经对他说："凡是危害社稷之人，你当为社稷除掉他。西周初年，周公杀掉叛变的弟弟管公、蔡公，人们不责他以兄杀弟，反称赞他为圣人，就是这个道理。"意思是，如果你二叔高煦谋反，你不要有所顾忌，你可以像周公讨伐管、蔡一样去讨伐他。

说实在话，朱棣是否说过这样的话，你不知我不知，唯有天知。若问我的愚意，我是要狠狠表示一下怀疑的。

朱棣做了一回周公，已然不堪，岂容他的孙子再做周公？祸起萧墙，同室操戈，不是美事。然而官史编造这样的记载并非无用，至少有两大妙用：第一，显示皇祖朱棣对仁、宣父子是坚决支持的，绝无偏爱高煦、高燧之事；第二，为宣宗即将展开的灭汉行动正名，以表明，宣宗以侄灭叔，心里没压力，因为他有皇爷爷的指示精神做指导。

史家常常就是这样替主子们打马虎眼、圆场子的。

汉王朱高煦在宣德元年八月间，突然在乐安封地反了。

事变来得异常突兀，据《明宣宗实录》记载，事情的起因是这样的：此前高煦频频向朝廷奏求品物，此番又遣使来求驼、马，宣宗命赐给骆驼四十峰、马一百二十四，又遣太监杨瑛给汉府送去袍服和衣料。这两批使者出发后，有另一拨回来的公差向宣宗报告："汉王反迹已彰，汉府护卫官军四出劫夺，百姓惊惧。"宣宗道："朝廷待汉王，无所不及，按理说不应遽尔呀！"这句话大有名堂，潜台词是：汉王是个反贼的命格，我对他好，他还反得这样快，太没良心了。原来宣宗对叔叔的好意，不过是羁縻他，请他反迟些。

很快，军民上告高煦反状的越来越多。送驼马、袍料的两批使者，不敢再赴乐安，半路逃回京城，都说汉王要反。宣宗大惊道："难道汉王果然反啦？"

高煦派人秘密进京，联络旧交，以做内应。其中一个叫枚青的小兵，来到太师英国公张辅的府上，被张辅当场擒拿，连夜向皇上做了报告。宣宗亲自审问枚青，得到高煦谋反的事实。

这时风声愈急，山东三司（即都司、布政司、按察司）及所属府州县以及真定等卫奏报纷纷而至，都说汉王反情已著。御史李濬是乐安州人，因为守父丧，在乡居住。高煦召他一起起事，李濬不从，化名改姓，从间道诣京上变。

朝廷汇集各方情报得知：高煦日夜谋议，在乐安城中私造军器，将本州百姓中的丁壮强拉为兵，破州县之狱，出死囚而厚养之，以为死士。还在周围州县召集无赖勇士，赐予银币，将他们编成行伍，授予旗号，练习武事。高煦还暗结山东都指挥靳荣等为助，许多卫所及地方有司官员多有趋附之者。

高煦反旗还没插，先已大行封拜，伪署太师、都督、尚书、侍郎等官，已定好择日举事。高煦的计划是，先攻取山东会城济南，然后聚兵犯阙。

如此看来，汉王谋反，是确凿无疑的了，宣宗遂下令整兵，做一些必要的军事准备——“而犹未决意讨之”，他还没下定决心与皇叔兵戎相见呢！

宣宗不得不当“周公”了，还要先婉曲一番，他写了一封信，派司礼监太监侯泰送给高煦，信中说：“昨汉府护卫枚青来言，说叔父有督过朝廷之举。予诚不信，怀疑是小人离间，不可不告。”

高煦兴问罪之师向阙，宣宗用了“督过朝廷”这一委婉的说法。他表示：我不信，这一定又是小人离间！书末还煽了点情，说我皇考仁宗皇帝的至亲，只有汉、赵二位叔父，我自即位以来，对叔父如何，神明可鉴。但今小人离间，军民惊疑，朝廷略为之备，也是没有办法。昔日皇祖(朱棣)宾天之初，也有小人造诬罔离间之言，赖皇考与叔父同气至亲，彼此无疑，小人奸计竟不能行。今此辈又欲离间我叔侄，惟叔父鉴之，国家之福，亦宗室之福也。

不知这小人是谁？哪来这许多小人？大概这是宣宗欲行伐罪之师，向高煦索要“小人”的舆论准备吧。看官，曾记否？当年朝廷伐燕，先抓小人，燕王向朝廷问罪，也是要拿小人。如今宣宗要向叔父动手了，也是先向他身边的“小人”开炮。高煦若老实，乖乖交出小人，再由小人牵扯出高煦父子，此不为难，他要不肯交出小人，则朝廷只好用兵，逼他交出来。

侯泰到了乐安，高煦盛兵以见，南向高坐，看过侯泰所呈宣宗书信，说道：“朝廷知我举兵吗？”侯泰道：“虽许多人这么说，皇上以殿下为至亲，固然不信。”高煦道：“你是旧人，应该知道我举兵之故。”侯泰道：“我实不知。”高煦道：“太宗皇帝听信谗言，削我护卫，将我徙置乐安州。我大哥仁宗皇帝不复我护卫，不改封我大城池，只拿金帛封我的口。当今皇帝对我更无顾惜，开口闭口都是祖宗旧制，我岂能郁郁永居于此？”于是请侯泰阅兵。汉军马兵之盛，令侯泰心悸。高煦得意地说：“我虽以此横行天下，有何不可！”

“我已遣书入奏，”高煦对侯泰说，“你速速回报，先把奸臣夏原吉等缚来，然后再议本王之所欲得。”

高煦也向宣宗索要奸臣，欲清君之侧了。

这时有人来报，说朝廷派人来送驼马袍服，行到半路，都惊怖逃走了。高煦大笑道：“我固知其怯，今朝中必胆落矣！”侯泰心中惶惧，唯唯而已。

待侯泰回朝，宣宗问汉王说了什么话、其兵势如何等，然侯泰此时已怀有二心，不敢以实对，只称不知。

八月六日，高煦遣百户陈刚赍奏来京，高煦的奏文中对仁、宣父子都有指责，称仁宗皇帝不当违背洪武、永乐旧制，赐予文臣诰敕、封赠，又说宣宗不当修理南巡席殿等事。

看官，请恕我又要生疑了：我真不信，朱高煦封的那些太师、都督里，竟没有一个像样些的人才。人的一生，有多少机会“指斥乘舆”①，若是我，既然反了，我拼得吐血，也要写一篇可与骆宾王大骂武则天的豪文比肩的檄文，岂可如此敷衍？高煦所上“反疏”，拘泥迂阔，只纠缠于文臣诰赠、修理席殿这等小事，好无眼量！

想来高煦的檄文，定然为一篇长文，对侄子皇帝的种种失德以及朝廷的过失大加指责，肯定有厉害的猛料，而这正属官史不容的违碍字眼，只好屏蔽、过滤，或概予剿灭了。

宣宗是一位纨绔的“皇四代”，他斗蛐蛐、玩鹰犬，宫廷讳事极多，并派出大批太监，到地方及外国征索各类奇好玩物，以满足他个人的欲望。高煦要抓他的小辫子，其实并不难。过去为了将宣宗涂饰为开创“仁、宣之治”的圣明之主，将这些劣迹都精心掩盖了。如果能找到这份高煦向朝廷挑战的檄书，一定能从被覆盖的历史硬盘里恢复许多真实的原始材料。

高煦数落了朝廷一通，然后学他父亲，开列出一张以户部尚书夏原吉

---

①乘舆是皇帝的代称，如谓车驾、銮舆、龙舆等，皆是。

为首的奸臣名单,要求朝廷将他们交出来,不然就要率军上京,亲自帮皇帝清理门户了。

高煦还请人写了一篇给在京公侯大臣的公开信,再次对宣宗及其亲信"奸臣"进行了指斥,"造诬饰诈,极其诋毁"——瞧,我没疑错吧,高煦果然有"极其诋毁"之猛料,全被官史消灭掉了——高煦还危言恫吓,说汉军已分兵要害,以防奸臣之逸。而从后来高煦在乐安城束手就擒来看,这最后一条纯属宣传攻势,是欲震慑朝廷的心理作战。

高煦的反书都来了,还有何可疑?宣宗遂命兵部榜示中外,决定亲征,命英国公张辅随军参赞军中机务。

张辅是明初四朝名臣,他和他父亲张玉都是靖难功臣,张玉死于靖难之役,被追封为河间王。张辅初封信安伯,因为他妹子是永乐皇帝的妃子,故而张辅是勋臣兼戚臣。于是有人"提意见"了,说张家父子功高,张辅只受封为伯爵,是皇上考虑到他是皇亲国戚,有意压抑了对他的封赏,这是"以私亲之故而薄其赏"。这样的"批评",真是讨人喜欢。朱棣也很高兴,马上从谏如流,加封张辅为新城侯。永乐四年(1406年),张辅率兵平定安南,改设交阯布政司,使明朝又增加了一个行省。朱棣大喜,在张辅奏凯还京之日,晋封他为英国公。由此可见,张辅世袭的公爵,与一般靖难功臣不同,他有实实在在的开疆拓土的大功。

张辅已通过擒献汉王派来的联络员,获得了宣宗的信任。前文说到,高煦主要代表了靖难功臣的利益,他在燕府旧人中拥有较多的支持者(包括明的和暗的)。张辅大概属于不太公开的支持者吧(或者并不那么隐秘,但因为张辅最后投向了光明,朝廷既往不咎,史书便将张家与汉王的旧账一笔抹去),否则高煦怎么会在造反时派人来和他联络呢?

张辅异常英明地将汉府联络员擒拿献上,果决地斩断了与汉王的关系——真不愧为英国公!

张辅听说皇上要亲征汉王,主动请征,他说:"高煦徒怀不臣之心,而他为人素来怯懦,而且他的部下也都不是有谋能战之人。请赐臣二万兵马,我保为陛下将此贼擒来,不足仰烦至尊。"

“任卿一人，足以擒贼。”宣宗首先对张辅的忠诚与热情表示了肯定，然后说道，“但我新即位，小人多怀二心，我若不亲行，不足以安反侧。朕行决矣！”

宣宗不同意命将代征，而是决定亲自出征，于是北京下了戒严令，在京师九城大索汉府奸细，同时调兵遣将，敕令各处守帅将兵从征。为了防备高煦明着向北进犯京畿，实则向南袭取南京，特命指挥黄让、内官谭顺等往淮安，同总兵官平江伯陈瑄一同镇守。此举有两个作用，一则淮安是南京的门户和运河枢纽，关系重大，一则以监视主管漕粮运输的陈瑄，害怕他再来个临江倒戈，那危害可就大了。

可见，二十多年前的靖难之役，给了当政者深刻的教训。宣宗亲征，正是有鉴于建文帝对其祖父燕王动手太迟，致其有充分的时间做准备，如果建文帝在决策削藩后，能以惊雷泰山之势，毫不犹豫地对燕王动武，势力尚还弱小的燕王根本无法抵御。宣宗深知，他与建文帝一样，登基未久，人心未附，而叔父汉王在朝颇有关系，他又是能征惯战之人（而不是如张辅所说的“素怯”之人。张辅是受过高煦勾引的人，他为了自白，不得不那样贬低高煦），如果不能迅速解决，帅老兵疲，还不知局势会怎样逆转呢！好比他亲信的司礼太监侯泰，一见高煦的军容，就吓得不敢说真话，心里已存了骑墙观风的私念。亲信贵近如侯泰者尚且如此，其他在朝或地方官员，更不必提了。

宣宗亲征，实是高明之举。但能看透这一点，却是大学士杨荣。因为是杨荣首发亲征之议，他说：“高煦以为陛下新立，必不亲行。今出其不意，以天威临之，事无不济。”

八月初八日，阳武侯薛禄、清平伯吴成、太监刘顺（他是在朱棣入京时奉命“清宫”的太监刘通的弟弟，他哥俩都是靖难功臣）将兵两万为先锋，先行出京，只隔了一日，宣宗即率领大军，浩浩荡荡，杀奔乐安而来。

值得一提的是，就在前锋部队出发的前两日，即八月初六日，南京又发生了一次地震。这是一次灾异，还是一次祥瑞？当时人谁都搞不清，只有当成败已定，一家欢喜一家愁时，才可由史家摇笔论定。

第四十八章　宣宗吼吼：叔叔们，我来啦

高煦起兵后，将部队分为五军：青州中护卫指挥王斌领前军，韦达左军，千户盛坚右军，乐安州知州朱恒后军，他的几个儿子各监一军，高煦本人自将中军。世子瞻坦“居守”，指挥韦弘、韦兴，千户王玉、李智领四哨。以上凡姓韦的，都是高煦王妃韦氏的娘家人。

乖乖了不得，一旦高煦把天下打下来，这又是一帮彪炳千秋的伟大人物！

看官试想，如果您是朱高煦，当如何用兵？

据官史讲，朱棣曾向仁宗解释过封高煦于乐安的缘由，他说：“乐安距北京数百里，但闻高煦有异谋，可朝发而夕擒也。”此言虽不定出自朱棣之口（事实是，高煦受封乐安在永乐十五年，那时还未迁都，何来“距北京数百里之说”），却也正确点明了乐安州作为造反据点的不利形势。我们从地图上来看：乐安（今滨州）局促于山东半岛一隅，北、东两面临渤海，省会济南在其南，运河要枢德州在其西，都是屯有重兵的大城。朱高煦蜗居于这样一座小城，以区区不足万之兵，如欲改天换日，首先将遇到天狗的麻烦：它想吞天，却无从下口。

若就乐安距北京不过数百里，可朝发而夕擒的形势来说，朱高煦之成败实在“一鼓”之间，或一鼓而就擒，或一鼓而决胜。他的谋反大业必须靠奇袭奏效，而奇袭的基本保证则是行动的保密性和突然性。然而，从官史的记载来看，朱高煦恰恰犯了保密不严的大过。汉家的兵马还未出城，山东、北直隶乃至京城，差不多半个北方，都知道他要反了，实录甚至说，“山东军民告变者日集阙下”——整个山东的军民百姓都知道高煦要反了，乃迎向“光明”，主动向朝廷告发。哪有这样的造反家？须知，朱高煦可不是造反的新手。

高煦举起反旗之后的选项，其实非常有限。当宣宗率兵从京师出发

时,曾问随臣:“你们看,高煦计将安出?”

有人道:“必先取济南为巢窟。”

有人道:“高煦过去不肯离开南京,今必引兵南下。”

“不然不然。”宣宗听罢,连连摇头,说出自己的判断:

“济南虽近,然未易攻,高煦闻大军至,亦不暇攻。且汉府护卫官军的家都在乐安,有内顾之心,必不肯丢了家口,去打南京。”

济南是山东第一座大城,离乐安较近,高煦占据济南,固然可营为巢穴,较困守乐安为有利,但高煦之志在天下,其意岂只在占山为王?况且济南作为山东会城,城高兵众,不易攻取,高煦他老子当年都没啃下这块硬骨头!若仓促不能下,朝廷大兵已到,高煦将腹背受敌,首尾狼狈。

至于随驾之臣所担心的,高煦可能南下攻略南京,宣宗则认为,高煦的护卫官军,家都在乐安,朝廷大军一到,乐安必为齑粉。叛军岂肯放弃乐安,径趋千里之外的南京?

“高煦外夸诈,内实虚怯,临事狐疑不能断。”宣宗道,“他今日敢于造反,不过轻朕年少新立,众心未附,不能亲征耳。今闻朕行,其胆已落,还敢出战吗?大军一到,必然束手就擒。”

在官史的这段记载里,护驾众臣皆是一群无主见之人,唯有宣宗一人自信聪明。其实亲征之计,本是作为随臣之一的大学士杨荣所献,并非宣宗的独见。而在官史里,将一切荣耀都奉献给了皇帝!这就像过去的宫廷绘画,画中人物都像虫蚁一般,唯有皇帝一人独大,如同蜂巢里的蜂后。所以我们读这段记载,必当知晓,以上本是君臣帷幄内的讨论,只是史官在摇笔时,刻意写成那样一个君圣臣昏的样子,以为宣宗是多么英明神武的一位君主。这是读史必须掌握的一个窍门。

话头转回来,且说高煦先听说朝廷以薛禄为将,统兵来伐,不禁攘臂大喜,以为薛禄好对付——活脱脱就是燕王当年初闻朝廷来征大军的主将是李景隆后的神情。然而,随即传来天子亲征的消息,高煦登时惊诧无措乎手足,一如宣宗之所预卜者。

惊愕之余,高煦收到宣宗的劝降信,信中说:“今六师压境,汉王你若将倡谋者献出，朕保证赦免你过，恩礼亦复如初。不然，一战成擒之时，或你部下视你为奇货，绑缚来献，你悔之无及矣！”

信的内容还是索要“左右奸人”，它仍属于宣宗展开的“心理特种作战”，其预期效果，不在于劝降，而在挑拨离间，让高煦与部下互生猜嫌，好乘隙而破之。

奇怪的是，从八月初“高煦反”，到二十日宣宗亲率大军进至乐安城下，半个多月的时间里，朱高煦一直困守在乐安城中，没有任何主动出击或逃走的动作。

当宣宗车驾抵达乐安城北时，天已擦黑，只见城中黑气黯黪如死灰，一副惨景。突然有一道青气，在城的东南天空升起，就像一个人在叉手揖拜。宣宗认为这是祥瑞，第二天即移跸城南以应之。

朝廷大军分兵守住四门，连发神机铳、箭（明代称火器为神机铳炮）示威，一时烈焰轰天，震如雷霆，对城内守军造成极大的精神震撼。

小小的乐安城被铁桶似的合围，捉拿叛贼，直如瓮中捉鳖。诸将请立刻攻城，可宣宗不许，他说矢石之下，恐怕祸及无辜百姓，决定再次写信给高煦，责备他不出城朝见，令其速速来降。午间，又写一封，反复劝谕。——我都记不清宣宗写过几封信了，真是“仁至义尽”！可是不识相的高煦“皆不答”。

他是准备鱼死网破了吗？非也。官史说：宣宗见屡谕高煦不听，就写一敕，射入城中，向逆党谕以祸福。

敕书中肯定有鼓动城中军民擒献高煦以赎罪请赏的内容，果然，“城中人多欲执高煦出献”，高煦没办法，不得已秘密遣人出城，诣天子的行帐，请求宽假一天，待与妻子诀别，明日一早即赴军门归罪。宣宗同意了，可晚间再看那城中，火光烛天——“高煦尽焚兵器及通逆谋书”，这是他在连夜紧急销毁谋反证据。

第二天，高煦将出城授首，他的“太师”王斌劝他：“宁可战死，也不要教人生擒活捉。”此真豪杰之言！可高煦假意回宫，却觑个空儿，从“间道”溜出城，还是到宣宗大营投降乞命去了。

老鼠进了笼子，还有命好活？如果是一只老鼠，立刻会被烫死、剁死、踩死、摔死，可汉王爷进了笼子，朝廷还要请他配合演一出戏，然后再取他性命。

当高煦跪在御幄之外觳觫时，群臣请求将他立正典刑，这是戏的开幕。

宣宗说："彼固不义，然祖训待亲藩自有成法。"宣宗举的是《皇明祖训》，称祖训对亲藩宽大，即便犯了谋反大罪，也无加诛之刑。而群臣举起更厉害的"春秋大义"，说春秋之法，大义灭亲，请皇上绝私恩，从公理。宣宗仍不准，只令人把群臣的劾章拿给高煦看，使其知罪。高煦顿首道："臣罪万死，生杀惟皇上命。"这是戏的高潮部分，尽显凛凛君威与朝廷的"道德战胜"，敌人只有匍匐乞命的份儿。

宣宗遂命高煦写信，召他的儿子们来降。此时，造反的主子没了，城中乱贼早已作鸟兽散。宣宗下诏，只罪同谋者，胁从者不问，于是"余党悉就擒"。

高煦的造反伟业，实在有点莫名其"妙"。套用一句流行语，他到底是反啊反啊还是反啊？作为一个造反经历丰富的王爷，他难道不晓得，以其微弱的兵力、不利的形势，取得成功的唯一机会，在于采取积极主动进取的姿态？弱者只有不断地向强大者挑战，才有存活，乃至发展壮大，最终改变态势的机会。这已为无数的历史经验所证明。就说他父亲吧，起兵之初，兵力很弱，环境也非常不利，但他在不停顿的主动进攻中，碾轧、撞击、粉碎了朝廷征伐的企图，逐渐使实力与命运的天平向己方倾斜；建文四年（1402年），突发奇兵，直袭长江，为靖难之役实现了一个华丽的落幕。

而高煦的表现实在太差劲儿，以致宣宗群臣对他行动的猜测（北进，南下，攻打省会）全部落了空，只是宣宗称他将束手就擒的预言应验了。这太不像一位在二十多年里，从未停歇地实施篡位阴谋的剽悍王爷的举动。无怪乎有人怀疑，汉王朱高煦是被人"黑"了，他是"被谋反"的。

真相是否如此，从现有史料很难做出判断，但从赵王高燧差一点也遭到与高煦同样的命运，高煦之事，可能真的有点冤情。

宣宗在平定高煦后，为炫耀其"武功"，改乐安州为武定州，还亲笔写了一篇《东征记》，发给臣子们阅读学习。然而这一场实力悬殊的"东征"，叛逆者是自己投降的，往好听了说，是不战而屈人之兵，至于“武定”二字，多少有点名不副实。但在事平后擒拿“余党”的过程中，却很有些动刀动枪的阵势，除了“逆党”有名的王斌、朱恒等六十余人（主要是汉王府僚属和乐安州及所属诸县受伪官伪职之人）在京被诛外，还进行了广泛的追究，牵涉到山西、天津、青州、河间、德州等地都督、都指挥、指挥、镇抚等官六百四十多人，全部被处死。可见，高煦之变中受牵连的主要是世职武臣，他们被指控与高煦有“献城”之约。其他以知而故纵、藏匿叛人等罪名，本应处死而改戍边者一千五百多人，在边为民者七百二十七人。

以上还只是正犯，其家属亦多随配戍边，而发京卫为匠、给官家为奴者就更多了，这就没法统计了。直到宣德二年（1427 年）八月，即乱平之后整整一年，朝廷还在“申严反逆家属在逃之令”，大规模地追捕逆犯亲属。在这场昙花一现的叛乱中，数千个家庭遭遇了不幸和飞来横祸。

宣宗亲率十数万大军，兴师动众，赴乐安平定叛乱，只放了几响礼花，并没有打一两场大仗硬仗，好供史官泼墨渲染、山呼万岁。

捉住高煦后，遂高奏凯歌还朝，一路行到今河北献县单家桥，忽有户部侍郎陈山在路边迎谒。此人偷偷从京里跑出来，荷包里夹了一条毒计，要献给皇上。他密奏道：汉、赵二王实为同心，请皇上挟战胜之威，袭取彰德府，抓住赵王，并除二害。

宣宗听了不免心动，咨问扈从的阁臣。可是阁臣的意见发生了分歧，杨荣一力赞成，杨士奇坚决反对，他说：“事当有实，赵王并无谋反实据，无罪而废之，难道天地鬼神是可以欺蒙的吗？”

明初著名的“三杨”，头两位就是杨荣与杨士奇，他们的府邸，一个在东，一个在西，又称东杨与西杨。东、西二杨本来不和，意见亦常南辕北辙。这回，在是否顺带手把赵王也灭了的问题上，他们所见又生抵牾。

杨荣厉声道：“汝欲阻挠朝廷大计吗？逆党都供称与赵府有谋，怎么说师出无名？”

杨士奇道：“皇祖太宗皇帝三个儿子，皇上只有两个叔父。有罪者不可赦，无罪者就应厚待之，疑则防之，使之无虞而已，岂可遽然加兵，伤皇祖在天之意！”

西杨之见，要在不可伤德，毕竟赵王反形未著，骤然加兵，天下后世不可欺。“三杨”中的另一杨，名杨溥，是个温雅的儒者，与西杨一样，也是东宫出身，他赞同杨士奇的意见。双方争执不下，那时不兴投票表决，只好请皇帝仲裁。东杨先跑到御幄里，游说皇帝，等到西杨再去请见时，宦官就不让进了。显然宣宗已经采纳了杨荣的意见，不容他再置喙。

杨士奇不甘心，跑到吏部尚书蹇义和户部尚书夏原吉那里，请他们代为转奏。蹇、夏两人答应了，在去见宣宗时，把杨士奇的意见说给皇上听了。据《明史·高燧传》记载，陈山在密奏剿除赵藩之计时，也曾邀蹇、夏二人一起去给皇上说，似乎他们也同意陈山的动议。

那么这两位重臣到底是何态度？宣宗曾对夏原吉说“往者卿等言赵王事，朕皆拒却。昨又有数人密奏斯事”云云，可见夏原吉是赞同陈山、杨荣的主张的，但他们在削藩这样重大的问题上，不敢过多表明态度，也不愿驳了正炙手可热的杨士奇的面子，给自己惹来麻烦。夏原吉刚当了一回朝廷“奸臣之首”，还心有余悸呢！

宣宗最终接受了杨士奇的意见，决定不对三皇叔高燧用兵。但朝中要求对赵王有所处分的呼声很高，因为高煦到京后，承认曾派人与赵王高燧通谋，就算赵王没有参与谋反，他知情不举之罪，也是跑不了的。户部主事李仪还旧事重提，说赵王尝有异谋（指永乐二十一年五月宫廷政变的那件旧事），今虽屈伏，并非心死，而是其力有所不能，请求削除赵府护卫。尚书张本也揪旧事说，往年孟指挥所造逆谋，赵王未必不知，今与高煦合谋举事，俱有明验，陛下忍而不发，是养痈遗患，绝对不可以了。夏原吉语气稍缓，也说：“人言不可不思，但在处之得宜”。宣宗咨问杨士奇，士奇说：“赵王最亲，陛下当保全他，毋惑于群言。”建议宣宗将群臣的劾章封示给赵王看，令其自处。

宣宗觉得如此较为妥当，遂遣驸马广平侯袁容携带玺书及群臣的劾词，到彰德府拿给赵王看。“吾生矣！”赵王不忧反喜，立即上表称谢。他是个聪明人，知道光表态是不够的，必须把怀中之璧献出来，方能免主上生忌。高燧在洪熙元年就藩时,已经辞还常山左、右二护卫,只剩一个常山中护卫,这回他将该护卫连同王府所辖群牧所、仪卫司官校一并还给朝廷。宣宗见他机灵懂事,同意收回护卫(将王府护卫改为普通的军卫,由都司管辖),但仍将仪卫司还给赵府。

高燧至此躲过平生第二场大难。

从当时朝廷的舆论来看,多数人都是赞同处置赵王的,一报前仇,二不留后患。要不是杨士奇等人努力劝阻,赵王被废,几乎成了定局。

在古代,谋反与杀人放火等刑事案件不同,当事者反与不反,常常不是靠确凿的证据说话,而在"谋反者"是否对当政者构成现实的威胁。汉王高煦被除掉后,赵王高燧只是一只剪去爪牙的病虎,已不能构成朝廷之害,但如若宣宗念旧仇,必欲拔之,他不反也反了。然而宣宗听杨士奇等人劝说,以为在汉王的事上已然树威,在赵王身上不妨树德,如此威德并生,岂不两全其美?宣宗为此意所动,心思一转,赵王便是反迹昭著,反亦不反了。

史书多书宣宗为此非常感念杨士奇,对他说:"赵王所以得全,全赖爱卿之力!"其实倒是宣宗不为已甚,违众之言,宽以待之,才是高燧免遭削除的关键。

陈山在献计后,得到宣宗的宠爱,第二年初奉命入阁。但他在阁只待了一年,宣德三年(1428 年)十月即"辍机务",不再在内阁办公参与机务了。

史书多将这次人事变动解释为宣宗因他首发征赵之意,故此厌嫌他。其实这是对史料进行选择性解读得出的片面结论,因为论者忽略了一个重要事实:陈山是如何进入内阁的?陈山本只是户部侍郎,在向宣宗献计后,才得到皇帝属意,第二年被特擢进入内阁,以户部尚书兼谨身殿大学士。此时离他发起征赵之议,已经过去半年了,宣宗没有忘记他,对他的献计之功做出奖赏。至于他在入阁近两年后失宠,那是别有其故,与他谋算赵王,毫无关系。如果宣宗仅仅因为陈山倡议顺手干掉赵王就厌嫌他,那么于杨荣又如何?杨荣可是此议最为积极的支持者,可是宣宗对杨荣的信任,终身不变。后世史家将陈山出阁与他当年的建议混为一谈,要么是于史实失察,要么是故意借陈山的"偏狭凉薄",以烘托宣宗的仁德。

第四十九章　做王爷心理素质好，必须的！

其实，自永乐二十一年(1423年)未遂的宫廷政变后，赵王高燧早已噤若寒蝉。他父兄在位时，总还是照应他的，可他侄子宣宗即位后，高燧自存尚且不能无忧，哪还敢存丝毫的非分之想！

然而他就是保持最大程度的低调，把头卑微地埋在尘埃里，也难免“人在家中坐，祸从天上来”。宣德元年(1426年)初，还在他二哥高煦“造反”之前，一个名叫刁二的定州籍男子，身背黄色包袱，到他府上来求见。打开包袱一看，里面裹着素色黄纸、白纸各两幅，一个画花，一个画人。这个叫刁二的，应该就是那种能飞会遁、捉鬼招魂、上观天象、下察地理、前知五百年、后知一千年的术士，官府称之为“妖人”，今天我们称之为“大师”。恕我无学，刁二在黄、白素纸上画花画人，不晓得是何把戏，有何说道？但肯定是某种隐含“天机”的秘语或谶言。

“王爷，”刁二向赵王爷展示了图画后，说道，“您是命中有大福分的人，岂止拘拘于彰德小地？”

比王还大的福分，不言自明，那就是帝王的命格了。

谁知赵王高燧并无他二哥汉王高煦的胆量，此时他最怕这种“好事”招惹上门，一听刁二之言，几乎吓得昏死，急令左右将刁二拿下。他不敢隐瞒，将此事奏闻朝廷，自称“此妖妄也，不敢隐”。高燧深知四下密布朝廷眼线，若不赶紧奏明，被人抢先揭发了，一个“包蓄祸心，招诱无赖，左道惑众”的帽儿掼下来，那才真要冤死人的！

“赵叔不得不言。”宣宗览奏后，似乎很体谅赵皇叔的心事，对侍臣说，“他若不主动举发，小人就会拿此事借题做文章，造为离间之词。往年告王府谋逆事，多是如此。”

“赖陛下日月之明，小人之计不行，宗室之福也！”侍臣奉承道。

宣宗说的是大实话。不过，如果他心中真的如此光明坦荡，大可命地方官或刑部官员按大明律中有关“妖言”的律条处置即可，可他却下令锦衣卫严鞫（下到诏狱，就变成“钦案”了），把刁二抓到牢里，一顿死打，还不知揪出咋样的主谋和同党呢！当时在北方数省，民间秘密宗教传播非常广，信众也比较多，像刁二这样通过妄造妖言希图富贵的神棍多如牛毛，幸亏高燧及时揭发，摆脱了干系，否则祸患真不在小。

刁二事刚了，高燧的奏疏又来了，称本王已经就藩，但在北京广有仓里还存有未支禄米八百五十石，我不要了，请让北京户部接收吧。这份奏章，看似高燧在表忠心，其实他是在耍滑头：他明里说京仓这些粮食不要了，可那都是赵王府的禄米，是他该得的，区区之数，朝廷若照单全收了，未免显得朝廷贪图小利——他的本意是向朝廷催要这些粮食。

宣宗洞穿了他的肺腑，让户部收了赵府的禄米，同时令平江伯陈瑄从淮安所屯漕运粮米里，如数匀出一部分，送到彰德赵王府，补偿赵王。宣宗这么做，表面看起来，是重赵王之请，骨子里却是照章办事，一报还一报。一般这种情形，朝廷首先应该降敕表彰，对王府的“无私精神”予以肯定，然后给予一些赏赐，但宣宗对高燧的做法无一句评语，一分一毫算得清清楚楚，互不亏欠，温情的面纱下分明透出了宣宗与至亲的赵王之间深深的疏离与隔膜。

由这件事可以看出，高燧是个重利、好使权术而乏大体的人。这些毛病，对于一位从小娇惯的皇子，其实是一种“职业病”。所以，尽管高燧之国后，刻意显示低调，但其“表演”愈令人察觉到他的不安分。故此，当汉王事发时，他几乎惹火烧身，差一点遭到爵除国灭的下场。

高燧的事还没了呢！

对于这等令皇帝不放心的人物，就是要时刻“琢磨”他，令其有后顾之忧，无法安卧枕席，这样皇帝才睡得着。高燧在封国彰德府过得一点都不安心，他和掌彰德卫事都指挥王友就闹得很僵。

王友大概是受了密旨来监视高燧的，又或许他见高燧浑身湿嗒嗒的，宛如一只落水狗，便乐得帮忙来打。总之他处处与赵王为难，让高燧既恼火，又拿他没有办法，只好不停地向朝廷奏诉委屈，说王友出入盛陈兵卫，日夜以兵封围王府，不令护卫军校出入，就像本王造反、王友奉旨拿问一般，阖府上下惊恐不宁。

王府一个养马的小厮叫得受的，因为什么事从府中潜遁，却被王友拿住，送上京去。这更令高燧恐惧，害怕得受屈打成招，说出对王府不利的话来。他慌忙上奏，泣诉王友的悖慢。宣宗回信给他，加以安慰，说皇叔是国家至亲，小人之言，决不能间，表示已降敕切责王友，令其改过，否则必处之重法。

像王友这样欺负亲王的事情，在洪武朝是绝不敢想象的，在《明太祖皇帝钦录》里就记载有地方守臣“欺王”，被处以剥皮之刑的例子。但自建文帝削藩、永乐帝钳制亲藩，地方官与王府作对的事，已经屡见不鲜，尤其是像赵王这等朝廷重点“关照”的对象，地方文武守臣与其势成水火，更是习以为常。宣宗不处分王友，也不调动他，只空言“切责”(严厉的批评)，高燧毫无办法。他这个王爷做得憋屈，只要无事，度一日算一日罢!

可偏偏树欲静而风不止，王友刚刚和赵王互相奏讦了一回，余温未尽，死灰复燃，赵王的把柄又被王友抓住了，这回更厉害，是告赵王谋逆，并且握有实据!

事情的起因是王友于彰德城外查获一矢，上面系着一封书信，打开来看时，竟是周藩祥符王朱有爝写给赵王高燧，商量同谋为逆的信，书末加盖着祥符王的图书(印)，其内容都是“忿怨朝廷，指斥乘舆”，且相约“连兵犯阙，以复高煦之仇”。

原来赵王还寻思替汉庶人高煦复仇咧！王友如获至宝，张大其事，向朝廷报告。

看官，你是否觉得此信来得可疑？串谋大逆的书信，怎么会遗失？它不密封在蜡丸里，系在箭杆上何为？不单您生疑，宣宗看到信，也有疑问。他怀疑这封信出自王友的伪造，因为赵王刚刚奏他暴慢无礼，这封赵王谋大逆的信就出现了，是不是太巧合？他下令将王友及其左右亲信逮到京城来鞫问，又致书周王朱有燉，令他密察此事，同时把祥符王朱有爝召上京来面讯。

这消息传得飞快，赵王高燧很快就知道了，他几乎晕厥过去，预感到大事不妙。

这封大逆不道的信件，到底是汉王高燧与祥符王有爝通谋作乱，还是出于王友的报复陷害？王友等人被下到锦衣卫狱里，反复鞫讯，没有异词，坚决不承认是他伪造了这封反书。而祥符王朱有爝到案，他一看信，马上说："这不是外人做的，都怪为臣愚昧，不能与臣弟新安王有熹相友爱，使他深恶于臣，这肯定是他府中下人所为。"

案子出现新的人物，宣宗要把案件查个水落石出，便敕召新安王朱有熹上京。这时周王有燉密访也有结果了，他说新安王有熹曾经派人去过彰德，很快就回来了，考其日月，与信中日期正好相合。新安王的疑点顿时上升。

宣宗心中大概有数了，立刻差宦官带领锦衣卫官校赶赴河南，将新安王有熹派到彰德府办事的差人秘密逮捕。朝廷特务的行事效率倒高，他们在周王的配合下，同时抓获了受新安王指使私造伪书、伪印之人，一并拿到京城。等新安王到案，见人证物证俱在，无话可说，只好承认，此事确实是他所为，但他吐露说，他其实是受了汝南王朱有勋的指使。原来背后还有人！

宣宗于是又召汝南王有勋来京，命在京亲王及皇亲、文武大臣共同讯问。新安、汝南二王为了推卸责任，互相揭发对方的阴私恶事：汝南王奏新安王好杀人，喜欢生食人的肝脑；新安王亦奏发汝南王谋害周王数十事。

这位汝南王朱有勋是周定王朱橚（朱元璋第五子）的嫡次子，但他父子不和，当年建文帝削藩，第一个拿朱橚下手，便是因为朱有勋出首告发其父有不轨的行为，导致朱橚被削夺囚系。朱棣即位后，朱橚复爵，遂奏乞诛杀此逆子。朱棣饶了朱有勋一命，将他发遣到云南大理居住，过了一些年，才回到河南。此人恶念不衰，又起了夺嗣的心。因为他哥哥，也就是现任周王朱有燉没有儿子，早年由周定王朱橚做主，将有勋的庶长子朱子埅过继给有燉为子。朱橚死后，有燉嗣位为周王，有勋为了争嗣，千方百计要周王允许子埅归宗，周王被他闹得没法子，只好令已经成年的子埅仍为有勋之子。

看官或不解了，有勋为什么要这样做？他儿子是周王之嗣，等周王百年后，他亲生之子不就能继承亲王之位吗？原来，朱有勋是自己要做亲王！他的打算是，假如周王无嗣，待周王薨后，他便可依“兄终弟及”之义，自己来嗣封，何必便宜儿子？他让己子归宗后，周王没了子嗣，他完成了夺位的第一步。

但周王比他大不了几岁，搞不好活得比他还久，亲王之位仍是无望。第二步就是要尽早将周王从王位上驱逐出去。为此，他日夜谋害周王，经常上疏奏讦周王的过失。只可惜还未得逞，先因嫁祸祥符王而落网。

新安与汝南这两位王子性情凶暴，臭味相投，他们都厌恶兄弟祥符王，遂合谋私刻祥符王图书，伪造了一封祥符王寄给赵王高燧的书信，故意弃置于彰德城外道旁，让与赵王有隙的王友查获。他们的算盘打得好，只是没想到反而引火烧身，狗咬狗一嘴毛，结果一起倒台，都被废为庶人，连其家属，全被监禁在北京。

赵王高燧在这个案子中完全是无辜的，只是因他树大，别人作浪，便拿他来招风。事白后，宣宗特地给他写了一封信，说明事情已经搞清楚了，请他不必介怀，并特别说明：“叔叔与我心腹相照，明过皎日，哪里是那等奸凶小人所能离间的！”

此事发生在宣德三年(1428 年)初，打这以后，始终萦绕在高燧头上的那团乌云，才渐渐远去了。高燧从此安心做了几年王爷，到宣德六年(1431 年)，在彰德封地安静地去世——在永乐之后，对于尊贵的亲王们，安静便是福了！

第五十章　晋王咸鱼大翻身

“高煦之变”后，凡与汉王高煦亲近之人，都遭到牵连。赵王高燧是他的亲弟弟，又“素有异心”，自不必说，赵王爷在宣德朝所受的那些磨难，全是在还旧账。那位汝南王朱有勋，也是被“索债者”断了指，因为他“自少与高煦善”，和反王高煦是发小。另外还有一位巨头，乃现任晋王朱济熿，朝廷也给他记着账，终是在劫难逃。当法司以高煦之狱，牵扯到晋王济熿，要求“并治之”时，宣宗的答复很微妙：“晋王自洪武中即与高煦相好，他有没有逆谋，未可知，亦不必问。”宣宗说晋王是否参与谋逆，“其谋有无，未可知”，其实已给晋王的命运盖了戳，“不必问”，只是暂时不必问，终还是要问的。

第三代晋王朱济熿，是晋恭王朱㭎的第三子，第二代晋王济熺的弟弟。官史说他“自幼以狠戾失爱于父”（看来，汉王的好朋友中，是没一个好人了）。太祖朱元璋曾召秦、晋、燕、周四府世子及诸王庶子之年长者，教于京师。此事前文在讲方孝孺使离间计，企图收买燕王世子朱高炽时，已经提到。当时上京的还有燕府二郡王高煦、周府二郡王有勋和晋府三郡王济熿，三人皆是“邪谲”之徒，臭味相投，经常绑在一起玩，而都不为太祖所爱。

这是否是事实的全部，今已无法考证，但三人结局相同，都是嗣位争夺战的失败者，却是确然无疑的事实。从这里我们看到，自朱棣开了个好头，朱家内争已进入一个“战国时代”。

洪武三十一年（1398 年）三月，晋恭王朱㭎去世，世子朱济熺嗣王位。济熿作为庶子，受封平阳王，本与晋王之位无缘。但晋王济熺为人寡德暴戾，在他嗣位的八年间，不断被人举报。在这些告讦者中，既有宗室庆成王等藩王，也有府中官校军士匠技，也就是从各级领导到一般群众，都在卖力地告发晋王之罪过，“月积岁累，言人人同”。唯独平阳王济熿上告较少，给朝廷留下良好的印象。

有人认为这些针对晋王济熺的告讦，其实都是济熿隐在幕后挑拨操纵。不管事实如何，济熿确实从中获得了巨大的利益：晋王在长年累月的攻讦中终于垮台了，永乐皇帝朱棣因为他过犯太多，将他和他的世子美圭都废为庶人，而改封济熿为晋王。济熿夺嫡成功！

但济熿嗣封后，骄恣暴横的本态暴露，此人心胸狭窄，睚眦必报，一府之人都受其毒害，比过去有过之而无不及，为此积累了很深的怨怼。

永乐末年，有晋恭王宫中的老媪入诉朝廷，朱棣才知道废晋王济熺父子被济熿囚禁虐待十年的惨况，在北征途中亲自召见废晋王父子，因可怜侄孙美圭困顿累年，封其为平阳王——这是济熿晋封晋王前的王号——令他奉父在平阳府居住。

美圭封王后，与济熿开始了长期的口水战，常要劳烦朝廷出面调停。

对于握有权势之人，最可怕的是出现一个竞争者，所以权势者总是千方百计将对手摧毁，或将任何潜在的对手扼杀于萌芽之中——鬣狗和狮子不是经常互相吞噬对方的幼崽吗？——这对于政治生物来说，是最好的自保之术。晋王济熿在王位上安安稳稳坐了十多年，突然冒出个死对头美圭，他若不能毁灭之，他的好运也就到头了。

朱美圭本是晋府世子，若不是受父亲的连累，现在做晋王的应该是他。美圭的遭遇本来就令人同情，晋王济熿捡了便宜，抢了人家的宝位，竟还小气，为了几块水边的滩地与美圭累诉不休，连仁宗都看不过，责怪济熿不重同气，毫无矜恻之心。济熿还没意识到，这个倒霉侄儿是多么可怕的对手。

美圭向朝廷投诉，说他父子被废，是被叔叔"诬构"的。可仁宗不愿重提旧事，更不愿就美圭的指控启动调查程序，只是劝说他："你们兄弟叔侄本同一气，你做侄子的，只要尽诚恭爱，他当叔叔的必然顾念你。一切不好的往事就不必再提了！"

济熿便以为美圭不足恤、不足虑，对他毫无警觉，而对朝廷主持公道，在裁决时稍优于美圭，怀有极大的不满，经常口出悖逆之语。他又好巫蛊，常在府中招来一些术士，画符作法，日夜不休。这些情报都被美圭暗中刺探到，只待时机，上演一出明代版的"王子复仇记"。

机会很快就到了。汉王高煦谋叛事败后，赵王高燧、晋王济熿均被视作其同谋，受到严厉的纠劾。与叛贼同谋，这样的罪名，在那个时代几乎是无法幸免的。济熿的地位岌岌可危，周围的人开始背叛他。

十余年后，济熿终于亲身体验了他哥哥废晋王济熺同样的命运。

从宣德元年冬天到二年的春间，宁化王朱济焕以及府中下人数十人，接踵上京首告晋王不法，晋王的劣行接连不断地曝光，如他毒死嫡母谢氏、与晋恭王侍儿私通、虐待废晋王父子等，这是宫闱失德之事。更有人直指他潜蓄逆谋，与高煦同心造乱，意在谋危宗社；高煦败后，他深怀愤恨，遣人招致四方妖术之人,以皇上生辰八字潜行魇咒,甚至诬毁先帝,訾詈百端;且私造兵器,操练军马,将图犯阙云云,简直是十恶不赦的大魔头,似乎高煦都有所不及。其实许多罪状都是众人推墙,落井下石,未必都是"指陈实迹,具有证验"。

晋王府人员的告发,立即得到朝中的呼应,廷臣交章劾奏,要求严处晋王的呼声一浪高过一浪,舆论的炮火挟着呼啸,一齐向晋王宫轰来。

济熿内外交困,害怕极了,遂决定以退为进,主动上疏辞爵。

有趣的是,宣宗在复信中不说别的,只讲汉王高煦"造逆"之事,对济熿与高煦"交通为谋""约举兵策应,共图大事"等罪状,并无一句明示,仅仅说:"叔何嫌何疑,遽有辞爵之言?"而没有像对赵王一样,明确表示不信,加以安抚。济熿不知道,宣宗不准他辞,并不是"杜绝小人之谗,以全亲亲之美",而是已经决定公布他的罪行,并削除其爵位,只是稍缓其事,以待最好的时机。

宣德二年(1427 年)四月,就在宣宗前信发出后不到一个月,朝廷便下敕符召晋王济熿上京,将其废为庶人,送往凤阳看守皇陵,家属一同居住。

但平阳王美圭也没有得到他梦寐以求的王位,宣宗只是下令,命他将爷爷晋恭王朱棡还活着的妃嫔从晋王府迎到平阳奉养,并未让他承袭王位。晋王之位,从此空置了八年,直到英宗(宣宗之子)即位后的第二月,才正式晋封美圭为晋王,还居太原。美圭从晋王世子的宝座上跌落红尘,苦苦等了二十多年,终于咸鱼翻身,登上本该属于他的晋王之位。

第五十一章　好"汉"铜缸化作灰

汉王高煦倒台了,这个可怜虫将许多人带进了坟墓。

宣德元年八月,初平高煦,在给诸王的敕谕中,宣宗宣布了对叔父的处置决定:"以亲亲之故,不忍弃绝,令同宫眷居于北京,以全始终之恩。"高煦父子被废为庶人,囚禁在皇城西安门内专为他一家人所建的囚室里,凄惨地等待死神的召唤。

看官,讲到这里,容我卖个关子,试问一句:若依了官史所言,宣宗是那样明明德、宽仁慈圣的一位皇帝,他的“高煦叔”将如何收场?大概在大圣人的感召下,高煦将洗心革面,重新做人,并得到侄皇帝的宽宥,获得一次新生的机会吧。然而,这样的神话,只在听说过却未领教过的上古三代才有的哩!

《明宣宗实录》没有记载高煦是如何死的,一般这种情况,都是当事人未得善终,而官方又欲加以隐晦,不愿提及,故此采取这种隐蔽战术。《明史·高煦传》则谓:“高煦及诸子相继皆死。”

野史留下一个骇人的说法。《菽园杂记》的作者陆容,是成化二年(1466年)进士,曾与一位太监“谈汉府事”,因问起汉庶人高煦所终。那太监讲得绘声绘色,如同亲见,说:汉庶人高煦被执,锁在逍遥城内,一日宣宗不听左右的劝,跑去看他。这宣宗大概把这位倒霉叔叔当猴子看吧,站在他面前,“熟视久之”。朱高煦被他看得不耐烦,趁其不备,突出一脚,将胖大的宣宗钩倒在地。左右急忙将皇帝扶起。

看官可想起昔日朱家兄弟谒陵时,高煦讥笑皇太子高炽腿脚不便,戏言“前人蹉跌,后人知警”,宣宗随在后高喝一声“更有后人知警也!”何等机警豪迈。哪想到今日会有此一跌!不管宣宗这一跌有没有吃到异物,外面传起来,都叫狗啃泥。耍猴的却被猴儿耍,熬鹰的被鹰啄,宣宗气急败坏,恼羞成怒,肚皮里顿生一条毒计,要惨毙二叔之命。

他命人抬来一口铜缸,将高煦覆在下面。看官不要以为便是故宫内贮水的那种大铜缸。紫禁城里的铜缸,每个约重两吨,不是一般壮士所能移动的。然而覆高煦之缸,也在三百斤以上。可是高煦被罩在里面,居然犹能运功,顶负而动。宣宗叫一声好!命人多取宫中好炭来,堆在缸上,发起山大一盆炭火,愈烧愈烈,最后连铜都烧化了。待到火灭,再看那骄傲的高煦,已“不知其处矣”,莫说骨头,连个人形都没留下。

以上是陆容从太监那里听来,我又从陆容那里抄来。但此说未可尽信,兴许在太监那里已经有十足的创意和加工了。

嘉靖中在刑部任过职的张合，说国家重刑不载于律例者有三，分别叫夜刑、火刑和炼刑，其中火刑与炼刑都是用来惩罚叛逆宗室的。处死朱高煦的即是火刑。据张合讲，火刑置人铜缸下，四旁燃起炭火，炽烈镕铜，人亦随化。他举的受刑而死的例子，正是汉庶人高煦。但我猜他同我一样，都是从陆容那里听来，因为陆容提供的是独家材料，其他凡言高煦之死者，皆是其分店。

至于炼刑，则是令谋逆宗室悬帛屋梁，投缳自经，简单说就是上吊。它的新名堂，是在犯人死了之后，将尸体丢在柳条筐里，筐里放了二石黑豆，杂以麻饼，上面不用再加柴火，就这么焚烧，过不了多一会，尸体就被烧成像芥末一样的微粒，直接倾倒即可。这大概就是常说的焚尸扬灰。因为此刑有点像煎炼，故以"炼"名之。张合说，宁庶人（宁王朱宸濠）与同叛诸宗室，失败被擒后，都是在通州（今北京通州区）受了此刑。

张合还说："三刑之中，夜刑尤惨，独以加之外臣焉。"所谓夜刑，就是将罪人衣服褫尽，用板子夹紧，两头死死捆起来，直挺挺令人想到一只热狗。可下面一开"吃"，就不好玩了。用刑时从脚到头，一寸寸将肉锯去，锯掉的肉当即喂给狗吃——一群狗把活生生一个人像热狗一样吃掉。为什么叫夜刑呢？原来此刑只于深夜进行，以此得名。据说正统间被太监王振害死的官员刘球，就是被夜刑处死的，事后刘球的子孙到锦衣卫狱里寻找遗体，只得到血裙一裾而已。

张合这位"法官"（刑部是法司，在该部任职者可称法官），与许多明代人一样，好记奇闻异事，"国家重刑"本是法官职司之事，可张合写书所依据的，却不是刑部的成案，多为当时流行的野史传说，他所著《宙载》一书，里面有许多破天荒的奇闻。好比所谓火刑，就明代而言，仅周颠与汉王高煦两例，都是皇帝一时兴起，法外施刑，未必有此专刑，更别说特制了来对付有异心的宗室成员。

宣宗杀叔的手法也够惨毒了。但他这招，并非原创，也是学来的，他的师傅，不是别人，正是其曾祖父太祖朱元璋。

朱元璋曾亲笔写过一篇《周颠仙人传》，文中主人公姓周，人称周颠。

颠同癫，周颠说白了就是周疯子。洪武皇帝当然不能为疯子作传，他避开癫，而用颠，谓其行事颠颠倒倒，人不能测，实是一位异人。

周颠如何颠呢？朱元璋在应天府（南京）做丞相时，他动不动跑到朱元璋驾前，反复说三个字："告太平！"朱元璋初不晓得他的好处，当他是个要饭的疯子。现在商铺门口经常碰到这样的人，说几句吉祥话，讨个彩头，好求老板打赏几个。可朱元璋这位大老板不是和气生财的商人，你惹他的毛，他一准儿想辙弄死你。而朱洪武杀人，不毒不行，没有创意也不行。他先用烧酒猛灌周颠，让他来个醉死梦生，可周颠偏偏醉不死，酒喝高了，疯得更厉害，"日颠不已"。

朱元璋被他颠得几乎要抓狂，就下个狠手，"命蒸之"。他可不是拿周颠当馒头来蒸，其法如何？他用一口巨缸将周颠子覆在里面，缸的四周堆积芦苇和柴火，加猛火来烧。这就是张合说的火刑了。

好大一蓬火燎起来，烧了半晌，待薪尽火消，揭缸看时，周颠却俨然如故，没事人儿一样。

朱元璋不信邪，下令："加火，再蒸！"——不蒸馒头争口气，蒸不死你！

于是又添柴火又拉风箱，烧了又烧，想来孙悟空在太上老君的炼丹炉里也化了，再揭缸来看，只见烟凝于缸底若张棉状，周颠以头轻轻碰击，竟微微渗水，他随即就醒来了，又蹦又跳，浑然无恙。

原来缸里大烧活人，是朱家祖传的手艺。可惜朱高煦没有周颠的手段，他虽然膂力刚强，筋骨如铸，到底只是个血肉之躯，一"蒸"即毙。

话说高煦有异志，亦好异人。有一个姓王的，梦到有人授他一部书，交代他说："读吾书可衣绯，不读吾书止衣绿。"红与绿的官服代表了不同的官品，梦中人说话意思是，你命中有贵缘，但想有大出息，必须得看我送你的这部书。

这梦里来的富贵，令王某甚感惊奇，没想到数日之后，果然在路边捡到一部书，打开看时，正是梦中所得的那本。你说此事奇不奇？高煦知道了，派人来买这部奇书，同时邀请王某去王府当幕宾。王某却说大话道："想我来，非诏旨不可！"高煦就把他推荐给父皇。那时朱棣正在营建陵寝，听说王某有异能,就征召他上京,据说长陵的基址就是此人所定。

这是关于高煦好异术的绝少记载,见于好谈古怪的《王文恪公笔记》,事不甚可信,大概把高煦请出来,也就是做个传递手,由他将异人王某引荐给朱棣,其要在于说明陵寝的选址。想来宣宗不会以为这位皇叔真得了道,当登仙了,遂炼一把真火来送他一程吧!

在史上有贤德之名的宣宗,用残忍的方式对称为"国家至亲"的亲叔叔实施了人身毁灭,其实被他杀害的亲戚不止高煦一人,看官可还记得齐王朱榑?他是朱元璋的第七子、宣宗的亲叔祖,也是死在宣宗之手。

朱榑父子在建文帝时被废为庶人,燕王登基后复王位,不久又被废,禁锢于西内(大内之西,皇城西安门内,应该与囚禁高煦的地方很近),失去自由已经十余年。到宣德三年(1428年)时,不知什么缘故,突然福建建阳有一男子,诡称"七府小齐王",自制亲王冠服,自立护卫,欲谋不轨。事情很快败露,该男子被械系上京。据他供称,本名楼濂,他所行之事纯属自为,与废齐王父子并不相干。楼濂及其党徒数百人一起被诛,不久以后,朱榑连同他三个儿子也一起"暴卒"。一家人同时暴毙,显非善死,他们应被宣宗以"宁可错杀不可放过"的原则,下手铲除了。

幸亏宣德宣德,宣宗年号里还有一个"德"字,稍存恕道,饶了老叔祖最小的儿子朱贤爀一命,将其安置于庐州(今安徽安庆)。景泰五年(1454年),为加强对废宗的控制,将齐、谷二府庶人都迁到南京,由南京守备太监集中看管。到嘉靖中,谷王一系已绝,齐王遗裔才获解锢,可以自由婚嫁出入了。当时的齐庶人,已是朱榑的曾孙。

可叹祖先失德,奈何令子孙世世做囹圄之活鬼?无论建庶人、齐庶人、谷庶人,都是朱氏子孙,皆无辜被锢数十上百年,皇家所谓"亲亲之义",不过是一幕人伦惨剧中的空口号罢了!

第七卷
服毒家族

第五十二章　帝王“三字经”

古代帝王作恶，没有不犯在贪、暴、淫三个字上的，这是他们专用的“三字经”。

中国史上头两个混蛋大王，一个是夏桀，一个是商纣，这两大恶人差不多并列第一，故合称“桀纣”。夏、商两代事迹太少，连博学的孔老夫子都叹息“文献不足征”，说不出个子丑寅卯。然而愈到后世，他们故事愈多。尤其是纣王，经古史辨派史学大师顾颉刚先生梳理，关于“纣恶”的记载竟达七十件之多，然而多为后世所添加的油醋（参见《纣恶七十事发生之次第》）。

纣王之恶，在贪淫方面，首推饕餮，酒池肉林，沉醉如泥，又让宫中男女裸体奔逐（莫非是“裸奔”之祖），他还宠一个狐狸妲己；在暴虐方面，名堂更多：为取媚妇一笑，对忠臣大施炮烙之刑，因不耐烦叔父比干的忠谏，竟把他心挖出来，扒拉着数有几个窍，研究完忠臣的心，又断老人之胫，剖孕妇之婴，割驼子之峰……种种倒行逆施。到明代《封神榜》书成，纣王已自立门户，超绝于“十大恶人”之上了。然而，纣王的这些罪恶，绝大多数都是好事者附会敷衍出来的，早在春秋时，孔子的高足子贡就看不过眼，说了句公道话：“纣恶不如是也，是故君子恶居下流，众恶归焉。”一个人只要坏啦，所有坏事都往他箩筐里装，要是成了模范人物，则天下好事全是他做的。也不是只欺负纣王一个，后世这样的“典型”多的是。

其实和桀、纣比起来，朱家父子才是真正的超级大混账。但何以大家不像痛斥纣王一样大骂之？明代人说话，动辄山呼“两祖（太祖、成祖）列宗”，凡事向他们乞灵。即便当代学者，眼界已开，不再只知朝廷和圣贤圣王，看到的材料也多，仍不免大谈其“历史功绩”，歌颂其“雄才大略”。我想，这便是古代史书与史官帮忙的结果了。古代帝王没有戈培尔的纳粹宣传部，但他们有兢兢业业的史官，有钦定的“正史”与官书，也有文字狱里的大砍刀，所以照样有造谣与重复谎言以为真理的工具。然则桀与纣的不幸，只在于他们亡了国，洋枪队打散了，吹鼓手也被敌人掳去，只好缴械，听人在历史的砧板上宰割。而朱元璋祖孙数世，可喜皇运悠久，国脉延长，威武堂上，刀斧手听用，还怕本朝先帝画出来的不是一副喜容？

朱元璋、朱棣父子杀人之惨、行事之暴，许多书讲过，我实在不愿多重复，本书只讲他们的贪、淫。

且说朱棣的乖孙儿宣宗朱瞻基，写一笔好字，又会画画，仅此二事，就可定为“右文”了。可是宣宗画完画儿，就溜到伟大皇帝的肖像幕后，斗起蛐蛐。玩就玩呗，他还硬逼百姓向他进献，当作新的朝廷贡赋，翻遍天下的石头缝，就为踅摸几只善斗的蛐蛐，“蟋蟀瞿瞿叫，宣德皇帝要”。最后把一个可怜孩子逼死了，化作一只蟋蟀来应付官府。这当然是故事，而事实是宣宗派太监给苏州知府况钟下敕，索要蟋蟀一千，因为逼得紧，苏州地方“至有以一蟋蟀殒其家三命者”。

宣宗凡事学他祖父，祖父好色，他亦好之。朱棣北征，他亦北巡，在京郊打个转儿，猎几头獐子豹子兔子，便是“尚武”了；偶尔一次兴起，稍稍出了趟古北口，便大吹大擂，好大一个泡泡“武功”。可他宝位没坐多久，就丢了一个省的祖业（交阯行省，版图约当今越南北部），这笔大亏欠的烂账却隐起不计，反说他恤民。

总之，宣宗的“事业”，多是公子哥的举动，可后世史家竟抽风抽出一幅“仁宣之治”的糖画来送给他。他哪里有甚“治理”，不过多承余荫，贪天下之功罢了！

朱棣和朱瞻基这爷孙俩，一个是病夫，一个是短命鬼，这与他们喜好逐淫大有关系。古语说，财是陷身之阱，色是戕身之斧。明代皇帝寿多促，朱元璋活了七十有三，朱棣就只六十有五，而这已经是朱家寿数的状元与榜眼了。第二方阵，可排上世宗嘉靖帝与神宗万历帝，前一位在位四十五年，后一位四十八年。看官或想，他们该是耄耋上寿之君了吧。其实不然，探花嘉靖帝活了六十岁，已是第三长寿了。万历帝才五十八岁，盛年还颇富余韵，即已危而难持，而他也得个第四名。其余的都是第三方阵，仿佛人生长跑的中青年组，多为三十几岁，年幼的才二十二岁便休矣（熹宗）！

看官，请想一想，一个人要怎样自虐自残，才活这几岁年纪？

许多人坚定地认为，皇帝夜夜御女，纵淫过度，淘空了身子，才这么短命。这里有数个例子，如《崇祯宫词》唱：“古训由来戒色荒，九重杜渐虑方长。闻香心动传严禁，恐有巫云误楚王。”宫词后所附注释，采自《明季北略》第三卷“闻香心动”条，说崇祯帝即位之初，一日在宫中批阅奏章，突然“闻香心动”（我谓是阳动），乃诘问近侍太监：此物何来？太监答称是宫中旧方。崇祯叱令毁之，勿复再进，因叹息道：“皇考、皇兄皆为此误也！”

崇祯的皇考是光宗朱常洛，即位一月就吃了挂面；皇兄是熹宗朱由校，在位七年，二十出头也死了，没有子嗣，这才便宜了同父异母的弟弟信王朱由检。

“皆为此误”的潜台词是：光宗、熹宗都是闻香阳动，临幸女子过多，精尽而亡的！光宗死得太速，前后整整一月，有人说，他是中了郑贵妃的美人计。

郑贵妃是神宗的宠妃，还生了皇子（福王朱常洵），便恃宠而骄，总想把太子之位从朱常洛那里夺过来。结果争嗣失败，还是朱常洛做皇帝。郑贵妃为了讨好常洛，就送了八名美女给他。她的本意大概是请皇上将对她的怨气化作干劲，在这几位美女身上宣泄，且饶过我吧。不料皇上奋斗过甚，身子垮了，命也丢了。——这只是外朝的传言，未知其的。但这话头，与“皇考为春香所误”，是别无二致的。

我不敢相信，宫中所焚之香，在里面掺发情之药，是明宫旧例。那是种什么香？《明季北略》还附记二事：

其一，崇祯帝一日与词臣讲论治理之道，至一更天还未退，忽然站起来，命太监秉烛绕行，遍阅壁隅，不知找些什么。然寂无所见。崇祯便命熄灯，黑夜之中，遥见殿角火星微耀，立命毁壁。打烂墙壁一看，内有小太监一名，持香端坐于内。询之，才知是魏忠贤派来的。原来魏阉见崇祯勤于政事，故意燃香，“使欲心顿起耳”。崇祯说：“我方静摄（指不近女色），忽然心动（我谓还是阳动），所以才疑有故。”即命去之。

这个故事有个疑点，那个捧香端坐的小珰，他受香的好处最多，他阳物虽然没了，但心为何不动？

其二，也与魏阉有关。说是崇祯初立，魏忠贤即进国色四人。崇祯欲不受，怕他生疑心，就笑纳了。入宫后，即命浑身上下搜查，并无他物，只每人腰带里都佩有香丸一颗，大如黍子，名曰“迷魂香”。人一触之，魂即为之迷矣。崇祯知非善物，命勿进之。

以上三说，前两说其实都可归入“闻香心动”，是一个故事的两个变种，前者说是“旧方”，后者则加进生动的情节，不再说是旧方，直指为魏忠贤“蛊惑君心之计”。第三说中，香已然变了，不再是殿中熏炉中所燃之香药，变成了美女所佩的香丸，并有了一个迷魂香的名字。

我武断地说一句，这种燃烧之后能令人发情的香料，怕是没有的。人在行房之际，吹灭灯烛，唯烧一炷香，朦朦胧胧，烟雾缭绕，调些情趣，增些助力，或是有的，但若谓它能令人夫鼓起未有之神武，则是闻所未闻。

以上三说中，以第三说最奇，亦最不可信。我原以为那迷魂香不是就那么藏在腰带里的，要等那几只妖精在施阴阳大法时，偷偷扔到香炉里吧？可细读文字，说的是“人一触之，魂即为之迷矣”。这是什么化学物质？其神异之奇效，已超出那个时代的科学水平了。据我看电视上的科学节目，这样的神药，到今天还没发明出来。不过民间传说中，这样的药很不少见，网上还有卖的，搅得人心惶惶，但经警方破获，发现多是骗财者的道具，迷人时，总还差些火候。

其实，增进性能力的最好办法，还是服药，今天最好的男用春药，不是需要吞服的伟哥？传说“闻香识女人”，女人哪是闻闻就好的——催情还是要炼丹家上场。

第五十三章　仙药不服，服凡药耶？

皇帝在皇宫里享有完全的性自由。对宫中女性，他们享有随时临幸的权力。好比明宪宗某日到内藏书室读书，偶见女史纪氏，怦然心动，就把书扔下，学现代人来个“裸体阅读”……随后便生下孝宗。又如神宗，在母后宫里玩，见侍女王氏面貌姣好，“玩性”顿浓，不久便生下光宗常洛。孝宗、光宗这两位皇帝，都是其父在后宫游龙，偶尔戏凤，“搞”出的结晶。而那种令人“闻香心动”之香，即便有，也一定异常名贵，价值不菲，哪是随便搁哪儿都能烧的？显然宪宗、神宗的这两次性行为，都没有依靠迷魂香催力，纯属自然发情。

皇帝虽然不愁新伴侣，但每日御女，炮弹发射多了，总有一时不举的尴尬——我认为，“不举”是男人的一种自动保护机制，不举时，就是当休养的警告和时机了，与读书久了，脖子酸痛无异。所以，若无猛药帮忙，人是不会“淫死”的。而这等淫药，多出自太上老君的炼丹炉。

道家有一门功夫，叫炼丹。但凡配得上“神仙家”称号的道士，一般都擅两个绝活儿，一个是行气导引，一个就是烧炼。烧炼有烧银子的，也有炼丹药的——多么贴心！人的财色之欲，都照顾到了。

中国人服食仙丹的历史很长，然而满天之下，据我的陋见，除了《西游记》里的孙悟宫，吃了一大把丹药，愈加活蹦乱跳，其他人多是没好下梢的。因为丹药是由多种化学成分构成，性烈如火，初服下去，对人体有明显的刺激作用，久之会造成无法挽回的神经及脏腑损伤。伐命之物，以此最佳——不流血、不折胳膊腿儿，还比较爽，有飘飘欲仙的幻觉。

在明代皇帝中，朱棣是所知最早服食丹药的。

朱棣体弱多病，患有多种疾病，中年以后，每况愈下，折磨他的，主要是个痿症。

看官切勿望文生义，以为痿症便是阳痿。痿症有多方面的表现，如肢体筋脉迟缓，手足痹软无力，行动受限，久之肌肉萎缩，严重的会下肢瘫痪，那话儿一条鼻涕似的在裆里拖着，威风不振，只是痿症之一。朱棣曾自述得病是“北征出塞，动至经年，为阴寒所侵而至”。他言其病根是军中劳苦，兼之受了风寒入侵所致。

当时有位吴江名医，名叫盛寅（字启东），他给朱棣诊脉后，称“上脉在风湿病”。朱棣大以为然，服药后很快见效，更加高兴，遂授盛启东御医之职。

有关记载显示，早在永乐之初，尚在盛年的朱棣，就已经为疾病所苦。永乐五年（1407 年）九月，他在与太医蒋用文讨论养生之道时，说了下面一段话：

“人但能清心寡欲，使气和体平，疾病自少。如神仙家说服药导引，亦只可少病，岂有长生不死之理？”

他重点批评了供佛求寿的愚蠢行为，说“近世有一种疲精劳神（的行为），佞佛求寿，此又愚之甚也。”

此言可谓不差，就像身边经常有明白人说：烟要少抽，酒要少喝，否则肺也黑了，血管也爆了云。其实拿这些话来做口头禅的，多是难以拯救的大烟枪、大酒鬼，只可听其言，然要在于观其行。依照此理，朱棣讲“清心寡欲”，各位看官大人，且不忙信他，倒是他说的“神仙家说服药导引”“佞佛求寿”，值得格外留意。

当时礼部郎中周讷从福建回京，向皇上说起闽人最为尊奉南唐徐知证、徐知谔，福州有一座洪恩灵济宫，其神最灵。朱棣是个找神拜的主儿，他听说有这般灵验的神，赶紧派人南下，去迎徐神画像，连同庙祝一并请来，在京城也建了一座灵济宫，并祀二位徐神。每次生病，都会遣使来问神

请方子,而庙祝则“诡为仙方以进”。这种炼丹房里炼出的仙药,药性多热,朱棣吃了之后是何反应?《明史·袁忠彻传》记:

“服之辄痰壅气逆,多暴怒,至失音,中外不敢谏。”

且说那二徐真君是什么来头?原来他们都是五代时军阀徐温的儿子。徐温的义子是徐知诰,更名李昪,建立了南唐。徐温一共六个儿子,活下来的仅是知证、知谔二人。他们曾入闽平盗,死后据说魂灵便留在福建,护佑闽人,很是灵验,“祠之多灵应”。

二徐在宋代被封为真人,是道教俗神和福建民间供奉的神祇。——中国之神甚多,且从不问神的出身,可以说,中国人的精神上升之路,还是有点平等意识的。只可惜,人只有死了才能“上升”,活着,还是活受罪。

北京洪恩灵济宫是道教宫观,建于永乐十五年(1417 年)春。而《国榷》永乐十五年八月甲午条始记:“瓯宁人进金丹及方书。”神仙的房子都建好了,神仙还不纷纷来下凡?

“此妖人也!”

从朱棣对瓯宁人进丹的答复来看,他似乎还未走火入魔,头脑冷静得很,骗子根本不可能骗得了他。他说:

“秦皇、汉武,一生为方士所欺,妄求长生不死之药。这伙骗子又欲欺朕耶?朕用不着金丹,请他自己吃吧,他进的方书也烧毁了,不要让他再欺骗世人!”

在今天福建福州闽侯县青圃乡,有一座始建于五代的道教宫观大王庙,所祀正是二徐真人。该庙于永乐十五年重建,赐名灵济宫。传说大王庙里的神医曾神孙(曾辰孙)曾经揭榜进京,用二徐真人赐的灵药,治好过永乐皇帝的病,故此龙颜大悦,敕令重建宫观。

记载还说,朱棣因得了个久治不愈之症,有人推荐了道士曾辰孙,曾道士到了北京,就在大内建起神坛,扶起鸾来。

扶鸾,又叫扶箕、扶乩,《辞源》是这么解释的:“扶鸾,旧时迷信,假借神鬼名义,两人合作以箕插笔,在沙盘上划字,以卜吉凶,或与人唱和,借以诈钱。因传说神仙来时均驾风乘鸾,故名。起于唐代,明、清盛行于士大夫间。”

许多人知道笔仙，而对扶箕并不了了，它们其实颇有相同之处。扶箕是两人共抬一个簸箕，上面插一支笔，先由主坛之人作法，邀请神仙下降。神仙来了做什么？主要是替主人卜吉凶，有的只与主人唱和一番，即飘然而去，并不说祸福。

神仙的话，通过簸箕的运动，写在沙盘上。我曾听心理学家解释笔仙的原理，似乎很简单，然而扶箕却较为复杂，鬼名堂非常多。近人许地山先生编著《扶箕迷信的研究》一书，收了大量历史上的扶箕故事，我读过之后，仍觉有许多谜是不易解开的，许先生也没给出详细的解释。

扶箕术在明、清盛行于士大夫中，那么多有学问的人都轻信上当，我存点疑，就算比较清醒了。我确信扶箕不过是骗人之术，它就像令人惊诧的魔术，虽然手法高明，令人称奇，但奇不代表它就是真的。

我猜，福州大王庙之所以“祷祠辄应”，主要是庙祝曾老道善于扶箕，他自己不开方儿，只请鬼来开脉案，神神道道，云山雾罩，把鬼一捣，让人灵魂出窍，弄得自己的病是轻是重，也迷糊了。

话说曾神医的箕坛上很快降下来两位神。请教两位高姓大名？答是二徐真人。于是曾神医恭恭敬敬问：有疾如此，当服何药？两位神仙也不问他要出诊的钱，鸾笔就在沙上如飞地运行起来，很快开出药方。朱棣如法煎服，居然起了奇效，身子大为清爽，遂大起信仰，甚至还梦到二徐真君亲自给他送药来了。

曾老道立下大功，他趁机奏请，请求皇上为二徐真人在京建宫加额。朱棣马上答应了，就在皇城以西建了一座洪恩灵济宫，赐额灵济，一如闽中。第二年更分别加封知证、知谔兄弟为九天金阙和九天玉阙真君。

我们将相关材料一排比，不难发现，《明史》里说的庙祝，就是福州大王庙的曾辰孙，引荐者是礼部郎中周讷。曾辰孙不知医术究竟如何，但这位老道的把戏却是扶箕请神。神降的方子，不会是普通的药方，我怀疑就是丹药。否则何以数月之后，就有福建瓯宁人进献金丹与方书之举？还不是此人见曾辰孙进药受了重赏，心中艳羡，乃照此办理，以投皇帝之所好。

至于朱棣却金丹之献，还说秦皇、汉武都受过方士的骗，我有前车之鉴，是绝不会再上当的。但请注意，他话中之话，只说长生不老不可信，却没说丹方疗病不可信。朱棣的确不佞佛，“佞佛求寿”的事他不会干，但是，他是佞道的，“佞道求寿”之事，不仅干了，还是大干特干。自朱棣起兵“靖难”，就开始大造舆论，说得到北极玄武大帝（真武）的荫佑，即位后花了十年时间和巨资营建武当山宫观，以奉祀玄武大帝，又将武当山改名为太和山，称为“太岳”，位列五岳之上。

明眼人一瞧便知，朱棣不问医而求仙，他一定病得不轻，甚至可能随着年龄的增长，病情有了令他焦虑的发展。

朱棣服药后，病体暂有起色，但副作用随即产生了，情况非常严重，其表现是：“痰壅气逆，多暴怒，至失音”，也就是体内之气逆行，痰积于襟喉之间，而性情变得愈加暴烈，动辄发怒，怒时甚至于失声。秦始皇说过：“天子之怒，伏尸百万，血流千里。”谁还敢进谏！

只有一人敢劝几句，他就是神相袁珙之子、同样是著名相士的袁忠彻。前文说过，他父子俩都是朱棣非常信任的私人。

有一天，袁忠彻入侍，见皇上一阵急咳，那情形似要把一肚子下水都吐出来，表情非常难受。他忍不住谏道：“此痰火虚逆之症，实灵济宫符药所致。”朱棣一听，忍咳怒道：“仙药不服，服凡药耶？”忠彻不敢再谏，只是叩头痛哭，勾得一旁两个太监也哭起来。朱棣更生气了，下令将太监拖出来打，恨恨地道：“忠彻哭我，我是要死了吗？”

所以说伴君如伴虎，正是这个缘故，左不得，右不得，哭不得，笑不得。总算袁氏父子与皇帝交情深，到底还是免了打屁股，否则那一“腚”要鲜花怒放的。

由此事可见，朱棣在服食“符药”（符指将符纸烧了融水）后，性情愈为狂暴，逻辑和思维能力都受到一定影响。当时朝鲜使臣称朱棣“处事错谬，用刑残酷”，正是此意。

其实，导致瘘症的原因非常复杂，除了朱棣自认的风湿，外邪入侵、情志内伤、饮食不节、劳倦久病，均可能引发痿痹之症，而贪淫好色，纵欲过度，是痿症形成的重要原因。《素问·痿论》说："思想无穷，所愿不得，意淫于外，入房太甚，宗筋弛纵，发为筋痿。"人若房事过多，肾元不守，骨髓衰竭，正气大亏，必然加剧病情。若此时服食符水、丹药，颇觉心火复盛，精力焕发，足以催动全身元气，奋而向前。但这实际上是虚空的假象，是饮鸩止渴。服食丹药就像吸毒，久之会形成依赖，并对全身脏器及精神造成重大损害。

痿痹本为肢体痹软之症，久之那"话儿"讲话也无力了，变得湿嗒嗒、软绵绵，活像一条鼻涕。当"一代雄主"发现自己雄风不振时，只有更多地服药，以求片刻的振作。但久之戕害更甚，造成一个恶性循环，其结果是可想而知的。

第五十四章　《1000 种死法》，仁宗一人占了五种

上文讲到，朱棣因为多欲，而本人的精子与精力都有限，只好借道家仙药来催发潜能，结果性燥之药反而延烧成一把烈火，把他提前送回老家。从史记来看，他是在出师途中暴亡的。在死之前，他只是感到身子不爽利，急忙旋师，但他绝未料到会死在半路上。夏日行军，天气炎热，他的尸骸没有条件好好保存，想必当龙舆回京，在内廷入殓时，已经臭不可闻了。

说起来，朱棣祖孙三代都是暴崩的，这与他们都喜欢"吸毒"有关。

仁宗朱高炽是怎么死的，至今仍是一个谜。杨士奇在《东里文集·圣谕录》里，回忆了仁宗在"宫车晏驾"前一月里的一次召见。

杨士奇说，仁宗从小受太祖皇帝的影响，对星象之学颇有研究，经常夜观天象，默察人事。他常常对东宫辅臣说："宋、元儒者多晓习(星术)，不可忽也。"洪熙元年(1425 年)四月的一天，尚书蹇义、夏原吉、杨荣、杨士奇等人在奉天门奏事毕，和皇上聊起闲话，仁宗问他们："夜来星变，可曾见否？"四人都摇头："未见。"仁宗拿眼望杨士奇，道："他们三个虽见不能知，你应

知之。”大概杨先生家藏天文望远镜，也常看流星雨的。不想杨士奇也道：“臣愚，亦不能知。”

仁宗叹息一声，说道：“这是天命啊！”也不把话说明，就起身回宫了。几位重臣面面相觑，不知何意。

第二天早朝罢，仁宗又把蹇义和杨士奇召上奉天门，和他们唠些私话。

“我监国二十年，为谗慝所构，心之艰危，我三人共之。”仁宗开口说起旧事，感喟不已，“幸赖皇考仁明，才得以保全。”言讫已泫然泣下。

蹇、杨二人也陪着流泪，杨士奇劝慰道：“今已脱险即夷，皆先帝所赐，亦陛下至诚之效。”仁宗叹道：“然则我去世后，谁复知我三人同心一诚？”遂取出两件敕书与银印，赐予二人。

连着两日的奏对，仁宗辗转反侧，缱绻用情，杨士奇初不觉其可怪，只当皇上顾念旧谊，与旧臣唠几句嗑，共同缅怀当年的艰难。但后来回想起来，方疑仁宗已通过星变，知道自己将不久于人世——因为仅仅过了一个月，果然“宫车晏驾矣”！

我们作为现代人，已经知道，天上不管哪一颗星，变与不变，与地上之人都没有半根汗毛的关系。古人相信星变，纯属自作多情。

仁宗是个高明的预言家，但他能预见自己将不久即世，恐怕是感到身体每况愈下，忽又看到一颗星星闪烁不定，便胡思乱想，而不幸言中了。这时仁宗的身体一定糟糕透了，只是他不肯与臣下说罢了。

这里花开两朵，另表一枝，先说一位名医，此人姓盛名寅，字启东。前文讲到，此人曾将朱棣的痿痹之症断为风湿，大获帝心，得以擢入太医院，做了一名御医。

仁宗在东宫时，太子妃张氏（即宣德、正统朝的张太后）有一次连着十个月不来月事，御医会诊，都说是喜脉。女人怀没怀孕，当然自己最清楚，张妃不认为自己怀孕了，但腹胀如鼓，又十月不见红，若说无孕，也难以启齿。所以张妃耳听众医称贺，心中只是不悦，却不便直言道破。

过一会儿，盛启东来了，把脉一把，就说不是怀孕，并且准确说出张妃的病症，历历如指。张妃大喜道：“有这样的好医生，为何不早让他来看我!”太子也很高兴,就让盛启东开方。

这位盛御医似乎是治“病胀”的国手。曾经有个宦官,得了胀病,被他治好了,就推荐他去治另一位正“苦胀”的太监。这位太监正胀得一塌糊涂,天天捧腹而不乐,要死而未死,盛启东一剂药投下去,立刻药到病除,立马跑去见皇上。朱棣见之大奇:“还以为你死了,你如何活转过来的?”太监便“一吐块垒”,把救命恩人盛启东神夸了一番,朱棣见有神医如此,也请来给自己瞧病。这是盛启东发迹之始。

如今太子妃也是肚儿胀得老高,不治便死,其情之急不下于那位太监。盛启东却不急不忙,开出一方破血之剂。看官,你可查《准绳·疡医》,所谓破血药,主治“打扑堕马,从高跌下,皮肉不破,此瘀血停积内攻,不能言语,而或谵妄”。盛启东开出破血的药,乃是认为太子妃属于跌伤瘀血致病,需要化血以解。

然而皇太子却是相信张妃有孕的,他对盛启东的诊断半信半疑,只是将就着用盛启东的药。可是过了好些天,张妃的病仍无好转,只好再把盛启东找来。

盛启东又写了个方子,太子接过来一看,还是前日那服破血的药方。太子生气,欲不用此方,可张妃坚持要用。太子没法,就把盛启东抓起来,威胁他:你的方子要是伤了胎儿,必拿你殉葬!

以后三天都没有消息,这三天,盛氏合族惊惧,度日如年,都怨盛启东不该冒死进方,太子妃一旦不讳,“是殆磔死”——那可是凌迟之罪!

然而,满门的惶怖,终于在一片喧闹的锣鼓中消解了。原来奇了,张妃坚持服药,果然“血大下”,鼓胀的肚皮顿时瘪了,病也好了。太子大喜,赐以重赏,还把东宫的仪仗队派出去,敲锣打鼓,热热闹闹,把盛启东送回家。

但盛启东始终为太子所恶。

太子厌恶盛启东的原因不详,但那怨怼一定极深,即便他治好了太子妃的怪病,怒气犹然不解。盛启东为此整天惶恐不安,生怕哪一天祸事降临到自己头上。恰好他的老乡相术界的名人袁忠彻也是太子讨厌的人,他偷偷对盛启东说:“老兄,你不要过于忧虑,我观太子之相,非永寿之人,即便登了宝位，也不能长久。”如此大逆不道的话，袁忠彻竟敢与盛启东说，毫不忌讳，显然这两位在御前行走的神相与神医，他们是共利害的。

袁忠彻的话后来果然应验，仁宗只做了一年天子就去世了。

以上记了两件事，一个是仁宗自观天象，谓己不久于世，一个是相士相面，知其寿不永。好像天上的星星与仁宗的脸皮合了谋似的，都来与仁宗过不去。

然而性命之夭，必有戕生之利斧，不能说星星如何，面相如何，其人便“死得其所”。老天爷不让人活，至少也得放个炸雷，劈人一家伙，总不会莫名其妙就让人飞仙吧！

那么，仁宗到底怎么死的？看官你恐怕想不到，明仁宗朱高炽之死，竟是明朝十六帝死亡鉴定书中最大的疑案。

由于仁宗死亡太骤，对他的死因，在当时已不能无疑。

成化时人陆釴《病逸漫记》记：“仁宗皇帝驾崩甚速，疑为雷震，又疑宫人欲毒张后，误中上。”指出当时社会上对仁宗之死，有两种猜测：被雷震死，被宫人误杀（本来的目标是张皇后，即那位胀肚子的太子妃）。

明代中期以后流布较广的《明记略》一书，则指出：仁宗或云死于雷，或云为宫人所毒，或云为内官击杀。在前书的基础上，又增一种：为宦官所弑。

尽管清人修《四库全书》时，对这些记载大加刊伐，称之为“委巷之传闻”，是“删除犹有未尽”的谎言奇谈，但这些传闻见诸多种野史笔记，流传极广，信者极多。

仁宗是被雷劈死的吗？民间说“天打五雷轰”，是坏人的专有下场，何以慈悲为怀的仁宗也落得这个下场？嘉靖时人张合揭秘说，雷只是个幌子，仁宗其实是被宦官击杀的。他在《宙载》中说：在一个阴雨天，仁宗上罢朝，退回后宫，突然就报“上崩”了——“或疑内侍（宦官）弑之，适有雷，故内侍云雷震”。

至于为什么人们会猜疑仁宗是被宦官所弑，张合解释道：“仁宗即位后，恶宦官，每欲诛戮”，结果被宦官先下手为强杀死了。他还绘声绘色地说:仁宗入殓时,是没有头的,此“尤为可疑”! 这令我想起清朝的血滴子传说,也道雍正皇帝失了脑壳,不禁笑了一下。仁宗爷爷的首级还在不在,无法从文献中考索,只好等献陵发掘时再考证了。

仁宗已死于雷,死于弑,又说他死于下毒。

下毒者为不知名的宫人,或某位妃嫔,她投毒的目标本是张皇后,却不料误中了仁宗。假如此说成立,也是冤大头似的枉死,比被雷震死强不了多少,于仁宗名誉,总归是大损。

仁宗到底是咋死的? 陆釴曾好奇地向一位雷姓太监求证,这位太监仿佛一位考古学究,摇首道:“皆不然,盖阴症也。”——这下好了,关于仁宗之死,就有毒杀、弑杀、雷杀、病杀四种死法了,不幸的仁宗,《1000 种死法》(这是一部美剧的名称)中,他一人已占了四种!

陆先生与我同好,喜闻宫闱秘事,且颇多独见,如景帝朱祁钰被宦官蒋安勒死一说,就仅见于他著的《病逸漫记》一书。景帝之死的异说,不知是否也是他向那位雷公公求教来的? 阴症是个啥症? 雷老公没有详说,或者他附耳对陆釴细细道过了,陆先生不愿赐告。所谓阴症,或许是中医里常说的外邪入阴经,或者就是羞不得见人的代名词。然则此病何以竟致人速死也? 我不懂医,不敢乱解,但我敢大胆揣测:此阴症之阴,应该靠阴事之阴多一些,大概也是不好见公婆的。

其实,仁宗之死还有第五种可能:他是吸毒死的!

第五十五章　仁宗给景帝带来一帘惊梦

仁宗生前最后一年,脾气异常暴躁,很容易激怒,而一旦发作,几乎难以遏制自己的行为。从这些表现来看,他很可能同其父亲一样,也是服用丹药中毒的。

仁宗临御之初,多次下诏,向群臣求言。可是臣子在朝堂上进言,说话稍直,他又不耐烦听,或“厌其繁琐”,或怪其不敬。比如大理寺少卿弋谦,响应皇上求言的号召，多次上疏言事，仁宗就嫌他“逾分”“卖直沽名”，每当临朝之际，对弋谦的反感“数形于词气”，话不好听，脸不好看，大概事也难办吧。搞得“朝臣皆悚仄，相与以言为戒”。

仁宗的性格很敏感，性情又易浮动，臣下说话稍不谨，就易激了圣怒。有一次，他差点将明初的名臣、任过国子监祭酒的李时勉当朝打死。

李时勉挨打这件事，据李氏行状①记载，起因是李时勉因为父亲得到朝廷的封赠，为报答皇恩，决定上书言事。

其实这位李先生本就是个好言敢谏之人，就是没好事，他也喜欢说话，为此在永乐年间吃过不小的苦头。到底江山易改本性难移，他又开口说话了，惹来大祸。时间是洪熙元年五月，也就是仁宗死亡的那个月。

李时勉为人耿直，说话不懂得绕弯弯，仁宗见他所言峻直，而且胆敢揭发他在先帝丧期内派宦官到福建选美的阴私，大为震怒。又有不喜欢李时勉的宦官在旁挑拨，仁宗的暴怒便压抑不住，在次早临朝时，命侍卫用金瓜狠狠地打他（《明史》还有“仁宗怒甚，召至便殿，对不屈”的情节）。当时就打断三根肋骨，差点毙命。

打了还不解气，仁宗又降了他的官，让他做御史，命他每天审一囚，言一事，实际上是借此磨他的傲骨。

不料李时勉性格如此亢傲，他三天内果然连上三章，提了更多的意见。仁宗勃然大怒，认为李时勉不服气，故意向他挑衅，就将他拿下诏狱，施以严刑。亏得诏狱掌刑的锦衣卫千户曾受过李时勉的恩，秘密请来医生，给他疗伤，才侥幸不死。

仁宗到“大渐”那一天，对此事犹有余恨，切齿对夏原吉说：“李时勉当廷辱我！”一念此事，还是忍不住勃然暴怒。当晚，他就死了。

从实录的记载来看，仁宗之死，确为暴亡，完全出乎他自己以及廷臣的意料（杨士奇的观天象说，其实只是马后炮似的联想）。他死在洪熙元年的

---

①行状是人死后请他人代写的一生事迹，用于供撰写墓志的参考。

五月，就在上一个月的初五日，他还下敕给南京守备太监王景弘，告诉他明年春天将还都南京，叫他提督官匠人等赶紧修理南京宫殿，以备还銮；还派皇太子朱瞻基（宣宗）离京南下，到南京坐镇“居守”。如果仁宗身有痼疾，有性命之忧，绝对不会在这个时候放皇位继承人外行，还劳师动众实施迁都的计划。

进入五月，一切政事都很正常，仁宗还多次通过敕谕的形式向群臣发表讲话，每天坚持上朝。为了翰林院侍读李时勉、侍讲罗汝敬在朝放言无忌，他还忍不住大发雷霆，狠狠揍了李时勉，将二人贬官。而当天夜里，天象报告说：金星犯舆鬼。这是很不好的星象，预示着诛杀大臣，或者国内有“兵起”，善观天象的仁宗，为此加剧了忧惧。

第二天仁宗就“不豫”了，这病来得急，势如山倒，仁宗也清醒地认识到了，所以他立即命阁臣书敕，派太监海寿飞骑南下，召皇太子来京。次日，实录中出现“上疾大渐”这个词，这是帝王死亡的专用语。在仁宗去世的当天，即“遗诏天下”。

这份遗诏不是仁宗自己写好藏起来的，而是由阁臣在皇帝灵前匆匆拟定，重臣集体会商讨论，并经张皇后确认无异议后，再由礼部向天下发布。遗诏文字不长，才三百余字，除了按惯例对“朕躬”（皇帝的自称）一生事业做出简单的总结（基调是谦逊，将一切成就推功于祖先的遗泽），还对大丧期间天下臣民应守的礼仪做出安排，关键是宣布由皇太子朱瞻基继承大位。

由于太子未至，皇位空悬，内廷没有为仁宗发丧，而“沐浴、袭奠、饭含如礼，设几筵宫中，朝夕哭，上食”。但是仁宗还没法入殓，因为皇帝死得太突然，毫无准备，直到仁宗驾崩，司礼监才着急忙慌地准备“作梓宫”（皇帝的棺椁）。可以想见，当时宫内全无措备，内内外外都是手忙脚乱。

仁宗很可能是服毒过量，骤然死亡的。

但他为毒所毙，并非如传言所说，是妃子要毒害张皇后，结果毒酒误中仁宗，仁宗所服之毒，是炼丹家炼出的金丹。

这从仁宗死亡的地点可以看出。仁宗并没有死在“天子正寝”乾清宫，而是死在位于紫禁城中轴线北端的钦安殿。这座宫殿至今还保留了部分明代的建筑型材与风格，它始建于永乐年间，供奉的是永乐皇帝的保护神真武大帝，该殿是宫中进行道教活动的重要场所。虽然没有任何资料记述仁宗晚年每天在钦安殿里干些什么，但显然和尚庙里不会住着道姑，仁宗在这里除了烧符炼丹，也别无好事可做。可能因为他身子弱，烧炼时操之过切，内火旺盛，经常嘴里冒火，脾气十分暴躁，但没有引起足够的重视，结果铸成大错，竟然中毒而亡。挨过仁宗教训的翰林罗汝敬曾对扬士奇说："先皇帝(仁宗)能统未及期月，奄弃群臣，揆厥所由，皆憸壬小夫献金石之方以致疾也。"提供了仁宗服毒乃至为毒所毙的直接证据。

仁宗生活的不幸——对皇位二十多年惟谨惟危、险象环生的等待，他威严苛刻的父亲、强势的妻子、不友的弟弟、争宠的妃嫔，和他本人软弱的性格——驱使他去毒品中寻找片刻的安宁。

对于臣民，仁宗是被包裹在“圣君”的金纸之下，一个没有内心世界的偶像，但宫廷却对一位作为“人”的祖先，抱有更多的同情和怀念。

景泰三年(1452年)十一月的一天，景泰帝清晨起床后，急令御用监太监尚义到内库领衮服一袭，速去仁宗献陵祭告焚化。原来景帝昨夜梦到皇祖仁宗皇帝了。天可怜见！开创“仁宣盛世”的仁宗昭皇帝，死后竟没有一件像样的衣服，在冷飕飕的陵寝里熬不住了，只好跑来跟孙儿乞讨。

景帝怎么知道他梦到的就是皇祖仁宗呢？仁宗死时，景帝还未出生，他在逝世二十七年之后，怎会无端地漂移入孙儿的梦中？有意思的是，景帝梦到的仁宗皇帝，没有升仙成佛，金光闪闪，却是那样一副惨兮兮的潦倒模样！

我想，与民间一样，可能内廷也流传着一些关于仁宗的故事，但多数是不光彩的，与他在国朝正史中的仁德圣明的形象大为不同。仁宗在宫廷遗存的记忆中，是可怜不幸的，故而他出现在景帝的潜意识时，竟是一夜惊梦。

第五十六章　紫禁城——吸毒大院儿

依《明史》的说法，忠说直言的李时勉竟成了仁宗促寿之毒药。

宣宗即位后，有人拿这件事在御前挑拨，撩拨得宣宗也震怒起来，命人去捆李时勉，要亲手杀了他，以报父仇。

这个挑唆者是谁？明人许浩《复斋日记》直指仁宗之妻太后张氏，他说：仁宗之死，张太后认定是李时勉激怒所致，必欲杀之，为夫报仇。她公子宣宗自然奉太后懿旨唯谨，马上命人把李时勉从狱里直接逮进宫来，要亲自审问他。

幸亏李时勉命大，太后老娘娘要他的命，他还是死不了。

据《复斋日记》讲：李时勉此时正搁牢里坐着，宣宗命人去捆，要亲自鞫问他，但随即变了主意，令王指挥去传旨，将李时勉就西门外斩讫算㞞，不必来见。可是当王指挥从端门（故宫里天安门与午门间的那座门）西旁门出去时，正巧李时勉被捆绑着从端门东门进来了，两下恰巧错过。李时勉这才有机会见到宣宗，当面辩白，否则他已经是死人了。

李时勉是如何辩白的？他说，我讲了两件事，一是说先帝谅阇（守丧）中不宜近妃嫔，一是皇太子不宜远左右。宣宗一听，原来是一位大忠臣呀！遂为之"太息"，并"怜而宥之"。

我私意以为，李时勉之所以落在宣宗爪中而不死，主要因为那是宣德初年，倘若再迟数年，宣宗也得了个狂躁之症，时常乘怒杀人，那时他纵然有十个脑壳，恐怕也难保了。

宣宗与他父亲一样，也是"骤崩"的。他从宣德九年（1434 年）十二月底发病到次年正月驾崩，时间非常的短，且殁时年仅三十八岁，正当壮年。据太监阮安留目击，宣宗死时，"肌肤燥裂犹燔鱼"，身上的皮肤就像烧烤架上的烤鱼一般，一片片翻裂开来，这是一幕非常可怕的场景。阮太监说，出现这种情况，是"以烈剂故"。宣宗所服的烈药肯定是道家丹药，只是不知道，它是用来壮阳的，还是修炼长生不死之术的。考虑到宣宗还年轻，可能壮阳的需求要更大一些。

宣宗好色是有名的。在这方面，他与其祖父及父亲同调。

朱棣曾多次派太监到朝鲜去索取“处女”，宣宗徒见美色，未得其滋味，很是念想。他即位后，父皇仁宗三年的丧期还没出，已亟不可待地派人去朝鲜征求美女，还特别要求年仅十岁的小女孩。朝鲜国王大为诧异，要如此无知年幼的女孩做何用呀！又道：“（仁宗）初丧，（宣宗）使人求处女，意实急急。”笑宣宗色心太急，你等脱了孝服这点时间都等不及吗？而在服丧期间选美，显然是与传统的道德相违戾的。

宣宗是个面子要光的人，不愿臣民抓他不孝的把柄。朝鲜那边奉诏把处女选好了，他等了一年多，看看差不多要“终制”（守丧期结束）了，才派太监去取，顺便再多要几个会做茶饭、唱曲歌舞的女子，只要脸蛋漂亮，也不管茶饭做得香不香、音律跑不跑调，照单全收。所以说，才子皇帝宣宗得了一个要命的色急之症。

宣宗是文艺范儿，属于文化人，他的性生活比一般皇帝更具想象力，更享乐趣。据说他在禁中建了一间镜室，上下四方铺以青铜镜料，刻上欢喜佛（藏传佛教密宗的偶像，其造型多为裸身交媾），又画上春宫图，“每在此御妃嫔，美艳者以形影照映，为人间极乐”。宣宗一边云雨，一边自拍三级片助兴，你说他能不乐吗？可宫中美艳者多，他底下那条毛茸茸的小虫又是没骨的，操练稍久，就要喊累，闹罢工，争取八小时工作的权利。而好色宣淫者，却像万恶的资本家，偏要压榨劳动者，见“小兄弟”实在不卖力，便借药来催。

据天顺中阁臣李贤提供的可信材料，宣宗是很喜欢修炼这一套把戏的。宣德时有个叫常中孚的巡检小官，此人身怀奇术。怎个奇法？原来他能“煮白金”（煮非煮酒之煮，乃指煮炼，是一种化学工艺，煮白金就是烧炼白银的意思），谁家宝玉之器损坏了，他能修补如旧。

宣宗听说他的大名，把他找来，要试他的本事。不知常中孚捣的什么鬼，居然瞒过皇帝，宣宗一高兴，便授他吏部郎中之职（正五品）。以后更经常召他进宫行其密术，还为他在宫内专造了一处场子，甚是神秘，就是宣宗非常亲信的太监也不得一窥。常中孚得到的赏赉也非常多。

我实在不明白，富有四海的宣宗，为何要请一个江湖流棍来烧炼银两？他就那么缺钱？如果常中孚真有那点石成金的本事，他家趁一口聚宝盆，何不去做神仙，跑来服侍皇帝干吗？

幸好那些好财而愚蠢的皇帝不是当代君主，否则他不用烧炼，只需开动印钞机，足够他用也哉！——只是老百姓就惨了，手中的钞票，一天不如一天值钱。

恐怕宣宗不止要钱，还要壮阳。据说，宣宗向一个叫钦谦的太医院官索要房中药，连要三次，钦谦都推说不会制，宣宗一怒之下，将他关到诏狱里，用四根铁绳系之，枷以三木，几乎要了他的命。中国土产的道家，最能满足帝王的种种私欲。而皇帝握有无边的权势，他们的欲望也是无止境的。这方面世宗嘉靖皇帝最为典型。嘉靖是明代最有名的道教皇帝，他中年以后，几乎不再上朝，整日泡在西苑里，与一班道士炼丹作法，他是既要纵欲，又要延寿，所以想出各种法子来折腾，害人害己，好比他采少女经血制做药丸服食的恶迹，几乎无人不晓。

吸毒者有一些共同的特征，首先就是短命。嘉靖大约是法术高，他活得最久，居然活到六十岁，勉强达标，往上直追成祖朱棣(六十五岁)。从成祖往下排：仁宗，四十八岁；宣宗，三十八岁；英宗，干了两届，用了正统与天顺两个年号，一共二十二年，也才三十八岁；宪宗，四十一岁；孝宗，三十六岁；武宗，三十一岁。我想，除了“吸毒界”，还有哪里一个人四十多岁就是高寿呢？

这些皇帝是否都有服食丹药的习惯？如果是，服食量有多大？由于宫廷史料的限制，已经很难搞清楚。以下我们略举一些证据，表明除了仁宗、宣宗、世宗三位，至少英宗、宪宗和孝宗，可能也有吸毒史。

先说英宗。据李贤在《天顺日录》所记，他曾问英宗：“臣闻陛下夏不挥扇，冬不近炉，果然否？”英宗表示肯定，并说了些自己身体的状况：“暑天虽极热，亦不挥扇，在宫内亦不令左右挥扇。冬虽极冷，亦不近火，亦不戴暖耳。稍用之，双目即热。”英宗冷热不惧，简直就像明代版的奥特曼，李贤对此的解释是：“陛下圣质所禀，坚厚如此”，说是因为英宗“受气厚”，天生身体素质好。

而我这个怀疑论者，一听到“内热”二字，不免神经过敏，揣测英宗可能也是一位“化学爱好者”，经常在后宫炼丹吃。

再说宪宗。与一般的印象恰恰相反，宪宗其实是一个“性情趣”很高的皇帝。早年他宠着万贵妃，被万氏“专枕席”，一对一，能力足够用了。但宪宗并非不想偷吃，只是被万贵妃管得严，偷腥的机会不多。但他仍避开鬼子的哨卡，成功地偷吃过，还生下他第一个长大的孩子——也就是后来的孝宗，此事广为人知。这孩子像野种一样，在六岁之前，一直不为人知，就是怕遭了万贵妃的毒手。可见贵妃在后宫之跋扈专宠了，而宪宗的性格，又是一团和气，他无力与铁娘子抗衡——闹不起嘛！

但宪宗私生儿子的事，终于曝光，万贵妃气得要死要活，也无可奈何，毕竟她自己不能生养，内心有愧。自从孝宗的身份公开，万贵妃只好认命了，再者她也老了，没气力再和老公置闲气了，遂放松了对宪宗的监控。而当这块石头掀开，宪宗便一发而不可收，一连生了十一个儿子（宪宗共十四子）、五位公主，生产效能仅次于太祖朱元璋。

从子女的数量来看，宪宗是卖力耕耘的。但床榻间的这块田地，耕作需要很大的精力，为此他不得不一边学技术，一边拼命吃药。

宪宗也是崇信道教的，大约曾经送药给成祖朱棣吃的金阙、玉阙二徐真君，也给他送过药，得了神灵的好处，宪宗也舍得给他们加官，封他两位为“上帝”。宪宗所宠幸的佞幸李孜省、邓常恩等人，都是长于方术之人，经常陪皇帝在宫内祷祀、斋醮和炼丹。

宪宗好色，外朝臣子尽知，但还没人敢于像内阁首辅万安一样，偷偷地给皇帝传授房中秘籍。这些事在宪宗时没人知道，直到孝宗即位，在宫里检点内藏，得到一只小盒子，发现里面装的都是讲房中术的书籍，书末都署着仨字：“臣（万）安进。”孝宗非常生气，命司礼太监怀恩拿着这几本书，到内阁去找万安，责问他：“这是大臣所为吗！”万安惭愧得流汗，伏地无声，不久被迫乞休而去。

再说孝宗。

据说,孝宗殡天之日,大风折木,黄沙四塞,有人看见黄袍之人乘龙而上焉。一般说帝王之异,都在他初生时,很少有驾崩后还显灵异的。那位自称瞧见黄袍人乘龙上天的目击证人,可能纯属眼花,但这一种传闻得以流传,说明当时人对孝宗之死是怀有极大的遗憾的。死固不能复生,辄希望他能够乘龙上天——用今天的话讲,就是希望好人能升天堂。

孝宗在明代帝王中,名誉甚好,他在位期间,有"弘治致治"的美名。孝宗十八岁登基,在宝座上坐了十八年,死时年仅三十六岁。从官史的记载来看,他并非长期患病,死亡非常突然。这是服食符水丹药者死亡的共同特点,当然另一个特点就是他们死时都很年轻。

孝宗在弘治十八年(1505 年)四月的最后一天,忽觉不豫,命暂免朝参(官史说是因"祷雨偶感风寒")。以后再也没有上朝,直到五月初七日驾崩,前后也就一周的时间。这期间,孝宗虽然挂牌免朝,没有出来接见廷臣,却并未荒废政事,所有要紧的奏章均得到及时的批答。

但端午节(五月初五)第二天的凌晨,孝宗突然"大渐",急忙派司礼监太监戴义到内阁召大学士刘健、李东阳、谢迁入宫见驾。三人因为皇上病得很重,一直在内阁坐班,不敢离去,忽见戴太监披月来召,便知大事不妙,一定是皇帝要辞诀托孤了。

李东阳记录了当时的情形:三位阁臣来到乾清宫东暖阁,只见孝宗身着平常穿的便服,坐在龙床御榻上。三人进至床前叩头问安,孝宗连连道:"太热了,受不了。"命左右取水,拿布润湿了,反复擦拭舌头,然后叹息说道:"我嗣祖宗大统,一十八年,今年三十六岁,乃得此疾,殆不能起。"刘健等宽慰道:"皇上偶尔违和,何以遽言及此?臣等仰观圣体,神气充溢,万寿无疆,幸宽心调理。"

孝宗稍微安神,然后发表长篇讲话,从他即位讲起,讲了许久。他见左右只是听,便示意记录下来。在场的除了内阁三臣,还有司礼太监六人,其中扶安、李璋捧纸、砚,戴义执朱笔,跪在榻前笔录,太监陈宽、萧敬、李荣等也都环跪在床下。众人知道，皇上是要口述遗言了。

孝宗主要担心皇太子朱厚照，怕他年少，且未成婚，性情未定，做皇帝会失职，因此说："主器婚配，不可久虚，礼宜择配，可于今年举行。"要求在年内为皇太子选妃并尽快举行大婚。

言毕，孝宗握着老臣刘健的手，叮嘱阁臣一定要尽心辅导，说"东宫聪明，但年尚幼，先生辈可常常请他出来读书，辅导他做个好人"。孝宗此时还能做长篇讲话，且"语久，玉音渐清，反复告谕，若不忍释，前后数百言"。次日，又召皇太子入宫，嘱咐他将来好好做皇帝。当天午刻，忽然"旋风大起，尘埃四塞，云笼三殿，空中云端若有人骑龙上升者，人多见之。已而上崩"。

孝宗临终前的主要症状是"病热"，中医讲就是内火旺盛。这样的症状，令人联想起宣宗死前的情景。孝宗是否炼丹服食，史籍殊乏载记，但我们知道，在弘治中年，有一个很受宠信的大太监，名叫李广，此人邀上宠的主要手段就是"左道"。

太监李广，《明史》有传，说他"以符箓祷祀蛊帝"。孝宗对李广信任到什么程度，从李广在弘治中的跋扈可见一斑，《明史》说他因帝宠而为奸弊，矫旨授传奉官（即不通过吏部，径直传旨授官，这是违反制度的行为），四方争纳贿赂。他擅夺畿内民田，专盐利巨万，在京中起大邸，引玉泉山水，前后绕之。言路交章论劾，孝宗皆不问。

弘治十一年（1498 年），李广劝孝宗在万岁山上建毓秀亭（起亭何用，史书未详，然为建一亭而请示皇帝，大概是给皇帝做某项专门用途吧）。可不想亭子刚刚建成，幼公主就夭折了，不久，太后所居清宁宫也遭了灾。有嫉妒李广的术士趁机说，这是李广建亭犯了岁忌。太皇太后周氏（英宗的贵妃，宪宗生母）生气地说："今日李广，明日李广，果然祸及矣。"李广听到后，非常害怕，就自杀了。

李广死了，孝宗怀疑他家中藏有异书，派人到他家里去搜查，意外地得到一本李广纳贿的册子，上面开写的都是文武大臣的名字，各注明馈黄、白米各千百石。孝宗奇怪地问："李广能吃几碗饭，乃受米如许？"左右道："这是隐语，黄者金，白者银也。"原来黄米就是黄金，白米就是白银，孝宗才恍然大悟,知道李广竟是如此恣肆行私。

但李广充当孝宗的“神坛护法童子”这么些年,没有功劳也有苦劳,孝宗对李广的死,十分惋惜。有宦官看出苗头,就为李广请祠额、葬祭(这是最高规格的葬礼,即由皇帝钦赐祠堂之名,并由官方为之办理葬礼),虽然因为大学士刘健出面谏阻,没有同意,但孝宗还是差官到李广坟头祭了一祭。

由于孝宗名声非常的好,他的一些不太光彩的行为,都被有意掩盖了。但我们从李广“以符箓祷祀蛊帝”,孝宗求“异书”等碎片记载来看,孝宗一定是爱好祷祀斋醮那一套的而烧炼服食丹药,是这一派捣鬼之术的必有之义。

在临终召见阁臣的对话中,有一个细节值得注意:因为口干舌燥,孝宗经常需要拿湿毛巾擦舌,甚至说不出话来。旁边一个宦官端过一个盘,说道:“万岁爷,您尝尝今年的新瓜吧!”孝宗略略吃了一片,马上能出声说话了。显然,瓜性凉,而他的本症属热,吃瓜对亢燥的身体能起到降温的作用,故此病体立刻有所缓解。可以说,孝宗的病是热症,当施以温凉之药。可是他的主治医师太医院院判刘文泰不知何故,竟然开出热剂,以热攻热,孝宗的身子本就虚弱,哪当得这一攻,生命的堤防登时被冲垮了。修于嘉靖初年的《明武宗实录》,说掌御药局太监张瑜与刘文泰等数人“进药皆与症乖,先帝遂弥留弗兴”,认为孝宗是因误诊而死的。

给皇帝开错方子,害死了万岁爷,那可不是好玩的!张瑜、刘文泰等人均被逮系下狱,廷臣痛恨他们,认为刑律中的“庸医过失杀人律”,只是为一般人所设,若是庸医乱开药方,“上误人主,失宗庙生灵之望,是为天下大害,罪在不赦”,建议以“合和御药误不依本方大不敬”条加以显戮,即以“大不敬”之罪将张、刘等人处死。他们使了许多钱,才保住一条命。

难道喜好医术的孝宗,他的太医院里养的全是庸医吗?非也。我怀疑太医院的国医圣手们压根没机会为孝宗疗治。

司设监太监张瑜,此人掌着御药房,孝宗常年服食丹药,身体被火炼得只剩一副骨架,他不可能不知孝宗身体的状况。然则,他可能也是孝宗烧炼的主要助手，当孝宗突然病重后，他不是虚心地请来太医院的御医会诊，平心对症开药，而是颟顸地自作主张，再施以猛药，这就好比越是阳痿者越是拼命要服壮阳之药，势必造成不可逆转的结局。实录说张瑜与太医院议方，“不请诊视辄用药”，张瑜是驾前的红人，太医院与御药房又是内外衙门，御医们全指着张太监混饭吃，他的话，岂敢不听？

实录记载，孝宗好医药，经常在南城亲自“修合诸丸剂”，并“亲御宸翰”，书写药方，赐给身边的臣子。孝宗做实习医生的兴致非常高，弘治十六年(1503 年)八月，他还在南城开局，命翰林院遣官，会同太医院，重新纂辑《本草》——这是弘治朝的文化事业，不过供好医术的孝宗好玩罢了。而“主其事者”，正是太监张瑜。刘文泰本是不学无术，因为和张瑜交好，得以引见，在御前行走供职，而“以此被宠，赏赐无算”。

有医生说，最怕病人自己懂一些医术，谈起病症来头头是道，就是不信医生。孝宗本人是熟读了《本草》的，又有着烧药炼丹的丰富经验，他更愿意相信张瑜开出的方子，并执迷不悟，结果把自己误了，年纪轻轻就枉丢了性命。

第八卷

明宫闹鬼

第五十七章　洪武宫里，巫蛊案频发

但凡深些的古宅大院，总有阴森逼人的气息，枯壁破窗间，常有狐魅鬼影倏忽掠过，留下惊魂一诧。然若论墙垣之高、院庭之深、气氛之幽寞，哪一家宅院又比得过皇朝大院紫禁城？——皇宫便不免闹鬼！

金庸小说《鹿鼎记》里，有一幕摹写萨满太太在后宫祈禳作法，众人正祭着“死小宝”，兀地只见韦小宝的真身一步抢进来，差点被他惊散七魂八魄。众人还当是萨满太太招回的魂儿呢！

驱鬼与招魂儿，本是萨满法师左右开弓的绝技，他们时而红脸，时而白脸，周旋于人鬼二界，应付裕如也。其实，鬼和捉鬼人的相生关系，远较先有鸡还是先有蛋为清楚：有鬼才有抓鬼人的事业，一旦驱而尽之，天下清明，朗朗乾坤，吃鬼饭者才真要颓然饿毙，做一死鬼咧！所以鬼故事永远没有终结篇，谚云“又做师娘又做鬼”，便是由精灵古怪衍出的辩证法。

今天的故宫，是清人的旧宫，清宫那么大，千门万栋，居人又多属阴（妇女及阉宦），所容之鬼亦必甚夥。假若人死而灵魂不灭，那么清宫里的游魂，多半都是前朝大明旧宫的老客。这一点是否的确，待笔者哪日有幸做了故宫的更夫，在月洗古砖的静夜，才好去求证。值此，只好先向故纸堆里寻索——且说明宫的闹鬼故事。

俗话说,心疑生暗鬼,嗜血者四顾,幢幢皆是鬼影。恰恰明朝开基的两位皇帝,竟然都是第六天魔王父子投胎转世,在人间大开杀戒,造出无数的冤业和怨鬼。

朱元璋还未做天子的前两年(1366 年),把他亲侄儿朱文正贬为庶人,安置到安徽六合县。朱文正不服气,秘令道士用红笔书写叔叔的生辰八字,"钉地压之"。这就是传说中的诅咒魇压之法,又称巫蛊,其法非常阴毒(其"毒"指施行者的用心,其真实效力自然是乌有的)。朱文正是被监视居住之人,他的悖逆行为岂能逃过叔叔的眼线,很快被人举报,遭到杀身之祸。

这是有史可考的以朱元璋为目标的第一次暗杀事件(用"妖术"),时人俞本将它记在私撰的野史《皇明纪事录》(又名《明兴野记》)里。

朱文正用的是魇镇之术,极为狠毒,非深仇大恨不行。汉武帝晚年此风盛行,宫禁不肃,为此大兴"巫蛊之狱",最后逼死了自己的太子。洪武皇帝自然不让古人,很快就把借鬼画符的倒霉侄儿杖毙了。

朱元璋在位三十一年,屠灭功臣元勋,下及大小臣工。据俞本讲,朱元璋屠刀初开,以洪武四年(1371 年)为起点,究其缘由,竟然是"感天师言"。不知哪位倒霉催的王八天师,不知给皇帝灌了什么迷药,触动他的心事,致"天下府州县官吏多被诛戮"。

俞本的《纪事录》没有揭露是哪个"天师"造的孽,反正不是捉鬼人钟馗,亦不定就可指实为龙虎山的张天师,因为在民间,也有将普通道士称为天师的习惯。但不管怎样,天师都是捉鬼的圣手,现在倒好,他们倒替阳间的"人王"作起法来,将朝廷百官都做成鬼,给一锅端!

在清宫作法的是萨满太太,而在明朝宫殿里垄断法事生意的,是黄冠道流。

朱元璋主张三教合一,他对道教颇有雅好,曾亲自为"羽流"做过传记,如《铁冠道人传》《周癫仙人传》,他还多次派人寻访活神仙张邋遢(张三丰)。

然而,朱元璋"追仙",何亟亟也?原来,在他新建的辉煌殿宇里,已是鬼哭狼嚎,危机四伏,不得不求道法高明的真人施援手相助!

洪武八年(1375年),明宫接连发生两起巫蛊大案。

这一年年初,朱元璋巡幸中都凤阳,在此举行了祭告天地大典,祭文说:“群臣集议,都说在濠州建都,正合古今之宜。为此我改濠州为凤阳,于此建立都城。然大兴土木,实劳民力,今功将告成,惟上帝后土是鉴。”

朱元璋将他的“龙兴之地”濠州升格为凤阳府,定为中都,并劳民伤财,进行了大规模的城市建设。元璋兄,你劳的是民,为何不向百姓道歉,却和皇天后土说什么“鉴谅”的话,真是矫情!

奇怪的是,在中都城池及皇城、宫殿、衙署即将告成之际,朱元璋此行本为巡阅新都,又是衣锦还乡,本该大大得意,多多盘桓。可他只稍作停留,即匆匆离去。据《明史·太祖本纪》的记载,朱元璋本年四月辛卯,幸中都,到丁巳日,已回到南京。查洪武八年四月以庚寅为朔(初一日),辛卯、丁巳分别为初二和廿八日,刨去来往路途所需时日,朱元璋在中都驻跸时间顶多不过半月。是什么原因使他仓促回銮,并从此永远放弃中都营建计划?

我们从工部尚书薛祥的传记里,能捕捉到一些信息:“其时正造凤阳宫殿,太祖坐在殿中,忽听殿脊上若有人拿着兵器打斗的声音,甚是怪异!太师李善长奏称,这是工匠们在施工时使用了左右为魇镇之法。太祖大怒,下令将工匠全部处死。薛祥劝谏说,宫殿盖顶时,铁匠与石匠都未参与,其他木匠、泥瓦匠也应该分在工不在工,不可一概滥杀。他这一谏,使上千人得了活命!”

原来朱老兄刚在新殿上坐定,哈哈一声还未笑出来,殿脊上就响起兵戈之声,如此闹鬼!兵者,凶器也,这是很不好的征兆。太师、韩国公李善长是个大妄人,他认为新殿闹鬼是因为工匠们在宫殿的梁架间藏了什么猫腻或不干净的东西,乃以“魇镇法”妄奏,欲尽杀工匠!幸亏薛祥从众多的工匠中,区别开没有上工的以及铁匠、石匠等上千人,饶了他们的性命,否则凤阳城里流的血,恐怕将上升一尺不止呢!

未来的新都充满戾气,这可能是朱元璋仓促离去的一个主要原因。

衣锦还乡的朱元璋,在故乡的新房子里碰了一头的脏东西,灰头土脸地回到南京。五月里,夏雨淋漓,因为前朝主殿奉天殿漏水,决定毁弃新造，结果又在殿中发现"魇物"。

难道仅仅因为漏水，就要把整座宫殿拆了重建？我很怀疑朱元璋先有了凤阳之事，疑心病转重，总觉得在大殿里坐不安生，一定要把常坐的大殿拆个四零八碎查验一番，居然又让他找到"脏东西"。不知是哪个瓦匠或木匠，对皇上深怀怨毒，乃效仿朱文正的故技，在大殿里藏下魇镇之物（这些对主人不利的东西其实很简单，可以是一张符，也可以是一个玩偶，或其他污秽的东西，在建房子时随便往哪个角落里一藏即可），给伟大的洪武皇帝施了魔咒！

奉天殿是朝廷举行大典的所在，天子威严肃穆，却不料天天顶着一个大"降头"。是可忍孰不可忍，朱元璋这回一个不饶，将所有工匠"悉收戮之"，株连者不知其数。此事正史失载，亦见《纪事录》。

朱元璋盘踞在他的宫廷里，可谓步步惊心。

在他在位的最后一年，某日在后殿燕居，忽见一条黑龙从井中跃起，他急忙引弓追射之。事亦见俞本《纪事录》。

按理说，朱元璋对内廷兵仗管理极严，对擅用之人，处断更有明条，如《大明会典》卷一六六《刑部八·宫卫》下有"向宫殿射箭"一款："在宫殿射箭、放弹、投砖石者绞！"俞本的记载便令人生疑：后宫燕闲之所，怎会备有军器？又何必备此凶物？——足证朱元璋一生害命无数，生怕有鬼来缠他索命，他防忌惶恐之心，是无时稍歇的。

然而朱元璋这一箭失了准头，黑龙飞去，后数日又有一黄龙，亦自井中跃出升天。这回老迈的朱元璋射没射，俞本没讲，但他说：黄龙升天，"或谓成祖之兆"，说这是未来成祖朱棣兴起的佳兆。

第五十八章　闹鬼不休的大明朝

成祖，就是朱元璋的四公子、以叔篡侄的永乐皇帝朱棣。说到以叔篡侄，倒有朱元璋以叔灭侄的先例在，莫非报应不爽？

朱棣夺取帝位后，用诏书的形式公开指责侄子建文帝允炆的过失，主要说他不孝：你爷爷太祖皇帝才死一天即入殓，六天就下葬了，民间还讲究个“出七”，你就那么等不及吗？

朱棣还像描绘一个胡闹的孩童，说太祖皇帝咽气不久，朱允炆就将鬼见愁、硫黄、雄黄等物调水，在满殿里洒，甚至泼洒到朱元璋的棺材上，秽气触忤了梓宫（即皇帝的棺椁），及至发引时，允炆仗剑在后，对人曰：“我仗此剑，不畏强鬼。”可笑朱元璋一世英豪，死后却被自己的孙儿当强鬼来整治。

受朱棣指使编写的《奉天靖难记》一书，说建文帝矫遗诏嗣位，一登帝位，即忘哀作乐，让巫觋仗着桃剑在宫禁里挥舞，用硫黄水遍洒宫廷各个角落，还烧秽物以辟鬼神。梓宫发引时，他与弟弟允熥二人，各仗一剑，立于宫门，指斥梓宫，骂老头子说：“你今天还能说话否？你还能督责我否？”言讫皆笑。

以上皆见于永乐时的官书。只是，朱棣造假太多，信用已经破产。好比他诬蔑建文帝的作为，说他遣宦者四出，选择女子，充满后宫，通夕饮食歌舞；又为奇技淫巧以媚悦妇人，各王府宫人有色者，则选留与之通奸；常服淫药，药燥性发，血气狂乱，连御数老妇，犹觉不足，更缚母羊、母猪与之交媾——这就不止荒唐，简直是令人作呕，毁人三观。

这些文字，只可能出自朱棣本人的指授，再无聊的文人也不敢如此胡乱编造，此足以暴露朱棣的内心世界有多么龌龊，侮人没有底线，节操碎了一地。后来，在纂修《明太宗实录》时，将这些实在腌臜的“罪证”都删除掉了。

朱四公子的杀人手段，不消说，是直追其父的，朱元璋生前不说过“第四子最类朕”吗？

朱棣血淋淋的发迹史，简直就是一部闹鬼史。

他初起靖难之兵时，即设计诱杀了北平布政使张昺，后来登基，犹不忘仇，又命族灭其家。但自此之后，他就频频梦见张昺“被发为厉”，跑到他梦里来纠缠，令他寤寐难安。但朱棣也是个恶人，死人来磨他，他不怕，反以暴制暴，命人将张昺的尸身挖出来，焚灰弃之。

其实，从朱棣进城那一刻，他就连续碰上闹鬼之事。

当谷王、李景隆献出金川门后，朱棣骑着高头大马，趾高气扬地整队进城。忽见一个文官，自报名是“御史连楹”，急欲到燕王驾前叩拜。当时朝廷大势已去，这等趋附之人真是如蝇逐臭而来，好比后来做到阁老、有“三杨”之一称誉的杨荣，便是其一。朱棣也没太在意，准其近前说话，还准备勉慰他几句。不料连楹突然跃起，抓住马缰，手中早亮出一柄利刃，向他当胸刺来。两旁卫士急忙救驾，将其乱刀砍死。可奇怪的是，连楹死了，却满身血污地挺立当地，推之不倒（“尸植立不仆”）。

朱棣心神为之所触，遂恶念陡生，进城之后祭开屠刀，大肆滥杀，许多忠于建文帝的官员被杀，这些受难者并非都是小官，其中有一位姓景名清的，已做到御史大夫的高位。

说起来，景清与朱棣并非素昧平生。建文之初，景清从金华知府升任北平布政司参议，即与朱棣有过交集。景清是洪武朝的进士，洪武三十年（1397年）已做到佥都御史的高官。因为一点小的过失，才被外放做了知府。这回升做北平参议，也只是过渡一下，朝廷马上给予重任，升为御史大夫（御史大夫是建文改制中由原都御史改设）。就在景清在北平为官的很短时间里，他与朱棣见过几次面，交谈之下，朱棣对其“言论明晰”大为称赏，留下了很好的印象。据说著名相士袁忠彻还给他相过面，称其“身短而声雄”，但预测其结局会很不好，也是“于法皆当刑死”者中的一个。

景清是位正人，传说他年少时，一次赶考，寄宿在一户人家。这家主人的女儿，就像高老庄庄主的女儿，夜夜被一个妖怪来欺负（不知是不是猪八戒），一家上下不得安宁。可巧景清借宿的这晚，妖怪竟然没来，可景清一走，妖怪又来了。女孩诘问妖怪，这是为何？那怪倒说实话，称是“避景秀才耳”。

女孩将此话记在心里，第二天告诉父亲。父亲大喜，原来救星过门而不知！赶紧去追景清，将原委告诉他，请他回去帮忙伏妖。可赶考事大，景秀才没法坐镇这户人家给女孩当护法，可又不能不管。他着实为难，突然灵机一动，写了“景清在此”四个大字，交给女孩的父亲，让他贴在家门口，试试法力。

女孩父亲回去把字条粘在门户上，那妖怪果然畏惧，从此再不敢来骚扰了。

看官！景清的本领，由此看来比孙悟空还牛，那猴儿在高老庄降服猪八戒，不仅变了形，还出了棍，可景秀才人不到场，耍耍笔杆子——得，齐活！

景清还是书生时，正气便足以御鬼，死后竟化厉逼帝。

朱棣率“靖难军”打进南京，方孝孺、练子宁等大臣皆不屈而死，可是素来“倜傥尚大节”的景清却顿改大节，“委蛇侍朝”，做了一个可耻的叛徒。人们对此有所怀疑，也有人讥讽他言不顾行，贪生怕死。朱棣也是将信将疑，但对他能投降还是表示欣赏，让他仍然担任原职。

一日，占星者奏，说有一颗红色的异星直犯帝座甚急，不可不防，请皇上有所预备。

朱棣忐忑不安，勉强打起精神上朝，只见朝班之中唯有景清一人身着绯衣，便怀疑赤色异星所指便是他，当即下令搜身，果然从他怀里搜出私藏的短剑。诘问所为何用？景清奋起答道：“欲为故主报仇耳！”原来景清投降是假，实为委曲以求大义，他身怀利刃，伺机刺杀篡逆者——真乃一汉子也！然暴君一怒，把他杀害了。

王鏊《王文恪公笔记》所记更为戏剧化，他说当燕军入京时，百官皆出迎拜，唯独景清“袒立骂不已”。他似乎学的是“祢正平裸衣骂贼”（祢衡击鼓骂曹）的故事，借夸张的形式，大抒痛快之气。朱棣又羞又怒，命“抉其齿”，拔光他满口的牙，他仍是骂，还把一口污血喷在窃国者刚换的龙袍上！

景清死况甚惨，朱棣见他“诘责不屈”，遂将其处以磔刑，剥其皮，实以草，挂在长安门上（王鏊说是施以醢刑，即将他杀死，然后剁成肉酱）。但是，就在当晚，宫里就闹鬼了：

“是夕精爽叠见，上梦（景）清仗剑逼”。

好个男儿，他竟敢仗三尺长剑，杀入篡位者的梦中——朱棣的梦，设备不严，已多次为死朝廷之难的忠臣突破了。

朱棣一夜没睡好，早晨勉强打起精神，从宫里出来。景清的皮就悬挂在宫门口，当龙舆经过时，挂尸首的绳索突然断了，尸体落下，还向前走出两三步，直向朱棣扑来，就像要来"犯驾"一般。

朱棣被景清吓了一夜，魂魄还没收束归位，又被他这么一吓，几乎晕厥。只好命人把景清的遗骸取下，藏于库中，同时实施了残酷的报复，下令夷灭景清九族，并掘焚其先人之墓。

然而景清亦是强项，他也不肯放过篡逆者。不知他死前说过"我做鬼也不放过你"之类的话没有，总之自此之后，朱棣白天黑夜就没好梦可做了，经常梦见披头散发、一身是血的景清绕殿追赶他。而朱棣在梦里，就像秦始皇遭遇杀手荆轲，慌了神，只顾逃了。

成化十七年(1481年)进士宋端仪著《立斋闲录》所记更怪，说景清来到暴君的梦中，和血唾骂，朱棣挨了一夜的骂，次日醒来，只见他所穿的衣服上，还能看到"血星燦燦"。——看来这鬼是要玩出界，闹到阳间来了！

朱棣怕是吓得梦遗，一身盗汗，从梦中醒转过来，见侍卫林立，方才灵魂归窍，仍复发威道："耿清犹能为厉耶！"①遂以"奸恶"之名籍其乡，转相攀指抄拿，受害者数百人，人称"瓜蔓抄"。景清出生的村子，人烟为之一空。

作为一代忠烈，景清身后留下许多传说。其中一个讲，景清肩上本悬有三盏神灯，分别是三位大仙。有两盏灯因他事先已熄灭，他刺杀未遂后，被剥皮实草，悬挂于长安门，激愤之下，失口骂了看守紫禁城的门神爷秦琼和尉迟敬德，误了他们巡夜，最后一盏灯也灭了——原来皇宫的大门口还有一个"黑社会"，只不知秦叔宝、尉迟敬德是神还是鬼？

永乐后，仁宗、宣宗在位，宫中戾气渐不如昔之盛，但仍不时有鬼怪出没。祝允明《野记》载：宣宗曾经因一时之怒杀了两名小太监，怒气消后，方觉死者无辜，死得可怜，但悔之无及矣。他晚年一日在宫中游幸，突然瞪大眼，指一处大叫道："那厮又在此！"即命取弹丸乱射。左右不知何故，奇怪

---

①据《明史》载，"景清本姓耿，讹景"，编者注。

地问:"那是什么?"宣宗惊魂未定,喘着粗气道:"就是被我杀死的那两个太监,他们见朕来了,伏在那里,一言不发。"然而左右什么都没有看到。

此后这样的怪事愈发频密,直到宣宗晏驾。

这两个鬼一直"伺候"宣宗到晏驾,且不失其恭谨之状,可谓善能报复者,当是鬼中的智者。其实,那鬼何曾有过?它不过是宣宗吸毒后产生的幻觉而已!

后来的诸帝,修炼、服药者不少,丹铅性燥,人服食后性情大变,难以自约,故常有乘怒杀人之举。而枉死者冤魂聚结不散,整日在宫中纠缠不去,致害人者精神恍惚,则不免在白日也见鬼了。

明中期以前,宫里常见的异物是"黑眚"。《明史·宪宗纪》载:"成化十二年秋七月庚戌,黑眚见。"

"眚"这个字音"声",常与灾字连用,合称"灾眚"。历代"正史"都有《五行志》,多记载各种怪异之事,依着金木水火土五行之法,眚也被分为赤、青、黑、白、黄五眚。黑眚性属水,色为黑。

先来看《明史·五行志》所记成化十二年(1476 年)之前的"黑眚"案例:

洪武十年(1377 年)正月丁酉,金华、处州雨水如墨汁。

——这是下黑雨。那时没有工业污染,雨水变成黑乎乎的,一定是怪物来了。不是妖怪经过之处,都冒一股黑烟吗?大概同此一理。

洪武十四年(1381 年)正月,黑气亘天。十一月壬午,黑气亘天者再。二十一年(1388 年)二月乙卯,黑气亘天。

——这是一道黑气横亘于天。蓝蓝的天空铺开一条巨大的黑带,就像一个人臂缠黑带,是报丧致哀的标志,预示着大大的灾异。

宣德元年(1426 年)二月戊子,北方有黑气东西亘天。八月辛巳,乐安城中有黑气如死灰。

——《五行志》里记载的黑气,大都未指明发生地,而宣德元年八月的这次,则确指笼盖在山东乐安州。乐安是宣宗叔父汉王朱高煦的封地,这年八月,这位抑郁不得志的皇叔终于赌气反了,马上召来宣宗的亲征大军,同时他的封城里出现了如死灰一般的黑气，等于预定了他的失败。我很怀疑这是“观气者”为讨皇帝欢喜附会出来的。而城南则升起一道青气，令宣宗看了十分喜欢。

正统元年(1436年)九月辛亥，未刻(约在下午一点钟)，黑气亘天，其走向是自西南纵贯东北。二年(1437年)八月甲申，北方黑气东西亘天。

——这两处记载稍详，点出了黑气的走向和大致方位(北方)。

正统十四年(1449年)十一月己丑，晡时(下午三点到五点的样子)，西方有黑气从地而生。

——西方某地，平地里升起一道黑气。古人还是能够分得清黑气与黑烟的，西方冒黑气肯定不是山林失火，那黑气一定顶厉害，让人担心里面突然跃出一怪，所以才认真记下来。

还有，景泰元年(1450年)二月壬寅，黑气南北亘天。十月辛未，西南黑气如烟火，南北亘天。二年(1451年)四月庚辰，有黑气如烟，摩地而上。

天顺五年(1461年)七月己亥朔，东方有黑气，须臾蔽天。

成化七年(1471年)四月丙辰，雨中夹沙，色黑如漆。八年(1472年)三月庚子，黑气起西北，临清、德州两地大白天伸手不见五指……

从上面所记数例来看，黑眚一般显现为黑气，像有人提溜一大桶黑漆，在半天里乱刷，或者是一道来历不明的怪异烟气，慢慢升腾，很快涨满天空，但偶然也显现为墨汁一样的黑雨。其他白、黄、青、赤等眚大致相近，主要是颜色不同。

但成化十二年(1476年)秋天的黑眚，却大不一样。

这年七月初九日，还在夜里，京城里突然闹起了黑眚。不知是从哪一坊先闹起的，很快全城受到惊扰，人们都不敢在屋里待，纷纷走上街头。有人张灯持刀，敲锣打鼓，满城追逐，也没有捉到怪物。据目击者报告，那妖怪长着一对金色的眼睛，尾巴很长，既像狐狸又像土狗，裹着一团黑气，从窗户飞入飞出，直如无人之地，凡与之相遇者无不昏迷。

这样满城扰攘，闹了一夜。

到了凌晨，宪宗皇帝正坐在奉天门上上朝，突见门上侍卫军人的队列乱了，有人惊呼道："黑眚！"

宪宗听了害怕，站起来就要逃，亏得司礼监太监怀恩还镇静，一把将他的衣服拉住，不然我们英明神武的皇帝就要抛下群臣，自逃回宫了。

禁卫严密、百官济济的朝堂之上居然闹起怪来，这一番变故实为少见，加剧了人们惊惧不安的心情。本来上朝之时，天已渐亮，阳气生发，一般的什么僵尸、吸血鬼，都见不得阳光，也该四散躲起来了。况且奉天门前广场上，露天地里站立文臣武将上千人，两旁剑戟林立，也不是妖孽敢出没的地方。但如此咄咄怪事，为何偏偏发生在朝堂之上？还差一点惊飞了龙驭！

其实上朝的官员们一夜余悸未消，虽然大伙聚在一起凑阳气，胆儿略壮，但交头接耳，互传消息，疑心病反而传染加剧，稍见恍惚的影子，便忍不住神经痉挛，再听人喊一声妖怪来了，自不免一起发作了。

三十多年后，京畿地区又闹了一次眚。

先是正德七年(1512 年)六月二十日，在北京以南的涿州和顺德、河间二府，传闻有人见到黑眚，大者如犬，小者如猫，数量极多，它们在夜里出来伤人。不久，黑眚就上京来了，颜色有黑有红，行动敏捷，若风行有声。居民都很惊慌，到夜里纷纷自发组织起来，持刁斗器械，巡察警告，一直到天明，不敢合眼。

这一次闹的时间很久，过了一个月才渐渐平复。随后河南封丘县又报告闹眚，大约怪物移师南下了。

崇祯十一年(1638 年)，在明王朝风雨飘摇的当口，京师又闹了一次黑眚。据记载，黑眚状如狐狸。既是狐狸，就要作祟。这回黑眚在许多人的家里"为祟"，闹了半年才止。

这种动物形态的黑眚，到底是什么，谁也没搞清楚。即便以今天的知识，也难以做出合理的解释，只能怀疑是素有迷信思想的古人，被几只在梁上屋角乱窜的发情猫狗惊着了，或酒后开了天眼，看见了本不存在的东西，遂张大其词，播散谣言，以为闹眚了。当时的人们是被自己狠狠地吓了一回！

其实不单红墙之外，就是宫廷里也是时常有黑眚出没，把皇帝吓得不轻，这个留到后面讲。还是先把宪宗朝的事说完。

第五十九章　又一个想得天下的和尚

黑眚给人造成的心理影响刚刚消退，明宫又发生一件异事：一个叫侯得权的“妖人”，以“符术”在京广收徒众，他甚至在宦官中发展了不少弟子，多次潜入禁廷，由此案发。

关于此案，实录的记载非常简略，毕竟一朝国史不等于刑部的案卷，能够把案件的来龙去脉交代得详尽清楚。本人深知这支笔是在写史，岂敢率意发挥？但又不能写得太过草率枯涩，令人读来味同嚼蜡。

读者讨厌读史书，埋怨“读不懂”“枯燥无味”，其实这倒不是史家在“故作高深”，而是历史记载常常是破碎的，以断片的形态存在，历史学家的责任是将这些“断烂”的材料编缀起来，尽量还原历史真相，而同时必须遵守真实的原则，不能挟想象之力以超东海。可一般读者呢，却希望像读一部惊险小说那样去痛快地读史，除了要求文笔浅显生动，还要有大量的细节，故事必须完整，线索须当清晰，人物还应该有性格（其实小说中的人物性格最鲜明，而历史人物却是复杂的，有时甚至复杂到难以捉摸其性格）。

本人自问不敢靠想象去连缀故事，也不敢进行琐碎考证以腻烦读者，所幸东鲁古狂生的拟话本小说集《醉醒石》，第十二回《狂和尚妄思大宝，愚术士空设逆谋》讲的就是这件事。狂生兄著书时离侯得权事件也有二百来年了，但时代总比我近，他又是明末清初的人，耳食亦较我为广，不妨将这段有盐有醋的故事与历史混搭着一起讲，好添一些趣味。

故事的主人公叫侯得权，小名立柱儿，是保定府易州人。他幼年时在狼山广寿寺出家，取僧号为明果。

侯得权在庙里混到二十多岁，开始四处游方。和尚光会梵呗是不成的，只会撞钟念经的和尚是迂和尚，好比侯得权的前辈模范朱元璋，若没有三年的游方经历，大大增长了见识，后来怎成得大业？话说这侯得权自离了寺，四处游荡，在红尘中打滚，对世事人情，便练达通透，成了一个秃顶的老江湖。

这一日他来到河南少林寺。

看官，你莫以为下面要讲侯得权如何拜在名师门下，勤学苦练，成为一代棍僧。少林寺的神话，都是后世渐渐敷衍张大的，在俺这部依史直说的故事里，绝无棍僧、神功什么事，甚至与少林本院也无甚干系。只是侯得权在少林寺逢了一段孽缘，从此彻底改变了命运。

少林寺似乎是个异人大本营，看官可还记得，神相袁珙就是在这里遇见姚广孝，点拨他走上造反道路。侯得权也遇到一位相术师傅，是个道人，只把他一看，就点赞两个字："好相！"

这位明果和尚侯得权半生得意的，正是他那副出众的尊荣，只是久而不遇，困顿秃林，今日陡然听那道人一喝，仿佛天尊下降，喜笑颜开，忙求他指点休咎，断一个前程。

道人一排他八字，卓然大惊，道："和尚！你将来富有天下，是个帝王之造！"

这是东鲁狂生的演义，而这次算命是后来那件大事的引子，《明宪宗实录》也把道士的判语记录下来，只说侯得权"后当极贵"。意思倒差不远。

侯得权是老江湖了，他深知那些挂半仙幡儿的术士，都是翻动一张油嘴，靠奉承人吃饭，经商的，个个财主，读书的，个个科甲。假若这道人许他一个手握千军、立功异域，或者良田千顷、牛马如云，他或许还在疑信之间，没料到道人竟许了他一个皇帝做！大出意外，他脸上数粒七星红运的黑麻子顿时奇痒起来，倒有七八分信了。

东鲁狂生说："人当着奉承，也没个不喜的。就是做不来的事，初始惊恐，道没这样的事，后边也毕竟疑道，这人怎轻许我，或者有之么？"将人的心态模拟的极是。

其实，许人皇帝做，也不是特别意外的事。陈胜说过："帝王将相，宁有种乎？"孙悟空也说过："皇帝轮流做，明年到我家。"瞧历史上，许多农民"起义"，才占了几个山头，就马上称帝，宣布改元，大封宰相、元帅。不要说成化朝，就是洪武年间，陕西有个叫田九成的"妖贼"（凡以民间宗教号召人的，都被称为妖贼、妖人），在勉县自号汉明皇帝，改元龙凤，其党羽分别称弥勒佛、四天王等——他仗着几块山地，就要和大明皇帝并驾齐驱呢！

那道人察言观色，见侯得权脸上黑点发亮，却有疑难之色，心知奏效，乃更催一把火道："和尚，我朝太祖高皇帝，也曾在皇觉寺出家为僧，后来还不是登了大宝？和尚你竟与他相似。学生算过多少命，没一个差的。事在人为，只是得志之日，不要忘了小子江朝！"

江朝的名字，不是东鲁狂生编出来的，这个嚼舌头骗饭吃的小人物，在官方正史里，可是存了名儿的！

有朱元璋的榜样力量，再加上江朝的励志教育，侯得权不由得信了，从此便欲做一番大事业。可到底是"功业"未成而身先死，把戴皇冠的头给弄丢了。侯得权虽然没如愿坐上江山，但在狱中坐地时，没"忘了小子江朝"，把多年前赠他"后当极贵"四字咒语的道人供了出来。江朝是谋逆大案中有名的人物，自然插翅难飞，很快在少林寺束手就擒。经过这么多年，江朝还是落了网，显然他是个"坐摊儿"，常年在少林寺支帐卖卦。当朝廷派来的锦衣卫干探一拥而上，将他扑倒在地，拿重重铁镣锁他脖颈时，他一定惶恐挣起，大呼"冤枉"。然而，这两字同他平生所算一样，都是不准的。

且说侯得权听说自己有皇帝命，欢喜至极，可转念一想，心中好不疑惑：如今天下无事、四海升平，正所谓光天化日，朗朗乾坤，这皇帝怎轮得上我来当？便很犯踌躇。

可巧又让他遇着一个贵人，还是一个胡说道人，名叫田道真。这田道真对他说："如今真主已有了，北边人都晓得的，有书为证。"就从囊中取出一本书来。这本皱巴巴、鬼画符的书上讲，陕西长安县曲江村金盆李家，有一女子，怀孕十四个月，始生一男，名叫李子龙。此子生时，有红光满室、白蛇盘绕之异，长大后当有天子之分。

看官看到此，可能要笑了：这小子，成了人形，还不快快出来见世面，老躲在娘的肚子里，不变成哪吒，也要成死胎了！可当时的人，哪有今人见识高，以为降生时有红光、白蛇，再加上一个超长的孕期，都是圣人、异人的标签和符号。侯得权立刻兴致勃勃地看起来。

东鲁狂生将侯得权遇见两位异人的事写到一起，还说他们两位发生了争执。田道真(东鲁狂生的书里作周道真)指他的宝书道:“若李子龙是个真主,和尚也只是公侯之命。”江朝却坚执侯得权是天子之命,说:“这事可妄许得人的?若后来不准,我也不算命。”他甚至推算出:“登基只在丑字运,申酉之年。”他将自己比作神相,慨然道:“须信我这铁冠道人、袁柳庄!”

其实这两位所争的,只是侯得权到底是天子命,还是辅相之命,但对于明果和尚面相之贵不可言,均无异议。侯得权便想了个“从权”的办法,我何不自认作李子龙,应了这符谶,真命不就是我了?

想定,和尚也不做了,即刻检装西行入陕,从此去谋他皇帝的营生了。

第六十章　姓李的不得了

其实田遇真、侯得权当作宝的所谓“异书”,就是民间流传的秘密宗教文本,这种书籍种类杂乱,多借一些含糊不清的附会之词来做政治预言,也就是所谓谶纬之书。这类书在汉代特别流行,并且得到官方的认可,甚至将它推尊到与经学等量齐观的地位。但当权者后来发现,这是一柄双刃剑,你能利用它获利,也可能因为它而遭受不可承受的损失。西汉末年,王莽就是利用“代汉”的谶语,公然篡汉,建立新朝。东汉末年,黄巾军起义也打出了“苍龙已死,黄龙承天”的旗号……有了这些教训,后来的各姓王朝,开始转变对谶谣的态度,称之为“妖书”,加以禁绝。

在帝制时代,凡不服官府管理者,都被称为“贼”,若贼前再加一“妖”字,所谓妖贼、妖人、妖氛等,多是指借宗教名目为号召的个人或团体。然而,精神力量的生命力远比肉体为强大,虽然历代朝廷使用严刑峻法,对民间流传的名目繁多的预言书(如密书、宝书、经卷等)厉行禁止,但毫无成效,奉这些宝卷为精神支柱的民间秘密宗教相当昌盛,代代不衰,层出不穷。

侯得权得到的那本异书,宣称当得天下者,是一个叫李子龙的人。这个名字并非完全胡诌,他是有其来路和隐秘的传承的。好比“李”这个姓就不得了,它与一个流传了一千多年,影响非常深远的“李王当兴”的谶语有着密切的联系。

李氏当兴的预言,可以上推到东汉末年原始道教中一个叫“李弘”的人,以后“称名李弘,岁岁有之”。据汤用彤先生考证,从公元322年到416年,前后不过百年,东起山东,西至四川、陕西,南到安徽,在这么大的范围内,都有人利用李弘的名义领导民变(我尽量不乱用“起义”这个词,是因为不知道他们是否有“义”)。

第一个李弘出现的背景,是汉末黄巾大起义,黄巾军利用的宗教武器,是道教(五斗米教等)。道教之长是李耳,所以农民起事,利用原始道号召群众时,多取用李耳之姓。有学者认为,李弘可能就是李耳的别名。也就是说,众多的“李弘”,其实都是当时利用道教发动农民暴动的领袖的代名词。

利用李氏当王的谶语,在隋末最为突出。当时社会上传播“李氏当为天子”的谶语,其流传之广令隋帝感到切实的威胁,以至于有个叫安伽陀的方士上言,请“尽诛海内凡李姓者”。看来元末杀尽天下李、赵、张、王、刘五姓汉人的动议,不是没有先例可循的。

隋末还有一个李玄英,他听到一首歌谣《桃李章》(即“桃李之歌”),认为“当为天子”的李氏就是瓦岗寨的李密,就跑去献桃。李密从此就以“李王”自居,在反隋的檄文中说自己“姓符图纬,多协歌谣”,以此作为天下归心的号召。

不料这时又兴起一位“李王”,就是建立唐朝的李渊、李世民父子,他们父子在起兵时也宣称:“李氏将兴,天祚有应”。李密与李渊父子都自称其姓“著在图谶”,但谶文之应,又不能“彼我所共”,李密、李渊两家不免一战。而就在这两李在中原逐鹿时,西北武威又有一位李轨起兵,他的口号也是“常闻图谶云李氏当王,今(李)轨在谋中,岂非天命也”! 三家都来争这个天命,后来李渊父子胜出,在建立唐朝后,为了绝人口实,赶紧认了道教李耳为祖先。

可能是李唐抢了这一先机,加之唐、宋两朝都尊崇道教,托言“老君当治”，号召李王当兴的声音渐渐沉寂。但到元代晚期，李氏当王的古谶又随着白莲教的活跃复苏了。元末白莲教领袖韩山童，就曾自称是“李氏子”。当然他后来又改了口，对外宣称是宋徽宗八世孙，以适应“反元复宋”的需要(其子韩林儿建立的政权，国号为宋)。

而当时的谶语，有许多比“李王当兴”的口号风头更健，如著名的“明王出世”，人们都相信，将取代蒙古人的，必是一位“明王”(而非“李王”)。所以韩林儿自称小明王，而他的部下，也是出自红巾军系统的朱元璋，在建国后定国号为大明，都是为了应符这个预言，好让天下愚民相信，自己才是天命的真主。

这表明，无论是接过“李氏当兴”古谶的接力棒，还是强扯某姓大腿乱认祖宗，都不过是为了搭梯子上楼，好摘权势的桃子，而与信仰并无多大关系。

明代白莲教主要活动在陕西、山西等中国北方地区，也就是妖道田遇真所说“如今真主已有了，北边人都有晓得的”。他所挟的妖书虚构了一个将取代明朝而兴的“真主”李子龙，并将这个神秘人物的降诞地定在陕西，而陕西恰恰又是白莲教异常活跃的地区。这都表明，侯得权奉为经典的那本奇书，可能是陕西白莲教某一支的秘密教义读本(我国的民间宗教，流派复杂，鱼龙混杂，各自的“教义”虽有一定的来源，但在传播过程中随意演绎、附加、重构的内容非常多)。

这本书宣称“真主”已经降生，而且很有来头(怀孕十四个月，诞时有白蛇、红光等)，这是现成的“意识形态”，侯得权直接捡了这个便宜，去顶包冒认李子龙，又利用他学的“符术”在北直隶真定(今河北正定)一带活动，诱人入教。由此可以认定，侯得权的身份，是白莲教在京畿地区衍生出的一个分支——当然，白莲教不存在一个严密的组织与网络，侯得权搞的精神传销，可以自由发展下线门徒，他未必有一个上线领导。

前面说到，“李氏当兴”的古谶在元、明两代已经式微，但它又换了一种形式发展起来。李这个姓，在民间宗教语言里，常以图录、谶语的形式出现，还经常被拆解开来使用，以增强它的神秘性，如“木了一”“木子弓厶”

等(见《太上洞渊神咒经》),其中最有名的,当属"十八子"之谶了。在明代晚期,一个"十八子,主神器"的谶语在那个天下大乱的特定环境下,迅速播散开来,"十八子"就是李姓,"主神器"是做皇帝,意思是说朱家必亡,取代他的,将是一位李皇帝。这个谶语,就是由一名术士宋献策,献给闯王李自成的。李自成当然很高兴,立刻把这句话拿来作为取天下的依据,其实与侯得权顶李子龙的包,又有何异呢?所以《绥寇纪略》的作者吴伟业在记李自成应谶这件事时,马上联想到成化中"李子龙"的旧事,以为两者是一脉相承的。

侯得权混世界有他的模式,主要凭恃他有一副贵相,先拿他的尊容唬一唬人,然后再掏出那本秘密手册,照书直讲,惊人一跳:俺就是李子龙!

若没有一副格外惊人的异相,农家出身的"李子龙"也不会那么自负,以为自己就有资格坐江山。至于他的尊容如何之异,官史也没有写出来供我等瞻仰,东鲁狂生的小说中有两处描写,一处写他"方面大耳,广额耸鼻,真也是个异相";一处写他"方面大耳,狮鼻剑眉,也是异人"。真不真且勿论,其描述已不小心露了破绽,如"耸鼻"与"狮鼻",好像分别说的是法国的大鼻子情圣与香港的某位功夫明星,压根儿不是一号人。

想来东鲁狂生平生无幸识荆州,"方面大耳"两句,全属临文之际的随想,不敢作真的。大概侯得权除了一张并不少见的国字脸外,至少还应有脚踏七星、臂生龙文、股点黑子之类的怪异吧。

总之,当李子龙的贼船上升起贵相的旗号,四方臭客纷纷逐腥而来。又有一个术士,名叫黑山的,为侯得权批命,说了六个字:"若遇猴,鸡凤凰。"他的批语通俗易懂,"鸡凤凰",当然是侯得权这只野鸡将变凤凰的预言。至于什么时候变?则有"遇猴"这个前提条件。猴儿是十二属相之一,在申年,当然含申的年份很多,并无定指,但一旦遇到属相为猴的年份,就是重要的节点。

侯得权想,江朝说他是极贵之命,黑山又算准了他发达的年份,就在猴儿年,两下都印证上了,于是十分自得自信,越发狂恣得意起来。黑山也便留在他身边，做了个谋主，拿侯得权的这个贵命去煽惑人，还喊出一个口号，道是“当今持世救苦拔灾好生止杀佛王如来”，称只要投他门下，便可祛病免灾，还有好大的福分，只待申（猴）、酉（鸡）之年，便要起事，更易天下，抚治万民。

侯得权开门收徒，在北直隶真定一带活动，渐渐打开名气。但偌大事业不能在乡下做，农村包围城市那一套，这里是行不通的。于是侯得权在一个名叫方守真的道士的引荐下，来到北京，他要直杀入皇朝统治的心脏。

他到北京后，住在军匠杨道仙家。杨道仙因为服役于内府的关系，与宦官多所相识，由他牵线，侯得权结识了内使鲍石、崔宏，长随郑忠、王鉴、常浩，左少监宋亮，右副使穆敬等多人。侯得权很快取得这些人的敬信，而且彼此介绍勾搭，主动来投拜结识的人越来越多。

鲍石就介绍他的亲戚羽林卫百户朱广入伙，而朱广起先并不轻信，就约同本卫小旗王原一起来访。王原看相很有一套，经他一看，大为惊服，两人都成为侯得权的忠实信徒。

侯得权花果山水帘洞里的猴子猴孙越聚越多。羽林卫是皇帝的亲军卫，负责守卫皇城，日久情熟，朱广、王原等人尊侯得权为师，不仅常相往来，赠送礼物，甚至还秘密地将侯得权引入内府万岁山（今故宫景山），向禁中张望。

这位贵人伫立于京城的最高点，俯视深邃的紫禁城，大概其心亦悠悠飞腾吧。宪宗后来才得知，他有一次在大内踢球，侯得权就远远地在躲在一旁看觑。侯得权看宪宗踢球游戏，那么多宫女宦官，围护伺候他一个人，会不会像当年项羽、刘邦看见巡游的秦始皇时，一样生出取而代之的心思？项、刘二人当时不过是布衣，秦始皇挟一统之势、皇帝之尊，势焰正盛，两人就敢想取而代之，贵相早露的侯得权为什么就不行呢？

这时有个在织染局管事的内官韦寒（东鲁狂生书中作御马监太监韦舍，《明史》作韦舍），鲍石本为他名下的官。一日韦太监偶感风寒，鲍石就代他向侯得权求了些符水，服食之后，不期然竟好了。韦太监感激侯得权，置酒请他，拿出些钱来酬谢。侯得权手下虽有些太监老公，但都是些闲冷衙门的低级宦官,而韦寒做着太监的官,又现管着事,算是内廷里握权把子的人,侯得权就有心拉他入伙。一般人入伙,都图着富贵,而韦老公富也富了,贵也贵了,岂肯做这险事?他一旦不从,而泄了天机,为害不小。于是他想出一计,要让韦寒湿身落水。

以下内容根据东鲁狂生的小说改写:

为了将韦老公强拽入伙,黑山和杨道仙设出一计。韦寒有个兄弟叫韦喜,人称韦老二,此人粗鲁,与鲍石最相好。他有个女儿,一直由韦太监养在身边,已经十六岁了,正要为她寻一门亲。但读书的秀才多不肯与中贵人缔婚,在京武官多出身勋戚之门,也少有人愿意与太监结亲,而一般商人富户,太监又不肯。是以韦家的女孩一直待字闺中,没有出嫁。

黑山和杨道仙就对侯得权说:“前日韦太监见李大哥人才出众,甚是敬重,连称大哥你不是凡相。如今只消着鲍石先说动韦老二,再游说太监。好事成了,做了亲戚,便休戚相关,不怕他不依。”

但侯得权有些担心:“若是娶妻,怕不是我们上师的行径。”他毕竟是个“佛儿”,一旦溅落凡尘,亮出阳物,娶妻生子,到底说不过去。鲍石初闻此事,也说:“上师是个佛,怎要嫂子?”黑山道:“这有什么!当日鸠摩罗什,是个古佛,秦王曾送他十个宫女,一幸即生二子,这是有故事的。”鲍石这些人哪里是有知识的,见黑山如此说,也就信了。

于是他们找韦太监说亲,只说侯得权是个贵相,他日老公公略扶他一扶,文官、武官尽可以做得。可叹韦寒也是一时糊涂,并未细究侯得权的来历,以为他是个贵相,又有好人品,想将来凭着咱的力量,少不了给他挣一顶乌纱帽,就答应了这门亲,将视若己出的侄女许给了神棍侯得权。侯得权先前住在杨道仙家,还是个来历不明的流棍,如今摇身一变,成了太监亲戚。

侯得权的秘密组织,发展非常快,信徒中不仅有内廷宦官,还是许多穷军、百姓,他们入伙时,都要跪拜,设誓赌咒,服从教主。这些人对侯得权极为信服,日常馈赠鞍马衣服,还要经常设宴招待,见到本人,不敢正视,纷纷北面而拜,称为“佛爷”“上师”。而侯得权对他们毫不为礼,简直就是一个邪教的头子。他的势力日益张大，就等“猴运”一到，便一声令下，里应外合，打进禁宫，俘虏皇帝，自己来做天子。

成化十二年(1476 年)，农历是丙申年，正是一个猴儿年。侯得权跃跃欲试，猴子要做孙大圣了。却没想到，他这一伙的行为早被锦衣卫官校侦知，一本奏进去，九月里，奉了密旨，内外一起动手，所有人都一绳收了。

罪犯到案，照规矩由锦衣卫镇抚司用刑先审，然后送都察院鞫问。其中最倒霉的要属太监韦寒了，他是被人忽悠进妖案的，下狱后，又恨又悔，深知“近臣交通叛逆”这一本是参定了的，与其打问砍头，倒不如先死，落个全尸。他事先预备了毒药，待锦衣卫押送犯人出监，将转送都察院时，他觑个空子，把药吞了，当场毙命。

因为该案案情清楚，很快审结，奏请处分，量刑的结果是：侯得权、杨道仙、黑山、朱广、鲍石五人处死，余党俱免死充军。

刑科给事中雷泽认为处罚太过宽纵，上疏参驳，说侯得权等内外交通，阴谋不轨，酝酿祸乱，死有余辜，请将余党王原等九人悉数诛杀。但没有获得宪宗同意，可能是因为此案牵涉到的宦官较广，宪宗在处理此事时，不得不格外慎重，所以本案列名的内员，除韦寒自杀外，仅处死鲍石一人。

黑眚之变和妖人事件，形成一个导线，直接导致宪宗决意开设新的特务机关西厂。《明史》说，这些宫廷异常之变接连发生，宪宗“心恶之，锐欲知外事”，他看中了年轻、“为人便黠”的太监汪直，令他换上便服，带着一两名亲信的锦衣卫校尉，秘密伺察外情。

第六十一章　紫禁城，最大的凶宅

在现代人的印象中，明朝的皇帝要比清朝的皇帝差许多。看官，容我说一句公道话，明朝的皇帝是远不及清帝活得滋润、潇洒的！譬如说吧，清帝一年有大半光景驻跸于京郊或河北承德等处园子里，自新正祭过天即移居园子，冬至大祀前才回大内——“盖视内廷为典礼之所，事毕即行，无所留念”。外表堂皇的紫禁城，主要是举行典礼的地方，皇帝很少在此长期居留。但是，明朝皇帝以乾清宫为正寝，此乃煌煌祖制，由乖戾、偏执而意志顽强的群臣监督执行，多数皇帝都在乾清宫咽下最后一口气，称为“寿终正寝”，这叫死得其所，并被渲染为优秀皇帝的必备美德。

人但凡迷信一点，都很忌讳死过人的房子，称为凶宅。可朱家皇帝，白顶一个专制君主的高帽子，竟连逃离凶宅的自由都没有，自正德皇帝之后，连勇气都没了。有几位强项一些、不怕人骂的，偏不吃臣子进的苦药，硬是不在乾清宫里住，可到了蹬腿咽气那一天，仍免不了任人摆布，乖乖抬回去，在乾清宫“正寝”里，与历世先鬼会合。

然而，朱家子孙，一代一代的，生活在这样一间不祥的殿宇中，夜半觑那黑魆魆的梁架之上，只见魅影重重，鬼影飘飘，仿佛历代祖先都蹲在那里，怎不叫人魂飞！

传说好玩的武宗正德皇帝朱厚照，常在乾清宫里开弓放箭（他，再加上前述之洪武与宣德，就是宫中三射了，而所射皆为鬼物）。在我看来，这不是神经发作，他不是为鬼所惊，就是在发泄对古宅的不满。好多人很诧异，正德九年（1514 年）正月的一场宫火，将乾清宫烧得干干净净，朱厚照不惊不恨，反笑道：“好大一棚烟火”。莫觉得不可思议，看官，你若理解了，在朱厚照眼里，乾清宫不过是软禁他的一座地上活死人墓，他的表现就再正常不过了。

事实上，牢笼焚毁了，第二个月，朱厚照就开始快乐地“微行”了。

其实，明代的皇帝们就是躲开禁宫，也没好地方去玩（正德一忽北巡，一忽南征，在宣德以后，那是绝无仅有的例外），因为明朝皇室没有清帝一样星罗棋布的离宫别苑，他只有西苑海子（包括今北海及中南海，都在皇城的范围内）一处地方好去，仍在皇城的高墙之内。

明朝皇帝就是在西内小小的地方，建几座殿阁楼亭，仍不免招惹小臣议论。而清朝康雍乾三世，用了百年的时间，花了不知多少白银，营建规模宏大、富丽堂皇的圆明园，臣下没有半个不字。对清帝修园子，好像只有一桩事遭人非议，就是慈禧太后修颐和园，那也是因为据说修园子动用了海军款项，要为甲午之战的惨败负责。两厢比起来，明朝皇帝真要大呼“不公”了！

他们受着很深的约束，日常只在“高墙里住坐”，与囚徒无异，宣宗之后的绝大多数皇帝，从降生到离世，从未踏出宫门一步。在那小小的空间里，他们精神空虚，百无聊赖，又常为宿鬼所摄，免不了要靠讲道来寻求保护，靠修仙寄托一些幻想，靠吃药来找寻一点刺激，然而药性一发，则免不了大发脾气，杖毙宫女太监，更添许多冤魂厉鬼！

明朝的宫禁总是不宁的。自从宪宗年间宫里闹过黑眚后，再一次宫禁不宁是在世宗嘉靖年间。

“宫禁不宁，得法官而廓清”。这“法官”可不是高等法院的大法官，他们是一群黄冠道士和羽流术士。嘉靖皇帝朱厚熜就信这个，他坐在油漆涂彩、钩心斗角的木头森林里，幻想这里是海外仙山蓬莱和东瀛，不是烧一炉龙涎香，振羽乘鹤，研究永寿登仙之道，就是披了发，舞桃剑，饮符水，与鬼玩过界。这种顽强斗争的精神与坚定不移活下去享受生活的意志，足以令许多轻生者学习。

朱厚熜在后宫里，一面持经修真，一面挥剑斩魔，这部道魔相高史，我敢用“书剑恩仇录”来为它命名。

朱厚熜一生溺于仙道，可能与他来自素有巫觋传统的楚地有关。

嘉靖皇帝的父亲兴献王朱祐杬，是孝宗同父异母的弟弟，封在安陆，也就是今天的湖北钟祥。此处有一座与北京十三陵一同列入世界文化遗产名录的明显陵，就是兴献王夫妇的合葬墓。本来它只是一位亲王坟，忽然有一天坟头冒起青烟，从京师传来消息，正德皇帝朱厚照驾崩，没有儿子，决定由他枝属最近的堂弟，也就是嗣兴王朱厚熜来京继承大位。

朱厚熜刚刚守孝完毕，还没来得及接过兴王之位，即一步登天，直接做了皇帝。朱厚熜连两元钱的彩票都没买，居然中了亿元大奖，你说他会不会发叹说：此非天乎？此非天也乎哉！这是他成为终生不渝的有神论者和溺道者的经历基础。

明朝的腐儒，编了些毫无创意的故事，来为嘉靖皇帝涂脂抹粉，说什么“诞圣之日”，宫中红光烛天，远近皆为惊异。那个时候，连混浊的黄河都变清了，在天上翼轸分野的地方，还出现了美好的祥云；而翼轸之交，正应在地上湖广之地。

我没去查朱厚熜出生的正德二年（1507 年）八月黄河有没有清。因为圣人生不生与黄河清不清没有半毛钱关系，如果非要那么攀扯，那一定是皇帝的“五毛党”！黄河现在很不清，泥沙滚滚，形成一条悬河，难道要怪中国生的圣人太少吗？如果一定要说，诞圣之日，黄河清，那也不能去查正德二年，应该查成化十二年（1476 年），即嘉靖他爹兴献王出生之年。因为兴献王朱祐杬在孝宗诸弟中年纪最长，依着嫡、长继承的原则，孝宗这一系到武宗绝了（武宗既无子，亦无弟），皇位转到孝宗庶弟中最长、最近的这一支来，理由最充分。可以说，朱厚熜之所以能一飞冲天，做了皇帝，完全是他爸爸预订下的机票。

明代中期的皇家课堂上，时髦的话题是“正心诚意”，经典的教材是宋人真德秀的《大学衍义》。朱厚熜十五岁登基，很快就作了一首令群臣膜拜、自叹不及的诗，其中有一句“万化修身始”，可惜不消多久，他就以实际行动将之篡改为“万化修仙始”了。

朱厚熜对修仙长生这一套非常痴迷，他在大内乾清、坤宁、五花等宫以及西天、西番、汉经诸厂都建有法坛，斋醮作法，发起狂来，他会不分日夜地搞，即便是平常，也是间日一举，或一日再举。每一次斋醮，所费都能达到一万八千两白银。四十年间，上有道君皇帝，下有青词宰相，君臣一起祈祷修真，乐此不疲。

在嘉靖二十一年（1542 年）前，朱厚熜主要在乾清宫里搞这些乌七八糟的东西，二十一年以后，他带领一干道士，移师西苑，从此不再上朝。紫禁城是绝不回去了，至于那间老屋乾清宫，他下定决心，再不要见！

原来，他差一点在乾清宫丢了性命，这既令他惊恐，亦成为他一生不愿回顾的奇耻。

今日故宫的乾清宫，是清朝嘉庆三年（1798 年）重建的。在明朝，乾清宫五次焚于火，最后一次是崇祯帝在“殉国”前所为。清军占领北京后，对乾清宫进行了重修，其形制渐渐与原状不同。

据刑部主事张合在嘉靖二十一年亲眼所见，乾清宫暖阁内，楼上楼下，一共有二十七张床。由此产生两个问题：第一，皇帝寝宫为何要安置那么多床？许多阴谋论者的头脑里立刻会蹦出“防备暗杀”四个字，断定二十七张床是一种安保措施，杀手即便摸进宫来，一见到处是床，登时傻眼。张合也说：“上下置床二十七张，天子随时居寝，如是防不测耳。”

根据礼制，天子就寝的地方，从来就不止一处，如《周礼》记有六处（“六寝”），《吕氏春秋》记有十三处。它是有原则的，即不同季节住在一个建筑或建筑群的不同方位的房间里，其中有规律可循，并不是狡兔三窟、躲躲藏藏。乾清宫的二十七张床，就在宫殿后部暖阁的楼梯上下，九间相错的板屋内，每一间排设床榻三张，其间距离不远，真要有侠客擎刀杀进来，昏君躲无可躲。

这二十七张床，或许真是为防不测，或许还有我们尚不清楚的礼仪依据。其实，假若一个古人穿越到今天，见马路上跑的小汽车，一人开车，却拖着四把椅子，他也会好生奇怪的。

第二个问题，张合是一名文官，他如何能进乾清宫，考察皇上的寝室？这与他的身份有关，张合是刑部主事（相当于今天最高法院的处长），他为了查案，才有幸进入充满神秘色彩的深宫帷幕之后，满足一把凡人的偷窥之欲——这对于长胡子的外人，可是百年不遇的。

第六十二章　最糟糕的死法：被宫女勒死在床上

到底是哪样的重案，竟要惊动外臣到皇帝的寝宫来勘查现场？

这要从朱厚熜搞的那些龌龊名堂说起。

道教的许多玩意儿，如合体双修、采阴补阳等，都很污浊，只有坐在最低级的妓院里，才能想出这样的歪招。一班邪道还喜欢搞些稀奇古怪的玩意儿入药，好比处女的经血、新生婴儿口中的含血。这要多么卑鄙无耻的人才想得出来呀！瞧瞧，道貌岸然的嘉靖皇帝，他每天“渴饮少女血”时是副什么德行！

为了炼丹，朱厚熜向民间征选了大批少女，专门为他修炼服务，甚至还要为他提供药引；这些年少的女子，在宫中遭受到非人的身体折磨和精神凌虐。朱厚熜服食了性燥之药后，性格变得异常乖戾，常常为一些小事痛责身边的宫人，被打死的宫女不计其数。这都直接导致了嘉靖二十一年（1542年，农历壬寅年）十月的“壬寅宫变”，十余名宫女集体动手，试图杀死昏君。

这依了过去的模式，简直要高呼万岁，称之为“无产阶级被压迫妇女向封建主义总头子的伟大反抗”了。

现有记载尚不足以复原后宫女子所受的苦难，我也不忍、羞于去想。但俗话说，“舍得一身剐，敢把皇帝拉下马”，这些女子应知弑君的后果，不管她们行事成与不成，都无法逃脱惨遭活剐的可怕报复，但她们仍义无反顾地去做了，她们是宁愿死也不愿与暴君共生的。

《明世宗实录》对此事并未完全隐讳，有两段记载。第一条系于嘉靖二十一年十月二十一日，简单记载了宫变的经过及处结情况：

“宫婢杨金英等共谋大逆，她们等皇上睡熟时，突以绳缢之。幸亏绳子打成死结，阴谋才没有得逞。有个叫张金莲的，知事不成，临时变意，跑去告诉皇后。皇后往救，皇上才得幸免。于是命太监张佐、高忠抓捕逆犯，严加讯问。

“审知：杨金英与苏川药、杨玉香、邢翠莲、姚淑翠、杨翠英、关梅秀、刘妙莲、陈菊花、王秀兰等人均参加了弑逆行动，首谋是宁嫔王氏，端妃曹氏虽然没有直接参与，但她对于逆谋是完全知情的（“然始亦有谋”）。

“张金莲等到事情败露，方才上告。另有徐秋花、邓金香、张春景、黄玉莲，亦是同谋之人。”

实录一共提到十七名女子的名字，除了“首谋”的王宁嫔与“始亦有谋”的曹端妃，其余的都是宫婢。从行文来看，徐秋花等四人，没有直接参与动手,只是旁观,但皇后娘娘来时,却有“把灯打灭”的情节。“亲行弑逆”,也就是动手收拾那王八蛋的,是“常在答应”①杨金英和宫婢苏、杨、邢、姚、杨、关、刘、陈、王等十人。

这一年朱厚熜三十六岁,本当壮年,可他平日养尊处优,吃药又把身子淘虚空了,实在是花拳绣腿,没几两力气。几个女子,压胸的压胸,扯腿的扯腿,勒脖子的勒脖子,几乎要了他的命。只因绞杀他的绳子打了死结,“起义军”中又有人临阵叛变,他才侥幸捡了一条命。

对她们的处罚异常严厉,不分主犯与从犯,一律凌迟处死(唯端妃在内廷受刑,余者都在西市公开处决),死后仍“锉尸枭示”(枭示是将犯人的头颅割下来挂于高杆,锉尸是将其遗体肢解砍断,即碎尸)。她们的近属,按今天的话说,不管是否在一个户口本上(“不限籍之同异”),均受到牵连,被斩者十人,发功臣家为奴者二十人,财产全部没官。

本来家里有个女孩儿在宫里,即便是一般的杂使婢女,也是一件特别荣光的事,保不齐哪天沾了天恩雨露,一家老少翻天就做了皇亲国戚,可以在长安路上威风煞了。谁料到,他们的女儿胆大包天,竟敢取皇帝的脑袋,这真叫他们受死也喊不出冤来!

然而,这其中固然有敢于反抗暴政、可歌可泣的奇女子,而含冤枉死者也是实实在在有的。

据实录记载,谋逆的当天,就是十月二十一日,皇帝虽然一时未死,但也被牛头马面很候了些时辰。有个叫许绅的御医壮着胆子,开了一服下血的猛药,辰时下药,到未时忽然作声,一大口紫血吐出来,才缓过来,“群心乃定”。这位御医却因为惊悸过度,不久就死了。

皇上还在慢慢从死亡线上往回挣,报复的诏书已在当天发布,所有涉案人员全部被酷刑处死。这个“不分首从”之诏,自然不是朱厚熜本人所发了。诏书的发布者,实为皇后方氏。

---

①答应常在,是宫中有一定职事的宫女。

实录关于此事的第二条记事，是十一月初二日的一份敕谕，主要是通告中外："朕躬无恙矣。"宫婢伏诛时，次辅严嵩入阁才月余，仍掌礼部。这通"布告天下"的敕谕是他上疏特请的。对此有人颇不以为然，如王世贞说："内廷谋逆，幸而无成，这本非圣朝美事，何必颁示四方？其伤国体甚矣！"这要是清朝，一定将此事隐瞒下来，外人不准讲、不准传，违者定然杀头。

然而，正是这份敕谕，对外稍稍公开了案情。其中说：

"是年十月二十一日，变生榻寝，二逆御氏结宫婢杨金英等，大肆谋逆，戕害朕躬。"

"二逆御氏"，指的是王宁嫔与曹端妃。敕谕的基调是：这次宫变，是王、曹二氏密结宫婢干的。

人们不能无疑：自古为争夺皇位而起的宫变不少，妃子率领宫女杀皇上的，却是前无古人。妃子把皇帝杀了，总不成自己来干吧？

本案的审理及对犯人的宣判与处决，在皇帝不能理事期间，都是由上文中的那位"后"，即朱厚熜的第三任皇后方皇后主持的。

朱厚熜即位很久，一直没有子息，于是在嘉靖十年三月，按照天子六宫、九嫔的古礼，同时册封九人为嫔，其中就包括现在的皇后方氏（德嫔）与那位"首谋"受诛的王宁嫔。

嘉靖十三年（1534年），朱厚熜的第二任皇后张皇后被废，方氏继立为皇后，嫔中的沈氏、阎氏被分别封为宸妃、丽妃，合称"三宫"，相当于戏剧里常说的中宫与东、西二宫。

从方氏的地位迅速上升并取皇后而代之，可见她是一个特别厉害的角色。各位看官，估计您已经咂摸出一些人世沧桑的味道了。当年一起被封的九嫔，如今做皇后的做皇后，做妃的做妃，却也有人原地踏步——如王宁嫔，十年屁股没挪窝，她肯定非常难受，内心充满怨怼。这是不是王宁嫔弑逆的动机？她与原先的姐妹，如今权盖六宫的方皇后，是否因此生出巨大的嫌隙和仇恨？

在宫变前的那段日子，最得皇帝宠爱的，是端妃曹氏。

曹氏是嘉靖十四年(1535 年)选进宫的“淑女”,当年十一月册封端嫔。曹氏被封为嫔,是为了补足原选的九嫔之数。十五年(1536 年)九月九日,同日封五妃四嫔。其中丽妃阎氏以“首诞子祥”(即为朱厚熜生下长子朱载基,但此子出生仅两个月即夭折,追封为哀冲太子),与宸妃一起晋封贵妃。端嫔曹氏“首出淑祥”,晋封为端妃。“淑祥”与“子祥”相对,端妃册文中又说她“首占虺蛇之祥”,说明曹氏晋封的原因是因为生了皇长女。查《明世宗实录》,嘉靖十七年(1538 年)三月,皇第二女行剪发礼,命名福媛,并以皇长女名寿瑛示礼部登识玉牒;又嘉靖二十八年(1549 年)七月,皇第一女薨,追封常安公主,十二月葬于西山。综合以上信息,朱厚熜的长女,名寿瑛,为曹端妃生,卒年约十五岁。而宫变发生的时候,这孩子还小,约莫六岁光景,应该还由母妃抚养。

以上大体介绍了牵涉进宫变的几个主要人物,再来看宫变的详情。

因为张金莲的背叛告密,方皇后及时赶到现场,救下皇帝,宫婢杨金英等功败垂成,束手就擒。方皇后随即下“懿旨”,令司礼监“好生打着问”,也就是用刑严究“逆情”及主谋、预谋人员。

据杨金英供招:十月十九日点灯时分,听王、曹侍长(即王嫔与曹妃)在东梢间商议道:“咱们下了手吧,强如死在他手里。”当时在旁的还有杨翠英、苏川药、杨玉香、邢翠莲四人,杨玉香当即往东梢间去,将细料仪仗花绳解下,搓了一条绳子。

到二十一日卯时(约在凌晨五点),苏川药将行凶用的绳子递给杨金英拴套儿,约好一齐下手。邢翠莲将一块黄绫抹布递与姚淑翠,先蒙在朱厚熜面上,然后姚淑翠掐着脖子,邢翠莲按着胸,王槐香压在身上,苏川药拿着左手,关梅秀拿着右手,刘妙莲、陈菊花按着双腿。顿时昏暗的宫殿里,灯火摇曳,人影幢幢,木床吱呀,朱厚熜梦中惊醒,拼命挣扎,但很快被勒得只有出气没有进气。

不料众女子使足劲,勒了好一会,皇帝总不死。姚淑翠急了,帮关梅秀一起扯绳套儿。杨翠英急呼道:“掐着脖子,不要放松!”再看绳子,原来误打了个死结,无论怎样加力,朱厚熜都存着游丝般的一口气,喉间齁齁发喘。众女子慌起来,竟没人想起拿个枕头给他压上,光顾了干使劲。

这时张金莲见事不好,抽脚溜了,跑去报告方娘娘。皇后马上赶过来,不想刚进殿来,先挨了姚淑翠一拳,王秀兰急呼陈菊花吹灯。张金莲让总牌①陈芙蓉把灯点着,却被徐秋花、邓金香、张春景、黄玉莲打灭。陈芙蓉见对方人多,就跑出去叫管事牌子,这才将各犯拿了。

以上是司礼监太监张佐据杨金英供词的奏报。这份很可能受到方皇后授意的谳词,究出的主谋是王宁嫔与曹端妃,称宁嫔王氏叨受封号,却乃首先造意,揆其所犯,罪与杨金英等相同;端妃曹氏计议谋害,虽不亲与弑逆,亦系造意之人。大概杨金英所供听见王、曹二人在东梢间说"咱们下了手吧",便是铁证。

谋杀当今皇帝,这样一个大案,以极高的效率审讫并立即执行。

皇帝还没有醒转过来,方皇后已代他出旨,除了总牌陈芙蓉,其余的人全部押赴市曹处死。陈芙蓉当时也在谋逆的现场,圣旨说:"陈芙蓉虽系逆婢,阻拦免究",但从太监张佐的奏报来看,她只是在方皇后赶到后,在同是"逆婢"的张金莲的要求下,把灯点着了,又跑出去叫管事牌子,她之所以免究,可能别有缘故。张金莲有"犯罪中止"与赎罪的行为,但她的举报之功不被认可,因为是"见事败露,方才报知娘娘",她没有得到宽免。

宫变最大的疑问是它发生在哪里。只有案发第一现场确定了,才能明确涉案人员以及作案动机。刑部所奉圣旨只说"(群逆)弑朕于卧所",并没有说明是哪间宫殿。《明史·方皇后传》说"是夕,帝宿端妃宫"。沈德符《万历野获编》"宫婢肆逆"条也说:"是夜上寝于端妃所";然而同书"嘉靖始终不御正宫"条又说:"至壬寅宫婢之变,嘉靖帝因谓乾清宫非善地,遂将先朝重宝法物,尽徙于永寿宫,后宫妃嫔俱从行。乾清遂虚,直至丙寅上宾。"称宫变发生在乾清宫,所记自相矛盾,可能沈德符对宫变地点也不甚了了。

---

①"总牌"是各宫的宫女头子,下行的"管事牌子"是各宫管事负责的宦官头子。

嘉靖年间曾任刑部尚书的郑晓，在宫变发生时，刚刚进入刑部工作。他在《今言》一书中，凿凿谓为“西苑之变”。《今言》中一共两处提到“西苑之变”，他还采访了为朱厚熜配药的许绅，似为言之有据。他说：“嘉靖西苑宫人之变，圣躬甚危，得(许)绅药始苏。”

郑晓曾亲自造访许绅，问起“圣躬安否”。许绅道：“此变祸起不测，从官守上来说，开方进药非我辈之事，但切念受圣主深恩，当以死报。”

许绅以工部尚书掌太医院事，他不是御医，本不必亲自开药。他将下血药进呈后，已做好了“不效必自尽”的心理准备。然而幸赖“天地庙社之灵”，皇上活转过来了。为了表彰许绅进药之功，朱厚熜特加他太子太保衔，改礼部尚书(礼部地位比工部要高)。

郑晓听了，啧啧称奇。过了几个月，忽然听说许绅病了，便去探视。许绅对他说：“我必不复起矣。我这病是那日西苑用药惊忧所致，至今神魂不宁，百药不效。我就要死了，幸得主上万寿，我死无憾！”没几天，许绅果然死了。

在两次访谈中，许绅多次提到“西苑”，这是当事人在距离事件发生很短的时间内做的第一手回忆，可信度极高。郑晓被称为明代的“掌故大家”，他很注意收集史料，这段谈话在他看来，正是他亲自采访所得的“口述历史”，在一些关键材料上他不会乱写，不是西苑胡写作西苑。

以上三说(端妃宫、乾清宫、西苑)，到底孰是呢？我以为曹端妃宫的可能性最小。此说看起来最近情理，皇帝来了，仿佛掉落在为他预设的陷阱里。但此说如成立，案发现场就在曹妃宫中，那么杨金英等人就应该是曹妃的侍婢，若欲为其开脱，是无论如何办不到的。可曹妃却是无辜的，连加她罪的敕谕也说她“不与”逆谋，而且在事发时，她并不在场，如果是她的住所，她到哪里去了？所以此说可排除。

那么郑晓的西苑说，以当时人记当时事，看起来最难置疑。但我们应注意这样一个情况，即许绅只是在“西苑用药”。在宫变后，惊得半死的朱厚熜如何肯再在原地停留？他可能被转移到较利于他养病的西苑。故许绅多次来诊断开药，都是在西苑。至于宫变发生在哪里，以他当时“惊悸”的心理(这一吓竟留下不治的病根)，哪里顾得上打听，又哪里敢问？

人们往往将壬寅宫变与朱厚熜厌居大内联系起来，如《明史》说："帝自二十(一)年遭宫婢变，移居西内，日求长生，郊庙不亲，朝讲尽废，君臣不相接。"这样一个大的背景不能忽视，如果朱厚熜差点受死之所就在西苑，那他何以日后二十四年，就赖在西苑不愿再回大内呢？

除此之外，我觉得有两个理由可证明宫变就发生在乾清宫。

首先，如果案发第一现场不在乾清宫，为什么刑部主事张合会跑到乾清宫进行调查，还把皇帝的床有多少张数了一遍？其次，在明代，帝后分别居住在乾清宫与坤宁宫，两宫之间仅隔一交泰殿，其间有穿堂相连(明代的后三宫形制与清代大不相同，可参见明末太监刘若愚《酌中志》的记载)，乾清宫告急，居住在坤宁宫的皇后才能很快赶到。否则待叛徒张金莲拐着小脚赶到，皇后再赶过去救援，路上往复，朱厚熜早就该忍不住泄气了。而后期朱厚熜在西苑玄修，将皇后抛在一边，帝后则不再如此相近了。

从宫变发生时的情景来看，朱厚熜身边并无妃子侍寝，久蓄怨气、抱定必死之心的宫婢们突然发难，"户外闻咯咯声"，而没有惊动外人。这种情况，只有较大的宫殿才有可能。朱厚熜住在乾清宫的暖阁里。明代乾清宫的暖阁是指宫殿后侧的楼阁，分上下两层，与清代的暖阁分别在殿的左右不同。宫变发生后，里面发出的声响，一时不易为殿外察觉。

值得注意的是，方皇后赶来时，并没有带着较有力气的宦官。这可能是明朝制度，更深上锁后，总管内寝的乾清门内，不允许宦官停留，全都是宫女。所以只到方皇后接报赶来，挨了一拳，才有人想起去呼唤管事牌子太监来救驾(可能住在门外值房里)。

这次谋逆大案的主谋，据宫婢供称，是王宁嫔。我们无法确知王宁嫔是不是平日为方皇后所憎，而乘机将其"滥入(逆案)"者。供词也没有提供她造谋弑逆的理由。杨金英供称，王宁嫔曾对曹端妃说："咱们下了手吧，强如死在他手里。"但这或许表明，宁嫔已无法忍受朱厚熜的折磨与冷遇，决定不顾一切把皇帝拉下马。或许那只是一句气话，而它却是所有预案者，包括那些没有动手，却采取了默许旁观态度的宫婢们的共识。

供词并没有交代谋逆者如何造意、如何发动、如何预谋的过程，这是一大疑点。而且,作为“造意”的主谋,王宁嫔并没有出现在案发现场。根据各种材料,在宫变之中,起最主要作用的是担任常在答应的杨金英,无论供词还是受刑名单,均以她为首。不能排除,涉案宫婢在受刑时,将平生所恨之人扯入本案的可能。司礼太监张佐在他奏词中特地强调:“臣等唯恐不的,再三格外用刑研问,各犯供招与杨金英相同”,似乎有欲盖弥彰之嫌。

另一个不在案发现场而罹难的,是端妃曹氏。

一般认为,曹端妃并未参与此事,她是“以宠,故及于难”。如沈德符《万历野获编·宫婢肆逆》说:“故老相传,曹妃为上所嬖爱,方皇后因妒而将其窜入逆案,曹妃实不与逆谋。”但他也表示:“宫禁事秘,莫能明也。”

沈德符注意到,在当年刑部决囚后的奏疏中,列名者有王宁嫔及宫婢杨金英十六人,并无曹端妃,“不列名于疏,想正法禁中矣”。其实刑部疏文中说:司礼监张佐传旨后,“臣等随即会同锦衣卫掌卫事左都督陈寅等,当将重犯杨金英等,共十六名,拿绑去市曹,遵奉明旨,俱各依律凌迟处死”,并没有王宁嫔。故我之想与沈先生同:“想(王宁嫔亦)正法禁中矣。”将皇帝的媳妇儿拿到街市上,剥光衣服凌迟,于皇家体统实有大碍,想方皇后之计虽毒,亦不当出此。

当内乱初定时,朱厚熜刚刚复苏,但仍未省人事,一时处分,尽出方皇后之手,而当时人已猜疑遭难者中,“不无平日(为方皇后)所憎,乘机滥入者”。方皇后借着皇帝昏迷,大肆复平生之仇,将所有她恼恨之人皆借此案实行人身消灭。

沈德符据故老回忆说:“行刑之时,大雾弥漫,昼夜不解者凡三四日。时谓有冤,盖指曹妃诸人。”外间盛传,许多女子是冤死的。

作为六岁小公主的妈妈,的确很难想象,曹妃会参与谋杀亲夫。然而方皇后借上旨,将她强拉入案,并用凌迟的酷刑处死了她,可见此善妒之人,其心何等惨毒!她数年之后死于一场宫火,恐怕便是天报。

对于方皇后之死,明实录与《明史》都只简单地记载:“后崩。”没有更详细的交代。毛奇龄《胜朝彤史拾遗记》载:曹妃死后,朱厚熜才缓过劲来,得知心爱的妃子惨死,非常心痛,他不相信曹妃有逆志,说:“端妃,我所爱,宜无此心。”从此对方皇后怀了很深的嫌隙，只因她救驾有功，暂时没有发作。

嘉靖二十六年(1547 年)十一月的一天，方皇后所居之宫忽然冒起浓烟，宫人急请救火，但朱厚熜瞑目不答，众人便不敢去救，活生生看着方皇后被烧死在宫火之中。

此说未知的否。朱厚熜怀疑案中之人有冤，应该有个过程，如前引嘉靖二十一年十一月初二日的敕谕，仍认定“二逆御氏”结宫婢杨金英等所为，也就是说，在宫变过去十余天后，朱厚熜仍相信此案的罪魁是王、曹二氏。故此他对方皇后的救命之恩大为感念，将皇后之父晋封为侯爵。但久而久之，偶尔忆起旧事，又见曹妃所遗之弱女，不禁前情复萌，遂“翻然病已忆端妃”，乃“因德后救己，而翻以妃故憾后”。其间有一个心理变化的过程。

但以朱厚熜暴躁偏狭的性情，他若觉察到是恶妇方皇后背后捣鬼，害死他的宠妃、他爱女的母亲，他能忍到六年后，待一场宫火令其自毙吗？须知，他的第一个老婆是被他乱发脾气，惊堕了胎，活活吓死的。第二个老婆，不得他意，径直就废了。如何对方皇后就能忍得？

他是一个吸毒的人，肚腹中的毒气，每天都要发散了才舒服！况且，此说也无法解释，方皇后死后，朱厚熜给予她很高规格的葬礼，把第三个老婆以“元后”之礼安葬在自己的永陵里，说这是拿方后与太祖马后、成祖徐后相比。显然在他眼里，方皇后仍是贤德之后。如果方皇后真是间接被他烧死的，两人合葬，那两人还不天天在阴间干仗？这个矛盾，毛奇龄可能注意到了，他在“后遂崩”后，又加了一句：“已而复悼曰：‘后救我，而我不能救后。’乃欲厚其丧葬礼。”总之毛奇龄的这段诡异的记载，没有被《明史·后妃传》采纳。

第六十三章　群鬼玩过界

朱厚熜经历了壬寅宫婢之变，“益厌大内”，从此搬离乾清宫，不愿再在此居住。有传说杨金英等人正法后，冤死者化为鬼厉，经常迫害精神虚弱的皇帝，有一次他对阁臣徐阶说："壬寅大变，其内有枉死者，尚在宫内为厉。"徐阶倒不否认，道："彼生而贵近，无端受枉，能不化鬼为厉吗？"

其实为厉者岂止曹妃那几个人，朱厚熜自称"大真人""万寿帝君"，可他却像阎罗殿里的阎王，满眼皆是鬼魂。宫中闹鬼，皇帝被折腾得日夜不安，这件事不仅京中士民皆知，还传到来华的朝鲜使臣耳朵里，作为一件趣事，记录了下来。

据他们说，嘉靖皇帝常"眼见鬼状"，惊惶不安。道士们教他个法儿：以糯米屑做成人形，列立于经常见鬼的幽暗之处，在其旁设一油锅，沸沸地煎开。然后道士引着皇帝走到幽暗之处，忽称"这里有鬼"！辄拿住人形，扔到煎油之中。道士们像捉蚱蜢一般，将鬼一一捉去煎炸了，皇帝的病居然就好啦！

这件事记录在嘉靖二十三年(1544 年)正月的朝鲜李朝《中宗实录》里，正在壬寅宫变之后。

皇帝这种病，朝鲜人称之为"虚心之症"，真是恰如其分。而道士捣鬼捉鬼，其实使用的是心理疗法：既然皇帝心中有鬼，且将"鬼"捉去，他心神稍宁，自然病体也康复了。

朱厚熜疑心病达到什么程度呢？前文讲到，方皇后命太监张佐、高忠捕讯宫婢。张佐是出身兴王府潜邸的太监，从兴献王起，就为朱厚熜父子效命，一直做到司礼监掌印太监。他得到朱厚熜的信任，自不待言。另一位高忠，时任内官监太监，他不是潜邸出身的旧人，与朱厚熜的关系不如张佐深厚。像这样的人，要得到皇帝的信任，自然要多历些敲打和磨炼。

就在宫变发生前不久，高忠曾因为"忤旨"被关到宫城的内狱里。而他前脚出狱，后脚就发生了宫婢之变，朱厚熜便怀疑逆婢们是被他挑唆的，嘴中虽不说，而眼里却射出强光红外线、紫外线，不停地扫描高太监。

看官，我正讲的这件事，见《明世宗实录》嘉靖二十三年三月，此时距宫变已经十七个月了，朱厚熜仍在胡乱猜测背后的真正主使，显然他并不真的认为，那些宫婢想要他的命是受了王宁嫔、曹端妃的指使。然而王、曹二氏惨死已久，朱厚熜怀疑另有主谋，却并没有为她们平反昭雪。在宫变中，朱厚熜本人虽然没有被一群女子勒死，但那根打了死结的绫绳却彻底勒断了“圣明之君”的偶像脖子，朱厚熜深以为耻，可能是这种心态使他羞于启动一次全面的调查，而是始终默认方皇后的处置。

高忠是否与壬寅宫变有关，我毫不知情。但他此时被皇上的雷达锁定，却是件大麻烦。

高忠任内官监掌印太监，掌管着宫廷营造及维修事务。在古建筑的修建过程中，凡破土定磉，竖柱上梁，都是重要的节点，需要搞点仪式和庆祝活动。嘉靖二十三年三月的一天，正在兴建的大享殿要定磉（指地基平整后，固定柱础基脚等），高忠职责所关，照例上疏，奏请遣官祭祀司工之神。

这种不打紧的公文，一般都是官样文章，书手那里都有现成的模板。不料朱厚熜却把这种垃圾文字看得仔细，他见疏中将“定磉”二字写作“定顶”，顿时龙颜大怒。他认定疏文以“定磉”二字为忌讳，故意不使用这两个字，他愤怒地说：“定磉是常言，碍了何理而讳避之！”好哇，终于抓住了高忠“包藏恶念，任意欺罔”的铁证，立刻下旨，命法司将高太监论大不敬律处斩。

过去的文字狱，哪些字违碍，犯了大忌讳，往往不是当事人自己解谜，一般人还真难以明其就里。看官，且听我把故事讲完，你再猜朱厚熜为何震怒？

高忠为了两个字的失误，又回内狱里蹲着了。朱厚熜发怒时，大概不是刚吃了一粒红铅丸就是半块含真饼，所以动念就要杀人。后来药性一退，竟把此事忘了。过了几天，刑部见皇上还没把高太监发出处置，就上疏来问，请把高忠转到刑部大狱。朱厚熜的怒气，此时已经消了，他批答道：

“朕初因‘定磉’二字，一时怒疑，遂将高忠处以重罪。但有人将责朕以片言罪人，我见昨日工部上奏及翰林院撰文，皆易为‘安磉’，哪有这种用法？自后内外行文，仍用‘定磉’字。”

高忠的无妄之灾，也便来之无影，去之无踪了。

初读这段记载，我以为朱厚熜忌讳的是那个“磉”字，在壬寅宫变中，那条黄绫不正勒在他嗓子眼上吗？所以凡与“嗓”同音形近的字眼，都属禁忌，不可在御前出现。京城内外营建，在内府属内官监，在外衙门是工部，翰林院大约是奉旨做祭司工之神的祭文。工部与翰林院官员在高忠得罪后，可能以为皇上所恨之字应为“定”，于是自作聪明，改定磉为安磉，结果还是不能令皇帝满意。幸好朱厚熜见臣子如此支绌狼狈，主动提出来，以后还是用定磉二字，不必忌讳。

说实在话，朱厚熜是否因嗓而忌磉，“定顶”如何就包藏恶念？我也是胡乱猜测，究竟如何，竟是悬笔难断，望看官有以教我。

而我们从这件事上，至少可以知道，朱厚熜经过那次宫变，神经已经相当过敏，大白天看人，都是坏的，夜晚看人，皆为鬼物。他这个皇帝，当得甚不爽利！

即便如此，因为他身边有无数捉鬼老道护驾，他也乐得相信那些鬼话胡话，所以并不改弦更张，反而变本加厉。

沈德符记载了嘉靖晚期两次选取处女的例子，一次是嘉靖三十一年(1552年)冬，京师内外选八岁至十四岁幼女三百人入宫；一次是嘉靖三十四年(1555 年)九月，又选十岁以下幼女一百六十人。这些无辜的幼女都是供此恶徒炼药用的。

朱厚熜一边要升仙，一边却做色中馋鬼，行戕生害命之事。这看起来矛盾，其实在道家观念里，是和谐统一的。孙思邈在《千金方·房中补益》里就说：“昔黄帝御女一千二百而登仙……能御十二女而不复施泄者，令人不老，有美色。若御九十三女而自固者，年万岁矣。”我们这位万岁爷，他道修得再好，也不过是勾栏院里一名老嫖客，哪有什么精神与胸怀！

如果嘉靖皇帝的后宫里，尽是索命的厉鬼，他熬不到六十岁，也该挂了。任谁经得起那样的惊吓！宫中有恶鬼，折腾得皇帝惶恐不宁，把他缠出病来，所幸“乌鸦飞过喜鹊叫”，宫里还是有个把喜鬼的。

朱厚熜晚年的一个夏夜，他在玄殿内静坐，忽一诧眼，见御幄中突然现出一桃。他奇怪地询问左右“此桃何来”，都说不知。却有人道，适才见空中坠落一物，疑即此桃。——看官，要是你我，一定问：今天是愚人节吗，干吗胡诌骗我？可我们伟大英明的嘉靖皇帝，竟然欢天喜地发表感恩演说："此天赐也！"当即决定修迎恩醮五日，以仰答天贶，对上清所赐仙桃，表示感谢。

第二天，居然又降下一桃。他更欢喜了，以为这是天人感应之速效，便命礼部遣官告于宗庙。当时，戚继光剿灭福建倭寇，捷报传来，他也遣官告庙，让列祖列宗听到这个好消息。可见这几个桃儿，是相当不简单的。

过了两天，西苑里养的白兔生了两只小兔子乖乖，梅花鹿也生了两只小寿鹿，群臣闻讯，纷纷上表称贺。朱厚熜大喜过望，以为"奇祥三锡，天眷非常"，亲自写了一份手诏，做出答谢。

以后呢，辄降桃、降仙药，一会降在御幄里，一会降在御座后，庙里还生出灵芝，嘉靖君臣，你骗我我哄你，玩了一个不亦乐乎。海瑞在他那篇著名的死谏疏里，道明了真相，他说皇帝昧于修斋建醮，"是陛下之心惑"，这才有臣下的"相率进香，仙桃天药，同辞表贺"。

难道朱厚熜真看不明白，这些所谓的祥瑞，其实都是人在捣鬼？恐怕他真不知道。当一个人整日被一帮谀臣所包围、为谀辞所淹没的时候，他会逐渐丧失明辨是非的能力。那些骗他的人，并不都是宦官和道士，许多还是朝廷大员。

好比朱厚熜决定将其父兴献王的亲王园寝升格，改建为帝陵，命内官监与工部遣官前去修造。官员很快就来报喜了，说显陵所在的湖北安陆地区，没有建陵所需的白石材料，为寻找优质石材，一直找到枣阳石塘山。一位老人指远处道："前数日此处有鹤鸣千群，飞鸣旋绕，颇有异征，何不去那里找找？"说罢，就不见了。官员们大奇，遂依此老所指之处试掘，果然得到莹洁如玉的良材。当地人都表示不敢相信，说过去哪里有这样的美石，都是地底下新生出来，专门供皇帝他爸爸做寿石的！

傻子才信呢！可皇帝是傻子吗？群臣百官是傻子吗？

不待朱厚熜反躬自省他是否配得上仙人指路，群臣已争先上疏，对显陵出现的祥瑞表示庆贺——这便由不得朱厚熜不信了。

第六十四章　人鬼“弊”未了

后宫的“鬼”们，除了偷偷掷一桃、抛一物，还时时显身降世，来干预阳间的人事。但各界鬼神非请不来，来也是受扶鸾者之请，光降专门搭建的仙坛。

朱厚熜晚年特别相信扶鸾之术，尤其宠爱一位叫蓝道行的道士。

擅长扶箕的术士，建坛请神，不是任谁都请的，他们与鬼神界交朋友，也非泛交，往往请一位或数位特定的神明来捧场，经常光顾蓝道行箕坛的，是紫姑神。

紫姑神，俗称茅姑、坑姑、厕姑、坑三姑娘。看官，从这位“姑娘”的雅号，你猜她是掌什么的神明？

坑三姑娘，自然是茅坑之神喽。

现在几乎每家都有一到两间厕所（或称卫生间），想来厕神便同灶神一样普及了。但你可不能瞧不起她，若说了她的坏话时，小心跌粪坑里！或稍宽其罚，让你手机掉进去，洗个臭水澡，然后你再伸手去捞，把你的手臂卡在马桶洞子里，进退不得，狼狈要死。这便是得罪紫姑神的下场。

看官你若查一查许地山先生《扶箕迷信的研究》中的案例，便知紫姑在扶箕界，还是相当热门吃香的人物呢，许多扶鸾者都爱请她——这就是“香”与“臭”的辩证关系吧。

在嘉靖年间，“道行之辈，纷然并进”，其中最蒙宠者有三人：陶仲文、邵元节和蓝道行。他们得了宠，又不断向皇帝引荐八方道侣，相当于徒子徒孙，在明宫盘根错节，势力很大。

这些人被收入《明史·佞幸传》里，传记说他们“口衔天宪，威福在手，天下士大夫靡然从风”，就是英武聪察的成祖朱棣、世宗朱厚熜，也同“昏庸失道之主”一样，受到他们的迷惑蒙蔽，致使“嬖幸酿乱”。《明史》的笔法真是厉害，不知它是在夸人聪察呢，还是骂人昏庸？

陶、邵两位，主要是侍奉皇上祷祠焚修，蓝道行则以扶鸾术为长技。朱厚熜很相信这一套把戏，当时在西内以扶鸾之术侍上的，还有蓝田玉、罗万象等多人。他有什么疑难之事，就把问题密封了，派宦官送到坛前焚烧。烧化的意思，是问神不问人。可惜答问的还是人，结果常常答非所问。这是为什么呢？朱厚熜不反思是否上当，却迁怒于宦官，怪受过阉割的宦官"秽亵"，不干净，所以神明不来捧场。宦官怕了，没奈何，只好来找蓝道行，就双方共同关心的兴妖作法问题坦诚交换意见。蓝道行由于前一段请神，所答多不如旨，正在惶遽，见宦官来找，彼此利益攸关，遂一拍即可，达成了符合双方利益的秘密合作协定。

自从道士与宦官签了秘约，箕坛上再不来痴愚的糊涂鬼，突然就奇验了，总能给予皇帝可心可意的回答，令龙颜大悦。

其中秘密何在呢？原来皇上把所要问的问题写好封讫，交给宦官，宦官会在焚烧前偷偷拆阅，然后告诉蓝道行，由他顺着皇帝的心思来答，自然就"言多奇中"了。朱厚熜不晓得内外勾结的隐情，还以为蓝道行道行高，愈加宠信他。

本来蓝道行如果像他的前辈陶仲文、邵元节一样，"小心缜密，不敢恣肆"，或许能保持荣宠不衰。然而蓝道行野心不小，他掺和到嘉靖末年日益激烈的政争中去，并且选择了站队，从而犯了大忌。

蓝道行站在内阁次辅、也是他的介绍人徐阶一方。

徐阶在表面上对首辅严嵩唯唯诺诺，其实此人很有城府，时刻算计着要把严嵩拱倒，外表上却一点都看不出来。蓝道行要帮助徐阶上位，一次皇上问神仙："今天下何以不治？"蓝道行预先拿到这个提前揭秘的作文题后，假借坑三姑娘的口气，好好把严阁老臭了一顿——也算严嵩倒霉，皇帝从粪坑神那里听到对他的评语，能喷喷香吗？

朱厚熜听了，想了一会儿，问坑三姑娘："如果严嵩是个坏蛋，上仙何不杀了他？"

这个问题不好回答，亏得蓝道行脑瓜转得快，立即代坑仙答道：

"留待皇帝自己收拾他。"

我就想啊，像我这样的榆木脑袋，干扶箕捣鬼这一行肯定不行，非得在脑袋瓜子里加装十来个转轴不行，否则不可能如此应答迅捷。朱厚熜本来就对年老愚钝的严嵩感到厌烦，蓝道行的话，更是深深触动了他。这时御史邹应龙又受徐阶的指使，上疏参劾严嵩，他就借势把严嵩罢官，放其归乡了。

可严嵩也不是好惹的，他在皇帝身边广布眼线，很快就知道了蓝道行的所为。于是重重行贿皇帝身边的人，让他们揭发蓝道行怙宠招权诸不法之事。朱厚熜眼里不揉沙子，就把蓝道行判了死刑，下到诏狱里监起来。蓝道行不久死在狱里，没得善终。

其实，阴阳分界，人鬼殊途，鬼哪里能知晓人事？箕仙儿的鬼画符，不过是扶箕者的代言。蓝道行是人，不是蛔虫，他不可能知道主家肚皮里的话，他不过靠着贿买内监，预先探知皇帝的心事，所以每答必获欢心。蓝道行捣的鬼，除了嘉靖本人，尽人皆知，荐他的宰臣徐阶更常借他的箕语诋毁政敌。后来情事败露，蓝道行掉了脑袋，仙姑也不来救他。

按理说，蓝道行罪行败露，朱厚熜应该觉醒了。然而他的当还没上够呢，那就接茬上吧！

这回出场的，名叫胡大顺，他与陶仲文同为湖广黄冈人，靠着陶仲文的引荐上京，在灵济宫供事。陶仲文死后，胡大顺因"奸欺"之事，被斥回原籍（大概是变戏法时道具穿了帮吧）。但他不甘心，回到林下，一天到晚想的是如何能够复出。

他伪撰了一本书，名为《万寿金书》，诡称是吕祖所作。看官，您听他的，又是万寿，又是吕祖，这本书的卖点，显然是养生。他还说，吕祖传授给他三元大丹，可以"去疾不老"——胡某真是掌握了完美"科技"，既能使人长生不死，还能活得健康，没病没灾，一生幸福，谁不艳羡？但有一个问题，吕祖吕洞宾是八百年前的人物，他如何给胡大顺传授金丹和秘籍？您莫急，胡大顺自有"穿越"的法宝，那是什么呢？就是扶箕。

沙盘摆好，笔一扶箕，一路神仙就下凡了。

与蓝道行与坑三姑娘交好不同，胡大顺的好朋友是吕洞宾。胡大顺声称，他的书与丹，都是吕洞宾降他的坛，专程给他送来的，即“得之鸾笔”。

胡大顺把戏码排好了，就派儿子胡元玉带着他的《万寿金书》，同一个叫何廷玉的术士一道上京，让他想办法把书与丹献给皇帝。

他们找的中介是左演法蓝田玉和左正一罗万象（都是道录司的道官，其地位差不多等于道教协会的副会长、秘书长吧）。蓝田玉原是江西南昌铁柱宫的道士，严嵩罢归后，回到南昌（严嵩是江西分宜人），适逢皇帝圣诞，便请蓝田玉为朱厚熜建醮祈寿。刚好这时朱厚熜派到四处访求秘法的御史姜儆来到南昌，严嵩便向蓝田玉索取符箓，请姜儆代为奏进。严嵩虽然八十多岁了，仍怀老骥伏枥之心。而蓝老道正当壮年，争先之心愈是强劲。他把符箓做人情，送给严嵩，自己留了一手绝活，称为“召鹤术”，向姜儆大大吹嘘了一番，请他向皇帝宣介。朱厚熜一听，果然大感兴趣，立刻将蓝田玉召来，授以左演法的官职。

其实我与朱厚熜一样，对蓝田玉的召鹤术非常感兴趣，不知他如何召法。这与扶鸾术比起来，是特别高超神秘、不可思议的大型魔术。可惜史书没有介绍他是否在内殿尝试，或是否应验，只说他“进法秘授官”。不过蓝田玉在宫廷站稳脚跟，与蓝道行一样，还是靠扶鸾之术。当时宫里还有一个此中高人，就是左正一罗万象。他们一起以扶鸾之术在西内奉侍皇上，同行多了，可以互相配合，相互抬庄，更容易糊弄皇帝。

此时在内廷帮助朱厚熜处理斋醮修炼这方面事务的私人秘书，是太监赵楹。他与蓝田玉、罗万象二人臭味相投、利益相关，遂一见订交，结成嘉靖末年最受朱厚熜宠爱的鬼三角。胡大顺在京这些年没有白混，他深悉京城走关系的路数，知道获宠的路线图是怎样的，他首先厚贿蓝、万二人，再通过赵楹，把宝书与金丹送到御前。

朱厚熜是懂行的，他一翻这本书，便说道：“此乃扶箕之书。扶箕者为何不来？”他只是随口一问，并没有召胡大顺上京的意思。而大胆的蓝田玉就假传上谕，宣胡大顺来京。胡大顺久旱逢甘霖，马上兴冲冲、屁颠颠地来了。可来了许久，皇上就是不召见，他欲火太重，内心煎急，就频频上书请见。

朱厚熜还记得这个灵济宫的道士，同意见他。见面时，首先来了场面试，当场请胡大顺建坛扶箕。不知是紧张呢，还是别有缘故（我猜是仓促之际，没来得及与内监通气。扶箕这类骗术，单打独斗是不成的，必须形成一个诈骗集团，各自分工，集体配合，这也是为什么道士们那么乐于“荐贤”的缘故），胡大顺表现不佳，对皇帝的问题，答非所问。朱厚熜很不高兴，加以责问，胡大顺满头大汗，只是推说“仙人未降”。

“胡大顺又来了。”

第二天，朱厚熜气呼呼地对大学士徐阶说：“此人不是我召来的，是蓝田玉、罗万象因我之问，妄将他唤来的。”

朱厚熜便把昨日胡大顺扶箕不灵的事说了一遍，问徐阶：“自蓝道行下狱，遂百孽扰宫，或有所使然者。今大顺来，可复用乎？”他一语道出心中的惶惑。原来自蓝道行死后，宫里便不干净，各路恶鬼开始活跃起来，搅得他日夜不得安宁。他怀疑是蓝道行灵魂不灭，留在宫里闹鬼（“或有所使然者”）。而蓝田玉、罗万象等人的本事，有所不济，不是蓝道行的对手，所以不能扫平宫孽。朱厚熜希望能物色到新的拿鬼能手，如果胡大顺有真本事，他愿意重新起用他。

“大顺等皆无赖小人，不畏法度，而蓝田玉尤甚，观其妄自传呼，即可类推。”徐阶借皇帝之问，趁机说道，“扶箕之术，惟内外勾结，方能偶然应验，否则茫然不知，只以浮词支吾而已。”

徐阶否定了扶箕的可靠性，他说：“今宫孽已久，似非蓝道行所致。且用此辈，孽未必消。就是后宫孽扰息了，不敢保其不别生事端。小人无赖，宜治以法。”

“蓝田玉实在是素行无状。”朱厚熜稍稍有些醒悟，牙齿开始咬起来，“去年冬天，他代何廷玉呈进水银药，遂诈传密旨，征取胡大顺来京。不治之，无以儆将来！”

水银药就是三元金丹，它取黑铅为料，烧炼至变为白色，即为“先天水银”，再加锻炼，则成为“清霞玉粉神丹”。其名色虽然多，作为烧炼老专家的朱厚熜知道，这种丹药的主要成分是水银，所以径称之为水银药。

我们平常接触到的水银，就是温度计里那一小段液体。水银有剧毒的！

“水银不可服食，诈传诏旨之罪尤重。”徐阶道，“倘若置之不问，群小互相朋结，恐怕酿成大患。乞圣明速断，以消隐祸。”

在徐阶的推动下，朱厚熜下旨，将胡大顺连同蓝田玉、罗万象一起拿下了锦衣卫狱。锦衣卫审理过后，将狱词奏上。这时朱厚熜那团戾气已经过去，不怎么生气了，有心宽处这几个人，便又找徐阁老来咨询。

徐阶力言不可，道：“圣旨至重，若听凭诈传，他日半夜出寸纸，有所指挥，将若之何？此其机芽，实当预防，必须重治，乃保邦深计，乞圣明断而行之。”朱厚熜这才决意，将胡大顺等人付法司衙门，从重拟罪。

蓝、罗二人得罪，急坏了他们的内应太监赵楹，要为他俩出头讲情。

平常装神弄鬼的人，把戏玩多了，做什么都离不开鬼把戏。赵楹写好一份密疏，不是通过通政司或会极门奏进，而是藏在宫殿的窗棂中，趁在御前行走办事时，突然从棂隔间取出呈上，在朱厚熜前哭诉，极力为胡大顺等人申解。

这一招未免拙劣，气坏了朱厚熜，二话不说，将赵楹拿下，送司礼监拷讯，严刑究问他与胡大顺等人的“通奸”之状。

这时已是嘉靖四十四年（1565 年）五月，徐阶在推倒严嵩后，继任内阁首辅，声望如日中天，深得皇帝倚信，在廷臣中威望又高，是说话非常有分量的人。他在司礼监与刑部两头一打招呼，大家一起往里使劲，很快尽得诸人“交通”的奸状。于是胡大顺父子以及蓝田玉、罗万象、何廷玉等皆“论死”，而赵楹已先毙于狱中了。

刑部见赵楹死了，循例奏请验尸，然后埋葬。不想又触到皇帝的气头上，朱厚熜暴怒一回，说道“逆囚当显戮于市”，谓赵楹应该同众人一样，押赴市曹斩首，如何让他侥幸死在狱中，不得尽法？责令刑部“对状”（就是检讨错误，写出深刻检查）。于是，刑部尚书黄光昇率领部属一起请罪，最后停了该司郎中两个月的俸，以示惩罚。

第二年（1566 年）十二月，求了一辈子长生的朱厚熜，还是没能跨越生命的界限，终于上天做神仙去了，终年亦不过六十岁。更令他死时难以瞑目的是，当他“大渐”昏昏之时，被人不由分说地从西苑抬回暌隔二十多年，曾令他惊恐、憎恶的乾清宫。这正是一幕滑稽的人间喜剧。

第六十五章　请关羽来伏魔

在考古学家眼里，大明神宗万历皇帝朱翊钧是这样一副衰样：驼背，两腿长度不一致，身高约1.64米，患有严重的口腔疾病，主要是龋齿、牙周病和氟牙，由于刷牙不当，有的牙齿形成楔状缺损。

这是1956年定陵发掘后，朱翊钧遗骨的检测结果。

20世纪50年代中期开始的“大跃进”，也波及到了考古界，一些心浮气躁、表现欲强烈的专家学者，摩拳擦掌，跃跃欲试，准备发掘古代帝王陵墓。他们原想从十三陵中最大的长陵下手，那里的宝贝可是不少；最后决定，先试掘神宗定陵，积累一些经验，再来整那个大家伙。你瞧瞧，帝王陵的发掘，是多么重大的事情，哪有为研究一个罐罐，先打破一个罐罐做实验的道理？那真是一个不可理喻的时代。

很快推土机就开进定陵陵园，不消多久，就把朱翊钧和他两位皇后的骨头挖出来，当然随之出土的，还有大量的奇珍异宝。

定陵发掘的第二年，全国开始“反右”，热情过头的专家们被兜头掼了一顶右派帽子，又被铺天盖地的大批判搅得心灰意冷，这都影响到定陵的发掘，文物的保护与研究非常草率，许多珍贵文物遭到不可挽回的破坏。幸亏考古界的“大跃进”没有持续下去，否则学术权威们为了争表现，“将功补过”，又将高举镐头锄把，从定陵开始，向全国的皇帝陵寝进军了！

朱翊钧夫妇的枯骨，被挖出来后，经过简单的检验，即存之空库。数年之后被一群“革命群众”揪出，一通狠批之后，付之一炬。

从当时留下的检测结果来看，明神宗朱翊钧生前是一个身有残疾的病夫。

中年以后,朱翊钧就经常以头晕、腿病等为由,在内宫静摄,不再上朝。许多大臣怀疑皇上的病是装出来的,其实就是为了偷懒。但从朱翊钧的遗骨来看,他的确是多病缠身,长期被病魔折磨,生活并不快乐。

可能因为残疾(跛腿驼背),使他产生了强烈的自卑心理,这是他疏远群臣的一个重要原因。

也不是所有人都怀疑皇帝装病,有个叫雒于仁的小官就正儿八经地上了道疏,说皇上啊,你确实是得病了,我今天给你开个方儿。他说皇帝得了四种病,合起来就是“酒色财气”四个字,把朱翊钧气得发疯,竟还杀不了姓雒的。在明代,臣子骂皇帝,骂出几位千古名臣,这在历史上是非常少见的。要是在清代,简直不可想象。清朝人只敢说皇帝好,明朝人难得说皇帝的好,这种差别,不论在当时的政治中,还是实录等史书中,都表现得非常明显。比如《酒色财气疏》,就老老实实记在《明神宗实录》里,再去看清朝的实录,本本干净,皇帝们都好像到韩国整过容,个个撞脸,因为他们圣明得就像一个人。

酒色财气四字已成了神宗朱翊钧的历史标签。人们多拿色、财二字数落他。如色,说他如何溺爱郑贵妃,又如何与“十俊”(十名年轻的宦官)亲近,好像他是一个疯狂的双性恋,有双重性取向。如财,里里外外都说神宗好财,不要说他晚年派出许多太监到各地去当矿监税使,苛敛财货,骚扰天下,他在政治上的一些举动,也被深度解读出敛财的动机:如抄没首辅张居正和司礼太监冯保,有人说他是为了给公主大婚筹款;重新起用黜退家居的东厂太监张鲸,则有人说,那是张鲸向皇上行贿的结果。朱翊钧对小臣这种乱嚼舌头的行为,大为光火,愤愤然对阁臣说:“是那样吗?我若贪张鲸的钱,何不抄没了他!”

朱翊钧生前名誉就不好,不过他“四病”中的酒与气,被人攻击较少,即便谈到,也多从规劝的立场。

朱翊钧年少时就好酒,有一次几乎惹出大祸。那是万历八年(1580年)十一月,十八岁的他喝醉了酒发酒疯,在腰里挂了口宝剑,在宫里四处游荡。一个醉汉,在裤带上插把菜刀,在街上乱逛,都让人觉其危险,何况是一条醉龙。果然有宦官遭了殃，一个被他割去头发，令我想起一句唱词"小女子年方二八，正青春，被师傅削去了头发"，又令我想起曹操削发代首的故事。不知朱翊钧学的是哪一出？这算便宜的，他还打了两个宦官的屁股，一顿笋子炒肉，几乎把他们打死。

不想皇帝的胡作非为传到母亲李太后耳朵里，老娘娘非常生气，心想这孩儿不学好，如果任其发展下去，将来不知要怎样祸害国家。她决定给皇帝一个严厉的警告。第二天一早，太后脱去头上的簪珥首饰，换上青布素衣，声言要召见阁部大臣，谒告太庙，废掉朱翊钧，改立潞王朱翊镠（穆宗第四子，也是李太后所出）。

太后老娘娘大大张张一做秀，马上全宫哄传，朱翊钧立刻就知道了。他慌了神，急忙跑到母后身前，跪下来哭着告饶。阁臣听说了，也来解劝。李太后像熬一窝骨头汤，慢慢地熬，等到香味溢出，汤汁浓厚，才掀开盖子，答应饶恕他，但不许他再犯。

李太后这么做，固然戏剧色彩十足，震慑效果立竿见影，但这种做法是否合宜，恐怕值得商榷。在太后眼里，个子矮小清瘦的儿子，始终只是个孩子。虽然他玩性不减，可毕竟是在位已经九年的天子。用这种简单粗暴的方式，令他在全宫之人面前出丑，他虽迫于形势，不得不暂时隐忍服输，但终究会造成持续的负面心理影响。他们母子的关系，后来便不怎么好。

万历十年（1582 年），权相张居正死去，在接下来对张居正和权监冯保等人的清算中，朱翊钧真正掌握了朝廷的大权。他一度想有所作为，万历十三年（1585 年）四月，因为京师久旱不雨，朝廷三次遣官祈雨，都没有效果。朱翊钧忽然做出一个令人吃惊的决定：他要从大内亲自步行到南郊祷雨。到了那一天，天还没亮，他穿着一身素布衣服，从大明门里走出来，赴郊坛行礼。礼毕将还，左右请御法驾，他兴致仍然很高，决定依旧走回去。等到回宫，已经太阳偏西了。他还没有倦意，又在皇极门召见阁臣，命内阁拟旨，蠲免天下受灾田赋一年。然后又去奉先殿与母后宫中，把今天亲自祈雨的情况告诉祖先与母后。累了一日，不辞辛劳地全程完成所有规定的礼仪项目。

朱翊钧的这番举动,与后来的他完全判若两人。

从大明门到南郊天坛,往返几二十里路,在孟夏炎炎之日,可不是好消受的。可见此时的神宗,还不那么神兮兮、病怏怏,精神状况也不像后日那样萎靡颓废。他敢于直面京师百万看热闹的民众,而不是躲在龙舆里,说明他背不驼、腿不瘸,纠缠他大半生的各种病患,还没有牢牢地把他捆缚住。可惜,只在几年间,这点余晖般的光景,就离他而去了。

他把自己关在牢笼里,变成一个多疑的狂夫。

万历的后半段,朱翊钧与群臣的关系,大致可以用“斗气”二字来总结。而在他“静摄”的深宫,朱翊钧与身边人的关系,却要用“使气”来概括。

我们来看万历二十四年(1596 年)六月的一条记载:

“司礼监太监田义奏乞宽宫人、内官刑罚。不报。”

“不报”二字,专指皇帝对内外官员的奏疏,不对任何答复,也不表示意见,就让它如泥牛入海一般去也。这是在万历朝君臣的对抗中,朱翊钧最常采用的方式,任你千言万语,我一个不理不睬,你也无可奈何。

田义是司礼监掌印太监,在宦官中地位最高,他上这一本,是替皇帝身边整日惊战战的宫女和宦官说话。因为皇上脾气太坏,宫人动辄得罪,在随时飞来的惨刑之下,过着朝不保夕的生活,许多人白白送了性命。明末太监刘若愚在《酌中志》中记述田义生前事迹时,特地提到他进谏,请求宽宫人、内官刑罚这件事,可见此事多么的得人心。

田义进奏,是下了很大决心的。万历二十四年三月,乾清、坤宁两宫受灾,朱翊钧下诏,命百官修省(在古人看来,天灾是政事缺失的表现,修省是令百官反省自己的德行与工作)。这提供了一次进言的良机。但田义没敢轻率行动,他与时任东厂太监的陈矩商议此事,两人“深夜坐语,仰天太息”,对时政之失有共同的观感。于是由陈矩拟出两稿,经田义看过,一同署名,采取密谏的方式奏上。

其中宽刑罚一疏说:“臣等窃见御前执事宫人、内官,经常因为触犯圣怒,遭到严惩,责处发遣,络绎不绝,每每致其重伤,兼患时疾,死亡者,殆无虚日。”

原来皇帝要打人了，圣旨一传，即于本日动刑。得罪皇帝的人，行刑者岂敢轻饶，使罪及于己？于是在用刑时一定要打实打狠。而押解者也怕受到牵连，遂将犯人日夜墩锁，丝毫不予宽纵，致使受刑犯人得生者十无一二，死亡率非常高。

田义举例说，如近日二宫失火，为追查原因，“炽火锻炼”之下，许多人竟成“灰烬”。随着调查范围的扩大，守门太监“又毙几命矣”。

不单执事太监有过受责，就是宫人病死，他也要受连累，或打一百二十，或打一百五十，往往性命不保。田义感叹：一人病死，尚然可悯，何况又波及无辜生命！宫中“耳闻目见，哭声载道，怨气冲天”，简直是一副人间炼狱的景象了。

朱翊钧看过密疏，是什么态度呢？刘若愚说：“神庙嘉纳之。”其实“嘉纳”只是比“不报”多了一点和气的色彩，朱翊钧暴虐成习，已不可改了。

第二年，即万历二十五年(1597 年)四月，刑部左侍郎吕坤上疏，言“收拾人心”数事，其中一款专讲“收左右之人心”。他描写宫人惨痛之情道：“列圣在御之时，宦官、宫妾死于棰楚者未之多闻。陛下年来疑深怒重，广廷之内，血肉淋漓，宫禁之中，啼号悲惨。”因问道：“吉祥之地，岂宜如斯？”这就是田义前疏所说的“如此致伤天和，岂圣世所宜有哉！”

吕坤更进一步，指出了这种情形的危险性：

“宫闱近地，护爱圣躬，惟在此辈。今宫中侍奉之众皆伤心侧目之人，他们怀着朝不保夕的畏惧之心，又何爱其九死一生之身？臣窃忧之。”

吕坤说宫人们“何爱九死一生之身”，是婉转的说法，说宫人们反正性命有忧，活着如九死一生，他们一定会铤而走险，做出危害皇帝之事的。

吕坤还不敢拿世宗朝的“壬寅之变”来提醒皇帝，随便棰楚、侮辱左右下人，有多么危险。他如果熟于掌故，应该拿太祖朱元璋对秦王樉、晋王棡的训诫来启发皇上。秦、晋二王打了厨子几鞭子，就让他们的父皇大惊失色，当作一件了不得的大事，专门写信加以告诫。其中道理很简单：做皇帝的，得罪天下人都不打紧，他们恨你，想杀你，却是看不见你、摸不着你。可要是得罪了身边人，尤其是侍寝管膳之人，他要害你，防不胜防。朱翊钧是不懂这道理呢，还是他管不住自己的坏脾气？如果一个人连自己的脾气都管不住，随意地去残害人，并以此为乐，我想他一定患上了严重的心疾！

值得一提的是，神宗的皇后王娘娘，也就是在定陵与他同穴的孝瑞王皇后，也不是个善茬儿。据太监刘若愚讲，她宫里的管家婆老宫人（管家婆又称婆子，是各宫管事的老年宫人）以及小宫人，常罹其毒打，死者不下百余人，近侍太监也动辄得咎，被墩锁降谪。倒是郑贵妃较能善待下人，身边的近侍常能得到她的提携关照，到好衙门供职带俸。

我们来看《明史·孝端王皇后传》：

"皇后性端谨，事神宗母李太后，能得其欢心。光宗在东宫时，常处于危疑之中，皇后调护备至。郑贵妃专宠，皇后也不与之计较。她正位中宫四十二年，以慈孝称。"

哪里是"不计较"，这位老巫婆奈何郑贵妃不得，她只好拿身边人出气呢！这种"慈孝"，应该叫《明史》的"写手"去试试。

"正史"与私家载记，两种材料，我相信刘若愚的话，《明史》的记载真是鬼话连篇。郑贵妃名声很差，王皇后声名素佳，这是历史声价的低与昂，然而"好人"的宫中哀鸿遍野，"坏人"宫里却莺歌燕舞，这是何图景？

我们在太监和宫女中来次投票吧。问：你们觉得郑贵妃好，还是王皇后好？准备几个词给他们选，想必"慈孝"的王皇后得到的最多评语，将是"狗屎"两个字。

万历晚年以来，明宫纲纪的废弛到了令人惊诧的地步，太监中群殴成风，与宫女轧姘头屡见不鲜，游人只要花钱，可以买通太监，到大内西苑等处禁地游览。什么奇形怪状、光怪陆离的事都在大内发生过，比如内阁的大印被人盗了，某人因为受了冤屈，跑到会极门上吊，莫名其妙宫里就抬出一具死尸，也不知是谁的……如此种种，皆是大明王朝夕阳西下的真实写照。

而明宫的每一座门里，都供奉着武圣人关云长。关羽在此作甚？当然不是夜读《春秋》、保护他的嫂夫人，他在那里挡煞呢！

生前败走麦城、身首异处的关羽，自宋代以来，地位被捧得很高，已封到王爵,称为义勇武安王。明朝初年,打回原形,恢复了汉寿亭侯的旧爵,好像有些英雄落寞。到嘉靖中才恢复了武安王的称号。万历中,关羽的地位加速上升:十八年(1590 年)加封帝号,四十二年(1614 年)更加封为“三界伏魔大帝神威远震天关圣帝君”。

朱翊钧的公子福王朱常洵在万历四十五年(1617 年)为洛阳关帝庙所刻签簿写了篇序,说:“前岁我承命分封河南之时,宫中颇不安静。关公以单刀伏魔于皇父宫中,父皇在梦寐之中,见证了关公的壮举,是后,宫廷果然宁息多了。是以父皇大隆其徽号以报之,关公亦由是敕闻天下而得到更加尊显的地位。”

原来关羽吃香不是无缘无故的,晚景末世的明宫中,妖孽厉鬼横行,正是关圣人大显身手的时节!关羽护驾有功,才得到伏魔帝君的奖赏。